U0003123

台灣の讀者の皆さんへのコメント

海を越えて旅したことのない私の書いた小説が、
海を越えて多くの讀者の皆様のもとに屆いていることを、
心から嬉しく思っています。
この作品も、どうぞお樂しみいただけますように！

致親愛的臺灣讀者

從未出國旅行的我，
這次很高興自己寫的小說能跨海與許多讀者見面，
希望這部作品能帶給您無上的閱讀樂趣。

京都あゆみ

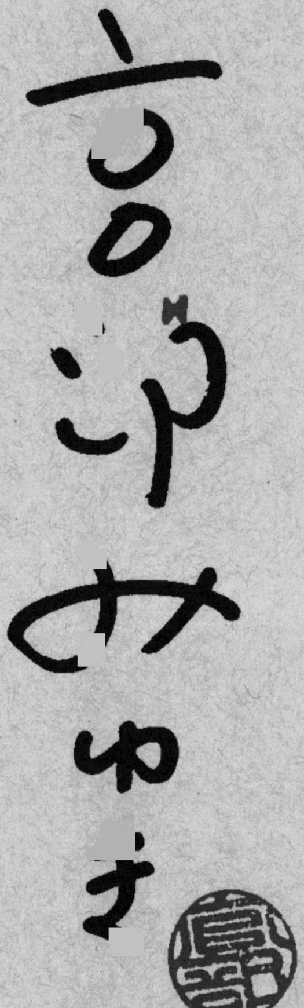

宮部美幸
作品集 40
Miyabe Miyuki

# 暗獸

## 續三島屋奇異百物語

Miyabe Miyuki
宮部美幸

あんじゅう——
三島屋変調百物語事続

高詹燦 譯

Contents

總導讀　宮部美幸的推理文學世界「增補版」　傅博　005

序　奇異百物語　021

第一章　逃走的水　027

第二章　竹林裡冒出一千根針　139

第三章　暗獸　267

第四章　吼佛　427

奇異百物語續　509

解說　福耳朵　陳栢青　527

總導讀——傅博

# 宮部美幸的推理文學世界「增補版」

## 日本當代國民作家宮部美幸

近年來在日本的雜誌上，偶爾會看到尊稱宮部美幸爲國民作家。怎樣才能榮獲這個名譽呢？好像沒有確切的答案，然而綜觀過去被尊稱爲國民作家的作家生涯便不難看出國民作家的共同特徵。

明治維新（一八六八年）一百多年以來，被尊稱爲國民作家的爲數不多，夏目漱石和吉川英治是最早期的國民作家。夏目漱石是純文學大師，其作品具大眾性，一九一六年逝世至今，已歷九十年，其作品在書店仍然可見，代表作有《我是貓》、《少爺》等等。吉川英治是大眾文學大師，其作品有濃厚的思想性，對二次大戰戰敗的日本國民發揮了鼓舞的作用，其著作等身，代表作有《宮本武藏》、《新·平家物語》等等。

屬於戰後世代的國民作家有松本清張和司馬遼太郎。松本清張是社會派推理文學大師，其寫作範圍十分廣泛，除了推理小說之外，對日本古代史研究、挖掘昭和史等，留下不可磨滅的貢獻。司馬遼太郎是歷史文學大師，早期創作時代小說，之後撰寫歷史小說和文化論。這兩位作家的共同特徵是，著作豐富、作品領域廣泛、質與量兼俱。他們的思想對一九六〇年代後的日本文化發揮了影響力。

上述四位之外，日本推理小說之父江戶川亂步、時代小說大師山本周五郎，以及文學史上創作量最多、男女老少人人喜愛的赤川次郎也榮獲國民作家的尊稱。

綜觀以上的國民作家，其必備條件似乎是著作豐富、多傑作；作品具藝術性、思想性、社會性、娛樂性、普遍性；讀者不分男女，長期受到廣泛的老、中、青、少、勞動者以及知識分子的閱讀。

宮部美幸出道至今未滿二十年，共出版了四十三部作品，包括四十萬字以上的巨篇八部、長篇二十四部、中篇集四部、短篇集十三部，非小說類有繪本兩冊、隨筆一冊、對談集一冊。以平均每年出版兩冊的數量來說，在日本並非多產作家，但是令人佩服的是，其寫作題材廣泛、多樣，品質又高，幾乎沒有失敗之作。所獲得的文學獎與同世代作家相較，名列第一，該得的獎都拿光了。質的成功與量成比例，是宮部美幸文學的最大武器，也是獲得國民作家之稱的最大因素。

宮部美幸，本名矢部美幸，一九六〇年十二月二十三日生於東京都江東區深川。東京都立墨田川高中畢業之後，到速記學校學習速記，並在法律事務所上班，負責速記，吸收了很多法律知識。一九八四年四月起在講談社主辦的娛樂小說教室學習創作。

一九八七年，〈吾家鄰人的犯罪〉獲第二十六屆《ＡＬＬ讀物》推理小說新人獎，〈鎌鼬〉獲第十二屆歷史文學獎佳作。一位新人，同年以不同領域的作品獲得兩種徵文比賽獎項實爲罕見。

前者是透過一名少年的觀點，以幽默輕鬆的筆調記述和舅舅、妹妹三人綁架小狗的計畫所引發的意外事件，是一篇以意外收場取勝的青春推理佳作，文風具有赤川次郎的味道。後者是以德川幕府時代的江戶（今東京）爲時空背景的時代推理小說。故事記述一名少女追查試刀殺人的兇手之經過，全篇洋溢懸疑、冒險的氣氛。

要認識一位作家的本質，最好的方法就是閱讀其全部的作品。當其著作豐厚，無暇全部閱讀時，則是先閱讀其處女作，因爲作家的原點就在處女作。以宮部美幸爲例，其作品裡的偵探，不管是系列偵探或個案偵探，很少是職業偵探，大多是基於好奇心，欲知發生在自己周遭的事件眞相，而做起偵探的業餘偵探，這些主角在推理小說是少年，在時代小說則是少女。其文體幽默輕鬆，故事收場不陰冷而十分溫馨，這些特徵在其雙線處女作之中已明顯呈現。

繼處女作之後的作品路線，即須視該作家的思惟了；有的一生堅持一條主線，不改作風，只追求同一主題，日本的推理小說家大多屬於這種單線作家——解謎、冷硬、懸疑、冒險、犯罪等各有專職作家。

另一種作家就不單純了，嘗試各種領域的小說，屬於這種複線型的推理作家不多，宮部美幸即是罕見的複線型全方位推理作家。她發表不同領域的處女作——推理小說和時代小說——同時獲得肯定，登龍推理文壇之後，此雙線成爲宮部美幸的創作主軸。

一九八九年，宮部美幸以《魔術的耳語》獲得第二屆日本推理懸疑小說大獎，拓寬了創作路線，由此確立推理作家的地位，並成爲暢銷作家。

## 宮部美幸作品的三大系統

這次宮部美幸授權獨步文化出版社，發行臺灣版《宮部美幸作品集》二十七部（二十三部中有四部分爲上下兩冊），筆者以這二十三部爲主，按其類型分別簡介如下。

要完整歸類全方位作家宮部美幸的作品實非易事，然其作品主題是推理則毋庸置疑。筆者綜合故事的時空背景以及現實與非現實的題材，將它分爲三大系統。第一類爲推理小說，第二類時代小說，第三類奇幻小說，而每系統可再依其內容細分爲幾種系列。

### 一、推理小說系統的作品

宮部美幸的出道與新本格派崛起（一九八七年）是同一時期，早期作品除可能受此影響之外，文體、人物設定、作品架構等，可就是受到赤川次郎的影響了。所以她早期的推理小說大多屬於青春解謎的推理小說；許多短篇沒有陰險的殺人事件登場，大多是以日常生活中的家庭糾紛爲主題，屬於日常之謎系列的推理小說不少。屬於本系列的有：

1.《吾家鄰人的犯罪》（短篇集，一九九〇年一月出版）收錄處女作以及之後發表的青春推理短篇四篇。早期推理短篇的代表作。

2.《完美的藍——阿正事件簿之一》（長篇，一九八九年二月出版／獨步文化版・宮部美幸作品集01——以下只記集號）「元警犬系列」第一集。透過一隻退休警犬「阿正」的觀點，描述牠與現在的主人——蓮見偵探事務所調查員加代子——的辦案過程。故事是阿正和加代子找到離家出走的少年，在將少年帶回家的途中，目睹高中棒球明星球員（少年的哥哥）被潑汽油燒死的過程。在搜查過程中浮現的製藥公司的陰謀是什麼？「完美的藍」是藥品名。具社會派氣氛。

3.《阿正當家——阿正事件簿之二》（連作短篇集，一九九七年十一月出版／16）「元警犬系列」第二集。收錄〈動人心弦〉等五個短篇，在第五篇〈阿正的辯白〉裡，宮部美幸以事件委託人登場。

4.《這一夜，誰能安睡？》（長篇，一九九二年二月出版／06）「島崎俊彥系列」第一集。透過中學一年級生緒方雅男的觀點，記述與同學島崎俊彥一同調查一名股市投機商贈與雅男的母親五億圓後，接獲恐嚇電話、父親離家出走等事件的眞相，事件意外展開、溫馨收場。

5.《少年島崎不思議事件簿》（長篇，一九九五年五月出版／13）「島崎俊彥系列」第二集。在秋天的某個晚上，雅男和俊男兩人參加白河公園的蟲鳴會，主要是因為雅男想看所喜歡的工藤小姐一眼，但是到了公園門口，卻碰到殺人事件，被害人是工藤的表姊，於是兩人開始調查眞相，發現事件背後的賣春組織。具社會派氣氛。

6.《無止境的殺人》（長篇，一九九二年九月出版／08）將錢包擬人化，由十個錢包輪流講自己所見的主人行為而構成一部解謎的推理小說。人的最大欲望是金錢，作者功力非凡，藉由放錢的錢包揭開十個不同的人格，而構成解謎之作，是一部由連作構成的異色作品。

7.《繼父》（連作短篇集，一九九三年三月出版／09）「繼父系列」第一集。一個行竊失風的小偷，摔落至一對十三歲雙胞胎兄弟家裡，這對兄弟的父母失和，留下孩子各自離家出走，於是兄弟倆要求小偷當他們的爸爸，否則就報警，將他送進監獄，小偷不得已，承諾兄弟倆當繼父。不久，在這奇妙的家庭裡，發生七件奇妙的事件，他們全力以赴解決這七件案件。典型的幽默推理小說集。

8.《寂寞獵人》（連作短篇集，一九九三年十月出版／11）「田邊書店系列」第一集。以第三人稱多觀點記述在田邊舊書店周遭所發生的與書有關的謎團六篇。各篇主題迥異，有命案、有日常之謎、有異常心理、有懸疑。解謎者是田邊舊書店店主岩永幸吉和孫子稔。文體幽默輕鬆，但是收場不一定明朗，有的很嚴肅。

9.《誰？》（長篇，二〇〇三年十一月出版／30）「杉村三郎系列」第一集。今多企業集團會長今多嘉親之司機梶田信夫被自行車撞死，信夫有兩個未出嫁的女兒，聽美與梨子。梨子向今多會長提議，要出版父親的傳記，以找出嫌犯。於是，今多要求在集團廣報室上班的女婿杉村三郎協助姊妹倆出書事務。聰美卻反對出書，杉村認為兩姊妹不睦，藏有玄機，他深入調查，果然……

10.《無名毒》（長篇，二〇〇六年八月出版／31）「杉村三郎系列」第二集。今多企業集團廣報室臨時僱用的女職員原田泉與總編吵架，寄出一封黑函後，即告失蹤。原田的性格原來就稍有異常，今多會長要求杉村三郎調查眞相。杉村到處尋找原田的過程中，認識曾經調查過原田的私家偵探北見一郎，之後杉村在北見家裡遇到「隨機連環毒殺案」第四名犧牲者的孫女古屋美知香，於是捲入毒殺事件的漩渦中。杉村探案的特徵是，在今多會長叫他處理公務上的糾紛過程中，因其正義感使他去解決另外的事件。

以上十部可歸類為解謎推理小說，而從文體和重要登場人物等來歸類則是屬於幽默推理、青春推理為多。屬於這個系列的另有以下兩部。

11.《地下街之雨》（短篇集，一九九四年四月出版）。

12.《人質卡濃》（短篇集，一九九六年一月出版）。

以下九部的題材、內容比較嚴肅，犯罪規模大，呈現作者的社會意識。有懸疑推理、有社會派推理、有報導文體的犯罪小說。

13.《魔術的耳語》（長篇，一九八九年十二月出版／02）獲第二屆日本推理懸疑小說大獎的社會派推理傑作。三起看似互不相干的年輕女性的死亡案件，和正在進行的第四起案件如何演變成連續殺人案。十六歲的少年日下守，爲了證實被逮捕的叔叔無罪，挑戰事件背後的魔術師的陰謀。宮部美幸早期代表作。

14.《Level 7》（長篇，一九九〇年九月出版／03）一對年輕男女在醒來之後失去記憶，手臂上被印上「Level 7」；一名高中女生在日記留下「到了 Level 7 會不會回不來」之後離奇失蹤。尋找自我的男女，和尋找失蹤女高中生的眞行寺悅子醫師相遇，一起追查 Level 7 的陰謀。兩個事件錯綜複雜，發展爲殺人事件。宮部後期的奇幻推理小說的先驅之作、早期代表作。

15.《獵捕史奈克》（長篇，一九九二年六月出版／07）持散彈槍闖入大飯店婚宴的年輕女子關沼惠子、欲利用惠子所持的槍犯案的中年男子織口邦雄、欲阻止邦雄陰謀的青年佐倉修治、欲去探望臥病妻子的優柔寡斷的神谷尙之、承辦本案的黑澤洋次刑警，這群各有不同目的的人相互交錯，故事向金澤之地收束。是一部上乘的懸疑推理小說。

16.《火車》（長篇，一九九二年七月出版）榮獲第六屆山本周五郎獎。停職中的刑警本間俊介受親戚栗坂和也之託，尋找失蹤的未婚妻關根彰子，在尋人的過程中，發現信用卡破產猶如地獄般的現實社會，是一部揭發社會黑暗的社會派推理傑作，宮部第二期的代表作。

17.《理由》（長篇，一九九八年六月出版）二〇〇一年榮獲第一百二十屆直木獎和第十七屆日本冒險小說協會大獎。東京荒川區的超高大樓的四十樓發生全家四人被殺害的事件。然而這被殺的四人並非此宅的住戶，而這四人也不是同一家族，沒有任何血緣關係。他們為何僞裝成家人一起生活？他們到底是什麼人？又想做什麼？重重的謎團讓事件複雜化，事件的眞相是什麼？一部報導文學形式的社會派推理傑作。宮部第二期的代表作。

18.《模仿犯》（百萬字長篇，二〇〇一年四月出版）同時榮獲第五十五屆每日出版文化獎特別獎，二〇〇二年同時榮獲第五屆司馬遼太郎獎和二〇〇一年度藝術選獎文部科學大臣獎文學部門獎。在公園的垃圾堆裡，同時發現女性的右手腕與一名失蹤女性的皮包，不久兇手打電話到電視公司和失主家中，果然在兇手所指示的地點發現已經化爲白骨的女性屍體，是利用電視新聞的劇場型犯罪。不久，表面上連續殺人案一起終結，之後卻意外展開新局面。是一部揭發現代社會問題的犯罪小說，宮部文學截至目前爲止的最高傑作，推理文學史上的不朽名著。

19.《R・P・G》（長篇，二〇〇一年八月出版／22）在食品公司上班的所田良介於杉並區的建築工地被刺死，在他的屍體上找到三天前在澀谷區被絞殺的大學女生今井直子身上所發現的同樣纖維，於是兩個轄區的警察組成共同搜查總部，而曾經在《模仿犯》登場的武上悅郎則與在《十字火焰》登場的石津知佳子連袂登場。是一部現今在網路上流行的虛擬家族遊戲爲主題的社會派推理小說。

宮部美幸的社會派推理作品尚有：

20.《東京下町殺人暮色》（原題《東京殺人暮色》，長篇，一九九〇年四月出版）。

21.《不需要回答》（短篇集，一九九一年十月出版／37）。

## 二、時代小說系統的作品

時代小說是與現代小說和推理小說鼎足而立的三大大眾文學。凡是以明治維新之前為時代背景的小說，總稱為時代小說或歷史．時代小說。

時代小說視其題材、登場人物、主題等再細分為市井、人情、股旅（以浪子的流浪為主題）、劍豪、歷史（以歷史上的實際人物為主題）、忍法（以特殊工夫的武鬥為主題）、捕物等小說。

捕物小說又稱捕物帳、捕物帖、捕者帳等，近年推理小說的範疇不斷擴大，將捕物小說稱為時代推理小說，歸為推理小說的子領域之一。捕物小說的創作形式是日本獨有，其起源比日本推理小說早六年。一九一七年，岡本綺堂（劇作家、劇評家、小說家）發表《半七捕物帳》的首篇作〈阿文的魂魄〉，是公認的捕物小說原點。

據作者回憶，執筆《半七捕物帳》的動機是要塑造日本的福爾摩斯——半七，同時欲將故事背景的江戶的人情和風物以小說形式留給後世。之後，很多作家模仿《半七捕物帳》的形式，創作了很多捕物小說。

由此可知，捕物小說與推理小說的不同之處是以江戶的人情、風物為經，謎團、推理為緯而構成的小說。因此，捕物小說分為以人情、風物為主，與謎團、推理取勝的兩個系統。前者的代表作是野村胡堂的《錢形平次捕物帳》，後者即以《半七捕物帳》爲代表。

宮部美幸的時代小說有十一部，大多屬於以人情、風物取勝的捕物小說。

22.《本所深川詭怪傳說》（連作短篇集，一九九一年四月出版／05）「茂七系列」第一集。榮獲第十三屆吉川英治文學新人獎。江戶的平民住宅區本所深川，有七件不可思議的事象，作者以此七事象爲題材，結合犯罪，構成七篇捕物小說。破案的是回向院捕吏茂七，但是他不是主角，每篇另有主角，大多是未滿二十歲的少女。以人情、風物取勝的時代推理佳作。

23.《幻色江戶曆》（連作短篇集，一九九四年八月出版／12）以江戶十二個月的風物詩爲題，結合犯罪、怪異構成十二篇故事。以人情、風物取勝的時代推理小說。

24.《最初物語》（連作短篇集，一九九五年七月出版，二〇〇一年六月出版珍藏版，增補一篇作品／21）「茂七系列」第二集。以茂七爲主角，記述七篇茂七與部下系吉和權三辦案的經過，作者在每篇另有記述與故事沒有直接關係的季節食物掌故，介紹江戶風物詩。人情、風物、謎團、推理並重的時代推理小說。

25.《顫動岩——通靈阿初捕物帳1》（長篇，一九九三年九月出版／10）「阿初系列」第一集。破案的主角是一名具有通靈能力的十六歲少女阿初，她看得見普通人看不見的東西，而且一般人聽不到的聲音也聽得到。某日，深川發生死人附身事件，幾乎與此同時，武士住宅裡的岩石開始顫動。這兩件靈異事件是否有關聯？背後有什麼陰謀？一部以怪異取勝的時代推理小說。

26.《天狗風——通靈阿初捕物帳2》（長篇，一九九七年十一月出版／15）「阿初系列」第二集。天亮颳起大風時，少女一個一個地消失，十七歲的阿初在追查少女連續失蹤案的過程中遇到邪惡的天狗。天狗的眞相是什麼？其陰謀是什麼？也是以怪異取勝的時代推理小說。

27.《糊塗蟲》（長篇，二〇〇〇年四月出版／19．20）「糊塗蟲系列」第一集。深川北町的鐵瓶大雜院發生殺人事件後，住民相繼失蹤，是連續殺人案？抑是另有陰謀？負責辦案的是怕麻煩的小官井筒平四郎，協助他破案的是聰明的美少年弓之助。本故事架構很特別，作者先在冒頭分別記述五則故事，然後以一篇長篇與之結合，構成完整的長篇小說。以人情、推理並重的時代推理傑作。

28.《終日》（長篇，二〇〇五年一月出版／26．27）「糊塗蟲系列」第二集。故事架構與第一集一樣，在冒頭先記述四則故事，然後與長篇結合。負責辦案的是糊塗蟲井筒平四郎，協助破案的除了弓之助之外，回向院茂七的部下政五郎也登場，作者企圖把本系列複雜化，或許將來作者會將幾個系列納爲一大系列。也是人情、推理並重的時代推理小說。

以上三系列都是屬於時代推理小說。案發地點都在深川，但是每系列各具特色，有以風情詩取勝，也有以人際關係取勝，也有怪異現象取勝，作者實爲用心良苦。宮部美幸另有四部不同風格的時代小說。

29.《扮鬼臉》（長篇，二〇〇二年三月出版／23）深川的料理店「舟屋」主人的獨生女阿鈴發燒病倒，某日一個小女孩來到其病榻旁，對她扮鬼臉，之後在阿鈴的病榻旁連續發生可怕又可笑的不可思議的事，於是阿鈴與他人看不見的靈異交流。一部令人感動的時代奇幻小說佳作。

30.《怪》（奇幻短篇集，二〇〇〇年七月出版）。

31.《鎌鼬》（人情短篇集，一九九二年一月出版）。

32.《寬恕箱》（人情短篇集，一九九六年十一月出版）。

33.《孤宿之人》（長篇，二〇〇五年出版／28．29）。

## 三、奇幻小說系統的作品

史蒂芬．金的恐怖小說和奇幻小說《哈利波特》成爲世界暢銷書後，原處於日本大眾文學邊緣的奇幻小說獲得成長發展的機會，漸漸確立其獨立地位，而宮部美幸的奇幻小說就在這欣欣向榮的機運中誕生。她的奇幻作品特徵是超越領域與推理小說結合。

34.《龍眠》（長篇，一九九一年二月出版／04）榮獲第四十五屆日本推理作家協會獎的長篇獎。週刊記者高坂昭吾在颱風夜駕車回東京的途中遇到十五歲的少年稻村愼司，少年告訴記者：「我具有超能力。」他能夠透視他人心理，愼司爲了證明自己的超能力，談起幾個鐘頭前發生的事件眞相，從此兩人被捲入陰謀。是一部以超能力爲題材的奇幻推理傑作，宮部早期代表作。

35.《十字火焰》（長篇，一九九八年十一月出版／17・18）青木淳子具有「念力放火」的超能力。有一天她撞見了四名年輕人欲殺害人，淳子手腕交叉從掌中噴出火焰殺害了其中的三個人，另一個逃走了。勘查現場的石津知佳子刑警，發現焚燒屍體的情況與去年的燒殺案十分類似。也是一部以超能力爲題材的奇幻推理大作。

36.《蒲生邸事件》（長篇，一九九六年十月出版／14）榮獲第十八屆日本ＳＦ大獎。尾崎高史爲了應考升學補習班上京，其投宿的飯店發生火災，因而被一名具有「時間旅行」的超能力者平田次郎搭救到一九三六年二月二十六日的二・二六事件（近衛軍叛亂事件）現場，兩名來自未來的訪客能否阻止起義而改變歷史？也是一部以超能力爲題材的奇幻推理大作。

37.《勇者物語―Brave Story》（八十萬字長篇，二〇〇三年三月出版／24・25）念小學五年級的三谷亘的父母不和，正在鬧離婚，有一天他幻聽到少女的聲音，決心改變不幸的雙親命運，打開幽靈大廈的門，進入「幻界」到「命運之塔」。全書是記述三谷亘的冒險歷程。一部異界冒險小說大作。

除了以上四部大作之外，屬於奇幻小說的作品尚有以下四部：

38.《鴿笛草》（中篇集，一九九五年九月出版）。

39.《僞夢1》（中篇集，二〇〇一年十一月出版）。

40.《僞夢2》（中篇集，二〇〇三年三月出版）。

41.《ＩＣＯ──霧之城》（長篇，二〇〇四年六月出版）。

以上四十一部是小說。另有四部非小說類從略。

如此將宮部美幸自一九八六年出道以來，一直到二〇〇五年底所出版的作品，歸類爲三系統後，再按時序排列，便很容易看出作者二十年來的創作軌跡，也可預見今後的創作方向。請讀者欣賞現代，期待未來。

二〇〇七・十二・十二

本文作者簡介

**傅博**

文藝評論家。另有筆名島崎博、黃淮。一九三三年出生，臺南市人。於早稻田大學研究所專攻金融經濟。在日二十五年以島崎博之名撰寫作家書誌、文化時評等。曾任推理雜誌《幻影城》總編輯。一九七九年底回臺定居。主編「日本十大推理名著全集」、「日本推理名著大展」、「日本名探推理系列」以及日本文學選集（合計四十冊，希代出版）。二〇〇九年出版《謎詭・偵探・推理——日本推理作家與作品》（獨步文化），是臺灣最具權威的日本推理小說評論文集。

# 序　奇異百物語

提袋店三島屋，位於江戶神田筋違御門前的三島町一隅。

從直接以町名充當店名，不難看出這是老闆伊兵衛打沿街叫賣一路做起的店面。開業十一年，三島屋如今生意昌隆，已是當地屈指可數的名店，直追專售提袋的兩大龍頭——池之端仲町的「越川」與本町二丁目的「丸角」。規模雖然不大，但在市內的風雅人士之間，無人不曉。

這年入秋時，伊兵衛的姪女阿近來到生意繁忙的三島屋。伊兵衛的大哥以學習禮儀的名義，將年方十七的獨生女阿近，從老家川崎驛站的旅館「丸千」，送到伊兵衛和其妻阿民的身邊。

說到富裕的商家受託照料親戚的女兒，主要是讓未出嫁的女孩在江戶歷經磨鍊。歌唱、舞蹈、茶道、插花等才藝訓練自然不在話下，連看戲、上寺院參拜、遊山玩水，也算是增廣見聞的一環。然而，阿近希望能像女侍般工作，過著辛勞忙碌的生活。昔日在老家「丸千」，她也不似千金小姐養尊處優。旅館的生意就是這麼回事，她已習慣勞動。

伊兵衛和阿民十分清楚阿近的心思。尚未展露成熟風韻的姪女，獨自前來江戶，有所苦衷。

阿近剛失去青梅竹馬的未婚夫良助。良助的死並不單純，他慘遭殺害，兇手是從小與阿近情同兄妹，且同住一個屋簷下的松太郎。殺死良助後，松太郎也自盡身亡。那是嫉妒、失意、傷心引發的悲劇，阿近深受打擊，對苟活於世深感內疚，百般

苛責自己。伊兵衛和阿民等候夏去秋來，同時也等著迎接這名籠罩在暗影下，遺落歡笑的女孩。

只要勞動，就不容易胡思亂想，所以阿近才想全力投入工作，藉由別人的使喚懲罰自己。她希望自己能遭受懲罰。

伊兵衛和阿民沒叨絮不休地說教，也沒小心翼翼生怕傷害阿近。從前也吃過苦的夫婦倆明白，這樣無濟於事，不可能一開始就行得通。

他們決定順從阿近的意思，讓她像女侍一樣工作，並辭去一些喜歡說長道短，想打探阿近痛苦過往的女侍，只留下行事老練的資深女侍阿島，替阿近安排一個能忙得無法喘息的舞臺。像這種時候，讓當事人盡情做自己想做的事，是最好的療傷良藥。

阿近未盲目隨良助尋短，也沒因過度自責一病不起，而是選擇離開事發的傷心處，隻身前赴江戶，阿民認爲她相當了得。沒想到她竟如此堅強，甚至可說是倔強，不過這並非壞事。

儘管懷著悲傷的過去，但若一遇上不如意的情況便想以死解決，再多條命也不夠用。阿近的遭遇十分不幸，可是眞要比較，世上應該有更悲慘的事。然而，日子依舊得過，這就是人生，阿近總有一天會明白……

另一方面，伊兵衛很擔心年輕的姪女，無法表現得像阿民那般沉著，這也正是男女的差異。雖裝得一副處之泰然的樣子，但看著阿近每天愁眉深鎖地賣力工作，他總感到心疼不已。

難道我不能爲她做些什麼嗎？

此時，碰巧伊兵衛夫婦必須外出處理一樁急事，阿近不得不幫忙接待叔叔的棋友。圍棋是伊兵衛上了年紀後養成的嗜好。由於沉迷此道，他空出三島屋裡的一房，取名爲「黑白之間」，趁閒暇之餘與棋藝相當的對手交戰，樂在其中。

那天因伊兵衛突有急事，「黑白之間」的對局取消。爲代伊兵衛致歉，阿近從女侍的身分恢復成主人的姪女，肩負起這項沉重的任務，來到客人面前。她的表現可圈可點，連她自己都意想不到。

伊兵衛返家後，從姪女口中得知客人向她吐露一樁陳年往事，心中大爲驚詫。那是個哀傷、駭人、詭譎，而又不可思議的故事。

伊兵衛暗想，這也是種緣分。他熟識的棋友，竟對初次見面的阿近揭露隱藏多年的舊傷，道出不為人知的祕密。或許兩人之間有共通處，受到阿近身上某樣特質的召喚，對方認為就算敞開心房也無妨。不論如何，這應是上天的指引。

訪客離去後，阿近沮喪的神情不同以往，伊兵衛看在眼底頗感振奮。因為阿近不再一味苛責自己，頻頻陷入沉思。

伊兵衛發現，阿近需要的恐怕不是安慰與鼓勵，而是藉此傾聽人間百態。

伊兵衛是名傑出的商人，一旦拿定主意，便會馬上著手進行，且十分懂得張羅。他旋即委託熟稔的人力仲介商對外散播消息，說提袋店三島屋正廣搜江戶各地的奇聞怪談，且保證會嚴守口風。心中有塵封多年的祕密，想一吐為快的諸君，請造訪三島屋。

於是，一次一人，一人一則故事的百物語收集，就此展開。

# 第一章　逃走的水

「叔叔眞是的，還要繼續啊？」

邁入臘月時節，諸事繁忙，而今天正是個因繁忙而莫名雀躍的早晨。

這是阿近頭一回離開父母身邊迎接新年。老家經營的旅館與三島屋的買賣截然不同，加上江戶市內商家眾多，某些事或許得趕在這個月處理完畢，且過年的種種準備，也可能有不少大路驛站沒有的規矩。阿近暗忖，要學習的事似乎堆積如山。當她充滿幹勁地坐在餐桌前吃早飯時，叔叔伊兵衛突然告訴她，「黑白之間」未時（下午兩點）將有兩名訪客。

「妳說『還要』是什麼意思？」

將盤裡的菜吃得精光，連顆飯粒都不剩的伊兵衛，原本悠哉喝著熱茶，聞言後不禁挑眉，神情頗爲意外。

「當然要繼續。阿近，我何時提過不再收集奇異百物語？」

「可是……」阿近略微噘起嘴。

「兩個月來，包括妳自己的故事在內，妳只聽取五則故事。妳認爲離百物語還差幾則？」

「講到不足的數目，鬼聽見都會笑呢。」

嬸嬸阿民比鬼早一步笑出聲，在一旁幫腔。

「這麼簡單的算術，連新太也不會算錯。還差九十五則，阿近。」

新太是今年春天更換夥計時，新加入的童工，年方十一。雖仍不太懂事，但阿民

與阿島很用心調教他。大家都「小新、小新」地吩咐他做事，而他也相當認眞。不過，讀書、寫字及打算盤，他總是學不好，所以這種時候才會被拿來舉例。

「我以為此事已告一段落。」

誠如伊兵衛所言，阿近在聆聽這些不可思議的故事時，也道出自身的故事。聽她說故事的是女侍阿島，地點和訪客一樣，在「黑白之間」。

於是，阿近心裡暫且畫上了一個句號，伊兵衛深知這點。

「妳能保持平靜的心情，我們當然高興，只是……」

伊兵衛與阿民互望一眼。

「燈庵老闆為此十分賣力張羅，雖然也是我很認眞拜託的緣故。」

燈庵是常進出三島屋的人力仲介商，在神田明神下擁有一家店面。這名光頭老叟長得油光滿面，活像隻蛤蟆，不過他看人的眼光確實有獨到之處，且人脈甚廣。

「據說燈庵老闆店裡，已有客人排隊上門。畢竟是我們主動提出的要求，至少得招待完這些客人，否則多過意不去。」

我想收集全江戶的奇聞怪談，請幫忙找合適的人選——接下伊兵衛的委託後，燈庵老人便向印報業者及替捕快跑腿的小廝散播消息。經他的奔走，三教九流的人士陸續出現在三島屋，夥計們不禁看得瞠目結舌。忠心耿耿的掌櫃八十助等人更是臉色慘白，以為店裡出什麼狀況。

「阿近，妳就當是難得的經驗，再做一陣子吧。」

起初對丈夫的異想天開不甚苟同的阿民，如今則勸道：

「妳似乎十分擅長聆聽，況且，由妳親自招待客人，打扮起來才有意義呀。」

伊兵衛與阿民有兩個兒子，但兩人目前都離開三島屋，到其他商家工作。孤單的阿民，待阿近如同親生女兒。

「到時有幾位客人，就準備幾套新衣，眞令人期待。」

阿民充滿幹勁。依這情況，不配合也不行了。

儘管心頭之事暫且畫下句號，但阿近並未擱下女侍的工作，她不願當個只是擺著好看的大小姐。她和阿島忙進忙出，忙了一上午。在三島屋，店主夫婦總是身先士卒地工作，阿民更要兼顧家務及提袋的縫製作業，除用膳時間外，根本沒空閒聊。

「阿近小姐，再不換衣服會來不及。」

未時鐘響，阿島猛然回神，出聲提醒阿近。兩人剛收拾完午飯餐具，三島屋連同固定到店裡上工的夥計在內共有十人，每天光張羅三餐，就得費好大一番工夫。

阿近急忙返回她那六張榻榻米大的房間，打開衣櫃。此刻，她要從女侍變身成主人的姪女，單拆下圍裙和束衣帶便相當費事。她更換半襟及和服、繫妥腰帶，並往結綿（註）的髮髻插上紅珊瑚簪子。

最近，阿民不時會建議阿近將髮髻改爲市街裡一些富家千金流行的唐人髻。唐

註：江戶時代後期的未婚女性髮型。

人髻不同於中規中矩的桃割（註一）和結綿，是髮髻前方敞開，可清楚看見鹿之子（註二）的華麗髮型。髮髻自然地與鹿之子的顏色、花紋、材質形成對比，極爲講究，當然不適合女侍。阿民心知肚明，卻故意打啞謎，其實是希望阿近放下女侍的工作，眞正當三島屋的千金小姐。這和阿民打算看「黑白之間」來幾位客人，就訂製幾件新衣的想法，如出一轍。

三島屋闖出名號前，叔叔和嬸嬸肯定吃了不少苦，想必幾度窮困過。儘管今非昔比，他們也絕不鋪張浪費。所謂的揮霍無度，與伊兵衛和阿民完全沾不上邊。

然而，他們卻想讓阿近奢華一下，盛裝打扮一番。這是叔叔和嬸嬸的體貼，他們衷心期盼阿近能重拾年輕女孩應有的開朗。

謝謝你們，我很高興。阿近深切體會到叔叔和嬸嬸的心意，內心卻直喊無福消受。

——我還不容許自己這麼做。

之所以這身裝扮，只是不願對客人失禮。

她匆匆經走廊前往「黑白之間」，從裡頭退出的阿島剛關上紙門。

「啊，大小姐。」

每當阿近換上迎接訪客的服裝，阿島便會改變稱呼。

「客人到了吧？」

「是的，我已請對方先進『黑白之間』。」

阿島微微彎腰，悄聲道。

「今天的訪客不太尋常。」

阿近不清楚阿島的實際年齡，猜測約莫長自己二十歲。阿島身材高大而豐腴，有一張過於剛硬的臉蛋，所以她本人曾笑稱年輕時就特別顯老。

「不太尋常，指的是……」

阿近問是不是外表有何特別之處，但阿島搖搖頭。

「乍看是很普通的夥計。依年紀推斷，大概是哪家店的掌櫃。」

聽說還帶著一名童工。

「應該是隨從吧。」

「若是隨從，不會一起進屋，通常會在外頭等，或稍後再來。我們店裡的小新，不就是如此？」

阿島的話沒錯。這麼一提，伊兵衛也說過今天有兩名訪客。

「現下裡頭坐著掌櫃先生和童工，是嗎？」

「嗯，看情況總覺得……」

阿島說，那名掌櫃似乎很顧忌身旁的童工。

「掌櫃不時斜眼偷瞄童工，而童工則一副愣頭愣腦的模樣。」

註一：將髮髻一分爲二，形狀像剖開的桃子一樣的傳統髮型。

註二：用來纏在髮髻上的一種染布。

那孩子像是不懂任何禮儀，阿島十分詫異，也很感興趣。

「或許是特意安排的，可能與他們要講的故事有關。」阿近推測道。「總之，見過後才會明白。」

阿島應聲「是」，便讓路退下。

「大小姐，您今天打扮得眞美。不過，若講故事的是那童工，您可就白費一番工夫。」

說得好。阿近忍不住噗哧一笑，輕戳阿島肩膀，阿島也暗暗竊笑。

阿近走進兩張榻榻米大的等候室，端正跪坐在紙門前。

「打擾了。」

聽聞訪客中有名孩童，阿近話聲不自覺放柔。由於平時都是代主人伊兵衛出面，她常提醒自己盡可能表現得沉穩堅定。

「請進。」一個沙啞的男聲應道。

阿近推開紙門。「黑白之間」坐北朝南，雪見障子（註）外是座庭院。臘月的午後陽光，輕柔地灑落在緊閉的拉門上。

兩名訪客背對著壁龕，與阿近一樣，規矩地併攏雙膝跪坐。兩人身邊各擺著一個有田燒小火盆，裡頭炭火燒得赤紅。

如阿島所言，兩人像是某家店的資深掌櫃和童工。阿近一時想不出其他可能的組合，若眞是祖孫，未免太無趣。

「我是三島屋伊兵衛的姪女阿近，代店主向您致意。」

阿近雙手扶地，深深一鞠躬。

那看似資深掌櫃的男子，名叫房五郎。他催促男孩向阿近問候，接著道：

「這是我們店裡的童工染松。」

染松在他的催促下，依舊搞不清楚狀況。

「喂，還不快向人問候。」

經房五郎輕聲喝斥，染松才低頭行禮。

他的舉止間並未流露任何不滿，應該眞如阿島鑑定，還不懂禮儀。合身的條紋和服，配上孩童的髮髻，由於外出，所以拆下圍裙，反而更像鄉下土包子。就算雙頰沾著泥巴，也不會顯得奇怪。

阿近微微一笑，男孩倏地睜大眼，彷彿頭一次有人對他笑。

雖然只是個童工，但染松這名字十分文雅。

具有相當規模的店鋪，老闆都會沿襲同樣的名字，三島屋亦不例外。目前出外學習經商的長男伊一郎，日後繼承家業時，也會改名爲第二代伊兵衛。

另一方面，有些店家因爲迷信，往往替夥計取特定的名字，染松或許就是這種情形。

---

註：底下採玻璃設計，打開後可賞雪的和室拉門。

正好可拿此事開啓話端，阿近暗忖之際……

「大小姐。」

房五郎面向阿近。不同於沙啞的嗓音，他的雙眼意外炯炯有神，很適合短外罩的打扮。

「我是聽燈庵老闆提到這裡的做法，才得知有關百物語的事。」

「謝謝您。」

「所以，我曉得負責聆聽的是大小姐。以三島屋現下的名氣，像這種古怪的嗜好，大老闆應該沒空一一奉陪。生意如此興隆，眞是可喜可賀。」

他話中帶刺。

「不過，恕不能透露敝商號及店主的名字，不要緊吧？」

「是，您方便就好。」

阿近再次低頭鞠躬。

「只是，這樣或許會不好敘述故事，您不妨以假名替代。」

三島屋想從「黑白之間」訪客那裡聽到的，不是故事人物的眞實身分，而是故事的內容。由於是說過多次的開場白，阿近自然流暢地補充，毫無挖苦之意。

不料，房五郎卻像被惹惱，語氣十分不悅。

「有燈庵老闆擔保，我信得過，但……」

大小姐——房五郎突然臉色一沉。

「您當眞會替我們想辦法吧？」

這下換阿近一愣。

「咦？」

「不管什麼事，您都會幫忙解決吧？我是這麼聽說才上門的。」

「解決」是指？

「我要解決什麼事呢？」

房五郎不禁焦慮起來。「您不能這樣轉移話題，我在金井屋也是很忙的。」

話一出口，他旋即噤聲。

阿近嫣然一笑。「故事裡的店家叫金井屋嗎？我明白了。」

房五郎板起面孔。染松依舊圓睜著雙眼，輪流望著兩人，一臉天眞無邪。

「您在金井屋的身分是？」

「我是掌櫃。」

負責掌管紅漆算盤——房五郎皺著眉頭道。只有講到這裡，他才微微挺起胸膛。

房五郎當然很清楚何謂「紅漆算盤」，阿近聽來卻相當陌生。她猜想，這大概是形容很氣派的算盤，也表示他是掌管現金出納的大掌櫃。

提袋店或雜貨店並無此一說法，阿近老家經營的旅館也一樣，所以金井屋應是經營別種生意。

擔任「黑白之間」聆聽者的阿近，之後得向伊兵衛轉述故事。她打算待會兒再請

教叔叔。

房五郎儀態不凡，或許與金井屋從事的買賣有關。身爲三島屋的棟梁，掌櫃八十助也很幹練可靠，卻沒這樣的威嚴氣度。

「總之，我是爲店裡著想，抱著最後一絲希望，苦苦等候拜訪三島屋的機會。請務必接受我的懇求。」

房五郎的話令阿近益發疑惑，燈庵老闆究竟是如何推銷奇異百物語的？

「什麼？」

「金井屋這位先生，」阿近重新坐正，「看來，其中有點誤會。」

「我們確實在收集奇異的故事，但只限於聆聽，就是聽您述說而已，不會幫忙解決困難，或解開謎團。若燈庵老闆提過類似的話，便是誤會一場。」

臉色已十分難看的房五郎，明顯浮現怒意。「這跟先前講的完全不一樣！」

「所以，我才說其中可能有點誤會。」

阿近恭敬地柔言以對。然而，氣得火冒三丈的房五郎益發挑眉瞪眼。

「根本是詐欺嘛。」

房五郎如此抱怨時，染松突然低下頭，噗哧一笑。

那模樣天眞無邪，就只是個孩童覺得有趣，不由得笑出聲罷了。要不是驚訝在前，阿近恐怕也會忍俊不禁。

「臭、臭小子。」

然而，房五郎卻脹紅臉。

「笑什麼笑，你這個大笨蛋！說起來，還不都是你的錯！」

他粗暴地揪住染松的衣領，作勢欲打，差點撞翻烤火盆。

阿近急忙勸阻。事出突然，她一時忘了顧忌，擋在房五郎與染松中間，以背部護著染松。

「請住手，掌櫃先生。」

以當時的世道，年長者打罵年輕夥計並不罕見，算是一種管教的風潮，不過三島屋嚴禁此一行徑。伊兵衛和阿民都很厭惡體罰，他們一致認爲，若非得藉由這種方式才能管教夥計，那是老闆本身不得其法。

「在其他地方我管不著，但您在三島屋內動粗，我很困擾！」

儘管阿近出面制止，房五郎仍氣得渾身發抖，一股怒意無從宣洩。他高舉著原要揮向染松的手，不知該往哪擺。

「啊，眞是的！」

思緒游移間，只見他使勁拍向自己的額頭，發出令人訝異的清脆聲響。

「怎會陷入這樣的窘境……」

承受著幾欲壓垮胸口的痛苦，他啞聲低喃。

一回神，阿近發現身後的染松緊抓她的腰帶，悄聲道：

「掌櫃先生，請原諒。我不是故意那麼做的。」

阿近緩緩回頭，望向男孩。

染松睜著一雙大眼，嘴巴微張，可清楚瞧見開闊的門牙縫。比起年紀相仿的新太，染松的牙齒不僅長得小，顏色也不太健康，彷彿看得出這鄉下小孩來到金井屋前的貧困生活。

「你剛才講什麼？」

阿近一問，染松連忙垂下目光。與其說是害怕，更像是難爲情，他鬆開緊抓阿近腰帶的手，縮起身子。

「難不成今天故事的主角是這小弟？」

阿近轉向房五郎。這名儀態不凡的掌櫃，臉色由紅轉青，似乎很羞愧。

「抱歉，讓您見笑。」

阿近一顆心仍跳得又急又快，但最近她已稍微學會如何不讓情緒顯露臉上。

「您不必道歉。而且，在這裡發生的一切，及您在這裡提到的事，我們絕不會外傳，請放心。」

阿近重新擺好烤火盆，面向兩人。見染松依然縮著身子，她略略坐近染松。

「要不要喝杯茶？我讓女侍泡個茶吧。」

額冒冷汗的房五郎理順衣襟，不發一語地點點頭。

「還有茶點喔。」

阿近嫣然一笑，雙手一拍，喚來阿島。在「黑白之間」，很難掌握上茶點的時機。無論採取何種方式，都會打斷客人的話，也容易擾亂氣氛。阿近深知這一點，阿島肚裡亦十分明白。

不久，端著茶點走進「黑白之間」的阿島，像在演戲般，儀態端莊地展開服侍。從她悄悄向阿近使眼色的模樣來看，她似乎對這組罕見的訪客相當感興趣，同時也有些不安，一直躲在廊上豎耳偷聽。

——這老頭眞難侍候。

明明是大人，卻如此暴躁易怒，甚至想對孩童動粗，阿島看房五郎很不順眼。阿近連忙以目光安撫。

阿近身旁的烤火盆，比客人用的足足大一圈。擺上爐座、架上鐵壺後，阿島又舉止端莊地退下。她行一禮，關上紙門前，定睛凝視染松，正巧與入神緊盯優雅中年女侍的男孩四目交接。兩人眨眨眼，趕緊低下頭，模樣滑稽有趣，猶如兩個淘氣鬼。

「來，嘗嘗。」阿近招呼染松用茶點。「在這裡您也是客人，別客氣。」

小漆盤上放著豆沙小包，是三島屋常買的附近糕餅店名產。

「雖然已過栗子的產季，但這家店仍會做栗子豆沙包。吃吃看，裡頭藏著一顆大栗子喔。」

染松忍不住要吞口水，一副很想伸手拿取的模樣，卻不忘偷瞄房五郎的表情。只見那掌櫃頻頻以懷紙擦拭蒼白的臉。

阿近已察覺，房五郎平時應該沒這麼易怒。今日會出現如此荒腔走板的舉措，想

必是遇上十分棘手的事。

而一切的源頭，似乎是眼前這名面對栗子豆沙包，忸怩不知所措的鄉下童工。會不會正因房五郎是資深的大掌櫃，才滿肚子怒火，焦急難耐，終致大發雷霆？

「燈庵老闆……」

房五郎彷彿見到仇人，直瞪著茶碗半晌，抬起臉吁口氣後，出聲道。

「或許真的沒說這裡能幫解開謎團，是我誤解。他言下之意，大概是來這裡聊過，搞不好能獲得一些線索。」

儘管仍執拗地語帶辯解，他已恢復冷靜。

「對了，貴寶號與堀江町的越後屋頗有交情吧？」

堀江町的越後屋是家草鞋批發商。三島屋與越後屋合作，推出匠心獨具的草鞋鞋帶，一直廣受好評。

阿近頷首。

「越後屋不是有個久病未癒的小姐？好像是他們老闆娘的堂妹或小姨子，算是親戚。」

「是的，我知道。」

那女子名叫阿貴，是奇異百物語的第二位客人。由於說出自身的故事，而被囚禁在更不可思議的事態中，直到第五個故事才脫困。第五個故事相當於第二個故事的續集，阿近在第五個故事中，與阿貴一起帶著軀體前往堪稱故事核心的場所。

雖然有點奇怪，不過只能這麼形容，畢竟不是靠雙腳行至該處。阿近一度跳脫人世，奔赴介於陰陽之間的奇異場所，最後和阿貴一同返回。

「最近，那位小姐忽然痊癒，重拾往日的美麗。」

「是的。」

「聽說全是三島屋的功勞，所以……」

所以才產生誤會，房五郎的想法約莫如此。

阿近頗爲驚訝，沒想到越後屋阿貴的事，會演變成這樣的傳聞。

「那麼多人知道越後屋的事嗎？」

怒火平息，一臉沮喪的房五郎，頓時精神一振。

「不，並未廣爲流傳。當然，越後屋也不是逢人便講，反倒相當低調。不過，我們做生意的，就是得知道別人不知道的事……因此，說這是傳聞，可能不太貼切。」

該怎麼說呢？房五郎自問自答。聽起來，像是特意派間細四處打探不爲人知的祕密。金井屋究竟做的是哪種買賣？

「總之，有這麼一段緣由，我才會一頭熱，請見諒。」

猛然回神，阿近發現染松塞了滿嘴的栗子豆沙包，又露出愣頭愣腦的模樣。

「好吃吧？」

阿近一問，染松鼓著腮幫子點點頭，急忙摀著嘴，神情十分可愛。

「我明白了。」

阿近微笑回應，表情認真。

「不過，貴寶號似乎遇上傷腦筋的狀況，是這小弟在店裡惹出什麼麻煩嗎？」

阿近原想說「做什麼壞事」，卻臨時改變用詞。剛剛染松那句「我不是故意的」，似乎並不單純。

「沒錯，惹出了麻煩，而且是天大的麻煩。」

恢復鎮定的房五郎，再度擺出大掌櫃的架勢，目光嚴峻地望著染松。

「不過，不曉得您會不會信。」

面對房五郎的刺探，阿近緊抿雙唇，回以嚴肅的神情。

「這事光怪陸離得很。」

房五郎又試探性地強調一遍。雙方沉默片刻，染松率先開口：

「我……」

「你閉嘴。」

儘管劈頭遭到斥喝，但染松並未怕得縮起身子，而是望著阿近，露出求助的眼神。

阿近微微頷首。「你的故事，等一下我會好好聆聽。」

「這傢伙只會說假話。」

房五郎似乎對染松充滿憎恨。發過火後，反倒卸除他原本的顧忌。

「小鬼頭淨會鬼扯，或胡謅一些對自己有利的事。」

「可是，您不仍帶他來了嗎？」

房五郎並未退縮。「他是最佳見證人，否則我的故事太過離奇，您恐怕難以相信。沒錯，若沒親眼目睹，您絕不會相信。」

話雖如此，染松怎麼看都像普通小孩。

「目睹什麼？」

房五郎嚴肅答道：

「水會逃跑。」

阿近已聽慣各種離奇的現象，房五郎愈是講得神祕兮兮，她愈不當回事。

「逃去哪？」阿近漫不經心地應道。

房五郎神情無比認真，話聲又隱含怒氣。「從井裡、水缸、花盆等家中各角落逃跑。」

只要染松待在屋內，他補上一句。

「這傢伙一靠近，水就逃得一滴不剩。」

房五郎說得咬牙切齒，阿近卻不疾不徐地發出頭一個感想。

「那可真不方便。」

染松猛然低下頭，阿近知道他正強忍著笑。

房五郎再度露出惡鬼般的表情。

「一點都不好笑！您不妨讓這傢伙待一晚試試，到時三島屋就會明白有多困擾。」

這種時候，對方態度愈認眞，愈顯得好笑，此乃人之常情。阿近忍俊不禁，便笑著問染松：

「那些變戲法般的惡作劇，是你的傑作嗎？」

見染松使勁搖頭，房五郎訓斥「還不乖乖回答」。

「不，沒關係。您這樣罵他，他反而不肯說。」

化解掌櫃的怒意後，阿近略略湊向染松。

「你沒惡作劇吧？」

染松點頭。

「當中是不是有機關？眞的不是變戲法嗎？你知道變戲法吧？看過野臺表演嗎？」

染松也靠向阿近，「我看過水藝表演。」

「這樣啊，在哪看的？」

「大川橋邊，有許多表演小屋的地方。」

「那應該是兩國廣小路。你還不熟悉江戶的市街吧？」

「他來江戶半個月了。」房五郎獨自生悶氣。「多麼漫長的半個月！」

就讓他氣個過癮吧。

「是誰帶你去的？」

「富半先生，他想瞧瞧表演中的水會不會逃跑。」

阿近雙眼圓瞠，「結果呢？」

「逃了。」染松有點得意。「富半先生也嚇一跳，說我果然是名副其實的旱先生。」

富半大概是人名，但「旱先生」應該另有所指。

「旱先生是什麼？」

「神明。」染松答得乾脆。「祂緊跟著我。」

阿近大為震驚，莫非這孩子有神靈附體？

「是哪裡的神明嗎？」

阿近轉問房五郎，掌櫃撇嘴回道：

「聽說是他們村裡的山神。」

房五郎一口咬定是詛咒神。「那是會引起乾旱的惡神，才遭嚴密封印。這

小子偏偏放祂出來，還被附身，簡直要命。戶邊大人也眞是的，竟然把這要命的累贅硬塞給金井屋。」又出現一個新人名。

水在生活中不可或缺，好不容易辛苦從井底汲出，卻馬上消失無蹤，不論煮飯、洗手、喝水，都極爲不便。若連井水都乾涸，那可是攸關人命的大事。

果眞如此，房五郎工作的金井屋，近半個月肯定苦不堪言。不難理解他爲何會這麼生氣，關於此一詛咒神附身的離奇故事，得仔細聽他娓娓道來。

「染松小弟，不，小染。」

「是。」染松安分地點頭，齒縫過開的門牙上沾著栗子殘渣。

「我和掌櫃先生有些事情要談，你能不能在廚房稍等一下？順著廊道左轉，走到盡頭，應該會看到剛剛那名女侍，請告訴她『需要的話，我可以幫忙』。」

「能說是姊姊吩咐的嗎？」

阿近應聲「嗯」，卻被房五郎一句「不會叫大小姐嘛！」蓋過。

染松沒聽見阿近的回答，又問：「跟剛剛的阿姨講就行了吧？」

「她的名字是阿島。喊她阿姨，小心會發生恐怖的事。」

染松天眞一笑，輕快站起。

「我們店裡的小新和你差不多年紀，要是他請你幫忙，要好好相處喔。」

「嗯，我明白。」

染松手剛搭上紙門，忽然轉身道：「姊姊……大小姐。」

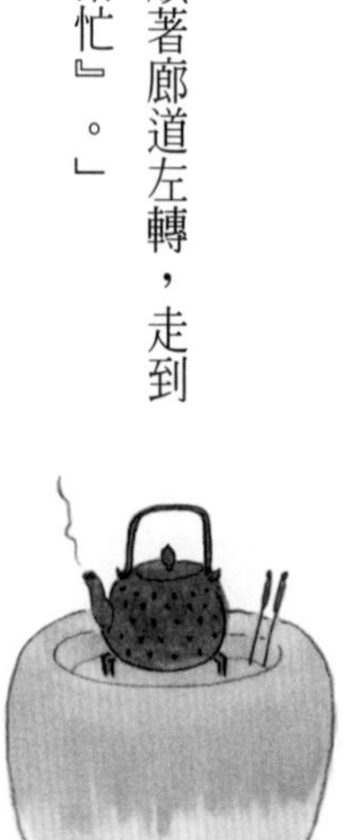

「怎麼？」

「那個鐵壺。」他指著阿近身邊的烤火盆上方。「您最好離遠一點。」

爲避免水煮過頭，阿島已先往烤火盆的木炭灑一層灰，壺口仍微微冒出水氣。

「水會逃跑，危險。」

話語略顯笨拙，卻十分眞誠。

「還有，插花的地方也一樣。」

他指向插在壁龕花盆裡的小菊。

「那裡現下一定沒水了。」

容器小乾得特別快。

面對這鄉下小孩認眞的眼神，阿近點點頭。待染松離開，她旋即提起烤火盆上的鐵壺，驀地一驚。

好輕，壺底僅殘留些許的水。因爲是泡茶用的，阿島應該會裝滿。就算煮沸，也沒經過多久，不至於只剩這麼點水量。

阿近急忙走向壁龕前的瀨戶燒花盆，發現裡頭的水豈止少，根本空空如也，插有小菊的劍山裸露在外。

「喏，和我說的一樣吧？」

房五郎有點幸災樂禍，嘴角泛著冷笑。

「等著瞧，廚房很快會遭殃。」

阿近摩挲乾涸的花盆底部，看著房五郎半晌，而後目光移回花盆，又移向房五郎。

「不是我做的，是那個小鬼。」

此時要是面露怯色，就太不成熟了。

「眞教人驚訝。」阿近吁口氣。「嚇我一跳。」

「不枉我帶他走這麼一趟。」

「那盆小菊是我午飯後才插的花。」

「我說過，是染松幹的好事。」

「難道是這小菊太會吸水？」

「不可能吧！」

阿近心知肚明，只是見房五郎不懷好意地冷笑，故意含混以對。

阿近將花放回原位，才開口：

「那孩子是打哪來的？不，說村名就行。」

「上州北的山裡。」

據說，那片土地放眼望去全是山。

「雖然沒什麼田地，卻是松樹、杉樹的產地。杉樹用來蓋房子，松樹用來當庭園樹木，都有其價値。因爲形狀長得好。」

當地的村長姓金橋。

「那是打從神君家康公（註一）進關東就有的名門望族，同時也是金井屋的開山

始祖。」

由於手中土地的產物是樹木，金橋家從以前便與木材批發業關係密切。後來有個分家看準明曆大火（註二）之際前往江戶，做起現在的買賣，也算得上歷史悠久。

「不過，金井屋並非木材商。」

「沒錯，金橋家也是假名，我不會去探究。」

房五郎乾咳一聲。

「染松是金橋家一名夥計的孩子。」

他在七個兄弟姊妹中排行老么。

「他父親是看管馬廄的下人，母親是女侍。父母都比馬聰明不到哪裡去。」

這種講法眞不客氣。

雖說是山村的村長，但擁有自家的馬廄，表示金橋家財力不凡。

「他們家的孩子全在金橋家工作。」

「有人當樵夫、製炭工，也有人當佃農，當然，都算是金橋家的長工。」

也就是靠金橋家吃飯，房五郎補上一句。

「可是，爲什麼只有小染到江戶來？」

---

註一：德川家康的尊稱。

註二：明曆三年（一六五七）連燒三天的大火，當時的江户泰半付之一炬。

「那是奉戶邊大人的指示。」

戶邊大人，指的是山奉行底下的一名與力（註一）。山奉行指的是管轄山林的行政機關，對於生產樹木的土地擁有極大的權限，自然握有村長的生殺大權。

阿近不熟悉山村生活，但她自小在驛站長大，對於一些沒去過的地方，多少曾有耳聞。川崎是東海道數一數二的大驛站，全國有許多人會路過此地。他們投宿「丸千」，在旅館裡暢談見聞，光在一旁聆聽，便對那些恐怕一輩子無緣造訪的異鄉慣習、風俗、產物，都略有所悉。

「帶小染到江戶的富半先生是……」

「他是金橋家的家丁，人稱山老大。負責管束那些山林裡的工人。」

「那職務很重要吧。」

爲了染松一人，富半丟下工作，專程前來江戶。山奉行的與力親自下達指示，還有重要的家丁隨行，彷彿小染比金橋家的子弟受禮遇。

「這小子所到之處都會造成缺水的災難，小心伺候也是理所當然。」

您這樣的江戶商家大小姐大概無法想像，房五郎忿忿不平道。

「在多山的土地引發乾涸，是很可怕的災厄。萬一井水乾涸，可不是叫賣涼水的小販來就能解決的事。」

江戶的井盡皆枯竭，無法汲水，麻煩就大了。實際上，金井屋便是傷透腦筋，房五郎才會排隊到三島屋尋求解決之道。

算了，現下反駁也沒意義。阿近沒把他的話放在心上，反問：

「乾涸得那麼嚴重嗎？」

「當然。」

房五郎誇張地瞪大眼睛，但他應該未親眼目睹，約莫是從富半那裡聽聞。

「宅邸的井水乾涸，用水一滴不剩，甚至只要染松上山撿柴，他所到之處，地下的湧泉都會枯竭。」

附身染松的「旱先生」是地方神明，在所屬土地上力量尤爲強大。阿近暗想，祂在江戶大概施展不出同樣的力量。

此外，就水來說，江戶與其他地方有一點不太一樣。

「江戶都是自來水井，旱先生再厲害，也不可能讓水完全乾涸。」

沒錯。江戶這塊土地因水利不便，將軍老早就設立自來水設備。阿近居住的神田三島町，也是利用井承接援引神田上水（註二）的自來水。

儘管江戶市如此先進，近十年掘地下水井的住戶仍增加不少。不過，井必須掘得夠深，又耗費人力和金錢。且掘井有地下水可用，固然不錯，但有時會摻雜海水，不

註一：江户時代，在諸奉行、大番頭、書院番頭等官員底下擔任輔佐工作的職務。

註二：神田上水是江户時代設立於江户的上水道，爲日本都市自來水的發端，與玉川上水合稱「二大上水」。

適合飲用。

用自來水泡產湯（註），是江戶人引以爲傲的事，但這同樣也是他們愛逞強、打腫臉充胖子的一面。原本就不是江戶人的阿近常這麼認爲。

房五郎固執皺在一起的眉間，頓時舒展。

——哦，沒想到這位千金小姐滿清楚的。

「沒錯，所以戶邊大人也裁示染松應該送往江戶。」

於是金井屋被選上，負責照料染松。

「當眞是抽中下下籤。」

房五郎不再生氣，態度轉爲消沉，模樣有點可憐。

「一開始聽聞此事時，我們都半信半疑。鄉下人特別迷信，我們猜想，那可能只是某個原因造成井水連續乾涸，他們卻認爲是這小鬼幹的好事。」

意外的是，連金井屋也發生水往外逃的現象。

「水缸、鐵壺、花盆裡的水，或許眞的會逃跑——應該說是乾涸吧，不過，自來水和湧泉，與其說乾涸，不如稱之爲改道。只要小染一靠近，水就會改變流向，是嗎？」阿近說。

山裡的湧泉也一樣，若要讓其乾涸，可是比讓神田上水乾涸還困難。

「我也不懂其中的道理。」

房五郎並非在抗辯，似乎眞的覺得這種事不重要。

「總之，戶邊大人知道江戶有自來水，眞是一場災難，金井屋不得不負責收容瘟神。」

請一定要幫忙想想辦法，他又激動地央求。

「我不認爲我們幫得上忙，不過，暫時將小染留在三島屋，您看如何？」

聽聞阿近的提議，房五郎一臉驚詫。

「什麼？大小姐，您想收留這瘟神？」

這不是您能決定的事吧？房五郎狐疑地補上這麼一句。

「身爲店主伊兵衛的代理人，我做的決定，您大可當成伊兵衛的意思。」

阿近腦中突然有個想法，並非她已看出什麼，只是……

「我想確認一下，三島屋的自來水井會不會發生水往外逃的現象。」

從房五郎對染松的態度，及他剛剛激動的言行，阿近已察覺，小染在金井屋必定受到很不人道的對待。若只爲不讓他靠近水，而將他關在房裡倒還好，不過，像剛才那般遭厲聲咆哮、毆打，恐怕是家常便飯。

染松見房五郎不成熟地隨意動怒，竟忍不住笑出聲，足見他是個堅強的孩子，但即將挨打時，仍會害怕。阿近心想，那不僅僅是遭恫嚇的緣故，而是眞的挨過揍。既然這樣，聽完故事便不予理會，她也會良心不安。

註：剛出生的嬰兒泡澡用的水。

「對我們金井屋沒任何影響。」

童工沒多大用處。

「這半個月，我們既沒教他工作，也沒教他規矩。他完全不懂禮儀，猶如山裡的野猴子。」

「那麼，我就當是飼養一隻誤闖鄉間的小猴子吧。」

阿近嫣然一笑，輕鬆答道。

送房五郎離去後，阿近回屋內一看，發現染松坐在後門口。他蹲在地上，雙手托腮，一副閒得發慌的神情。

「小染，來一下。」

經她叫喚，染松站起身，一旁立著掃帚和畚箕。仔細一瞧，後門外頭已打掃乾淨。

「你幫忙打掃嗎？謝謝。」

新太突然從染松身後露臉。

「啊，你們兩個都在。」

阿近正要說「你們變成好朋友啦」，新太便一把推開染松，直衝過來，撲向站在土間（註）入門臺階的阿近，彷彿要抱住她的裙襬。

「大、大、大小姐！」

阿近蹲下身擋住新太。三島屋這名童工臉色發白，一對眼珠慌張地轉個不停。

「這、這傢伙太不像話。」

新太反手指著染松。

「有隻麻雀停在晒衣場的柱子上，他居然拿石頭擊落。」

染松臭著臉，轉身背對他們。廚房外是後院，充當晒衣場用，常有麻雀飛來。因爲阿近和阿島都會餵牠們吃菜葉。

「那麻雀隨石頭掉下，抖幾下就一命嗚呼。」

新太泫然欲泣。他一直很期待成群麻雀來訪，還常說——等到春天，不知看不看得到幼鳥。

「這樣啊，眞可憐。但快別哭了，你是男孩子吧？」

阿近扶起新太，要他進店裡幫忙。接著，她穿上草鞋，走向染松。不過在那之前，她先轉到廚房，掀起水缸蓋查看。

廚房裡有三個水缸。右邊是飲水用，中間是煮飯用，左邊是清洗食材用。阿近依序掀開蓋子，每掀一次便嘆口氣。

三個水缸幾乎滴水不剩。

飲水和煮飯用的水缸底端，放有澄澈水質的小沙礫。早上裝滿水，午餐後補滿水，事先將用掉的水量補足，是這個家的規矩，所以現下應該仍有八分滿的水量。

註：日式房屋入門處沒鋪木板地的黃土地面。

然而，兩個水缸都已見底。至於第三個水缸，阿近捲起衣袖伸手進去時，直接能碰觸到濕滑的缸底，連手腕都沒沾濕。

阿近闔上蓋子，轉過頭，發現染松注視著她。染松急忙背過身，刻意避開阿近的目光。

「旱先生口渴了嗎？」

所以才會喝這麼多水，阿近自言自語。

「水井那邊情況如何？小染，跟我去瞧瞧。要是還有水，就一起汲水吧。」

阿近快步跨過後門的門檻，染松依舊坐著不動。

「怎麼？來幫忙啊。」

「大小姐，妳就這身打扮去汲水嗎？」

原來如此，阿近臉上留著待客時的妝。

「衣服濕了晒乾就行，反正不會弄髒。」

阿近將衣袖塞進腰帶兩端笑道。染松噘起嘴，低頭望著地面，以發牢騷的口吻問：

「掌櫃先生呢？」

「回去了。從今天起，你就是三島屋的夥計。」

染松難掩詫異，「他把我留在這裡？」

「嗯。」

「爲什麼？」

阿近反問：「你想回金井屋嗎？」

染松的嘴噘得更高。這次並非不滿，而是驚訝。

「怎會這樣問？」

「也對，現下問也來不及了。掌櫃先生說無法再收留你。」

阿近仔細觀察染松的神情。只見他頻頻眨眼，撇著嘴。

「要是不待在那家店，富半先生會罵我。」

「罵你自作主張嗎？」

阿近似乎沒猜中，染松悄聲道。

「他告訴我，絕不能回村裡。」

應該是說故鄉方言的緣故，染松的話帶有濃濃口音。

「我們不會把你送回故鄉，這樣就不算違背富半先生的吩咐。只是讓你換家店待而已。」

你很會打掃呢，阿近稱讚道。「掃得很用心，跟誰學過嗎？」

跟姊姊學的，染松答。他仍低著頭，像在鬧彆扭，鼻子直呼氣。

「眞是個好姊姊。來吧，先收拾掃帚和畚箕。那隻麻雀在哪裡？」

「剛才那個叫新太的帶走了。」

他說要替麻雀造墳。

「麻雀會破壞稻米。牠們眼睛很尖，只要有一隻發現吃的，馬上會成群圍聚。所

以一瞧見麻雀便得打下，否則後續會非常麻煩。」

他頭頭是道地辯解，證明自己沒幹壞事。

阿近莞爾一笑，點點頭。「在你故鄉都是這麼做吧？」

阿近告訴他，江戶人不會這麼仇視麻雀，甚至相當疼愛牠們。

「所以，下次看到麻雀時，不能隨意擊落。還有，剛才你那些話，要講給小新聽，並和他道歉。」

染松低著頭，沉默不語。

「這叫入境隨俗，懂嗎？」

阿近以嚴峻的口吻強調，染松聲若細蚊地應聲「是」。

阿近拎著汲水用的桶子，帶著染松朝水井走去。這是和隔壁的針線批發商住吉屋共用的水井。

自來水是由上水道流經地下的石導管和木導管，再從分歧的竹筒轉接管分配至每一口水井。阿近往蓋著防塵蓋、形狀像大水桶的水井裡窺望，不自主地屏住呼吸。若連這裡都乾涸，不僅是我們家，還會給鄰居添麻煩。

所幸井裡仍有不少水量，且不時有新水從轉接管潺潺流出。

阿近放心地吁口氣。

「大家滿嘴水井、水井的。」染松又面露不快，「這才不算水井，根本只是一般的貯水桶。」

對往昔只見過深井的染松而言，江戶的水井確實很不起眼。

「說得也對。不過，水帶給人的恩澤，不論到哪裡都一樣。」

阿近邊告訴他自來水的結構，邊與他合力汲水。在臘月的寒風吹拂下，兩人不斷往返於井邊和廚房，裝滿三個水缸後，阿近的手都凍僵了。

染松似乎一點都不覺得冷，僅有鼻頭微微泛紅。

——這孩子力大無比。

完全沒因汲水叫苦。

在廚房歇口氣，阿近問道：

「目前暫時沒事，不過你一靠近，井裡的水就會逃走，是嗎？」

阿近沒別的意思，但染松以爲阿近在責備他。

「我不是故意的。」

「嗯，我知道。」

這是爲什麼呢？阿近側頭感到納悶。

「附在你身上的旱先生是神明吧？既然這樣，祂應該會傾聽人們的願望。要是你誠心祈求，祂會不會讓水不再乾涸？」

看樣子，之前在染松的村子及金井屋裡，都沒人說過這種話，染松相當吃驚。

「祈求？」

「就是膜拜懇求啊，畢竟對方是神明。」

試試看吧——阿近將染松帶往「黑白之間」。
「來，請坐。這次要面向壁龕坐好。」
壁龕裡除花盆外，還掛著一幅竹林七賢的水墨畫。
「對這個膜拜嗎？」
染松望著畫軸，覺得很不可思議。
「那是我叔叔依樣畫葫蘆所繪的圖。雖然是竹林七賢，但要說多靈驗，實在教人懷疑。」
伊兵衛是個沒什麼閒情雅致的人，沉迷圍棋前，他也曾在朋友的邀約下投入某些嗜好，最後都沒能持續，水墨畫便是其中之一。所以，這幅畫軸說珍貴，確實很珍貴，但也僅止於此。
「因爲旱先生在你體內，得對著這裡。」阿近手掌抵在胸口。「要向你的眞心祈願。」
阿近也是依樣畫葫蘆，但似乎比伊兵衛的水墨畫容易讓染松接受，只見染松闔上眼，雙手合十。
過一會兒，他猛然睜開眼，阿近問：「願望傳達了嗎？旱先生怎麼回覆？」
此時，染松噘起嘴。
「一直擺出這種臉，日後眞的會變成這種臉喔。」
與其說不滿，不如說染松不懂控制表情。只見他表情不變，唯獨將噘起的嘴巴往內收。

「你這孩子眞有趣。」

染松仔細端詳著發笑的阿近，以拳頭在鼻子底下摩挲。

「大小姐，妳好怪。」

「嗯，也許我眞的有點怪。」

畢竟我背負著在「黑白之間」聽聞的故事，及自己說過的故事。

「妳相信我的話嗎？」

「相信。」

阿近望向那盆乾涸的小菊，重重頷首。

「旱先生什麼也沒說。」

不過，我拜託祂了。

「連我都知道，要是沒有水，大家會很傷腦筋。但在村子裡，我從沒眞正向旱先生拜託過。旱先生明明很生氣，大家卻都沒發現，一直沒好好對待旱先生，才會被懲罰。」

染松講出令人意外的話。

「生氣？」

「嗯，祂被封閉好久，都沒人理會。」

房五郎提過，因爲祂會帶來乾旱，才遭嚴密封印。

「祂以前曾被當成可怕的神明，受人們崇拜祭祀是嗎？」

「祂原本有座小廟。但現下不僅鳥居腐朽斜傾，也沒人獻上供品，任憑荒廢。」

染松娓娓道出緣由。

位於上州北的這個村莊，名叫小野木。

原本這並非單純是村莊的名字，而是當地的山林及林地的總稱，舊名寫作「庚之木」（註），意爲用來燒火煉鐵的樹木。既是這樣，不管何種樹木都無所謂，簡言之，就是只能砍下當柴燒的雜樹林山。

染松流暢地解釋，還以手指在空中寫漢字，令阿近大爲吃驚。

「你跟誰學的？」

「旱先生。」染松回答。「我沒學過寫字，也不曾去寺院聽講，原本什麼都不懂。這些全是跟旱先生學的。」

阿近不由得斷定，那荒廢的「旱先生」小廟裡一定有神官。

「那神官是怎樣的人？」

染松一愣，「神官是什麼？」

「就是神主，負責神明的祭祀工作。」

「旱先生那裡根本沒人。」

染松焦急地說。阿近見狀，明白是自己猜錯，心中暗暗訝異。

「你懂這麼多，是直接向旱先生學來的？」

「算是吧。」染松明確地點頭。

「難道你能像和我說話這樣，直接與旱先生溝通？」

阿近原以爲，染松被神明附身，成爲神的靈體，感覺比較單方面，沒有互動。所以，剛剛她才要染松對著自己的胸口膜拜。

「……可以啊。」

染松悄聲應道，嘴角下垂。

「這樣不行嗎？很奇怪嗎？旱先生總是和我在一起，現在也是。祂正在聽妳說話呢。」

「明白了，我不會再打斷你。我跟你賠不是，也向旱先生道歉。」

「大小姐，妳不會懂的。」

染松執拗地注視著膝蓋，嘴裡念念有詞，故意講給阿近聽。

「富半先生果然沒說錯。小野木的事，只有小野木的人才懂。告訴外人，不是惹來訕笑，就是挨罵。」

「但，掌櫃先生不就相信嗎？還是，金井屋的人不算外人？」

阿近的話造成反效果，染松益發生氣。

註：庚之木與小野木的日文音很相近。

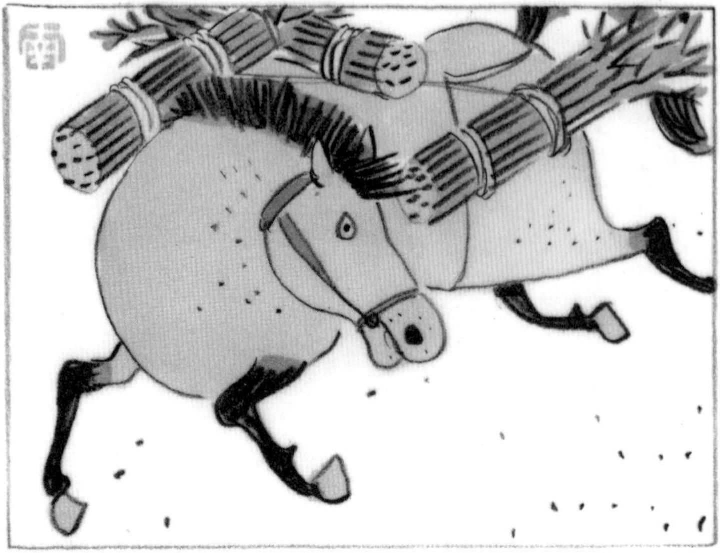

沒辦法，只好換個方式。

「你的本名是什麼？」

染松板著張臉應句「平太」。

「這樣啊，金井屋習慣叫童工染松吧？我們店裡不會這麼麻煩。」

阿近重新坐正，低頭行一禮。「那麼，平太，請繼續吧。」

平太抬眼望著阿近，阿近溫柔一笑。

「你是什麼時候遇見旱先生的？」

看來是阿近的笑容贏了。平太雖然不大情願，最後還是讓步。

「當時天氣很熱，呃……是夏至的時候。」

「我爹在村長家照顧的馬，遭頹馬（註一）攻擊。」

在小野木，每到盛夏時節，就會有馬匹死於頹馬。

「牠背著木材行走，突然放聲嘶鳴，抬起前腳不斷轉圈，把背上的木材全抖下後，向前狂奔。要是放著不管，跑上四公里遠，便會活活喘死。」

阿近深切覺得，好在自己是在旅館長大。雖然不曉得頽馬爲何，但類似的故事，她曾從「丸千」的旅客口中聽聞。

「那是會危害馬匹的妖怪吧？我聽人提過『馬魔』（註二）。」

平太的臉龐一亮，「妳知道？」

「嗯，但沒親眼見過。」

那是馬夫最怕的妖怪。要是遭受襲擊，馬夫得立刻砍下馬耳朵，讓牠流血恢復原本的意識。

「在小野木也一樣，因爲馬被砍掉耳朵是最痛的。」

沒想到這件事也傳到江戶，平太感嘆道，心情頓時轉好。阿近不禁一笑。

「在江戶聽不到這件事，我也是在老家的旅館裡聽客人說的。」

「大小姐不是這戶人家的孩子嗎？」

「不是。我原本是川崎驛站的人，只是來這裡寄住。」

---

註一：一種會殺害馬匹的魔性怪風，爲本州和四國各地流傳的怪異現象。

註二：尾張國和美濃國流傳的妖怪，經常以女性模樣出現，身穿紅衣，頭戴金色頭飾，乘著小馬，會從空中襲擊馬匹。

平太重新打量阿近，「好怪。」

「很怪吧。然後呢，頹馬出現，然後怎樣？」

平太倒顯得有點慌。他眼神游移，似乎忘記剛剛講到哪裡。阿近心想，雖然用馬來比喻對他有點過意不去，但要引這孩子說出故事，得好好操控韁繩。

「照顧的馬遭頹馬攻擊，你父親一定很頭疼吧？」

「嗯，是啊。」

遭襲擊的馬，背著重物發足狂奔，甩落馬夫，衝進山路後消失無蹤。

「被頹馬害死的馬兒屍體，又會跑出頹馬，所以得找到馬才行。」

在山老大富半的安排下，全村的男丁都出動尋覓。

「我也加入搜尋。」

那是爲了找尋馬匹而展開的搜山行動。

「你只是個小孩，也被找去幫忙，可見很受倚重。」

「因爲我常瞞著爹，跟著富半先生入山。」

山老大富半對平太似乎是名重要人物，阿近暗記在心。

「富半先生原本和我同行，不過……」

一個時辰後，平太猛然回神，發現自己跟眾人走散了。

他頓時直冒冷汗。

由於是中午時分，若只是單純迷路，平太不會如此驚慌。眞正令他驚慌的，是來

到一處從沒見過的場所，連以前富牛帶他入山，也不曾涉足此地。

——我是怎麼走到這裡的？

他環顧四周，發現雜樹林底下的竹叢中，有條細長綿延的獸徑。

扛著沉重木材，走在山路間的小野木馬匹，都穿著草蓆編成的鞋子。再加上，最近小野木連日晴天，地面又乾又硬，不容易留下蹄印，很難以腳印當搜尋的線索。富牛提過，人養的馬討厭竹叢，不管再窄的路，再陡的斜坡，都得沿著路找。

平太一直沒忘記他的教導，爲什麼會落單呢？

他試著呼叫，但雜樹林前方沒傳來任何回應，只有高亢的鳥鳴聲此起彼落。

逃走的那匹馬名爲早矢，還是小馬時便由平太照顧，與平太很親近。比起整天吵架的其他兄弟姊妹，早矢和他的感情還比較好。聽聞早矢遭頽馬攻擊，平太忍不住號啕大哭。

大人們只擔心木材的下落，平太卻是擔心早矢的安危。據說遭頽馬攻擊狂奔的馬兒，從來沒有能活命的，但也可能出現萬分之一的僥倖。早矢十分健壯，頽馬或許會在牠狂奔途中離開。搞不好跑到某個地方後，早矢已恢復意識，正感到惶恐不安。

所以，平太才會呼喚著早矢的名字，一路往山裡走，忘記觀察前後的景物。

他雙手靠在嘴巴前，拉長聲音叫喚早矢。

布滿塵埃的夏日竹叢，一片死寂。

總之，先到視野開闊的地方吧。平太重新握好割草用的鐮刀，順著獸徑前進。這是一處緩坡，樹木的枝椏從左右兩旁伸向獸徑，但還不至於遮蔽視線，頭上開闊的藍天，也令他壯膽不少。不斷走著，冷汗已轉爲登山的熱汗。

沒多久，獸徑幾乎快被雜草掩蓋。小路一側嚴重坍塌，形成懸崖，坡度也愈來愈陡，繼續走下去反而不妙，或許折返比較好。恐怕連馬兒也不會走這種路，平太如此暗忖時……

普嚕——

平太聽見一陣鼻息，幾乎立刻跳起，停下腳步。

「是早矢嗎？」

早矢！他大聲叫喚。

彷彿在回應他，馬兒放聲嘶鳴。平太聽得很清楚。

「早矢，你是早矢吧？」

此時的地形已無法行走，只能攀登，平太得手腳並用才能前進，但仍鼓起勇氣往上爬。

終於爬上頂點，他抬起汗濕的臉龐一看，四周的竹叢突然消失。眼前只有幾棵聳立的瘦削老樹，深處有一條道路，似乎通向陌生的山頂。

樹後露出早矢的褐毛。

「早矢！」

平太大喊著，向前奔去。早矢似乎也認出平太，搖頭擺尾，不住蹬地。

「早矢、早矢，終於找到你了。」

腳下從地面變成沙礫。儘管差點被粗大的沙礫絆倒，平太仍直奔早矢身邊，早矢也蹦蹦跳跳迎上前。

「你爲什麼跑到這種地方？」

平太執起韁繩，忽然驚覺……這是哪裡？

——有鳥居。

原本應該是原木色的老舊鳥居，因雨水侵蝕腐朽，已變成泥土般的顏色。猶如無法獨自站立的傷患，嚴重右傾。深綠色的青苔遍布，像銅幣束束垂落。

鳥居前端有一座半塌毀的小廟，由岩石穿鑿而成，裡頭還設有一座小神社。定睛細瞧，可望見燭臺和供盆之類的物品散落一地。

平太完全不曉得這種地方竟然有座神社。依其荒廢的情況，恐怕連村裡的大人們也不知道，否則應該會稍微整修一下。

早矢完全恢復平靜，溫順地以鼻子磨蹭平太的臉。看來，頹馬已徹底從他身上離去。平太摩挲牠的脖子，牠高興得直搖尾巴。

牠渾身上下無一處傷痕，腿似乎也沒受傷。聽聞要驅除頹馬，得讓馬兒流血，早矢卻毫髮未損。

「虧你能平安無事。」

平太抱著早矢的脖子，貼著臉同牠說話。早矢柔和的雙眼眨了幾下，鼻息格外溫

熱。這是平時的早矢，比誰都和平太親近的早矢。

平太驀地想起馬兒背上的木材。放眼望去，木材連同牠背上的提籃掉在鳥居旁，綁木材的繩索也同樣散落地上。理應送往江戶的上等木材，滾落一地。換言之，早矢爬到這裡前，一直揹著木材。難道有人趕走頹馬，安撫早矢，並將牠背上的重物卸下？

但會是誰？

「……是這裡的神明嗎？」

儘管覺得不可能，平太仍不禁問出聲。

「沒錯，是我。」

不曉得從哪傳來一個女聲應道。

「是女孩子？」

聽得入迷的阿近，忍不住插話，專注說明原委的平太猛然回神。

「嗯，身高和年紀似乎跟我差不多。」

她背對昏暗的小廟，獨自蹲在地上。不知她何時現身，又是從哪裡出現。回頭一看，她已在那裡。

「她的劉海切齊眉毛和耳朵上方，髮色烏黑，身上一滴汗也沒流。頭髮柔順地垂在兩頰邊，像這樣甩著頭髮……」

平太猛然把臉轉向一旁。

「她望著我，兩顆眼睛像樹果一樣大。」

也就是很可愛的意思吧，平太的口吻引人發噱。

「她穿著輕薄的白色和服，連腰帶也是白的。那腰帶就像剪裁好未經加工的白棉布，身上的和服顯得很寬鬆，袖子和衣襬都過長，穿起來鬆垮垮的。」

在衣服的遮掩下，看不見女孩的腳。不過，還是看得出她身材纖細瘦弱。

不僅衣服，女孩的膚色也白得近乎透明。

村裡的孩子個個皮膚黝黑，彷彿整年身上都塗滿泥巴，在這個季節，更是晒得烏黑油亮，猶如人造皮。所以，平太一眼便認定她是大戶人家的孩子。

「妳沒有隨從嗎？」

平太一問，女孩冷冷地任憑風吹拂頭髮，不以爲然地噘起小嘴。

「我一直是一個人。」

「但……」

不可能住在這種地方啊。

「妳到底是從哪來的？」

女孩斜眼望著困惑不解的平太，以尖細可愛的下巴朝早矢努了努。

「那是你的馬嗎？」她問。

「是村長的馬。」

「金橋的馬是吧。」女孩一臉忿忿不平，「早知道就不幫牠趕走頽馬，金橋的馬死光最好。」

平太聞言，沒感到困惑，倒嚇得差點腿軟。這女孩竟敢直呼村長的名諱，還臭罵村長一頓，她究竟是何方神聖？

「妳是戶邊大人的孩子嗎？」

對平太而言，比村長更了不起的人，當屬管轄小野木的與力——戶邊大人。再上去還有山奉行，地位最高的是主君，但城下離此甚遠，還沒人帶平太去過，所以他完全沒想到他們。

「戶邊？」

儘管待在陰暗處，女孩眼中卻散發光芒。

「我不曉得戶邊是哪號人物。現今的代官（註一）是誰？仍是佐伯家嗎？右衛門

介還沒被砍頭？」

平太愈聽愈糊塗。等他日後常和人聊天就會知道，這塊土地當初曾採用代官制度。但其中存在許多弊端，代官掌管土地大權，若是野蠻貪婪的人出任，便會將山林和村民占爲己有，誇耀權勢，招致不堪壓榨的村民叛變，引來一揆（註二）。由於有損主君威嚴，約莫一百年前改爲現今的山奉行直轄制度。期間歷經領地移封，藩主更換，也發生過政變。

當然，年方十一的平太，不可能知曉來龍去脈，他完全沒想到女孩會提到那麼久以前的事。從女孩直呼戶邊大人名諱，及毫無忌憚的態度，平太認定她的家世一定比戶邊大人顯赫。

這下事情愈來愈嚴重。平太心想，雖然女孩淨說些奇怪的話，但應該是誤闖山中，迷了路。

「解救早矢的，是妳吧？」

女孩高高揚起鼻端，「是又怎樣？」

「那麼，妳坐上早矢吧。我帶妳去村長家。」

只要領女孩回金橋家，應該就能知道她的身分與家住何處。她是大人物的孩子，

註一：地方官的職務名稱。

註二：地方武士、農民、信徒，爲了反抗幕府、守護、領主，所集結引發的暴動。

村長理當不陌生。

此時，女孩首次露出畏怯之色，微微蜷縮著身子。

「我討厭金橋。」

眼神和剛才一樣，隱含怒意。

「而且，我無法離開這裡。」

因爲有這個東西，女孩斜眼望向身後的小廟。

「這個？」

平太不解其意。半塌毀的小廟、腐朽的鳥居、連一樣供品或一束鮮花都沒有的老舊神社，這樣的地方能住人嗎？

「這裡是妳家？」

「不是。」女孩漸漸顯得不耐煩。「我也不是自己喜歡待在這裡，是金橋害我不能離開。」

難道這女孩是村長拋棄的孩子？平太又被引往錯誤的方向思考。畢竟他的智慧和經驗都不夠，總是只能想到眼前的事。

「不過，我要是不趕緊通知村長早矢平安，請他派人接應，木材就得留下。」

憑平太的力量，無法將木材扛上早矢的背。

「你是金橋家的長工嗎？」

「我爹在村長家看管馬廄。」

我是馬夫，平太略微提高音量道。其實大人還不准他獨自牽馬。

「哦。」

女孩上下打量一番平太後，瞇起眼睛，望著掉落地上的木材。

「原來如此。這樣正好，金橋的木材由我接收。」

咦？平太直眨眼。

「這是村長向奉行大人繳納的木材，要送往江戶耶。」

「金橋的東西，就是我的。這是金橋獻給我的供品，我收下了。」

女孩意外發出破音，輕笑幾聲。只有這個時候，她看起來有點像老太婆。

平太感到背後一陣寒意遊走。

「好，馬兒還你。」

不過，有個條件——女孩說著霍然起身，轉瞬便來到平太身旁。

平太大吃一驚，雙目圓睜。她什麼時候移動的？

女孩從白衣的長袖裡伸出手，抓住平太滿是汗水和泥土的髒汙胳膊。她外表弱不禁風，但平太讓她這麼一抓，頓時動彈不得，直覺要往後退，卻無法移開半步。

女孩湊向平太，盯著他的雙眸低語：

「不准把我的事告訴金橋，只能說是你發現這匹走失的馬，而馬將木材遺落在某處。」

明明離得這麼近，平太卻沒感受到女孩的氣息。她緊抓平太胳臂的手，也沒半點

溫熱。

「你還得回到這裡。要單獨來，不能讓金橋和村裡的人知道，明白嗎？」

我很中意你，女孩微笑道。

「你不向山林認輸，一路爬上這裡，由此即可看出你堅毅的一面。想必你很疼愛這匹馬吧。你是個好馬夫，為了獎賞你，我就守護這匹馬，讓牠再也不會受頹馬侵擾。」

所以，你也得乖乖聽我的話。

「別讓我等太久。這兩、三天，你一定要再來。」

她哄孩子般溫柔低語，接著突然挑眉瞪眼，伸出空著的另一隻手，指著早矢。

「膽敢違背約定，我會活生生摘下這匹馬的肝，不然摘下你的眼珠也行。只要是我碰過的東西，我想怎樣都行。你和你的馬，不管逃到天涯海角，都無法逃出我的手掌心。」

平太像被附身般，怔怔地猛點頭。

「你叫什麼名字？」

「平、平太。」

「那麼，平太，你走吧。」

女孩噘起嘴，朝平太耳邊吹口氣。平太頓時一陣天旋地轉，當場蹲下。

猛然回過神，女孩已不見蹤影，早矢則低著頭悠哉地待在一旁。等發軟的雙腳恢復力氣，平太勉強站直，執起早矢的韁繩。

之後是如何下山的，他已不記得。尚未抵達村莊，他便遇見率領山巡員的富半。

「一看到富半先生，我當場昏倒。是富半先生揹我返回村莊的。」

抵達村裡，平太整整昏睡一天。清醒後，他餓得連起身的力氣也沒有。

「富半先生和爹不斷問我是怎麼找到早矢的。」

平太腦袋迷迷糊糊，連話都說不清楚。餵過飯後，他逐漸恢復正常，想起早矢的事，腦海同時浮現在山中小廟遇見的那名女孩。

當然也一併憶起那可怕的約定。

「所以，我遵守承諾，只說該說的話。」

不曉得內幕的富半等人，應該沒料平太會撒謊。大夥認爲早矢和平太相當走運，事件就此落幕。

平太得獨自面對恐懼。

「你一定很害怕吧，眞可憐。」

見平太那汗毛發光的臉頰頻頻抽搐，阿近忍不住說道。

「嗯。」

平太頷首，以拳頭使勁磨擦臉頰，似乎也十分在意。

「不過，那女孩……滿有意思的。」

阿近莞爾一笑。雖然小小年紀，但男人全一個樣。

「何況，她是早矢的救命恩人。」
「說得也是。不過，遵守約定單獨上山，應該很難立刻辦到吧？畢竟得瞞著富半先生和你爹。」
「才不會，大家根本沒那麼擔心我的事。」
村裡的大人都很忙碌。
「不過，我還是覺得很不可思議，所以詢問過富半先生。」
富半先生，你知道村裡曾有代官大人嗎？其中有叫佐伯右衛門的代官嗎？
「富半先生有何反應？」
「他嚇一大跳。」
——平太，你怎會曉得這種事？村裡有代官大人，是我出生前的事啊。
阿近稍稍傾身向前，湊向平太。
「你怎麼解釋？」
「我說在山路上昏倒時，做了個夢。」
平太告訴富半，可能是山神託夢。
「了不起，虧你想得到。」
受到誇獎，平太瞬間露出開心的表情，旋即又恢復男孩的逞強模樣。
「山裡有許多稀奇古怪的事。只要是奇妙的事，大多是山神造成的。大小姐不是山裡的居民，所以不知道。」

阿近被反將一軍。

「富𠀍先生不清楚代官大人的名字，不過，只要查看村長家的古文獻資料，應該會有記載。」

「金橋家的歷史很悠久，對吧？」

「嗯，富𠀍先生也這麼說。然後，他還告訴我……」

——這一帶的山林，以前是一整片茂密的雜樹林，沒什麼用處。之後全賴村長的祖先開墾、施肥、種植杉樹和松樹，費盡千辛萬苦，終於造就現今的上好木材產地。

原來如此，這樣就與房五郎的話兜得攏。儘管執政者更替，金橋家在小野木仍代代保有權勢，全是當初立下這等功勳的緣故。

早矢遇襲三天後，平太憑藉腦中的印象與經驗，再次攀上深山裡的那座小廟。

「我原本擔心會找不到路。」

走到之前和富𠀍他們走散的那一帶，彷彿受看不見的線牽引，平太很自然地邁步前行。

那天一樣是晴空萬里的酷熱天氣，南風吹得樹葉沙沙作響。

平太穿過斜傾的鳥居，走向小廟。

「你來啦。」

身後傳來話聲，回頭一看，那名白衣女孩突然出現在眼前。

「你很守信，佩服、佩服。」

「誰教妳威脅我要摘下早矢的肝。」

平太態度強硬地應道。其實能再見到女孩，他鬆了口氣，心裡還有點高興。這意味著先前他告訴富半的話，不全然是信口胡謅。有時，他會懷疑那次的遭遇是場夢。

女孩的髮絲輕柔地隨風飄揚，雙眸明亮如水。

「那不是威脅，我眞的辦得到。」

女孩喚平太進前，一把抓住他的手臂，掌心貼在他胸口。

這突如其來的動作，令平太全身僵硬。

「嗯，你果然沒多嘴。」女孩滿意地笑道。

「什麼啦。」

「只要碰觸你，就能知道你的心思。要是你說謊，我一摸便曉得。」

女孩離開平太，走向小廟。此時，平太忽然注意到女孩走路的模樣和一般人不同。由於看不到女孩的腳，只能觀察她衣襬下的動作。

那不像雙足交互移動。說得更清楚點，是看不出她有兩隻腳，也不像單腳跳躍。

——彎來彎去。

猶如蛞蝓爬行，女孩纖瘦的肩膀及小巧的腦袋隨著左右搖擺。

一股寒氣竄過平太背脊。

女孩背對平太，捲起衣袖，伸手進小廟。

「喂，妳在幹什麼？那種地方不能隨便破壞！」

女孩泰然自若地取出某樣東西。握在她小手裡的，似乎是一疊老舊的護身符。

「平太，喏。」

女孩將符紙遞給平太。

「拿去，找個地方收好。然後，拿到金橋家的爐灶裡燒成灰，再把灰帶回來。」

平太遲遲不願接過，甚至將雙手藏到背後，死命搖頭。

「怎麼，不聽我的話嗎？」

小心我摘下早矢的肝，女孩威脅道。

「不要。」

「爲什麼？你不疼早矢了嗎？你失去眼珠也不在乎嗎？」

「那些護身符，是小廟神明的東西吧？」

不能隨便亂碰，帶走燒掉更是萬萬不可。平太瞪著女孩。

「我說可以就可以。」

女孩不爲所動，平太終於按捺不住心中的憤怒與恐懼。

「妳到底是誰？不管妳家世再好，觸怒山神是會被懲罰的。」

平太自認已鼓足丹田之力，盡可能提高音量，強勁有力地喊出這句話。女孩卻握著護身符，伸長手臂，大笑出聲。這次不是三天前那老太婆似的聲音，而是輕細可愛，和她外表一樣的少女笑聲。

這比惡言威脅更有效，平太頓時放鬆緊繃的情緒，吁了口氣。

「別擔心，我就是那位神明。這座小廟是金橋爲我建的。」

這裡的鳥居和神社也是。

「妳是神明？」

「嗯，一開始我不就說過嗎？」

的確。三天前，平太曾開玩笑地猜測「難不成救早矢的是這裡的神明」，女孩隨即現身應道「沒錯，是我」。

平太聽過就忘了。有誰會當眞呢？不可能會相信的。

平太不禁脫口而出：「妳是什麼神？」

他赫然發現從沒問過女孩的名字。

「這個嘛……」女孩瞇著眼，露出懷念的神情。「現下小野木的居民，不曉得都怎麼叫我？」

記得我的人應該不多，她自言自語。

「既然你也是金橋家的人，可能在他們家聽過。」

我叫早先生。

「要不然就是『白子大人』，有沒有聽過其中哪一個稱呼？」

兩個名字平太都是第一次聽聞。

「沒聽過。」

女孩粗魯地咒罵：「啐，金橋這不懂知恩圖報的傢伙。」

儘管口出惡言，但女孩緊握護符的手，卻微微鬆開垂下。她的小臉低垂，似乎很不甘心，顯得既沉痛又悲戚。

平太感到心神不寧。

「別這麼難過……」

平太自覺得想辦法安慰她，或許這就是所謂的俠義心腸吧。

「平太。」

女孩低著頭叫喚。「小野木的孩子都沒學過旱先生的由來，也沒聽說白子大人的神話嗎？」

「嗯。」

仔細一瞧，女孩眼眶微微泛淚。平太益發慌亂，只能交抱雙手，不知如何是好。

「妳、妳別哭。」

女孩的淚水簌簌滴落。

「我想離開這裡。老是獨自關在這裡，我受夠了。」

「怎樣才能離開？」平太不自主地傾身向前。

「我說過，」女孩將那疊符紙遞至平太鼻前，「把這些燒成灰，帶回來給我，這樣我就能離開這裡。你應該能接近金橋的爐灶吧？」

情勢所逼（同時也是敗在女孩的眼淚攻勢下），平太收下符紙。

女孩立刻破涕為笑。「這樣就行，你趕快回去吧。務必遵守我的吩咐。」

傷腦筋，眞不該打腫臉充胖子，說自己是村長家的馬夫。平太不過是馬夫的兒子，別提靠近金橋家的爐灶，連從後門進出都不容易。

金橋家的廚房整天都有人在裡頭忙碌，要是在附近徘徊，肯定會被懷疑想偷吃食物。只是挨女侍罵或遭趕走倒還好，要是被逮著問罪，責罰他爹，到時可就後悔莫及。

平太將老舊的符紙藏進懷裡。連日來，他一直默默煩惱，一句也沒和富半提。

一天天過去，平太的焦慮及恐懼逐漸加深。每到華燈初上，他便害怕不已，擔心早矢今天會不會被活活摘下肝，夜晚蓋著薄薄的棉被，還夢見自己的眼珠被刨去。一早醒來，他旋即從床上彈起，衝向金橋家的馬廄。確認早矢的平安前，他放不下心。

——早先生、白子大人。

他在心裡拚命呼喚。

——請不要太心急，我會遵守諾言，眞的！

描述當時內心想法的平太，浮現急切的表情。阿近看在眼裡，覺得他那堅強的模樣可愛又好笑。但她知道不能隨便笑出聲，所以繃緊眼角和嘴角。

「能問你一件事嗎？」

平太眨著眼望向阿近。

「你想過到其他人家，比如在你家的爐灶，把那些符燒成灰嗎？」

「蒙混過關？」

「嗯，沒錯。」

平太雙目圓睜。「大小姐，妳在胡扯什麼啊，答應的事就得守信。」

換句話說，他從沒想過這招。

「你眞了不起。」阿近稱讚道。

平太並未以「早先生能看穿一切，所以騙不了祂」，或「不小心穿幫會很可怕」當藉口。

答應的事就得守信，講得眞好。

「怎、怎樣啦。」

看著有點怯縮、難爲情的平太，阿近毫無顧忌地展露笑顏。

「你是個重信義的男子漢，我很佩服你，別再板著臉。」

「大小姐，妳好怪。」

怪也無妨。

「不要搓鼻子，會破皮的。對了，最後你怎麼靠近金橋大人家的爐灶？」

既沒手段，也沒策略，純粹是走運。那是他帶符紙回家十天後發生的事。

「村長家有人染上夏日感冒，村長夫婦及他們的兒子紛紛病倒。」

當然引發一場不小的騷動。長工和女侍忙進忙出，爲看顧病人，廚房日夜都不斷燒開水。

「我告訴爹，現下缺人手，我要去幫忙。另外也跑去跟富半先生說。」

病人愈來愈多，再拖下去連看顧的大人也會累垮。因爲情況特別，沒人有空囉

嗦，平太順利取得照顧爐火的工作。

「儘管如此，我還是耗費半個月，才把符灰帶到那座小廟。」

這次一樣有看不見的線牽引，我爬上山，流了不少冷汗。

——她在哭嗎？

第三次見面，在他抵達小廟前，女孩似乎一直蹲著哭泣，眼眶和鼻頭微微泛紅。一見到平太，女孩便揮動和服的長袖，猛然站起，以特有的扭身動作走近。

「你讓我等真久！」

冷不防挨一巴掌，平太依舊很高興。看到女孩哭喪著臉，他不禁鼻子一酸。啊，幸好我順利達成約定。

「喏。」

他解下腰間那以舊手巾製成的簡陋提袋，遞給女孩。裡頭裝滿符紙的灰燼。女孩搶下提袋，用力扯開袋口，幾乎將繫繩扯斷，接著抓起一把灰。

「真的是在金橋家爐灶燒的？」

「嗯，我……」

平太想說明經過，但女孩瞧也不瞧他一眼，直接將灰往臉上塗。符紙的灰燼一片雪白，輕飄飄的，不太像灰，倒像羽毛。然而，塗在額頭和臉頰後，便慢慢變成黑色。

「妳……妳在幹嘛？」

女孩恍若未聞，專注地朝後頸和肩膀抹灰，甚至打算脫掉衣服，平太嚇得冷汗瞬間蒸發。

「發什麼呆，還不快來幫忙！」

女孩解開腰帶，脫下衣服，赤身裸體。

「往我背後塗灰。」

幸好她吩咐完便轉過身，否則平太又會頭暈眼花。

女孩藏在衣襬下的雙腳完好無缺。

「不過，有條白繩緊緊綁住她的腳踝。」

難怪她走路會那樣——儘管腦袋昏昏沉沉，平太終於明白箇中原由。

「這樣就行了。」

此時，全身塗滿灰，變得烏漆嘛黑的女孩尖聲大叫。

小廟裡吹出一陣狂風。

連從小就習慣在山裡行走的平太，也沒見過這麼突然的強風。他不禁弓起身子，伸手護臉。

平太身後的鳥居發出轟隆巨響，瞬間倒塌。小神社從小廟深處滾出，掉落地面，砸成木屑，隨即被強風捲上高空，老舊的供盆也滾得不知去向。更令人驚訝的是，先前擱置的木材，綑綁的繩索鬆開，搖晃作響，像有生命似地滾動。這陣風彷彿有手和思想。

沙礫和小石子交錯飛舞，平太睜不開眼，光蹲著就快被吹走，於是趕

緊弓著背趴下。某樣東西飛走時，擦過他肩膀。

不久——

突如其來的強風猛然止歇，一顆沙礫打向平太後頸，四周歸於平靜。

他不安地抬起頭，站起身。

女孩不見蹤影。

小廟崩塌，岩壁破裂，眼前的景象失去原本的樣貌，連鳥居也憑空消失。

平太仰望著蔚藍的夏日晴空，低垂的雲朵幾乎要碰到鼻頭。

忽然，背後有隻手環住他的脖子，女孩的話聲接著在他耳畔響起。

「來，帶我去村裡。」

儘管看不到女孩的身影，但感覺得到碰觸自己的手、軀體，還有腳。平太揹著那女孩。

「暫時借你的身體一用。爲補償你，我讓你做一件有趣的事。」

快，站起來。在女孩的催促下，平太搖搖晃晃起身。完全感覺不到女孩的重量，觸感卻很眞實。

「這是早先生的山林疾行，你可要抬頭挺胸，睜大眼睛看。」

人類絕對沒那種能耐！

下一瞬間，平太拔腿疾奔，順著先前攀爬的山路往下衝，比遭鞭促的早矢還快。

不僅沒偏離道路，擋在前方的樹枝都能迅速避開，也沒被凹凸不平的獸徑或崖壁絆倒。

理應是放足狂奔，卻感覺不到腿在動，腳掌也未碰觸地面。這種速度幾乎和飛行差不多，不，更像……

——滑行？

平太恍若變成某種巨大的無足生物，順著山坡一路滑下。背後的女孩歌唱似地笑著，愉悅而輕快。接著，她大喊：

「喂，這就是山林疾行。早先生下山嘍！」

不知何時，平太也跟著歡笑、歌唱、大叫。早先生下山嘍、早先生下山嘍！平太迎著風，乘風而行，腦中一片空白，意識陡然遠去。

——啊，喉嚨好渴。

好想喝水。

醒來一看，平太發現自己躺在家裡床上，母親臉色蒼白地陪在枕邊。自他帶符灰上山後，已過一天。金橋家和小野木村，早出現水往外逃的異象。

背對伊兵衛畫的那幅竹林七賢，平太一臉茫然，彷彿失了魂。敘述著故事，當時的體驗浮現腦海，他不由得沉溺其中，說得如痴如醉。阿近發現他雙眸微微顫動，那不是害怕，而是他還在跑。此刻，平太身心仍在山林疾行。他以凡人不可能施展的神速飛奔下山。一面歌唱一面歡笑，滑行而下。

「沒事吧？」

阿近輕拍平太手臂。只見他眼皮緩緩垂落，眨眨眼，臉上恢復原本的生氣。

「咦，我……」

阿近端白開水給平太。「看來，那件事光回想便讓你心醉神馳。」

平太難爲情地縮著脖子，有些不安地捧著茶碗。

「你下山後就沉睡不醒，這是第二次了吧？你父母一定很擔心。」

「是啊，不過……」

父母見平太清醒，性命無虞，就不怎麼擔憂。只猜他是中暑或餓過頭，都怪他自己不對，沒事愛四處亂跑。

當然，他們也沒空把心思擺在平太身上。

「水全沒了，在村裡引發軒然大波。」

「你沒馬上講出旱先生的事？」

平太望著地面，搖搖頭。

「旱先生要我別告訴任何人。」

祂在我這裡說，平太輕輕按住胸口。

「有時會覺得不是在這裡，而是在我腦袋裡。」

「現下也是嗎？」

「嗯。」

雖然點頭，平太卻顯得不太有自信。

「來到江戶後，旱先生就不再開口。在小野木時，祂明明很健談的。」

他眼中蒙上一層落寞之色。

「當時，待我娘一離開，祂就在我心裡發話。」

——才一天就清醒，不愧是我看上的人。

「通常展開山林疾行後，連成年男子也得躺在床上，三天無法起身。」

於是，平太坐起身，蓋著棉被東張西望，女孩不禁笑起來。

——我不是說過，會借你的身體一用。你是我的替身。

你要多吃飯、多喝水，保持健康，好四處走動。凡你走過的地方，水就會逃走。

——我要讓小野木的水全部消失，我要把水喝光。

平太終於相信女孩眞的是神明，並進一步得知「旱先生」的由來，及祂與小野木這塊土地的淵源。

「很久以前，村長的祖先在小野木山開墾。」

全力投入植林工作的人們最傷腦筋的，就是每到春、秋兩季，便會侵襲這一帶的豪雨，及之後引發的山洪。

「聽說山洪非常恐怖。大小姐，妳知道什麼是山洪嗎？」

「就是河水滿出吧？」

聽完阿近的回答，平太嚴肅地搖頭。

「不對，沒這麼簡單。」

因連日豪雨，導致山林地盤鬆垮、土沙崩塌、樹木傾倒，水量暴漲的河流捲走沙土和倒木。

「一遇到河川轉彎處，或山谷間的地勢狹窄處，便無法順利往下沖。」

於是，土沙和倒木逐漸淤積，造成河川阻塞。

「一直阻塞倒還好，那樣只會形成堰塞湖。但這種堰塞湖沒有穩固的河堤，不過是泥巴和木頭堆積形成，所以大雨不停歇，遲早會擋不住。」

到時恐怕會一口氣潰堤，洪水隆隆，直衝山腳的村落。這就是山洪，不是一般的漲大水，而是帶有土沙和倒木的洪水，因此更可怕。要是遭山洪侵襲，農田和住家都會毀於一旦。

「連日多雨或豪雨的日子結束，天氣放晴、地面變乾後，山洪才會發生。大多是順著急流或河川襲來，但也會發生在意想不到的地方。」

原來如此，不管什麼地方，土沙崩塌加上雨水淤積，都符合山洪爆發的條件。

「要是離山洪爆發前還有一點時間，不能先採取什麼應變措施嗎？」

不可能的，平太搖頭。「光憑人力，根本拿堰塞湖沒輒。」

若是小型的堰塞湖，可召集人手，想辦法讓水慢慢流出，或清除堵塞河流的土沙和倒木。但重點是得先知道堰塞的地點，且就算知道地點，在大雨後入山，能否順利抵達都是個問題。即使僥倖抵達，只要立足處不穩固，一樣很危險。

「況且，要是一個沒弄好，反而會引發山洪。」

小野木確實有過這樣的不幸案例。

「眞棘手……」阿近不禁盤起雙臂。

「以前的小野木，在山洪多次的侵襲下，不單辛苦栽種的松樹和杉樹，連村莊也遭沖毀，許多人喪生。」

原本小野木的山脈便水量豐沛，河川分支眾多，亦有不少急流和湧泉。之所以沒人在此長住，一直維持雜樹林的樣貌，也是地形容易招致山洪的緣故。

「看情況，只能向山神祈願。」

不過，村裡還沒人熟悉小野木的風俗。沒錯，當時小野木仍叫「庚之木」。後來，透過周邊零星村落的居民，及住在好幾座山外，於能淘得沙金的土地上以吹踏鞴（註）維生的山民，才得知小野木山上有位被尊稱爲「白大人」的神明。

「於是，村民在山腳下建造祭祀白大人的雄偉神社，並專程從城裡請來號稱道行高深的修行者。」

「求白大人發揮神力，讓老天爺不要降下大雨嗎？」

才不是，平太作勢以拳頭捶一下阿近。

「大小姐，妳果然什麼都不懂。假如不下雨，森林和農田不都會乾枯？」

「那麼，是求老天爺下剛剛好的雨量嗎？」

註：日本傳統將砂鐵製成鋼的製鐵法。

「雨哪能下得剛剛好啊。」

不是的，是祈求別讓山洪爆發，平太說。

「這樣比較容易嗎？」

「是比較輕鬆。要是阻塞積水，拜託白大人吞下就行。」

確實有道理，阿近恍然大悟。

「山林原就歸白大人所有，雨水祂也吞得下。那只是回到白大人肚子裡罷了。」

修行者在全新的神社裡焚燒護摩（註），誦經禱念。明月高懸的第五天夜晚，山上突然一陣騷動。

「那是白大人第一次山林疾行。」

聽見居民的祈願，白大人下山，踏進村莊的神社。

「旱先生——當時大夥還喊祂白大人，心裡想著，看你們個個雙手合十膜拜，我就聽聽你們有何願望吧。」

平太的口吻，像在描述自己童年玩伴的遭遇。他雙眼明亮有神，兩頰泛紅，一臉得意。

「村長的祖先及聚在神社裡的小野木村民，皆親眼目睹。」

眼前坐著身穿白衣、繫白腰帶，頂著娃娃頭的可愛女孩。

「神明以童子模樣現身，大家便稱呼祂『白子大人』。」

從那之後，小野木就沒再出現山洪災害。不管雨下得多猛烈，形成多大的堰塞湖，積水總會一夜乾涸。

山林的開墾工作進展順利。沒有山洪之患，水脈豐富的山林登時成爲寶庫。歷經十年、二十年、三十年的光陰，庚之木變成小野木。隨著村裡日益繁榮，金橋家的財力與日俱增，擔任守護神的白子大人神社亦備受崇敬。

「白子大人同時成爲村長家的守護神。」

金橋家的繁榮全歸功於白子大人的守護，所以祂不僅被當成山神、村神，也被奉爲家神、屋敷神。

領主也注意到創造出財富的小野木，設立代官便是在那時期。金橋家被認可爲村長，正式接管當地的權力。

一切如此順遂。

「究竟是哪裡出問題？」

阿近一問，平太眼中的光芒頓時消失，他不安地挪動手指。

「那是建好神社……約五十七年後的初秋時節。」

小野木一帶發生大地震。

「聽說，那場大地震改變附近一帶的山形與河川走向。」

註：梵語，有火供之意。是以燃燒檀香木、柳枝、松枝等七種樹枝作供養，爲密宗重要行法之一，譬喻以智慧火焚燒煩惱。

上等木材的林地嚴重受創，許多村民傷亡。金橋家的宅邸及白子大人的神社，也都傾倒毀壞。

可想而知，小野木村民是多麼驚慌及恐懼。秋天正值豪雨季節，地震後又遭山洪摧殘，村莊近乎全毀，連村長宅邸都快被大水沖垮。神社也一樣，光清除瓦礫已忙不過來，人手嚴重不足。

「那座神社仿效白子大人的名字與穿著，以純白和服充當神像。」平太說，「神社毀壞時，和服及盒子都被壓垮，嚴重汙損。」

但金橋家仍想辦法取出，留在身邊祭祀。由於路面坍方，通往城裡和其他村莊的道路受阻，小野木完全被孤立，連供奉神像的油燈都欠缺。再加上井水因地震變得渾濁，想清洗髒汙的神像也沒辦法。

希望白子大人不要生氣……

失去居所的村民，在臨時搭建的小屋上鋪破草蓆，唯恐餘震來襲，過著擔心受怕的日子。不久，天候轉變，烏雲逐漸逼近。

大地震結束的五天後，小野木開始降雨。大雨連下三天三夜，人們只能膜拜倒塌的神社，祈求白子大人庇佑。

幸運的是，始終沒遭遇山洪。

真教人欣慰，儘管失去神社，白子大人仍不忘保護村子，大夥不禁鬆口氣。

日子一天天過去，村子重建的過程中，又遇上下雨。這次只下一天，卻是傾盆大雨。

但依舊沒引發山洪。

不，其實並非如此。當道路恢復通行，與其他村落恢復往來後，消息馬上傳進村裡。隔著一座山的某個村落，爆發了山洪。

「發生在不容易從小野木翻越山嶺的方位，因山脊陡峭而沒植林之處。」

就小野木來看，那是完全出乎意料的地方。

「以前不少淘金客待過，但那裡的金子早就淘光，只剩野獸和飛鳥。」

據說，與之前襲擊小野木的山洪相比，當時規模小了許多。只是，倘使直接沖向村莊，恐怕又會造成重創。

「大夥認爲是白子大人讓山洪改道，於是紛紛跪地拜謝。」

人們不停膜拜，至爲感謝。基於這份感激之情，隔年春天一座全新的神社建成。不過，畢竟是臨時神社，遠不及原先氣派，但若村民無心，也不會有這座神社。

接下來的故事可長了，只好五年、十年、二十年地簡單帶過。

不知爲何，平太有些欲言又止。

「大小姐，小野木此後都未遭遇山洪。」

「一直都沒有嗎？」

「嗯。」

那一帶依舊多雨，與山地相連的其他土地和村莊不時逢災，小野木卻不曾受波及，慢慢恢復往日的繁榮。

「村長一職也世代輪替，換成新的村長。」

不知最早是誰提出質疑，但那並非一個人的想法，而是村裡眾人——不論賢愚，大夥隱約都有同樣的疑惑，只是剛好有人說出口罷了。

那場地震改變小野木四周的山形，地貌完全變樣。

「有人認爲，或許是這個緣故，洪水才會流往別處。」

事實上，湍流的流向和水脈亦產生變化。地震前豐富的湧泉，已有多處乾涸，水井也無法使用，爲重新掘井，不得不進行水脈勘察。

「所謂的『勘察水脈』，是指認定附近一帶可能掘出水井，而四處找尋適合的地點。據說地震前，小野木從沒這麼做過，因爲隨便挖都有水。」

小野木變得比以前缺水，卻擺脫山洪的威脅。

「那不是白子大人的庇護嗎？」

阿近問，平太抬眼偷偷覷著她。

「我是這麼認爲。」

可是，小野木的大人們不以爲然。

「由於其他的開銷不少，白子大人的神社一直維持臨時神社的狀態。」

距那場地震已過二十九年。

「村民聚集在村長家，討論是否要保持原狀。」

——如今沒必要那麼尊崇白子大人了吧？

終於有人吐出這種話。

「白子大人是山林的主人啊。」

「嗯，沒錯。」

「所謂的山主，其實不是神明，而是山裡的野獸。」

是上了年紀的野獸，山裡最偉大的野獸。在小野木，一直都奉山主爲神明。因爲山主會傾聽人們的祈願。

不過，若要細究，山主並非神明。

白子大人確實阻絕了山洪。一旦形成可能引發山洪的堰塞湖，祂便會將積水喝光。

但說起來，白子大人其實只爲我們做這件事。

「可是，祂無法防範地震。」

地震是由掌管山林的「眞正神明」控制。

人們總是找得到理由。

「於是，大夥決定將白子大人請回山裡。」

阿近心想，這不就像遭山賊襲擊的危機解除後，便不再需要保鑣一樣？

「代官大人也不同意重建神社。」

雖然是村裡的神社，縱使村長願意負擔興建費用，只要代官不同意，也不得動工。

村裡大人們口中的理由，令覬覦小野木財富的代官——也就是當地領主，益發利慾薰心。

「等等。」阿近豎起食指，「那代官的名字，可否讓我猜一下？」
是佐伯右衛門介，對不對？
平太尷尬地點點頭。「富半先生聽他爺爺說，那位祖先是了不起的代官大人。」
「可是，他沒把白子大人瞧在眼裡吧？」
「他根本從未親身體驗過山洪的可怕。」
之後接任的村長不也一樣？
「那麼，你發現的小廟，是村民爲了把白子大人請回山上搭建的嘍？」
「嗯，他們說，這就是今後白子大人住的地方。」
這樣山主能接受嗎？會慶幸「哎呀，終於能卸下麻煩的保鑣工作」嗎？
化身女童，一度以神明之姿受村人崇敬的山主，哪能讓愚民稱心如意。
「白子大人非常不高興。」
聽平太的口吻，彷彿在敘述好友的故事。
「他們實在太自私。」
白子大人認爲豈有此理，大發雷霆。或許也因是女孩，個性較彆扭。
「將神像的和服遷往小廟後，小野木的水幾乎瞬間乾涸。」
井水乾涸、湧泉乾涸、灌溉用水乾涸。
「白子大人喝光所有的水。」
連住家的水缸也見底。

受害最嚴重的，當屬村長金橋家。正因金橋家曾奉白子大人爲屋敷神、家神，所以白子大人對他們的怒意更盛。茶碗裡的水甚至轉眼消失，十分可怕。

平太從鼻孔吁口氣。

「要是村長肯道歉賠個不是，重新好好對待白子大人就沒事。」

人類實在是自私的動物。當對方肯聽你的請求，給你方便時，就感激涕零，一旦不聽你的話，便百般嫌棄。

「終究是野獸，有理說不通。」

三十年前，曾向白子大人傳達祈願的修行者，這次被請來封印祂。

「從此，人們改稱白子大人爲『旱先生』。」

由於白子大人不斷把水吞進肚裡，小野木的景色猶如遭逢旱災，大夥不約而同地這樣稱呼祂。

「幸好有加上『先生』的尊稱。」

阿近沒刻意打岔的意思，平太噗哧一笑。

「旱先生認爲後面沒加『大人』太隨便，非常生氣呢。」

氣歸氣，旱先生的法力終究贏不過修行者。臨時神社遭搗毀，旱先生被封進山裡的小廟，獨自度過漫長的歲月，逐漸爲人們淡忘。

這都是富半先生出生前的事，也難怪平太碰巧前往的小廟，會如此荒蕪。

不知何時，平太的小手輕撫胸前，彷彿在安慰棲宿他體內的旱先生。阿近也學

他，掌心貼著胸口思考。

旱先生為什麼贏不過那修行者？是靈力減弱，還是因祂終究只是隻野獸？一旦失去人們的信仰，就算再忿忿不平，依舊得落寞退場嗎？

「小野木至今仍不曾遭遇山洪。」平太低語。「村裡雖然有座氣派的神社，但供奉的神明名諱，寫的全是艱澀難懂的漢字。」

之前那修行者聲稱，這才是自古便存在當地的神明。

「你是在今年夏天將旱先生帶回村子的吧？」

於是，小野木的水源逐漸乾涸，錯愕驚慌之餘，人們猛然記起被封印在遙遠過去的那位小小「神明」。

「他們也真過分。」阿近不自主地盤起雙臂。「只要誠心道歉不就好了嗎？請求旱先生原諒先前的無禮。」

然而，小野木的村民、金橋家，及應該算是智者的山奉行與力戶邊大人，都本末倒置。他們一口咬定旱先生是邪魔，要把祂連同平太一起趕去江戶。

「我也告訴過村長他們，不如整修小廟，好好供奉旱先生。」

最後換來一頓臭罵。

「只有富半先生沒責怪我。」

富半十分疼愛平太，且他兒時聽爺爺提過，昔日出現在這塊土地的白子大人，模樣可愛迷人。

「富士先生也說，我們這位白子大人雖身為山主，卻是個小孩，用大人的態度講道理請祂配合是行不通的。」

但他的苦心一樣白費。富士認為自己該盡一分力，便陪同被逐出村外的平太前往江戶。

「不過，旱先生還是跟著你來了。」

山主被逐出自己的土地，應該會加倍憤怒。

「我也不明白。不過，旱先生一直和我在一起。」

始終沒有離開的意思。

「也許祂想到江戶參觀。」

平太認真思索著這個可能性。抱歉，我只是開玩笑——阿近道歉前，平太像在朝自己內心發問，側頭低喃「搞不好祂想去有更多水的地方」。

「旱先生要是不在，我一個人到江戶會很寂寞的。」

假如平太真是「一個人」，就不會被趕到江戶，所以他的話有點不合邏輯。不過，阿近覺得這番話很溫馨。

「你和旱先生是好朋友吧？」

平太有點難為情，神態像是和女孩相處融洽，而遭大人調侃的男孩。

「剛剛旱先生說了什麼嗎？」

祂若有話要說，我會洗耳恭聽——阿近把耳朵湊向平太。

「祂想喝水。」

「明白，等我一下。」

阿近離開「黑白之間」，快步走向廚房，往水缸窺望，確認水是滿的，接著順便到井邊察看。正巧阿島把青菜放在篩子上，剛要取水清洗。

「阿島姊，井裡有水吧？」

阿島不禁一愣。當我沒問吧，阿近笑道。

平太的旱先生聽從他的請求，忍著沒喝水。

現下祂一定很渴。阿近將長袖塞進腰帶，提了滿滿一桶水。

當晚用餐時，阿近向叔叔和嬸嬸提起平太和旱先生的事。

平太和新太一塊吃飯，從今晚起，會睡同一間房。當阿近他們還在進食時，兩人前來報告已在澡堂洗完澡，但彼此仍充滿戒心，頻頻斜眼打量對方。

「哎呀，你們這樣好像兩隻狗在互聞氣味。」

接著會互咬還是互吠呢？伊兵衛調侃道。

「話說回來，這次又是讓人難過的故事。」

聽得無比入迷，頻頻忘記動筷的阿民，流露凝望遠山的眼神。

「被帶離父母身邊，千里迢迢來到江戶，想必心裡很不安，又背負著這麼沉重的包袱……」

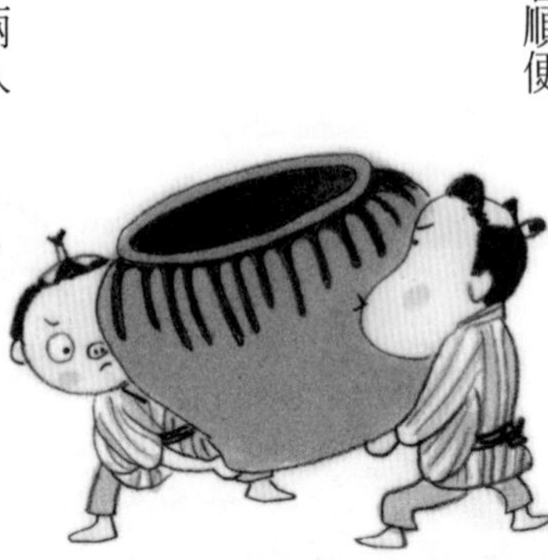

嬸嬸個性好勝，但一提到小孩，就特別容易感動。

「放心吧，我們會好好照顧他的。」

入夜後，三島屋仍未發生用水乾涸的現象，旱先生一直在忍耐。

阿近決定在平太和新太那間四張榻榻米大的房裡，擺一個水缸。兩名童工第一件合力進行的工作，便是從廚房搬出水缸。

阿近吩咐平太，假如發現水變少，隨時都能打井水補滿，不過，夜裡一缸水可能就會被喝光，記得一早先前往汲水。

一無所知的新太，瞧見擺在房裡的水缸，恐怕會感到既詭異又滑稽吧。以向新太解釋爲契機，兩人或許會打開心房，於是阿近故意一字都沒告訴新太。

「看他平安地從澡堂返回，可見旱先生不喜歡洗澡水。」

伊兵衛淨說著風涼話。

「既然這樣，不如在店內及家中四處擺設水缸，旱先生應該會很滿意。」

「才不要，那不就像屋裡在漏水。」

整天都得注意將所有水缸裝滿，相當費工夫。

「我也擔心這點。」阿近說，「您願意收留平太，我非常感激，但我們不見得是適合他的店家。」

平太先前的話，一直懸在阿近心中。

——旱先生搞不好想去有更多水的地方。

「旱先生附在平太身上，乖乖來到江戶，可能是明白小野木不再是水源豐沛的土地。」

「或許不待在水源豐沛之處，祂便使不出眞正的力量。」阿民贊同道。「嚷著要摘下馬的肝、刨出平太的眼珠，這些恐怖的話全是恫嚇。只怕待在小野木的旱先生，已沒多大的力量。」

伊兵衛撫著下巴沉吟。「阿民說得有理，畢竟旱先生連懲罰小野木的村民都辦不到。」

接著，他突然望向阿近，「妳猜是爲什麼？」

阿民搶在阿近之前回答。「因爲旱先生的力量源自水。」

「僅僅如此嗎？」

阿近說出在「黑白之間」時的想法。「主要是小野木的村民不再信仰祂的緣故吧。」

「信仰嗎……」伊兵衛低喃。

「難不成是遭村民嫌惡？」阿民連忙展開推理，「所以大夥對祂漠不關心。」

被人討厭、嫌棄，神明也會感到難過。

「有可能。不過，詛咒神原是力量強大的神明，小野木的村民看到和平太一起下山的旱先生把水全吞進肚裡，應該很害怕才對。」

伊兵衛到底想說什麼？阿近與阿民面面相覷。

「旱先生是個愛哭鬼。」伊兵衛微微一笑，「祂先是哭著說，已受夠獨自被關在偏僻小廟，當平太第三次帶符灰上山時，祂還因枯等太久而哭喪著臉。」

小女孩泫然欲泣的臉，撼動平太的心。

「兩人第三次見面時，淚濕雙頰的旱先生，讓我覺得好哀傷。旱先生可能認爲平太忘記祂的吩咐，再也不回來。」

被遺忘多年的山主，以爲這次又被平太遺棄在這裡。

「但平太的個性一板一眼。由於他信守承諾，旱先生才能載著他展開『山林疾行』。」

然後，順利重返小野木，喝光小野木的水，從人們遺忘多年的記憶中回歸。

「既然小野木的村民想起旱先生……」阿近接過話，「旱先生應該會重拾原本的法力。叔叔，您疑惑的是這一點吧？」

「嗯。可惜，天不從人願，旱先生最後仍和平太一起被逐出小野木。」

到底是什麼原因？伊兵衛抬頭仰望天花板。

「不論是神明或人類，有心之物何時最感到寂寞？」

就是不被需要。

「所以，三十年前旱先生才會敗在修行者手下。」

今年夏天，祂讓小野木的村民驚慌失措，卻沒有進一步的結果，也是此一緣故。

「小野木已不需要旱先生，不管是三十年前或現在都一樣，因而旱先生沒能取回眞正的力量。」

「你說的需要……指的就是信仰吧？」阿民從旁插話。

「不是信仰。不過，那算是信仰的根源。」

阿近隱約明白伊兵衛想說的話。寂寞的旱先生，與被旱先生淚水打動的平太。此刻仍靜靜陪伴旱先生的平太。

需要和被需要。「想去有更多水的地方」，或許這是平太表達自身意志的方式。

「我認爲，替平太考慮以後的出路才是最重要的事。總之，暫時留在這裡，由我們細心調教他吧。」伊兵衛恢復悠哉的口吻，「眼下他能和新太和睦相處就好了。」

「男孩子打上一、兩架就行啦，這是最快的捷徑。」

乾脆慫恿新太，平太若再拿石頭砸麻雀，別光哭，直接撲上前把平太打倒便是。

「我們叫他平太吧，童工染松這名字實在彆扭。」

「啊，就是這個。」伊兵衛咧嘴大笑，「不曉得是金井屋的上一代或這一代當家，以熟識藝伎的名字隨口叫喚童工，毫不羞赧。」

阿民莞爾一笑，阿近則微感驚訝。若伊兵衛沒猜錯，男人還眞無可救藥。

「叔叔覺得金井屋做的是哪種買賣？」

阿近十分在意房五郎提到的「紅漆算盤」，但伊兵衛也不清楚。

「大概是金井屋裡用的暗號吧。」

「房五郎這個人似乎很喜歡耍派頭，應該沒特別含意，不需要想太多。」

阿民蹙眉應道，她最討厭會打孩子的男人。

接著來到當天深夜。

一聲非比尋常的悲鳴，驚醒三島屋眾人。而且，並非只有一聲，連續響起兩、三聲。雖然僅發出尖叫沒說話，但那的確是新太的聲音。

店主夫婦、阿近、掌櫃八十助、女侍阿島等五人，皆一副沒睡醒的慌張模樣，差點在狹窄的走廊上撞個正著，你推我擠、爭先恐後地直奔新太與平太的房間。

「新太！」

八十助率先打開紙門。一開始衝得很急的阿島，由於和眾人擠在廊上時仍不斷聽見新太的叫喊，嚇得幾乎腿軟。

阿近第二個抵達。

曾是貯藏室的這間房，約四張半榻榻米大，沒設窗戶，光線照不進屋內。

「新太？新太怎麼啦？」八十助摸索著進房。

「大掌櫃！」

新太直奔而來，接住他的八十助躺倒。阿近絆到八十助，失去重心，尖叫著往前一撲，正好瞧見平太月亮般小小的白皙臉蛋。他雙手攏膝，蜷縮著身子。

緊抱八十助的新太，仍雙手亂揮，不住大叫。他頻頻指著身後，直嚷「那個、那個、那個」，眼看就快口吐白沫。

那是阿近擺在房內的水缸。

「水缸怎麼了？新太，振作一點。」

阿民抱住新太，朝齒牙打顫的他厲聲一喝。

「阿島，帶新太進屋，讓他換件衣服。」

仔細一瞧，新太竟嚇得尿濕褲子，女侍們急忙把新太帶走。

不知為何，伊兵衛臉上帶著笑意，一副忍俊不禁的模樣。原本也嚇傻的阿近發現叔叔注視著平太，便改望向叔叔。

平太噘著嘴，神情不快。

「發生什麼事？」

是那傢伙不對，平太語帶辯解地冷冷應道。

「居然嫌半夜去上廁所麻煩。」

他想直接尿在水缸裡。

「旱先生難得心情轉好，那傢伙又把祂惹火。想想看，有人在你頭頂小便，任誰都會生氣吧？」

所以，才不是旱先生的錯。

伊兵衛捧腹大笑，平太也噘著嘴笑出聲。

阿近悄悄指著水缸，「還在裡面嗎？」

平太搖頭。「出來了，現下和我在一起。」

阿近移膝向前，往水缸內窺望。好不容易習慣黑暗的雙眼，看見缸底所剩不多的水。

「旱先生眞是遇上大災難。」

伊兵衛笑得直冒淚，極力調整呼吸。

「你好好拜託旱先生，請祂別再生氣，早點安歇吧。」

嗯，平太點頭。

「對了，掌櫃怎麼啦？」

伊兵衛指的是八十助，他仍躺在地上。

「我的腰……」八十助發出呻吟。

聽說有個全身濕滑的女孩爬出水缸。

新太看到的旱先生，似乎眞如平太形容，頂著娃娃頭，有雙烏黑大眼，長得相當可愛。

只有祂的衣服顯得「濕滑」。

「肚臍以上都和我們長得一樣，不過……」
祂沒有腳。
「猶如蛞蝓或蛇般濕滑，和水煮蛋一樣雪白，且微帶透明，不停扭來扭去。」
祂扭動著上半身爬出水缸時，怒目瞪視新太，喝斥一聲。
——喂！
雖然對嚇得半死的新太有點過意不去，眾人哄堂大笑。唯一沒笑的，只有腰痛的八十助。
旱先生眞正的模樣，似乎是蛇。這位山林之主是條巨蛇，與平太在小廟相遇時，祂的雙腳完好，且被綁在一起，但那只是代表祂遭符咒封印罷了。
這麼一提，平太曾說「山林疾行」時，他好像不是用跑的，而是滑行。
阿近大感佩服。一條巨大的白蛇揹著小孩，還能弄彎雜樹，掃過雜草，捲起疾風，從深山奔下村落。
「爲表達歉意，等天一亮，我們會馬上將水缸洗刷乾淨，並保證不會再發生這種事，請祂原諒。」
接著，伊兵衛讓兩名童工排排坐，向他們講道理。
「你們這樣算扯平了。平太要爲擊落麻雀向新太道歉，新太要爲冒犯旱先生向平太道歉，明白嗎？」
兩人尷尬地互道對不起。

平太先露出笑容，新太則繃著臉。此時，平太湊向新太耳畔，悄聲低語。新太聽得雙目圓睜。

「眞的？」

平太一臉認眞地點頭，兩人不禁相視而笑。

隔天早上，阿近起身到外頭一看，兩名童工正一起清洗水缸，勤奮地汲水。

之後，阿近悄悄問新太：「昨晚小平講了什麼？我會保密，你告訴我吧。」

平太是這麼說的：

——旱先生第一次瞪我時，我也嚇得漏尿。

阿近也和那晚的伊兵衛一樣，笑彎了腰。

平太就這麼融入三島屋。儘管金井

屋的房五郎罵他「野孩子、沒一點用處」，但交代他辦事後，阿近發現並非如此。平太頗有力氣，應答總是很有精神，且十分勤快。唯一比不上新太的，只有禮儀。

運氣不好傷到腰的八十助，在床上連躺數天，也是平太從旁照料。這位掌櫃身材清瘦，個頭矮小，所以平太總會問：

「掌櫃先生，沒問題嗎？要上廁所的話，我揹您去吧。」

八十助著實受平太不少照顧。

三天、五天、十天，日子轉眼過去。半個月後，三島屋仍沒發生水逃跑的情況。或許是旱先生曉得平太已融入新東家，由衷替他高興，所以一直忍耐。房裡的水缸一天會見底數次，阿近總是特別留神補滿。廚房和走廊角落也新擺幾個旱神專用的水缸。

唯一的遺憾是，她始終無緣見旱先生一面……

補水時，阿近會順便往水缸裡窺望，但通常只瞥見閃動的波光。

新添一名童工的三島屋，平安迎接新年。

初一到初三，大夥忙著四處拜年，接待賓客。開工當天生意興隆，同樣忙得不可開交，轉眼明天便是七草（註）。

此時，金井屋的房五郎來訪。

「我們店裡也有許多上門拜年的客人。」

寒暄幾句後，房五郎換上嚴肅的神情。

「聽說三島屋添了個勤快的童工。」

「黑白之間」的壁龕仍擺著松樹和草珊瑚的盆栽，房五郎瞄花盆一眼。

「此外，三島屋和左鄰右舍也沒傳出用水乾涸或水往外逃的風聲。」

房五郎一臉不甘。

「看來，染松那麻煩的毛病已消失。若是三島屋矯正他的毛病，得鄭重答謝才行。」

請歸還染松。

「他是我們的夥計。」

阿近立即正色回應。「不過，您去年歲末應該曾託三島屋照顧那孩子吧？」

「當時我們拿他的毛病沒轍，不得不那麼做。」

現下毛病治好，可就另當別論。

「無論是染松的餐費，還是府上對他的花費，我都會支付。」

「我指的不是錢的事。」

平太好不容易融入三島屋，並結交新太這個朋友，如今又要帶他走，不是很殘酷嗎？阿近極力轉圜。

---

註：指正月七日，有吃七草粥的習俗。七草分別是水芹、薺菜、鼠麴草、繁縷、稻槎菜、蕪菁、蘿蔔。

「大小姐，別激動。」

房五郎突然轉爲討好阿近的表情。

「爲一個卑微的馬僮爭執，未免太不成熟。染松原本就是金橋家雇用的夥計，父子倆都在金橋家工作，這就是他們的身分。」

平太才不卑微。

「這是金橋老闆的意思嗎？」

「是人情義理。」

他改爲曉以大義的口吻。

「您還年輕，或許不懂，但金錢的借貸和夥計的交換，對商人是很重要的。倘若把這個道理擺一邊，完全替夥計講話，要不了多久，便會被他們瞧扁。」

雖然不想大過年生氣，阿近仍不禁火冒三丈。

「既然如此，就去請教我叔叔吧，他比我更懂經商之道。」

阿近撂下這話，步出「黑白之間」，並反手關上紙門。由於她行經走廊時，腳步聲太大，連阿島都探頭窺望究竟發生何事。

不料，伊兵衛道出驚人之語。「那就把平太還他吧。」

「叔叔！」

妳先冷靜一下，伊兵衛安撫阿近。「沒錯，從過程來看，將平太還給金井屋確實符合人情義理。阿近，別露出惡鬼般的表情。妳對我擺這種臉，我可傷腦筋。」

之前曾提醒平太的話，現下竟換成叔叔對她說。

「我不也講過，在替那孩子想出路？這種情況我早料到，不必擔心。」

伊兵衛顯得自信滿滿。

「我們這裡發生的事，妳不必告訴金井屋的人。我來勸平太，讓他先回金井屋打聲招呼。」

「怎能這樣隨便亂說……」

「我可沒亂說。看著吧，那孩子很快會回來。」

因爲早先生仍附在平太身上。

「叔叔，你到底在想什麼。」阿近不禁懷疑。

「這得看早先生怎麼想了。」

伊兵衛神情十分開心，雙手攏在懷裡。

「房五郎確實教人生氣，不過，教訓他的工作就交給早先生吧。」

平太並未違抗伊兵衛的命令。雖不相信只是回去打聲招呼，但他仍乖乖遵從。

他隨金井屋的房五郎離開的背影，顯得無比落寞。急忙前來送行的阿近途中折返，因爲強忍要叔叔重新和對方交涉的衝動，實在難受。

新太非常驚訝，且備感沮喪。時間雖短，兩人已結爲好友。

「他說要安排我和早先生見面呢。」

新太泫然欲泣，七草粥一口也沒吃。

「大小姐，小平在金井屋不會又被欺負吧？」

阿島和八十助同樣擔心。中規中矩的八十助，爲避免新太懷恨伊兵衛，刻意對新太展開說教，但和阿近私下獨處時，則揉著剛痊癒不久的腰，納悶地問：

「老爺眞是的，不知在想什麼。」

兩天後的早上，三島屋店外一片嘈雜。阿近和阿島剛打掃完屋內，正歇口氣時，新太臉色大變地衝進門。

「大、大小姐，熊來了！」

一名長得像熊的大漢來到店門口，表示要拜見阿近。

阿近馬上明白是怎麼回事，快步趕往店面。八十助正在接待那頭「熊」，店裡的客人理應對絢麗的商品看得入迷，卻個個目瞪口呆地望著大漢和矮小掌櫃的奇特組合。

「您該不會是金橋家的富半先生吧？」

阿近猜得沒錯。對方穿著印有屋號的短上衣和綁腳長褲，擁有壯碩的臂膀、毛茸茸的胳膊、茂密的濃眉和人造皮般黝黑的臉龐。

這名得抬頭仰望的大漢，彎腰行一禮，彷彿散發出一股泥土的氣味。

「是的，在下正是富半。」

不管怎麼勸，富半始終不肯踏入三島屋。他謙稱自己沒那個身分。

阿近請他從後門進屋，在廚房與他見面。擔心平太的阿島也陪在一旁。

「聽聞各位很擔心平太，在下非常感謝。」

富半講話同樣略帶地方口音。

「現下他在我住的旅館。」

據說是深川黑江町的一間商賈旅舍。那一帶有不少木材商。

「意思是，小平又被金井屋趕出來嘍？」

阿島一臉焦急，富半歉疚地搔搔頭。

「確實如此，所以我準備帶他回村子。不過，在那之前，我認爲得先向各位道聲謝才行。」

「小平沒事吧？還是又被關禁閉？他也同意回小野木嗎？」

阿島一聽更是著急，阿近提醒她：

「別慌，照順序問。」

富半應聲「是」，高大的身軀鞠個躬，因日曬而布滿皺紋的眼角微微放鬆，注視著阿近。

「大小姐果然與平太形容的分毫不差。」

這個月初五，富半以上金井屋拜年的名義，向主人請假獲准，從小野木來到江戶。當然，他其實是擔心平太。

可惜，平太改由三島屋照料，他沒能見到平太。其中的原委，及金井屋也發生用水乾涸的事，富半已從掌櫃房五郎口中得知。

「你們那掌櫃說得像趕走什麼燙手山芋。」

但富半和他不同。

「該不會連你也認爲這樣合乎人情義理吧？」

情緒激動的阿島從旁插話，富半苦笑道：

「在下不是來談這種嚴肅的話題，只是覺得，既然平太沒給府上添麻煩，表示早先生已變安分，或者是各位用了某種方法，讓早先生變安分。」

三島屋若出現用水乾涸的現象，應該會和金井屋一樣傷腦筋，所以富半才會這麼想。

「聽掌櫃說，三島屋的大小姐對這些不可思議的事習以爲常，願意解開當中的謎，令在下更是欽佩。」

之前明明解釋過是誤會，房五郎卻仍不改口。

「而且，我們金橋家的主子也提過，既然平太的情況穩定，就帶他回村裡吧。」

小野木的村長對夥計並不苛刻。他也十分同情平太，打算等「水往外逃」的怪事平息後，送平太回父母身邊。

「哎呀，」阿島的大眼骨碌碌轉動。「我還以爲，所謂的村長對佃農和夥計都像惡鬼一樣。」

阿近不禁一笑。其實不該笑的，她隱隱這麼覺得。

可是，富半一向房五郎提起此事，那位掌管紅漆算盤的掌櫃便完全誤解。他似乎認爲，既然金橋家的意思是要「帶回平太」，就得照辦。

「於是，掌櫃表示，他會親自向三島屋討回平太。」

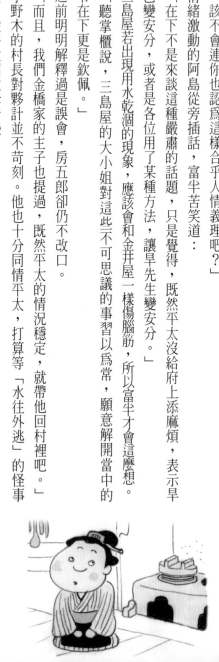

這即是所謂的不知變通。

「他還說，由我這種鄉下人和對方交涉，不過是白費力氣。」

——你去的話，只會被三島屋的人騙得團團轉。

房五郎器量狹小。爲平太的事傷腦筋時，就把人交給三島屋照料，解決眼前的困境後，便滿心以爲趕跑一個燙手山芋。但金橋家不過說句不同的話，他馬上往那邊倒，覺得託三島屋照料平太，就像被騙走人，一心想討回，才會那麼高姿態。

店裡夥計的這種猜疑心和忠義心，一向互爲表裡。不能說這樣有錯，但他確實不好相處。

「而前天，也就是六日那天，我來帶平太回去。」

平太神情頹喪，儘管見到富半，並得知「搞不好能回小野木嘍」，他仍沒絲毫喜色。

何況，平太返回金井屋後，隨即出現用水乾涸的現象。

旱先生大發脾氣，他對金井屋和金橋家怒火未消。

「我也在一旁勸阻，可是……」

富半一臉苦澀地含糊帶過。

「房五郎掌櫃又氣得把平太關起來，對吧？」

面對阿近的詢問，富半的粗眉垂成八字型，點點頭。

富半當時住在金井屋，來不及帶平太到其他地方投宿，房五郎已狠狠打平太一頓，將他罵得狗血淋頭，甚至綑綁他的手腳，丟進後院倉庫。

從旁勸阻的富半，也遭房五郎痛罵「你也想與金橋大人、金井屋爲敵嗎」。

「那天夜裡，我偷偷離開房間，前往倉庫。」

倉庫門上掛著誇張的大鎖，富半打不開。他輕聲叫喚，裡頭傳來平太微弱的話聲。確認他還活著，富半心安不少。

但平太相當脆弱。這指的並非身心方面的虛弱，而是他不知如何是好。

——富半先生，怎麼辦？

旱先生愈來愈生氣。

——再這樣下去，掌櫃會有危險。

阿近與阿島面面相覷，阿島迅速湊向阿近身邊。

「他指的是怎樣的危險？」

富半也不清楚。畢竟對方是山林的神明，擁有靈力。

——旱先生在哪裡？

——祂已離開我的身體，不管怎麼呼喚，都沒回應。

平太擔心，萬一旱先生對掌櫃做了什麼殘酷的事，這次或許會被更厲害的江戶修行者收伏。

「那該怎麼辦？」阿島抓住阿近的手肘，焦急地問富半。

「一點辦法也沒有，我和平太束手無策。」

當時，金井屋突然傳出房五郎發瘋似的淒厲尖叫聲。

「救命、救命！」

連喊兩聲後，尖叫戛然而止。

富半撞開防雨窗，返回屋內，在走廊上疾奔。和幾天前夜裡發生在三島屋的那場騷動一樣，金井屋也上演相同的戲碼。

富半趕往房五郎的寢室，親眼目睹那一幕。

「祂的身軀粗得足夠雙手環抱。」

富半以雙手比畫大小。

「一條長六尺多的白色巨蛇，把掌櫃從頭吞進嘴裡。」

房五郎的手露在蛇的嘴巴外面。大蛇吐出紅紅的蛇信，連他的手一併吞下。

——嗝。

大蛇滿意地打個飽嗝，像孩童拳頭般大的眼珠，散發斑斕精光。震懾於牠的目光，眾人紛紛倒地昏厥。

待我清醒時，大蛇早不知去向。

「大夥一整晚彷彿都失了魂，驚恐不已。」

我們只能出聲喊著「得點燈找出大蛇，救出掌櫃」，但沒人站得起來。

「連您也是嗎？」

阿近一問，這名大漢有點忸怩。

「我……」

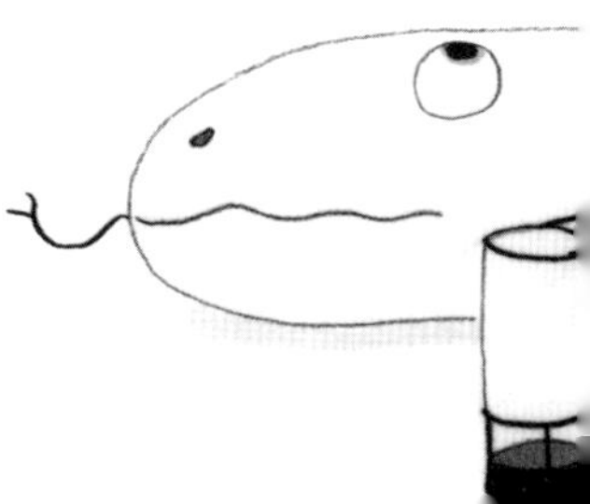

「應該不至於完全無法行動吧？」

身爲老練的山老大，富半對山裡可能發生的狀況，及和山神有關的事，擁有豐富的知識。他的膽識不同於金井屋那群江戶人，理當不致嚇得無法動彈。

「我心想……就算大呼小叫也沒用。」

阿島聞言發出一聲「嘩」，渾身直打哆嗦。

直到天亮後，陽光照進屋內，金井屋的人們才恢復活力，展開行動。不久，井邊響起女侍的尖叫聲。

富半已猜出發生何事，便將眾人留在現場，獨自奔向井邊。

房五郎倒臥在乾涸的水井旁。

「早先生將他吐了出來。」

房五郎面無血色，通體冰冷，但一息尚存。只是，他身上一絲不掛。

還有……

「他的體毛……」

「毛？」阿近和阿島異口同聲地問，「怎麼啦？」

「消失得一乾二淨。」

他的頭髮、眉毛、鬍子、腿毛，一根不剩，全身光溜溜。

毛全沒了……阿島怔怔低喃。

「變得光溜溜的？」

接著，猶如火山爆發，眾人哄然大笑，笑得挺身後仰、簌簌發顫、捧腹連連。忍不住笑出聲的阿近，覺得有點歉疚。她出言警告「阿島姊，別這樣」，阿島仍笑個不停。

「對、對不起。」阿近自己同樣邊道歉，邊笑到流淚。

「哪裡……其實我也嚇一大跳。」富半掩不住笑意。

「現下房五郎掌櫃情況如何？」

「今天早上終於醒轉，似乎沒大礙。」

房五郎能清楚與人應答，手腳也行動自如，只是對遭大蛇吞噬的經過不復記憶。

「那麼，他也不記得全身毛髮消失無蹤嘍？」

據說房五郎無比慌亂，不知自己發生何事，周圍的人也不知該怎麼向他解釋。

好不容易止住笑的阿島，又噗哧一笑。

「睜眼一看，全身光溜溜。」

「阿島姊實在壞心。」

「是是是，眞對不起。」

富半帶著平太離開金井屋，在目前住的旅館歇腳。平太沒有需要醫治的傷，吃完飯已睡下。

聽到這裡，阿近心裡只掛記著一件事。

「那早先生呢？」

富半刻意裝得一本正經，那是懂得喜怒不形於色的成熟大人，眞正開心時的神情。

「回來了，和平太在一起。」

「是小平說的吧？」

「嗯。他像個大人般，把旱先生訓一頓。」

——不能做那種事。

「平太還擔心地勸告，祢這次一定會被收伏。」

平太說話的模樣彷彿清楚浮現眼前，在場三人都輕鬆一笑。

富半大手往臉上一抹，卸下肩上重擔似地吁口氣。

「小野木剛發生騷動時，我簡直嚇壞。旱先生要是一直附在平太身上，稍有差池，平太恐怕會小命不保。之後，旱先生隨平太到江戶，且一直陪著他，我才明白，旱先生已和他成爲好朋友。一旦分開，他倆都會很寂寞。」

察覺此事後，富半仍會擔心平太日後的出路，但已不再那麼煩惱。江戶是個大地方，跟小野木不同，總會有辦法的。

「所以，你們還一塊去看水藝表演，對吧？」

富半一陣驚慌，「平太那小子，連這種事都說啦。」

雖然對水藝表演者很抱歉，但阿近也想一起欣賞。

「不過，我就是太放心了，平太才會遭監禁，吃足苦頭。」

「是金井屋不對。」阿島毫不留情地批評，「要是肯好好聽小平解釋，恭敬地請求

旱先生，哪會有問題？像我們就沒遇上任何困擾。」

金井屋方面表示，既然發生這種事，便無法再收留平太。所以，富半打算帶平太回小野木。

「在那之前，我想向照顧過平太的各位道謝。」

阿近向富半提起房五郎帶走平太時，伊兵衛那句謎樣的話。

「那麼，府上的老爺早看出這點。」

平太要是又在金井屋遭受不當對待，旱先生絕不會坐視不管。

「叔叔對平太的出路，約莫已有想法。」

阿近併攏雙膝，重新坐正。

「富半先生，這次可否正式將平太交由三島屋照料？能不能請您幫忙徵求金橋村長的同意，就說神田三島屋的店主伊兵衛，會擔任平太的監護人，妥善照顧他。」

阿島目光炯炯，傾身向前。

「小平應該希望留在江戶吧？要是帶旱先生回小野木，只會舊事重演。」

富半並未考慮太久，眼神放柔道：

「其實，若能取得同意，平太也想待在這裡工作。」

廚房的茶櫃後方，傳來一陣聲響。三人轉過身，發現新太跌倒在地。他一直躲著偷聽，剛要站起腳卻麻了。

「太好啦，小新。」阿島歌唱般喚道，「又能和小平吵架嘍！」

新太靦腆地笑著跑開。

不到一個時辰，平太便重返三島屋，富半也啓程回小野木。

鏡開（註一）當天，平太與新太比賽誰汁粉（註二）吃得多。雖不清楚旱先生的喜好，阿近仍在房間的水缸旁供上一小碗汁粉。隔天早上一瞧，碗裡是空的，看來祂並不討厭甜食。

暫時沒收到小野木的任何消息，富半也沒再現身。平太在三島屋學習工作，和新太一起忙碌，度過一段快樂的時光。新太似乎已獲得旱先生的原諒，一個下著冰雨的早晨，他面向水缸說「今天很冷，我幫忙加熱一下吧」，恰巧被阿近撞見。

不久，小野木捎來一封信。

寒冬時節，山上工作繁忙，富半無法離開小野木，才以信件聯繫。信中附上一張金橋村長寫的漂亮同意函，正式將平太託付給三島屋伊兵衛照料。

「太好了。」嘴上雖這麼說，阿近仍有些擔心。「不過，這樣就暫時不能回小野木，見不到爹娘，你想必很難過吧？」

平太相當堅強。短短時日，他已有十足江戶夥計的派頭。

「即使回去，爹娘也會因爲我而抬不起頭，根本一點幫助也沒有。等在江戶賺點錢，我會寄生活費回家。」

最近，從事人力仲介的燈庵老闆再度造訪三島屋，似乎是伊兵衛主動找他來。只見他直接走進伊兵衛房間，兩人展開密談。接著，他躲在暗處偷偷觀察平太替提袋店的師傅送便當、劈柴、打掃，種種認眞工作的模樣。

遇到阿近時，他出聲打招呼「哦，大小姐」。

阿近客氣地與他寒暄。

「決定那孩子的出路前，這個故事仍會繼續，所以下一位要說奇妙故事的人，我讓他先等一等。」

眞有那麼多人在排隊嗎？阿近半信半疑。

燈庵老人也是個禿頭。每次看到他，頂上總是無比油亮。

「燈庵老闆，叔叔這次又拜託您什麼呢？」

滿頭油光的老人，蛤蟆般咧嘴微笑，活像是神主。

「這您自己問他吧。」

阿近還想打聽一事。

「我曉得不該問，卻十分在意。不知金井屋是做何種生意？」

這名人力仲介商倒是很乾脆地回答「當鋪」。

「金橋家靠小野木的珍貴木材發財後，在江戶買下當鋪的股權。金井屋算是金橋

註一：正月十一日取下鏡餅煮成雜煮或汁粉吃的一種儀式。

註二：以年糕或白湯圓連同紅豆湯一起煮成的甜點。

家的分家。」

接著，他突然以緊迫盯人的口吻規勸道：「假如妳心想，什麼嘛，原來是借錢收利息的，而露出鄙夷的神情，那可不行。何況，做這行的愈講求夥計的禮儀愈好。」

房五郎並非眞的那麼壞心。

「江戶人不習慣地方神明，沒當一回事，才會犯下大錯。妳可不能笑話他，畢竟誰也不曉得自己會因什麼緣故觸怒神明。」

尤其妳專門聆聽、收集不可思議的故事，就更有可能。

一長串的說教後，他又像隻喝醉的蛤蟆般，咧嘴一笑。「房五郎掌櫃也學到教訓，對手下溫柔許多。」

謝謝您的指教，阿近低頭行一禮。

幾天後，伊兵衛將阿近和平太喚進房裡。

平太微微縮著身子，阿近也頗爲吃驚。

「讓平太繼續待在三島屋裡，哪裡不恰當嗎？」

「平太沒有哪裡不恰當，我們也是。」

但對旱先生恐怕就不恰當了，伊兵衛說。

「平太，你之前提過，旱先生希望去有更多水的地方吧？」

平太不安地望阿近一眼後，點點頭。「是的。」

有更多水的地方，便是需要旱先生的地方。

「所以，我想出一個辦法。」

伊兵衛臉上浮現笑容，活像個頑童。

「你想不想當船夫？」

江戶的船夫，是以輕舟或小型貨船運載客人或貨物，往返河川及運河，也從事用屋形船或煙火船爲人們提供娛樂的工作。

「或許在地處深山的小野木無法想像，但在江戶，水路便如同陸路，包括那些狹窄的運河與大川。」

伊兵衛的一名棋友在深川擔任小型貨船的船老大，詢問能否讓平太到他那裡工作。

「平時是載運醬油和鹽的貨船，不過，深川那一帶船家的使命不僅如此。神田這邊位處高地，你們一時可能察覺不出其中的祕密。他們那一帶是塡海造地而成，每次下大雨就會積水。衙門在本所深川備有名爲『鯨船』的特別船隻，會在淹大水時出動救援，或加強沿岸的巡防，肩負重要的任務，因此需要本領高強的船夫。」

你要不要試試？

「何況，你有旱先生這樣的得力夥伴。」

的確，有旱先生在，遇上暴風雨，想必祂會助平太一臂之力，讓船夫安全行船。萬一淹大水，祂也會很快把水喝光。

阿近恍然大悟，那是一處需要旱先生的地方。

「一開始先見習。船夫個個脾氣都不太好，起初會比較辛苦。那是沒男子氣概便難以勝任的工作，不過，我認爲你有這能耐。」

阿近望著平太。平太仍縮著身子，但表情已和剛剛不太一樣。

「老爺，您覺得我這麼做，旱先生也會高興是嗎？」

伊兵衛調皮地挑動雙眉，「我不知道。你向旱先生問清楚不就行了？」

那個有雙烏黑大眼，下巴抬得老高的女孩，不曉得會怎麼回答。

平太考慮整整一晚，似乎還與新太討論。

隔天，他答覆伊兵衛：

「我想當船夫。我會好好努力，日後成爲一名眞正的船夫。」

後續的接洽事宜，由燈庵負責。平太沒和三島屋眾人道別，便直接前往深川。

阿近終究沒能和旱先生見上一面。

那天用晚飯時，伊兵衛難得喝起小酒，說是要爲平太祝賀。

「旱先生若不排斥海水，我還能安排平太當漁夫。」

他口吻悠哉地開心道。

「我也想過讓平太去品川那一帶的『濱座敷』。即使是大潮的日子，也能享受退潮撈捕的樂趣。」

「叔叔眞是的，滿腦子怪主意。」

阿近和阿民相視而笑。

「不過，我有點在意一事。」

阿民露出慈母般的眼神。

「平太和旱先生今後會一直在一起嗎？不，應該說，他們一直在一起好嗎？」

人與神明。旱先生雖小，好歹是神明。

「總有一天會分開的。」伊兵衛應道。「等那孩子長大，會受身邊女孩的紅襯裙吸引時。」

因爲神明討厭人類這股俗味。

「但爲此感到難過，倒是沒必要。人與人之間，原本就會分分合合。」

「同樣地，旱先生在需要祂的地方落腳後，即使與平太分離，應該也不會再感到寂寞。」

阿近自然地露出微笑。她眼前浮現一幅畫面，一名白衣女孩，對平太揮手道：

「往後就算我不在你身邊，你也能過得很好。」

再見了。

面對分別，最痛苦的非新太莫屬。平太離開後，他意志消沉，教人不忍卒睹，收拾那已無用處的水缸時，還頻頻嘆息。

看來，多年後這故事才會有眞正的結局。待平太能獨當一面，瀟灑地駕著他的船，讓三島屋眾人搭乘的那天。

「到時不管平太一向駕的是什麼船，我們都要坐屋形船。把美食佳餚通通搬上船，大快朵頤一番。」阿近鼓勵新太。

新太聽完，偷偷告訴她一個祕密。

「小平曾讓我和旱先生見面。」

旱先生半夜進入房間水缸時，新太見過祂。

與先前那次嚇得半死的體驗截然不同，平太催促新太：

——旱先生准許你見祂了。

在那沒有燈光的房間，新太惴惴不安地往水缸裡窺望。

「是怎樣的女孩？」

阿近湊向新太耳邊，悄聲問。新太也壓低嗓音，但仍難掩喜色，比手畫腳地形容。「眼睛又大又圓，兩頰像雪一樣白，剪齊的頭髮在前額柔順地搖晃。」

可愛極了。

描述可愛的事物時，說話者也會變得可愛。新太的臉微微泛紅，雖然有點難爲情，卻很引以爲傲，阿近看在眼底直想笑。

水缸裡的旱先生一本正經。

——哦，你就是那個想朝我尿尿，而受到教訓的小鬼啊。

旱先生噘起小嘴，旋即笑出聲。

那是宛如成千銀鈴作響的美妙聲音。

# 第二章　竹林裡冒出一千根針

平太離去後，三島屋眾人都有些落寞。

其實只是恢復平太來之前的情況，所以，或許說變得無精打采較貼切。八十助和阿島不用提，連工房裡的師傅都懷念地聊著：

「那個精力充沛的小子，現下不知過得怎樣？」

好不容易重新振作的新太，倒是比大人更能忍受思念之苦，一如往常地工作。不過，伊兵衛和阿民發現，先前新太周遭多是年長者，身邊沒半個同年紀的小孩陪伴。他們檢討一番，決定讓新太到附近的習字所學習。

「在那裡不僅能結交朋友，還能順便磨鍊他最不擅長的讀寫算數，眞是一舉兩得。」

新太並不是商家的孩子，而是以童工的身分從店裡到習字所學習，這種例子相當罕見。那得花費高額的束脩（學費）和謝儀，但伊兵衛肯出錢。

新太是趁完成早晨的工作到午餐前的空檔上習字所。不過，等實際開始通學後，這段時間三島屋應該會人手不足。

「所以，阿近，我想再雇用一名女侍。」

面對叔叔和嬸嬸的提議，阿近沒理由反對，不過她仍強調：

「叔叔，請讓我像之前一樣工作。」

要是被叔叔搶先說「妳就趁這機會好好當個大小姐吧」，可教人受不了。

伊兵衛不禁苦笑，「早料到妳會這麼堅持，我知道、我知道。」

關於新女侍，伊兵衛已委託燈庵老闆代為徵人。

「他平時不幫忙介紹女侍，這次是特別替我們安排。」

——因為你們有位不太好伺候的大小姐。

燈庵似乎這麼表示。

「他說我很難伺候是嗎？」

「是『不太好伺候』。」

無論如何，那蛤蟆老頭就是這個意思。

「不能多添一名童工嗎？這樣小新不就有伴了？」

「在新太心底，不管來什麼人，都比不上平太和旱先生。」

確實如此。

「那孩子到外面看看較好。而且，我也不想沒和兒子討論，就增加會直接接觸生意的夥計。」

否則他們以後會不好經營。

阿近微感驚訝，沒想到叔叔考慮得這麼遠。

那關係著三島屋的未來。剛剛伊兵衛的口吻，彷彿講得是迫在眉睫的事。其實，這一點也不值得大驚小怪。伊兵衛的兩名兒子，伊一郎和富次郎，皆已長大成人，如今在其他店家當夥計，學做生意。不管他們何時回來幫忙家業，都不足為奇。

只不過，阿近無法想像將三島屋交給兒子，過著悠哉退休生活的伊兵衛與阿民。

他們肯定仍會和兒子一起努力經營。

——到時若眞是那樣……

阿近又該何去何從？

伊一郎和富次郎回到三島屋後，應該很快就會談婚事。這是必經的步驟。三島屋將迎娶兩名新娘，屆時阿近該以什麼身分留在這裡？

阿近只和兩名堂兄見過一次面。剛到江戶時，兩人來看過她。和叔叔嬸嬸很像，待人十分溫柔。

所以，阿近認爲不至於和他們處不來，或在三島屋待不下去。不過，日後要是他們娶媳婦，又另當別論。阿近可能會變成小姑般的立場，屆時情況就複雜了，這是她極力想避免的結果。

在三島屋落腳半年，擔任奇異百物語聆聽者這不可思議的角色，阿近雖曾半開玩笑地問「叔叔，還要繼續啊」，其實她已逐漸產生興趣。

人在內心這個容器裡，隱藏各式各樣的故事。藉由接觸從容器滿溢出的話語，阿近見識到未曾遭遇的事物。那恐怕是過平常的生活，一輩子也看不到的事物。

她深受吸引。

她沒想過未來的事——倒不如說，阿近之前根本沒多餘的心思關注三島屋內部的情形。

猛然回神，阿近發現伊兵衛凝視著她，彷彿望著一隻沉睡的小貓。

「妳也會露出這種表情啊。」

很好，伊兵衛笑道。

「不過，現下爲此煩心還太早。我那些兒子們，應該也想與妳同住一個屋簷下，享受一陣子堂兄妹和諧相處的日子，所以目前不會娶媳婦。」

顯然地，阿近的心思已全被看穿。

「富次郎見過妳後，老嚷著想早點回到家裡。他們都十分喜歡妳。」

阿近清咳幾聲，重新端正坐好。

「那麼，您沒其他吩咐了嗎？」

伊兵衛擺出什麼也不知道的表情。

「『黑白之間』暫時會供作我下棋之用，我想讓妳到外頭散散心。」

妳曉得龜戶的梅宅嗎？

「元月已近尾聲，是欣賞那座梅林的好時機。此時，臥龍梅應該開得正美。」

聽說那裡有株遠近馳名的老梅樹，低垂的枝椏往外伸展，活像一條蜿蜒的龍。

「那確實值得一看。不過，就算沒出門散心，我一樣過得很好。」

伊兵衛誇張地瞪大眼，「誰要妳去散心來著？」

其實是爲了新太。

「妳一塊帶上他吧。當然，並非單純去散心，妳得讓新太學會隨從應有的儀態，好好調教他。」

「既然如此，嬸嬸應該比我合適。」

「阿民和我先前在鷽替（註）時，曾前往龜戶天神宮參拜，今年已賞過梅。」

阿近直覺有些古怪，叔叔眼中閃動著調皮之色。

「不只我和小新去吧？」

「這麼快就看出來啦。沒錯，有人邀約。」

越後屋的阿貴要與清太郎出門賞梅，所以邀約同行。

「妳和阿貴小姐僅僅拜年時見過，沒能慢慢聊吧？不妨一起賞梅，邊品嘗美食，邊閒話家常。越後屋會負責打點一切。」

此事似乎已談妥。

註：主要是以菅原道眞爲祭神的神社舉行的儀式。日文中，「鷽」音同「嘘」（謊言）。人們祭祀時，會祈禱去年遭遇的災厄像謊言一樣，就當沒發生過，以期今年能諸事吉利。

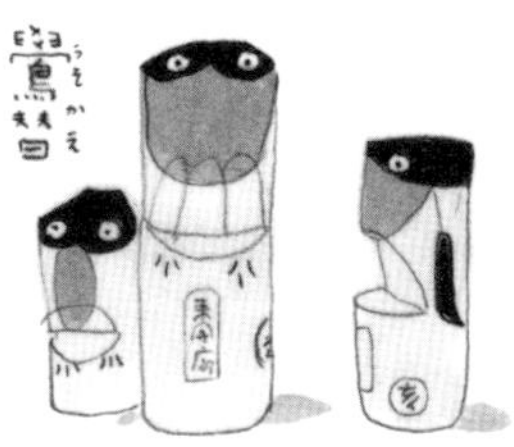

「因為阿民想吃梅宅的特產梅子乾。」

嬸嬸也知情，那就非去不可了。

「明白，我會赴約。」

「妳沒很高興呢。」伊兵衛語帶調侃。

「哪兒的話。」

「出發的日子不是月底，就是下個月初喔。」

走出伊兵衛的房間，重新綁上束衣帶後，阿近不禁嘆口氣。

越後屋是堀江町一家草鞋批發商。清太郎則是越後屋的小老闆，阿貴與他雖無血緣關係，但兩人情同姊弟。

金井屋的房五郎提過，他們因造訪「黑白之間」，而與阿近結緣。之後，三島屋和越後屋搭起友誼的橋梁，三島屋匠心獨具的草鞋鞋帶在越後屋販售，越後屋的產品也在三島屋寄售，兩方生意往來密切。

阿近和阿貴皆有一段不可思議的過去，所以相知相惜。旁人常說她們情同姊妹，阿近也覺得跟阿貴像姊妹一點都不足為奇。清太郎個性正直，讓人頗有好感，阿貴與他友愛的模樣，十分賞心悅目。

但阿近之所以嘆息，有她的理由。

從少女時代起，阿貴便遭某幢與她關係深厚的宅邸附身。她的心靈被囚禁在宅邸裡，儘管身體長大成人，內心仍是個少女，一晃眼就是十五年的光陰。

去年九月造訪三島屋，在「黑白之間」傾訴自身故事的，是遭宅邸附身操控的阿貴。可說是盤踞在那座宅邸裡的幽暗之物，透過阿貴勾引阿近。

所幸，阿近與阿貴攜手逃離宅邸，失去寄主的宅邸崩毀，消失無蹤。而阿貴也恢復原貌，就像房五郎形容的「重拾往日的美麗」。

越後屋爲了讓阿貴轉換心情，重新振作，帶著她遊山玩水、看戲臺表演、替她訂製新衣，或安排她學習技藝，希望她重拾在那段停止的歲月間未能體驗的事物。阿貴都欣然接受。

阿近也常和阿貴見面，增進彼此情誼，並從中得到慰藉。阿貴取回人生一事，讓阿近不知獲得多少救贖。因此，阿貴康復後，阿近頻頻造訪越後屋，工作都落在阿島身上，給她添不少麻煩。

之後，剛好平太來到三島屋，阿近察覺不能再這樣下去。於是，拜完年，阿近便沒在越後屋露面。

其實，阿貴幾乎已忘卻先前被囚禁在那宅邸的一切，也不記得失去的家人。她只曉得自己單獨前往遠方，好不容易才回來。

不過，阿貴唯獨對阿近印象深刻。她記得在「某個遠方」與阿近邂逅，並一起回到這裡，所以和阿近特別親近。阿貴曾說「不知爲何，總覺得阿近是我很重要的夥伴」。

兩人親密交談時，阿貴也問過阿近：

「之前，我都在那遙遠的地方幹嘛？又和妳一起做過什麼，怎能回來？」

阿近與越後屋的人討論過，決定一律以「我也不記得」回答。阿近認爲，對阿貴來說，遺忘算是一種慈悲吧，刻意讓她憶起往事，反倒殘酷。

於是，越後屋的人總告訴阿貴「妳失蹤很長一段時間」，而阿貴亦信了這個說法。阿近暗忖，自己與阿貴的緣分也該慢慢淡化。雖然不是悍然斬斷兩人的關係，但逐漸淡化疏遠，專心過各自的生活，對彼此都好。

一味地尋求慰藉，無時無刻緊黏著阿貴，這是錯誤之舉。

——在「黑白之間」吐露的故事……

聽過就忘、說完就忘，或許才是正確的態度。

伊兵衛和阿民也明白這一點，並表示認同。

所以，伊兵衛剛剛那句「妳沒很高興呢」，配上調侃的表情，箇中另有原因。伊兵衛嘴角掛著微笑的原因，對阿近意義重大，或許比她和阿貴的情誼沉重。

那就是清太郎。

阿貴恢復正常後，隔沒多久，越後屋便上門向阿近提親，幾乎比談成草鞋鞋帶那筆生意迅速。

阿近並不覺得那是晴天霹靂。帶回阿貴一事，多虧有清太郎。雖然他關心阿貴，請阿近幫忙，卻不忘替她擔憂，至今阿近仍十分感激。由於他大力相助，阿貴和阿近才能從那座宅邸返回。

然而，這和結婚是兩回事。

阿近不討厭清太郎，不過，現下她還沒那心思。甚至，連「還沒」都只是修飾詞，究竟要等多久，她也不清楚，也許一輩子都不會有。

越後屋的店主夫婦尤其熱中這樁婚事，所以傳得人盡皆知。另一方面，曉得阿近有段傷心過往的清太郎，則十分低調。不過，阿近能感到他的善意。正因如此，她才更覺得抱歉，不知該怎麼解釋。

此時，比伊兵衛幹練的阿民居中調解，說阿近需要一些時間考慮，於是，這起來得突然的婚事暫被擱置。畢竟雙方還有生意要做，阿近也不願這麼快和越後屋的兩人斷絕情誼。

——可是，一同賞梅的邀約……

東之高閣的東西，隨時都能取出。

許久未和阿貴見面，能與她促膝長談當然高興，但跟清太郎碰面，仍不免尷尬。

這便是阿近不住嘆息，與伊兵衛那調侃笑臉的原由。

伊兵衛認爲，阿近又不是削髮爲尼，且有一、兩個感情的煩惱也不壞，阿民肯定持相同的看法。對了，連阿島都曾愉快地笑說：

「別想得那麼嚴肅，這種事順其自然就行。」

要是我也有早先生陪在身旁該多好。

——喂，你們還早得很！

早先生若能狠狠訓斥阿近和清太郎一頓，不知會多麼痛快。

她默默思索著，暗自發笑，精神振作不少。

賞梅之行定在二月一日。隨著日子一天天接近，阿民開始忙著替阿近張羅當天穿的衣裳。

「去龜戶要搭船走北十間川，不曉得哪個顏色才能充分襯托出妳的膚白及水色。」

由於是賞梅，梅花的圖案反而不搭調。此時，阿島亦從旁給意見，說大小姐穿紅梅圖案的窄袖和服出現，猶如梅花仙子降臨，別有一番風韻。這倒是，不過，獨缺梅花的百花圖案也不錯吧？和眞正的梅花相映，就構成百花盛放的景色。像這樣的場合，乾脆把大小姐當三島屋的活看板，好好展示推銷一番，盡可能多搭些配件。阿島，妳眞是的，這種事我會疏忽嗎？阿民和阿島你一言、我一語地，說個沒完。

兩人討論得很起勁，卻沒結論，最後還是阿近自己決定。

出遊的二月一日，晴空萬里。

風依舊冷冽，但天際帶有一絲早春的緊繃感，是薄冰初融的水色。

阿近一襲皺縮質地的波浪條紋碎花和服，纏兩條獻上（註）腰帶。波浪條紋極爲纖細，遠看恍若素面，所以能襯出兩條寬腰帶上的紋路。色調是鋪著碎花的淡淡梅紅，腰帶則是更淺的紅，黑色獨鈷花紋刺繡清楚浮現。草鞋鞋帶的布料與腰帶相同，配成一套。腰帶繩是近乎墨色的深紫，襯領採梅白，細瞧可見施有梅花圖案的刺繡。和服及衣帶是阿民借來的，其餘配件全是阿民親手爲這天張羅。

另外加上三島屋獨家販售的披肩，也是阿民的構想，她考慮到待在庭院或船上應該會覺得冷。雖是披肩，但寬達一反（約三十六公分），兩端有裝飾的刺繡，攤開後可從脖子裹至背部，既能防寒，又能防塵。顏色則是鮮明的梅紅，起初阿近覺得太過豔麗，但事後明白，在人多的梅宅裡，這樣才方便辨識，一眼就能認出。

「盡量變換披法，讓多一點人瞧見。季節更迭時特別重要，我想把握機會，傾力推銷店裡的產品。」

「嘩，大小姐眞的很像梅花仙子。」

「新太，你可要好好陪在大小姐身邊。」

「別開心過頭迷路喔，新太。」

在叔叔、嬸嬸、阿島、八十助等眾人喧鬧地送行下，阿近邁步啓程。新太一身由阿島上過漿的方格外出服，腳上套著全新的草鞋，鞋帶是梅枝色。他背著小小的包袱，因第一次出遠門興奮得臉紅，模樣相當可愛。

他們在柳橋的船家與越後屋的兩人會合。一行沒和其他人共乘，而是搭越後屋安排的屋形船。除船夫外，還有一名熟悉梅宅的嚮導陪同。

註：爲「獻上博多」的略語，因藩主黑田侯呈獻江戶幕府而得名，意指博多織的上等腰帶。

儘管阿近是頭一次遠遊，卻也曉得這樣的安排極爲奢華。嚮導是個世故的銀髮老翁，名叫勝三郎。他一開口便流暢地表示「今日要前往梅宅遊覽，雖是滿臉皺紋的老叟，但請喚在下梅勝」。四人坐在船內享用簡便的午膳，聽梅勝從運河沿岸的風景逐一細說。

年後便沒見過面的阿貴雙頰紅潤，在這春暖花香的時節益發豔麗。據說她年初便開始學唱謠曲和彈三弦琴。

阿近請她露一手，梅勝亦附和「在下備有三弦琴」，原本滿臉羞紅、極力推辭的阿貴，敵不過眾人的要求，難爲情地同意：「那就等賞完梅，回程的船上再獻醜，我保證。」

阿貴的幸福模樣，鮮明地映在阿近眸中，一旁的清太郎想必有同感。他和往昔一樣，瞇著眼，溫柔地與阿貴、阿近聊天。既不會太親暱，也不會太生疏，可謂待阿貴如姊，視阿近如妹。在外人看來，確實像相處融洽的三兄妹。

眼下正好走水路，阿近避開早先生的事，聊起新太。某個機緣下，三島屋代爲照料一名童工，那孩子日後將成爲船夫。梅勝似乎比越後屋的兩人更感興趣，一搭一唱地引阿近繼續述說，於是阿近提到平太和新太結爲好友。此時，梅勝巧妙把緊張地站在一旁的新太拉進談話，化解緊繃的氣氛。

「我也曾是船夫呢。」

小弟，等你以後當上三島屋的大掌櫃，不曉得平太會不會變得和我一樣——梅勝

逗得眾人大笑。

由於正值賞梅時節，加上天氣晴朗，梅宅裡熱鬧非凡。阿近在船中送阿貴適合她裝扮的披肩，當作三島屋的贈禮。阿貴喜出望外，旋即披上，這下兩人更像姊妹了。

放眼望去，是方圓數十丈遠的庭園。爲避免遺漏任何美景，他們讓梅勝帶路，走在中間的是阿近與阿貴，清太郎墊後，新太則陪同在一旁。一行仰望燦放的梅林，漫步人群中，享受難得的悠閒。

面對眼前的絕景，起初看得瞠目結舌的新太，來到水戶光圀（註）命名的臥龍梅前，忍不住熱淚盈眶。

「世上竟然有這麼美麗的景色……」

阿近遞給淚濕雙頰的新太一張懷紙，梅勝莞爾一笑。

「小弟，這世上多得是美麗的東西，尤其對你這樣的小孩來說。」

是，新太率直地點頭。

阿貴牽著阿近的手，不時驚呼「啊，妳看那邊」、「啊，妳看這邊」。對新太講話，也像和他同年紀的小孩一樣。若新太回答時稱她「越後屋的大小姐」，阿貴便會糾正「別喊我大小姐。你可以叫我阿貴，或是小貴」。

註：即爲水戶黃門。

阿近覺得不知所措的新太更像梅花仙子，不禁浮現微笑。入春後，她還是第一次開心地笑。

此時，湊巧梅勝、阿貴、新太走在前頭，剩阿近與清太郎獨處。他目光平靜地向阿近點點頭。

「您或許會認爲我問了不該問的事。」

那座宅邸的庭院也這麼美嗎？

阿近無法立刻回答，並非故意含糊帶過，而是眞的一時想不起。

要說美，確實很美，但那座時間停止的宅邸庭院，沒有能感動人心之物。庭院裡充滿綠意，百花齊放，有櫻花、梅花、山茶花、茶梅、紅白色的杜鵑。儘管花瓣飄降如雪，仍難以打動阿近的心。

「那裡……不是眼前這種生氣蓬勃的景色。」

清太郎一聽，點點頭。

「那眞是來對了。」

清太郎的雙親十分擔心，怕走在開滿梅花的庭院，阿貴會憶起之前那座宅邸。

「不過，我認爲不會有事，因爲姊姊已徹底和那座宅邸斷絕關係。」

阿近也深深頷首。

小徑旁有個人像畫師，以梅林爲背景，替遊客作畫。只見他撐開紅色油傘，一旁擺著小折凳。阿貴拉著新太的手，圍觀一名擺好姿勢的年輕女客。

阿近走過去時，阿貴開口叫喚畫師。

「把這披在姑娘身上，配色會不會更好看啊？」

阿貴並非胡亂提議，那名畫師似乎頻頻偷瞄她的披肩。

「您的提議眞不錯，方便借用一下嗎？」

「嗯，樂意之至。」

阿貴替那姑娘披上披肩後，揚聲說「這是神田三島町的提袋店三島屋的商品」。周遭群眾紛紛發出「噢」地讚歎。

「我們先去喝杯茶。在您畫好之前，就先寄放在這裡吧。」

阿貴又重複一遍「是三島屋哦，三島屋」，梅勝和新太也跟著大聲喊「請多多惠顧」，笑得闔不攏嘴。

「姊，妳何時變得這麼會做生意？」

在清太郎的吹捧下，阿貴益發心花怒放。

「那我也得來工作才行了。」

梅林的主人以茶釜（註）烹煮的澀茶遠近馳名，阿貴與阿近還另選購特產梅子乾。

「小新，糯米丸子雖美味，不過待會兒有大餐，你可別吃太多。」阿貴提醒道。

「大、大餐嗎？」

註：煮茶用的茶鍋。

「沒錯，等一下要去『大七』。」
那是家知名的料理茶屋。
「我、我也能去嗎？」
「當然，今天不講尊卑，大夥平起平坐。」
在茶店裡遇到的遊客，返回畫師那裡的途中又碰上，他們直誇阿近的披肩好看。由於阿貴已先說過，阿近便大方地應道「這是三島屋做的」。
正巧沒客人上門，抽著菸管的畫師表示，爲答謝出借披肩之恩，想替兩人作畫。阿近連忙推辭，阿貴卻一口答應，主動湊向前。
「有什麼關係，這可是很好的禮物。」
雖然難爲情，阿近也與阿貴並肩站好。畫師的畫技高超，不久，一幅美人圖逐漸成形。
「兩位大小姐，剛剛聚集的圍觀群眾比之前都多呢。」
梅勝頗爲得意。
散完步，梅勝送一行到「大七」後，便回碼頭等候。
「在下申時（下午四點）再來迎接。」
快樂的時光晃眼即過。
「正好肚子餓了。」
他們在擠滿人的候座室等待店員帶位。阿貴不顯一絲疲態，和新太悄聲討論「不知會有哪些菜」。

此時，阿近發現前方坐著幾名熟面孔。

一對與伊兵衛和阿民年紀相當的夫婦，帶著長阿近兩、三歲的年輕女兒。

並非只有阿近察覺，對方也發出「咦」、「啊」地驚呼，頻頻眨眼。他們竊竊私語幾句，由婦人親切地出聲問候。

「眞是巧遇啊，三島屋的大小姐。」

阿近率先起身走向對方，客氣地寒暄。那名年長的男子也微微躬身行禮。

「在這種地方遇見您，眞有意思。」

平素承蒙關照，感激不盡，對方說道。

「哪裡，我們才是。」

阿近爲阿貴與清太郎介紹：「這是三島屋隔壁的住吉屋賢伉儷。」

住吉屋做的是針線批發買賣，老闆名叫仙右衛門，老闆娘則喚阿路。

阿近認識這對夫妻，也曉得住吉屋有個獨生女，但從沒見過。此刻與阿路站在一塊的女子，似乎就是他們的女兒。眼睛像仙右衛門，瘦長的臉蛋極似阿路。

「我是阿梅。」女子開口，「您是三島屋的阿近小姐吧，幸會。」

那笑起來幾乎快看不見的細眼，有種難以形容的柔媚。

越後屋的清太郎和阿貴也加入寒暄。每次有人鞠躬，新太就跟著彎腰，相當忙碌。

「您這時候到這家店，想必是剛逛完梅宅。伊兵衛老闆和阿民夫人呢？」

「他們先前去龜戶的天神宮已賞過梅，今天只有我來。」

阿路似乎聽過清太郎和阿近婚事的傳聞，一副瞭然於胸的神情。

「所以才和越後屋的少爺同行哪。」

住吉屋夫婦瞇起眼。

「這孩子和她的名字一樣，是二月生的。每年此時，我們都會造訪梅宅。」

仙右衛門口中的阿梅，當眞宛如花仙子，從頭到腳點綴著紅、白梅花圖案。這身行頭雖然奢華，卻不會令人反感。她良好的教養，彷若梅花的芳香，由舉手投足間散發而出。

——隔壁那位大小姐，眞是養在深閨人未識。

阿民這麼提過。

——好像不是身子骨嬌弱的緣故，而是另有原因，很少出門。

聽阿民的口吻，似乎對箇中緣由略有所悉。

「不過，這樣親子三人和樂地前來賞梅，今年春天恐怕是最後一次。」

阿路從旁插話，阿梅頓時羞紅臉，低聲說「討厭啦，娘」。

阿近旋即會意。「大小姐，您的婚事談定了嗎？恭喜。」

越後屋的兩人也機伶地跟著道喜。阿梅的臉如紅梅，嬌羞地逗弄著衣袖。

「原打算找機會好好通知三島屋老闆，卻在這種地方隨口告知，眞是失禮。」

「哪裡的話，我會確實轉告叔叔和嬸嬸的。」

此時，女侍及下足番（註）近前，領住吉屋三人入內。「恕我們先走一步。」「請慢走。」互相道別後，阿近一行目送他們親子離去。

「好一位可愛的大小姐。」

阿貴像是自己的事一樣開心，露出燦爛的笑容。

「想必會是個漂亮的新娘。」

不意間，阿近瞥見奇怪的人物。

住吉屋親子三人坐的長椅角落，一名背對他們的女子也倏然起身，隨他們離去。之前大夥熱絡交談時，那女子連頭都沒回，住吉屋夫婦也完全沒介紹的意思，阿近以爲她是在此等候的客人。但現下看來，女子雖然比三人晚一步離開，卻一直跟在他們身後。淡紫和服，搭上銀灰衣帶，猶如美麗的阿梅的影子。

而且，下足番還特地爲走在廊上的住吉屋一家，朝店裡朗聲喊「白梅之間，四名客官」。

那麼，他們肯定是四人同行。

實在想不透。

阿近疑惑的，不只住吉屋和那女子的態度。女子以一方讓身上和服顯得更暗色的深紫蒙面頭巾，包覆整個頭。由於纏得頗深，連臉龐都處在陰影下。

註：專門負責保管草鞋的職務。

霎時，女子宛若鬼魅。那纖細修長，有著曼妙柳腰的背影，也令人感覺不出她的存在。

「那個人與他們同行嗎？」

阿近望向越後屋的兩人及新太，但三人似乎渾然未覺，聽不懂她的意思。

「妳指的是誰？」

阿貴不解地反問，阿近微微一笑，含糊帶過。

接著，有人帶他們前往「紅梅之間」。阿貴開心地催促新太快一點，不斷替怯縮的新太打氣。

「你在顧忌什麼？三島屋老闆希望你趁機學會大人的儀態舉止。」

新太一時不知所措，在擦得一塵不染的廊上滑了一跤。

「阿、阿島姊也這樣說。」

「那就對啦。」

在「紅梅之間」坐定，送上的菜餚並非豪華料理，而是賞心悅目的便當式料理，想必是顧慮到新太的感受。然而，面對眼前的菜餚，阿近卻一副有事懸心的樣子。

翌日一早，新太便向八十助和阿島報告昨天發生的趣事。這名老練的掌櫃和女侍聽得津津有味，但仍不忘確認：

「你有好好陪在小姐身邊吧？」

「老爺和夫人也曾帶我到料理茶屋。」

阿島一說，阿近才曉得叔叔和嬸嬸以前便有這習慣。

「工房的師傅平日能賞花、看煙火、賞楓紅，還不時聚在一起設宴，但我們這些在家裡或店裡工作的夥計，不是罕有機會？所以，老爺很替我們著想。這是其他店家沒有的，你可要心存感激。」

阿島話中的含意是，只要努力工作，以後還會有這些好事。新太小手交握，點點頭，無比認眞地應道：

「是！爲了能早日派上用場，我會在習字所用功學習。」

早餐時，阿近也爲昨天的安排向叔叔和嬸嬸道謝。伊兵衛和阿民或許很放心新太，從頭到尾只想問越後屋那兩人的情況。

「他們都很好。叔叔、嬸嬸，倒是有另一件事……」

和隔壁住吉屋有關，阿近娓娓說出在「大七」相遇的情形。

「我曉得阿梅小姐即將出嫁。」

那位養在深閨的千金小姐終於要出閣了，阿民笑道。

「阿路常和我在工房閒聊，我早聽聞她女兒的婚事。」

如阿民所言，她與阿路很熟。兩家是鄰居，又是針線店與提袋店的合作關係，且年紀相近，自然便打成一片，頻繁往來。

阿近剛到三島屋時，由於情況特殊，沒拜訪左鄰右舍。實際上，她當時也不確定能否在三島屋長住。

因此，阿近僅偶爾在工房遇見住吉屋夫婦，互相打聲招呼而已。要不是昨天那場邂逅，恐怕連多聊幾句的機會都沒有。

「若住吉屋老闆特地上門知會阿梅小姐的婚事，我們也趁機重新介紹妳吧。」伊兵衛說。

「這樣順序顛倒，反倒尷尬，千萬別這麼做。」

阿近一口回絕，接著提起那名「蒙面女」。

「嬸嬸，您有什麼線索嗎？她不像一般隨從，我十分在意。」

確實有點蹊蹺，伊兵衛也望向阿民。

「看來，妳已猜出。」

阿民個性直率，藏不住表情。

「嗯，大致上。」

她轉動眼珠，望向上方，自顧自地點頭低喃「原來如此」。

「居然帶她出門，可見他們非常謹慎小心。阿路夫人真的很想保護這樁婚事。」

實在是辛苦了，阿民低語。

阿近與伊兵衛面面相覷。

「就妳一個人知道，實在奸詐，告訴我們吧。」

「嬸嬸，您知道些什麼嗎？」

阿民望著兩人，刻意裝傻：

「你們未免太好奇。不過，我不能隨便透露，這是有原因的。」

唔，阿民又逕自點頭。

「最好等阿梅小姐的婚事順利辦妥，再請阿路夫人到『黑白之間』。」

阿近嚇一跳，「是那一類的故事嗎？」

足以列入奇異百物語？

「妳不也覺得很不可思議？」

「話是沒錯……」

「我去拜託阿路夫人吧。即使對象是我，她也不會傾吐所有祕密，畢竟已積壓心底多年。要讓她卸下肩頭的重擔，或許由阿近擔任聆聽者會較親切。」

說完這串充滿謎團的話，阿民補上一句——順便請她催催妳，讓妳早點想嫁人。

「既然如此，我也想講句話。」

「黑白之間」的故事，應該要聽過就忘、說完就忘。

「要是住吉屋的夫人來一吐積鬱已久的往事，我絕不會洩漏出去。我可以保證，請代爲轉告。」

伊兵衛和阿民見阿近一臉正經，紛紛笑彎腰。

「哎呀，不必這麼嚴肅。」

「被妳將了一軍。」

我不會再問妳清太郎的事，伊兵衛繼續道。

「但不表示我已放棄。」

這就叫不見黃河心不死。

「話說回來，實在教人驚訝。沒想到鄰人也有奇異的故事，正所謂遠在天邊，近在眼前。」

「老爺，世界還眞小。」

三人你一言、我一語，又展開三島屋忙碌的一天。

阿近暗忖，隔壁現下想必忙著替掌上明珠準備嫁妝，因而不自主地豎耳細聽有何動靜，但住吉屋依然是老樣子，沒什麼特別之處。向阿島打聽，阿島也沒發現異狀。

不過，於三島屋工作多年，在左鄰右舍中比阿近人面更廣的阿島，倒是告訴她一件意外的事。

「我從沒見過住吉屋那位養在深閨，像人偶娃娃一樣，大門不出、二門不邁的千

金小姐。」

您猜阿梅小姐今年幾歲？

「二十歲左右吧。」

怎麼可能，阿島誇張地用力搖頭。

「應該有二十八、九歲。」

足足比阿近大十幾歲。

「怎麼會？看起來不像啊。」

「畢竟她沒吹過俗世的風，甚至沒出門學過才藝。習字不用提，像謠曲、舞蹈、插花，都是請老師到家裡教。」

完全閉門不出的閨女，彷彿遭到禁足。

「她長得很可愛，且氣質高雅。」

或許是在家進行蟲封（註）祈禱吧，阿近說。

阿島壓低嗓音：「左鄰右舍間議論紛紛，該不會是來不及封印，被蟲吃了吧，所以一直關在家裡。」

附近響起一聲清咳。兩人迅速回頭，原來是八十助。

「連阿島也在傳這種謠言，豈不成了愛道鄰人長短的壞心長舌婆？」

阿島吐舌做個鬼臉，縮著脖子往外逃，還哼著「我們掌櫃眞是順風耳」的歌。阿近忍俊不禁。

事後，阿近對阿梅感到很歉疚。她那盡情展現幸福的笑臉，著實令人羨慕，也許眞正壞心的是我。

三月十日當天，住吉屋夫婦果眞如先前在「大七」所言，登門拜訪。伊兵衛與阿民親自迎接，阿近也從女侍身分轉換爲店主姪女，在場陪同。

現場氣氛一點都不沉悶，雙方聊得輕鬆愉快。仙右衛門與阿路不時誇讚阿近，令她有些難爲情。

「原本希望我家阿梅能在阿近小姐這般花樣年華出嫁。」

可是，快三十歲才等到良緣上門。阿路嫣然一笑，阿民則露出瞭然的神情，笑盈盈地點頭回應。

「所以，我們沒準備熱鬧的陣仗，而是在夫家那邊舉行小型婚禮。」

據說沒有華麗的迎娶隊伍。

「不過，阿梅出嫁那天，恐怕會稍微吵到你們。」

「哪會啊，高興都來不及。我們能去送阿梅小姐嗎？」

阿民一問，住吉屋夫婦互望一眼，面露喜色。

「方便勞煩各位嗎？」

「我家阿梅一定會很開心。」

新娘子阿梅會在十五日辰時（上午八點）坐上花轎，從住吉屋出發。

「因爲是從後門上轎……」

阿路稍稍放低話聲，再度流露懇請阿民諒解的眼神。

「這是住吉屋的規矩吧。」阿民果然沒辜負她的期望，一口答應。

爲掩飾內心的驚詫，阿近一直低著頭。又不是趁夜跑路，新娘子竟從家裡的後門上轎，年紀尚輕的阿近覺得十分詭異。

像住吉屋這等身分地位的商家，獨生女的婚禮沒有迎娶隊伍，可謂特例。雖說阿梅年紀不小，也太過牽強。想必這正是阿民「不能隨便透露」的隱情使然。

——當中究竟有何隱情？

儘管告訴自己不能壞心地擠眉弄眼打探內情，阿近仍忍不住好奇。

「前一天會先運送嫁妝吧？」

「對。十四日當天，一樣是辰時。」

「那麼，我們三島屋也會準備一份薄禮送到府上。」

阿民雙手合十靠在胸前，仰望一旁的伊兵衛。

「老爺，打從得知住吉屋的喜事，我便已暗中張羅。」

「我猜也是。」

---

註：孩子夜哭、腹痛、睡不著、易怒、病弱，通稱爲「蟲氣」，而封印蟲氣的祈禱，則稱爲蟲封。

伊兵衛莞爾一笑，向住吉屋夫婦說：
「這種事阿民絕不會馬虎，我猜她早備妥適合令嬡的賀禮。」
阿路喜極而泣。「謝謝，阿民夫人對我眞好。」
接著，或許是一時不自覺，她脫口道：
「看來，這次不會再白白浪費嫁妝，我心裡眞是說不出的高興。」
住吉屋的仙右衛門微微一怔，伊兵衛和阿近則都裝沒聽見。
兩位老闆娘雀躍得幾乎要牽起手。
「阿民夫人，其實我還有個請求。」
「是什麼呢？」
「新娘子坐進花轎時，希望您替她『淋水』。因爲您生了兩個兒子，但願阿梅能像您一樣。」
阿民二話不說，一口答應。「明白，包在我身上。」
雙方討論一些細節後，仙右衛門和阿路才離開。
送住吉屋夫婦到門口時，又發生一件令阿近驚詫的事。
「阿近小姐。」
剛走不久，阿路忽地停步，下定決心般猛然轉身，折回阿近身邊，迅速在她耳畔低語：
「關於由您擔任聆聽者的奇異百物語……」

我已從阿民夫人那裡聽說。

「等阿梅出嫁後，也讓我加入吧。今天發生許多事，年輕的您一定覺得很古怪，不過，在婚禮之前，請務必埋藏心底，別告訴旁人。」

阿近輕抿雙唇，注視著阿路。住吉屋的老闆娘眼眶又微微泛淚。

「我明白。」

阿近行一禮。阿路安心地頷首，追上早一步離去的丈夫，身影消失在轉角處。

接下來，三島屋變得很熱鬧，洋溢著歡喜的氣氛，因爲阿民雀躍的心情感染每個人。阿近幫忙準備要在阿梅嫁妝運走前送抵的賀禮，比平時頻繁穿梭於店裡和工房。

新娘子的家具、日用品、衣服等妝奩，會先載往夫家。據說以前是在出嫁當天運送，但或許過程太繁雜，如今都趁婚禮前一天辦妥此事。不過，運送嫁妝的隊伍回程時得改走不同路線，且絕不能折返，這些規矩依然沒變。

阿民告訴阿近，婚禮的步驟是以承繼武家規矩的小笠原流爲主流，之後融入民間，演變成現今的形式。當中有些儀式被簡化，有些是另外附加。

「妳以前在『丸千』時，看過別人娶親吧？」

位於川崎的旅館「丸千」是阿近的老家。

「嗯，我看過在驛站舉行的婚禮，也看過聲勢浩大的迎娶隊伍，就像從驛站裡趕出大批人馬似的。」

「丸千」是一座年代久遠的旅館，常充作迎娶隊伍的歇腳處。

「所以，妳曉得什麼是『淋水』嘍？」

這是向出嫁的新娘灑水的習俗。

「雖然聽過，但在我老家不這麼做。」

「那朝女婿丟石頭，或朝花轎丟石頭呢？」

根本從未耳聞。

「眞有這種風俗？」

「視地域而定。光江戶市內，就有各式各樣的禮俗。有些地方彷如中元節，送走新娘後，還會舉行送火（註）儀式。」

阿民說，雖有種種具不同緣由的迎娶習俗，但如今全遭將軍禁止。

「所以，我老家才沒這項習俗嗎？」

「或許吧。其實淋水也是禁止的，不過，既然是在自家宅邸暗中舉行，官差總不會突然衝進來阻攔。」

下達禁令的原因，據說是儀式失當，過於野蠻。

「其中以丟石頭最嚴重。喜事偶爾會招嫉，未受邀參加宴會的人，混進儀式引發風波的例子，時有所聞。」

「嬸嬸，您眞清楚。」

「這也算生意的一部分。」

對新娘子淋水，是因女人月事來時，會和家人使用不同火種。於是，將月事視爲

「火」，以「水」澆熄，藉此祈求子嗣。

「哦，所以住吉屋夫婦才會拜託嬸嬸，希望阿梅小姐日後也能生兒子。」

「他們期盼女兒能和我一樣，生出漂亮的男孩。」

原本頗爲得意的阿民，神情微微一僵。

「對了，我曾說要讓富次郎當住吉屋夫婦的女婿。」

阿民突然想起這樁往事。

「我忘得一乾二淨。」她有點難爲情，「因爲那約定沒多久就取消。」

當中似乎另有緣由。

「住吉屋的老闆娘說會來『黑白之間』。」

阿近談起與阿路的約定，阿民很是開心。「她這樣的大忙人，如此爽快同意，眞是省了我們不少工夫。」

「所以，我決定不再向嬸嬸打聽此事。」

「妳挺機伶的嘛。」

阿梅的嫁妝運送低調地進行。春季氣候多變，所幸晴朗的好日子延續，隔天十五日也一樣和風煦煦，伊兵衛、阿民與阿近提早前往住吉屋。

前來迎接新娘的花轎，已抵達住吉屋後院。令人驚訝的是，由於無法通過後院木

註：中元節的儀式之一，意爲將死者靈魂送往另一個世界。

門，他們直接拆除部分樹籬。樹籬倒好處理，換成木板圍牆，勢必得整個拆毀。如此堅持從後門上轎，足見這規矩極爲嚴格。

老闆娘到「黑白之間」前，得忍住心中的好奇，因而阿近並未進一步細問。

那群穿家紋禮服的男子，應該是男方派來迎娶阿梅的吧。阿梅的父母不能跟著花轎，只有一名陪嫁女侍，揹著印有住吉屋屋號的小箱籠，守在花轎旁。

他們再度向住吉屋夫婦道賀，半晌，新娘子終於從屋內現身。媒婆牽著她的手，緩緩前行。

好美。阿近看得目瞪口呆，心裡卻感到有些奇怪。

雖然綿帽遮住臉龐，瞧不清楚，但那眞的是阿梅嗎？看上去似乎比在梅宅見面時還高。難不成是一身白禮服裝扮，才感覺不一樣？

阿民走上前，優雅地拿起長柄勺舀取桶裡的水，湊近白禮服肩頭。這只是一種形式，不會直接淋下。阿民另一手靠向勺子，以指尖撥起水花。水滴在白禮服上，熠熠生輝。

阿近和阿民身高相仿。先前在梅宅見過的阿梅，則比阿近嬌小。此時，阿民卻是微踮腳尖，將長柄勺舉至與新娘肩膀齊高。

這名新娘果然較阿梅高。

她那纖細的柳腰也教人在意。阿梅身材雖然苗條，但仍不太一樣。

阿近猛然想起，在「大七」的候座室裡，像影子般悄悄跟在住吉屋親子三人身後的女子。那女子的體態，不就和這新娘十分相似？

阿近一直靜靜注視著嬸嬸。站得這麼近，阿民還沒發現嗎？

此時，阿民往綿帽內窺望，微笑著對新娘說些話。新娘也面向阿民，微微頷首。

阿民神情忽然一僵，維持原本的笑臉，定住不動。

媒婆趕緊靠過來，執起新娘的手走向花轎。一身亮麗藏青短外褂搭紅白束衣帶的轎夫，恭敬地跪在花轎前後等候。

阿民歸還長柄勺，退回原位。走出後門時，並肩而立的仙右衛門和阿路，向阿民深深一鞠躬。

接著，阿近看到更令人吃驚的一幕。

阿梅站在後門內側，像躲在父母背後。她當然沒穿新娘禮服，樸素的打扮宛如貼身女侍。

阿近雙眼圓睜。或許是察覺她銳利的視線，阿梅不禁回望，兩人頓時四目交會。

阿梅連忙躲進屋內，仙右衛門和阿路恰巧抬起頭，遮住阿梅佇立的地方。

新娘子坐進花轎時，微微蹲身，捲起衣袖。媒婆幫她拉起白禮服下襬。

由於觸碰到上撥的轎簾，綿帽微微往上翻捲，露出新娘的側臉。

那不是阿梅，是別人。

僅僅如此，阿近還不至於吃驚。讓她嚇得差點腿軟的，另有原因。

新娘一臉素淨，既沒敷粉，也沒塗口紅。

那竟是張麻臉。

阿近太過震驚，不禁呆立原地，頻頻眨眼。

花轎悄悄離去。連木遣歌（註）也沒唱，安靜無聲地啓程，彷彿一場喪禮。送行的人，及加入隊伍的人露出的笑容，都顯得有點刻意。

在阿民拉她衣袖前，她一直站在原地發愣。

「來，我們也該走了。」

今天不只嬸嬸，連叔叔也一副瞭然的表情。阿近跟著他們，很不自然地向住吉屋夫婦道完賀，逃也似地往外走。

離開時，她發現阿梅又從後門暗處往外窺望，且雙手合十抵在嘴前，彷彿在朝她膜拜。

自木門步出巷弄，阿民才開口：

「怎麼啦？瞧妳驚訝的，以前沒看過麻臉嗎？」

阿近張著嘴，一再搖頭。

麻臉指的是天花留下的痘疤。在江戶、阿近生長的川崎驛站，甚至是整個日本，都不算新鮮事。天花是最可怕的傳染病，從不挑對象。

「那可能是江戶獨有的做法。爲了驅魔，新娘上花轎時，會請麻臉的女人隨行。」

伊兵衛在一旁頻頻點頭。

「可、可是，嬸嬸，」阿近結結巴巴地說，「那女子根本是新娘的替身。」

而且，那女子……

「就是我在『大七』看到的神祕人物。」

像鬼魅般安靜無聲，如同阿梅影子般悄然的女子。蒙面頭巾想必是用來遮掩她的麻臉。

「所以，」阿民倏然壓低嗓音，「我才說這是住吉屋特殊的作法，當中是有情由的。」

回到三島屋，伊兵衛嘆著氣開口「哎呀呀」。

「阿島，替阿近倒杯水吧。」

感覺像參加一場喪禮——他替阿近道出心裡話。

不過，住吉屋獨生女阿梅的婚禮，總算順利落幕。

沒必要細究，在阿路夫人造訪前，妳就耐著性子等吧。在阿民的告誡下，阿近強忍好奇，決定不胡思亂想。所謂的「戒急用忍」，指的就是這種時候。

阿近今年十八，從沒長過天花。染上天花的多是幼童，但成年人未必不會染患，所以日後仍不能大意。阿近的老家「丸千」旅館，有個經常出入的酒鋪媳婦，懷第二胎時染患天花，母子一同喪命。阿近曾目睹那令人鼻酸的一幕。

---

註：民謠的一種，在搬運木頭或岩石時唱的工作歌。通常在搗地、上中樑、拉祭典山車、婚禮時吟唱。

天花是很殘酷的傳染病。由於是不治之症，孩童一旦染上，大多小命難保。縱使能保住一命，付出的代價不是失明，就是留下滿臉麻子，和其他傳染病不同，所以人們聞之色變。

阿近生長的川崎驛站，是鄰近江戶的驛站市街，許多人在此進出，帶來各地的知識見聞，所以她很清楚天花是種傳染病。

不過，雖然知道，卻無從防範。唯一的預防措施，就是聽說哪裡有誰感染天花，便暫時不要靠近。

另一方面，不少人堅信天花是「疱瘡神」引起的災厄。爲避免天花上身，人們祭拜疱瘡神；萬一不幸感染，仍會向疱瘡神祈求減輕病情。這在阿近生長的土地及江戶市內，都沒什麼不同。

這麼一提，當初送阿近到江戶時，天花也是父母擔心的許多事之一。

「記得打聽三島屋附近祭祀疱瘡神的神社，盡快去參拜。」

「之前都沒染病，實在不容易。爲確保妳今後能平安無事，我們會常爲妳祈福。妳自己也要有虔誠的心哪。」

當時，阿近已不在乎生死，甚至有點自暴自棄，覺得身染絕症離世更幸運，所以父母的建議根本左耳進右耳出。如今她才明白父母的愛心，深感歉疚。

父母害怕孩子感染天花是理所當然，若是女兒，更是聞之色變。前面多次提過，天花會在臉上留下麻子。

（註一）

俗話說，女人沒得過天花，難以判定美醜。因爲就算長得傾城傾國，也可能染上天花毀於一旦。

「女孩被疱瘡神看上，身價立刻一落千丈。」

甚至有這麼一句川柳（註二）。滿臉麻子的商家千金，聽說會附上豐厚的妝奩，只求嫁出去。也有一些覓得良緣的女孩，在婚禮前染患天花，親事就此告吹。

——那名女子……

代替阿梅的麻臉新娘，到底是何來歷？儘管她是充當驅魔的角色，阿近依然覺得此舉太過殘酷。

緊接著開得嬌羞而低調的梅花，燦爛盛放的櫻花登場，短暫地爲春天歌頌後，一波新綠旋即像要洗滌整個江戶般，從四面八方湧來。

直到這時節，住吉屋的阿路才出現在三島屋。不是以鄰家老闆娘的身分，也不是前來與阿民「閒話家常」，而是上門造訪「黑白之間」。

一如既往，阿民開朗地迎接阿路。

---

註一：防天花的赤繪。「赤繪」是江戶末期，用來避免染上天花的紅色版畫。源自於一種迷信，說是讓長天花的孩子拿紅色玩具，就能減輕病情。

註二：江戶中期流行的雜俳之一。

「我不能陪在『黑白之間』，不要緊吧？」

「黑白之間」並無嚴格的規矩，且以阿近的立場，交誼匪淺的阿民與阿路若能一起坐在對面，是再好不過。然而，阿路望著天空，思考半晌後應道：

「好，今天就我一個人吧。在阿民夫人面前，還是會覺得難爲情。」

「那我不打擾妳，速速離去爲妙。」

阿民愉快地笑著離開。不久，阿島端來茶點，靜靜行禮後退出門外。

春天已過，外頭一片初夏的氣息。雖然穿單衣尚早，但待在向陽處，強烈的日光照得人渾身冒汗。爲了通風，「黑白之間」面向庭院的紙門完全敞開。

由於伊兵衛的喜好，三島屋的庭院充滿原野風情。即使去年秋天從某處飄來曼珠沙華的種子，並落地開花，亦毫不突兀，而奇異百物語也因此展開。

現下正值杜鵑花的盛開期，只見白、紅杜鵑並肩盛放。

「同樣的杜鵑……」阿路望向前方，指著道。「我家庭院也種了一對。那是地主喜愛的花，且紅、白兩色吉利，所以地主希望我們別隨意改種其他花卉，讓它們一直開下去。」

住吉屋和三島屋都是租屋開店。比鄰的兩戶，不論格局、寬廣，還是庭院的景致，幾乎完全一樣。

「我們早三年定居於此，至今已過十五個年頭。在三島屋之前，這裡原是一家紙批發商。」

後來，紙批發商另外買了房子，搬往他處，三島屋就在那時遷入。

「對了，提起年紀，我也長阿民三歲。」

阿路平日沒怎麼記在心上，不禁略顯靦腆地伸指抵在嘴邊。

「我們兩家都不曾失火，這些年也沒遇過災難，能一直比鄰做生意，和睦相處，實在幸福，眞的很謝天謝地。」

像在回味般，她深有所感地低語。但阿近總覺得她的神情與口吻中帶著一絲落寞，且剛剛說話的模樣，彷彿在道別。

「今後也請繼續當我們的芳鄰，多多關照。」

阿近恭敬地扶地行禮。不出所料，阿路應道：

「阿近小姐，住吉屋遲早會結束營業。我們決定回本家。」

方才她那番話，果然是在辭別。

「嬸嬸曉得此事嗎？」

「還沒告訴她，我心裡也很難過。」

此時，阿路的視線從庭院移向阿近。

「當中有許多原因。要是說給您聽，您或許會認爲全是我憑空杜撰。」

所以，這些話實在難以啓齒。

「之前阿民夫人常聽我吐苦水，也是這緣故。」

阿路微微苦笑，伸手輕按梳著圓髻的髮際。

「簡單地說，就是阿梅幾乎談成的婚事一再告吹。阿梅和我們夫妻倆的心全揪在一起……阿近小姐，想必您已有所察覺。」

因在明亮的房裡迎面而坐，就近細看，阿近發現阿路的白髮特別明顯。不對，在阿梅出嫁前登門問候那次也是如此。

短短時間內，阿路蒼老許多。

「從您先前的談話中，略微猜出一些。」

「不是聽阿民夫人講的？」

「嬸嬸說，在您來『黑白之間』前，她什麼都不會告訴我。」

阿路的雙眼歡喜得瞇成一道細縫。

「很像阿民夫人的作風。她這個人就像耳朵裝有排水管，嘴巴掛著大鎖。」

「耳朵裝有排水管」應是指不聽沒必要的事，「嘴巴掛著大鎖」則是指守口如瓶吧。

阿路取過茶碗捧在胸前，微微側頭。

「或許正是深知阿民夫人這樣的個性，」她對著茶碗道，「我才不敢向她坦白一切。若她不相信，我肯定會很傷心。若她相信，卻因此嫌棄我，又更令人傷心。」

她內心的糾葛，阿近明白。

「懷抱著奇妙故事的人，恐怕都有相同的煩惱。」

阿路抬眼，輕輕應聲「是啊」，莞爾一笑。

「身爲百物語聆聽者的您這麼說，應該就是眞的吧。畢竟，人們的煩惱其實都大同小異。」

阿路似乎已放鬆緊繃的雙肩。

「我原打算辦妥阿梅的婚事後，便要將過往種種埋藏在我和我家老爺心底。不料，我卻覺得如鯁在喉，很想一吐爲快，但苦無合適的對象和地點傾訴。此時，阿民夫人說……」

——妳只要當成百物語講出來就好。

「我家老爺一向特異獨行，所以相當鼓勵我。不過，得知聆聽者是伊兵衛老闆的姪女時，我著實嚇一跳。」

阿近略感抱歉。

「不過，這樣反而好。仙右衛門也說，與其面對虎姑婆般的老太婆，或滿口佛經的和尚，向年輕姑娘傾吐還較有意義，要不然換他去。」

阿路笑得十分燦爛。阿近回以一笑，低頭行禮。

「謝謝。『黑白之間』的規矩，是故事說完就忘，聽過就忘。」

阿路頷首，調整呼吸。

「若要話說從頭，得追溯到很久以前。從三十一年前，我嫁給本家次男仙右衛門時談起。」

針線批發商住吉屋的本家，位在本町二丁目。那條街是江戶最熱鬧的地方，聚集多家批發商，且種類繁多，店面櫛比鱗次。住吉屋規模雖不大，卻是屈指可數的老店。仙右衛門的父親是第四代當家，大哥多右衛門是第五代當家。

「由於只差一歲，加上家裡只有他們兄弟倆，兩人和睦而健康地長大。」

兄弟先後娶妻，大嫂名叫阿累。兩個媳婦湊巧也差一歲，個性頗投緣。

「成家的長男和次男同住一個屋簷下，這種情形相當罕見。我們相處得極為融洽，日子過得很熱鬧。」

之後，兩兄弟的父親，即住吉屋第四代當家染病，沒再插手生意。於是，多右衛門和仙右衛門相互扶持，貢獻彼此智慧，全力投入事業中。阿累和阿路也一同打點家裡的一切，盡心侍奉公婆。眾人都以為，住吉屋將由兩兄弟攜手經營，日漸繁榮。

可惜，天不從人願……

「嫁入住吉屋兩年，大嫂終於有了孩子。」

足月後產下雙胞胎。

「是兩個長得一模一樣的可愛女孩。」

阿路雙眼頓時蒙上一層暗影。

「不曉得阿近小姐可否知道，自古商人便不喜歡家裡有雙胞胎。」

不只商家，武家也是如此，阿近聽旅館客人提過。

「雖然周遭沒遇過這種狀況，但我明白是什麼情形。」

人們認為，長得一模一樣的雙胞胎會「分家」、「瓜分財產」，相當排斥，甚至

嫌棄是「畜生腹」，因爲貓狗都一次多胎。

「多子多福，爲何唯獨對雙胎胞惡言相向，實在難以理解。」阿近說，「別想成『瓜分財產』，當作『財產倍增』不很值得慶幸嗎？」

阿路不禁一笑。「沒錯，凡事端看人怎麼說、怎麼想。不過，其中或許眞有難處。」

「難處？」

「是的。即使只相差一歲，仍有兄弟姊妹的上下之分。不管是財產或房子，決定繼承家業的人選時，這都是一個依據吧？若是雙胞胎，便分不出上下。」

意思是，這很容易成爲家中衝突的原因嗎？

「所以，罵人像貓狗之類的惡言，

是後來加上的。畢竟貓狗又不是生雙胞胎。」

儘管阿路說得流暢，眼神卻相當灰暗。

「本家的婆婆原本不是那麼難相處的人，可惜她很崇信習俗。不，那不僅僅是崇信習俗，而是迷信。」

她對阿累生的雙胞胎，既討厭又畏懼，甚至對先前頗疼愛的阿累口出惡言。

「我婆婆嫌阿累就像牛和馬，漸漸疏遠她。由於一輩子都住在城鎮，婆婆根本不清楚牛、馬如何生產。其實，牛和馬很少生雙胞胎。」

這點阿路相當熟悉。

「我是農家子弟，算是本家的遠親。您或許會覺得我在自誇，不過，我家是大地主，從小父母待我如掌上明珠。然而，也因出身鄉下，我很清楚自己帶有土味。」

這名口齒伶俐的老闆娘，以相同的語氣及神態，直接與被迷信蒙蔽雙眼的婆婆談判的模樣，阿近可輕易在腦中描繪。

——娘，您這種說法，教大嫂情何以堪。況且，您的話也沒道理。其實，牛和馬沒那麼容易生雙胞胎，您不曉得吧？

「最後依然有理說不通，真是太崇信習俗，不，根本是迷信。」

住吉屋因這對雙胞胎，籠上一層意想不到的烏雲。

「當時我公公已過世，沒人能勸諫婆婆，也沒人能喝阻她。婆婆罵起人口無遮攔，堅持不願再看到大嫂和兩個孩子。」

多右衛門和仙右衛門又氣又惱，聚在一起商量對策。

「為求得婆婆諒解，我和仙右衛門決定領養雙胞胎的其中一人，就此分家。」

往昔遇上這樣的情況，通常會將其中一個孩子送養，或是暫時寄養在別處，日後再接回。應該說，迷信自有迷信的對策。而住吉屋的兄弟夫妻檔感情和睦，才有這種做法。

「這遠比將孩子送到別人家好吧？我們沒有異議，畢竟早晚都得考慮分家的事。」

命名為阿花與阿梅的雙胞胎姊妹，便在不同家庭中長大。

「不過，分家只是形式。我們在本家附近租屋，帶著阿梅搬過去住。仙右衛門每天會回店裡工作，大嫂阿累則抱著阿花，到我家餵阿梅喝奶。」

阿累和阿花白天幾乎都與我們一起度過。

「婆婆依然厭惡產下雙胞胎的媳婦，很想將阿累掃地出門。所以，大嫂在本家如坐針氈，每天都逃難似地過來，傍晚該回去時，眼中總噙著淚水，頻頻回頭。」

這種狀態一直持續到一年後，阿累生下長男小一郎為止。

「看到未來繼承人的臉，婆婆的態度終於軟化。或許已放下心中的大石，小一郎還沒學會爬，她便與世長辭。」

然而，臨終前，她仍不忘叮囑：

——要是我死後，你們把阿梅迎回家裡，我絕不饒你們。我可沒原諒那對雙胞胎，別想瞞過我的眼睛。

「眞是個固執的人。」阿路嘆道。

「如今回想，那可能不是迷信的緣故，做婆婆的果然討厭媳婦。」

她的目光彷彿遙望著遠方。尚未有類似經驗的阿近，原想應句「不全然是這樣」，最後還是作罷。

「至今，大嫂仍不時會夢見婆婆臨終前，翻著白眼、威嚇般地說著沒原諒那對雙胞胎的模樣。」

——別想瞞過我的眼睛。

「大哥和仙右衛門依然很尊重母親。雖然對她的言行感到既驚訝又生氣，但人死後便成了佛，有時也替她覺得可憐。」

以爲阿路情緒已平復，她旋即露出緊繃的神色。

「不過，要是她眞的成佛就好了，否則比活著時更麻煩。」

萬一婆婆留下的怨念危及阿花和阿梅可不妙，阿累惶恐不已。

「我心裡也很不安，婆婆很可能會那麼做。」

她語氣嚴肅，感覺得出話中的眞切。阿近頻頻頷首。

「我能體會。」

阿近不由得正經附和。

「我家老爺與大哥多次商量，決定正式分家，將住吉屋一分爲二。逐一向老客戶說明，並平分僅有的土地，當然也包括財產。一切都公平分成兩份。」

從此，阿梅成爲仙右衛門與阿路的女兒。由於兩人始終沒孩子，阿梅便成了分家的獨生女。

「我們就是在那時遷往內神田的鎌倉町。」

仙右衛門善於經商，分家的生意興隆，絲毫不比本家遜色。

「鎌倉町那邊是幢老房子，且空間狹小，所以十五年前，我們搬到這裡。」

此時，阿路歇口氣，阿近重新爲她泡茶。

阿路愉悅地望著阿近泡茶的身姿。

「阿近小姐，您剛提過吧？」

別想成「瓜分財產」，當作「財產倍增」不很値得慶幸嗎？

「您眞是個明理的人。」

「謝謝誇獎。」

「我們也抱持同樣的想法。因爲是長男和次男，才會有本家與分家的不同稱呼，但若一分爲二，兩邊都會努力擴大規模，創造更多財富。如此一來，原本的店就會擴增爲一倍。看見這樣的榮景，已故的婆婆應該不會再生氣。」

一般而言，即使是親兄弟，扯上財產往往不會這麼想，所以常引發爭執。住吉屋兩兄弟與媳婦，因個性投緣、相處和睦，才會互相著想，委實幸福。

「至於阿花與阿梅，我們盡可能讓兩人在同樣的環境下長大，避免產生高低之

分。能為阿花做的事，也會為阿梅做。阿花有的東西，阿梅也會有。」

這兩個女兒，同時擁有兩對父母。

「而她們的感情也很融洽，不僅外表像照鏡子般相似，連個性都一模一樣。」

想要同樣的東西，討厭同樣的東西。想學習的技藝相同，怠惰的事物也相同。兩人懂事後，不免想調皮一番。

「約莫是十歲那年，從習字所返家的路上，她們偷偷掉換身分。阿梅回本家，阿花到我家，兩人都裝得若無其事。」

直到她們在晚餐時，吐著舌頭招認自己的惡作劇，兩家都沒人察覺。

「一向和藹的大嫂氣得臉色大變，我也差點嚇得腿軟，因為……」

雖然是交換身分，但阿梅確實一腳踏進本家。

「大嫂一臉慘白，直說要是阿梅有什麼三長兩短，全是她的錯，都怪她沒提早發現。而提議交換身分的阿花，則被狠狠臭罵一頓。」

這對雙胞胎姊妹袒護著彼此，相擁而泣，連聲道歉。

「她倆當然不曉得我婆婆臨終前的詛咒，那不宜告訴她們。雖然我們一直刻意隱瞞，不過，大嫂認眞的態度，已讓她們明白事情的嚴重性。」

——對不起，我絕不會再犯。

——我保證下次不敢了，對不起。

那是堅強、可愛，又惹人憐惜的畫面，光聽描述，阿近便感到無比心疼。連說故

事的阿路都紅了眼眶。

「我們四人當場打勾勾發誓。」

〈打勾勾發誓，說謊的人，得呑一千根針。〉

阿累、阿路、阿花、阿梅四人。

「嚴守約定，不再胡亂惡作劇，阿花可以到分家來，但阿梅絕不能踏進本家。」

之後有段時間，阿累和阿路提心吊膽，生怕阿梅會遭遇不測。婆婆那張翻白眼的臉，及在呼吸困難的狀態下吐出的話，不時浮現腦中。

——我可沒原諒那對雙胞胎，別想瞞過我的眼睛。

「所幸什麼事都沒發生。」

這對雙胞胎姊妹平安長大，出落得窈窕美麗，兩人也更加親密。

本家與分家，養育這對如照鏡子般的女孩的兩戶人家。

「無論是生意興隆的盛況，或幸福的情景，兩家都一樣。」

說到這裡，阿路微微一笑。

「不過，本家不是有小一郎嗎？他是阿花的弟弟，但阿梅沒有弟弟。爲求彼此相稱，我們多次考慮領養一個男孩。」

最後未能如願。

「太難了，長得像小一郎才有意義。」

阿近頗爲驚訝。「咦，要做得那麼徹底？」

「就是要這樣啊。」阿路單邊嘴角下垂。「不是說好讓店的規模擴增一倍嗎？找來一個長得不像的男孩，反而會變得不相稱。」

讓一切平等，讓店的規模擴增一倍。這是爲雙胞胎著想，也爲保護阿梅。

這麼一來，已故婆婆的遺言，幾乎成了詛咒。

講述故事時，阿路都稱呼多右衛門和仙右衛門的母親爲「婆婆」，而不直呼她的名字。原以爲這樣敘述起來較流暢，且站在媳婦的立場，稱她「婆婆」較好說明……其實，阿路是不想說。婆婆的名字，是束縛住吉屋的詛咒。

阿路擱下茶碗，抬起頭。「枉費我們連這種細節都在意，做了各種安排。」

不料，竟發生一件無比諷刺的事，阿路嘆息道。

「十五年前的夏天，梅雨季結束不久，剛搬到這裡的我們，好不容易安定下來。」

當時，阿花與阿梅十四歲。

「或許是我們這些父母偏心的看法，她們正從可愛的小孩，轉變爲迷人的美麗姑娘，就在那時……」

阿花突然撒手人寰。

「她是病死的。」

阿路縮著雙肩，一臉懊惱地皺眉。

「她身體不舒服，短短五天就喪命。」

阿近隨即問：「是天花嗎？」

她想到那個痲臉新娘，總覺得兩者有關聯。

阿路想必也猜出她的心思。她正面承接阿近的目光，緩緩搖頭。

「阿花和阿梅在五歲那年染患天花，但她們運氣好，病症都很輕微。得痲疹時，也是一同染病，一同痊癒。」

「那麼……」

「她是感染夏日感冒。」

不過是普通的夏日感冒，就令阿花猝死。

「聽大嫂說，才奇怪阿花怎麼會咳嗽，阿花便發起高燒，正替她擔心時，病情旋即加重。」

俗話曰「只有傻瓜才會夏日感冒」，就是如此罕見。一旦染上，病情都很嚴重。

「當時根本不知道哀傷，我整個人都傻了。」

敘述著過往的阿路，雙眸的顏色微微變淡，內心的空虛全顯露在外。

阿近認爲，有個問題非釐清不可。

「那麼，阿梅……」

阿路用力點頭回應。

「好在她平安無事。」

不論痲疹或天花，兩人都是一起患病，但這次的夏日感冒，只有阿花染上。

可是，阿花下葬後，阿梅卻陷入危機。她終日哭泣，茶不思、飯不想，身體日漸衰弱。

「我在一旁陪著掉淚。大嫂則說，若連阿梅都死了，她也不想活，要阿梅打起精神。」

兩位母親摟著阿梅，一再勸慰。

「之後，阿梅總算重新振作。」

然而，阿路和阿累並未鬆口氣。阿花與阿梅以往什麼都一樣，如今其中一方突然過世，留在世上的阿梅恐怕……

「也許僅是時間先後的差別。」

阿累和阿路寸步不離地看顧阿梅。另一方面，只要是想得到的神明，她們都前往參拜，一聽聞某個祈禱師或巫女靈驗，就飛也似地趕去求助。不辭勞苦，不惜金錢。

「散盡家財也無所謂，我和大嫂發誓要親手保護阿梅。」

實在是令人動容的偉大母愛。

不過……

「這樣說或許有點冒犯，但……妳們似乎弄錯方向了。」阿近出聲道。

「您想問的是，我們這次究竟要保護阿梅遠離什麼，對吧？」

住吉屋的人們，先前努力拓展營業規模，想藉此保護兩個女兒不受婆婆的詛咒影響。正因執著於「擴增一倍」，所以盡量給她們同樣的東西，讓她們經歷同樣的遭遇，希望兩人一切平等。

然而，單憑人力，終究無法改變壽命。儘管阿花已死，阿梅未必會步上她的後塵。之前一起罹患麻疹和天花，是因兩人感情太好，成天待在一起，湊巧所致。夏日感冒害阿花喪命，阿梅卻躲過一劫，這也是湊巧。

沒錯，世上有太多的湊巧。

他們忘記這點，擔心阿花的遭遇也會發生在阿梅身上，簡直是本末倒置。太過執著於追求「倍增」與「相同」，而被耍得團團轉，迷失眞正的目的。

阿路噗哧一笑。「是啊，如您所說。」

現下我們才懂，阿路接著道：

「不知不覺間，我們走上奇怪的方向。」

不僅是阿路和阿累，多右衛門和仙右衛門也一樣。住吉屋的本家和分家，將阿梅圈禁起來，猶如備戰的堡壘，全力提防戒備。

——你們好怪噢。

冒出這話的不是別人，正是阿花十三歲的弟弟小一郎。

——爲什麼阿花姊姊死掉，阿梅姊姊也會跟著死掉？娘，你們的言行舉止都太奇怪了。

小一郎雖然年幼，卻是家裡的長子。他的一句話，立刻令迷失自我的大人們回神。

「我們赫然清醒。」

仔細一想，我們到底在怕什麼？又是在做些什麼？

原本畏懼婆婆的憤怒與詛咒，但阿花過世後，詛咒的力量應該已減弱。

「婆婆憎恨的雙胞胎，如今少一人，只剩阿梅。這麼一來，就不再有本家與分家之別。和家中繼承人小一郎一樣，阿梅也是住吉屋重要的掌上明珠。」

要連同阿花夭折的份，一起讓阿梅幸福——應該這麼想才對啊。

「深切反省後，我們決定讓住吉屋恢復原樣，合而爲一。」

如此一來，阿梅就能和親生父母，及養育她長大的叔叔、嬸嬸一塊生活，也沒必要再與弟弟小一郎分開。

「唯有本家與分家合而爲一，才能抬頭挺胸地告訴婆婆：瞧，我們的財產擴增一倍了呢。」

這份堅持仍無法放下。

應阿梅與弟弟小一郎強烈的期望，隔年夏天，在阿花喪期結束時，他們正式做出決定。

「今後，本家將成爲六人大家族，所以住處得增建，順便更換老舊的隔間門，讓整幢屋子煥然一新。」

阿路彷彿凝望著遠方的明亮之物。

「當時眞是快樂。由於家裡是第一次修建，光是與木匠和建材行討論，就感到既新奇又驕傲。」

阿累和阿路毫無節制地編織夢想，遭丈夫們訓斥一頓。

「老爺們說，屋子修繕這項嗜好，是最頂極的嗜好，一旦動念花錢，便沒完沒了。妳們也想想這筆錢從哪來吧。」

嘴巴上這麼講，多右衛門和仙右衛門也是滿面春風。

「如今回想，當時我們都將注意力放在快樂的事上，藉以轉換心情。」

多右衛門和阿累心中，存在無法化解的矛盾。失去阿花，他們哀慟欲絕，卻因此能與阿梅一起生活。失去一個女兒，換回另一個女兒。儘管不想再爲失去阿花悲嘆，一旦沉浸在阿梅重回懷抱的喜悅中，又替阿花覺得可憐。

「其實，阿梅也有相同的感受。最難過的，或許是她。」

阿梅曾偷偷告訴阿路：

——雖然這是我的願望，但過得太幸福，便不禁心生歉疚。

「而我也是，一方面認爲這樣對阿梅比較好，另一方面仍不免微微嫉妒。」

唉，果然還是親生父母好。看著阿梅幸福洋溢的笑臉，阿路胸口隱隱作痛。

「和親生父母同住後，沒想到她過得這麼開心，這麼無拘無束。縱使我待她如懷胎產下的骨肉，仍差那麼一點。我忍不住向仙右衛門發牢騷，換來一頓罵。」

——別說這種無聊的話。正因阿梅把我們當親生父母，才會想和我們一起生活，不是嗎？

「他十足說教口吻，我聽得火冒三丈，忍不住回嘴。」阿路接著道。「就算眼前

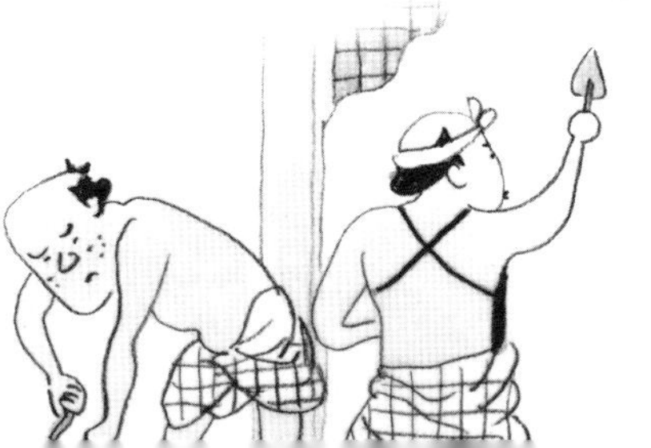

不去比較，等住在同一屋簷下，再不願意也會暗自比較，屆時每天都會深切感受到：啊，我們果然不是她的親生父母。」

話一出口，便難以停止。

「大夥同住不是什麼好主意，痛苦的只會是我們，這點你應該很清楚。」

阿路暢所欲言，仙右衛門臉色發白，不發一語。從那之後，夫婦倆便不再交談，但仍表現得風平浪靜。本家的增建工程持續進行，建材及隔門皆備齊，到了楓紅時節，終於動工……

「正因如此，」阿路語氣與表情一暗，「發生那件事時，我腦海掠過一個念頭：該不會是我家老爺背後指使的吧？難不成他不是眞心想重回本家，只是走到這一步，也不好明說，才這麼大費周章？」

阿近謹愼地問：「那件事？」

恍若由暗處窺望向陽處，阿路雙眼微瞇，似乎感到太過炫目。

「阿花回來了。」

起初，住吉屋眾人都沒發現。最早發現的，是出入本家的木匠和做隔門的工匠。

「所以，我懷疑是老爺說服他們，編出這個謊。」

工匠們不時在住吉屋遇見「大小姐」。換句話說，他們在屋裡看到一名年輕姑娘，以爲她是這家的千金，總是禮貌問候，對她很客氣。

「本家並未特別告知工匠們阿花已死。看到神龕，他們只覺得『哦，有個這麼新的牌位啊』，不會多想。萬萬沒料到，方才在庭院裡道早安的女孩，就是那牌位的主人。」

因此，起先我們也沒弄明白。隨著工程的進行，常有工匠脫口提到「大小姐」，住吉屋的人聽見，才引發騷動。

「我們不禁納悶，眞奇怪，『大小姐』指的是誰啊？」

阿近微微頷首，沉穩地插話：「工匠們看到的，會不會是阿梅小姐？阿花小姐過世後，阿梅小姐也會出入本家吧？」

阿路驀地挺直腰桿，像以下巴畫線般猛搖頭。

「不，不是阿梅。」

不可能。阿路握緊拳頭，再度搖搖頭。

「阿花死後，阿梅仍沒踏進本家，我不允許。大嫂其實很想馬上帶回阿梅，但她沒開口。」

一方面是顧慮仙右衛門和阿路的心情。

「最重要的原因，是害怕婆婆的怨念。」

婆婆臨死前，曾充滿恨意的說「我可沒原諒雙胞胎」。

「正因如此，讓曾分家的住吉屋合而爲一才有意義。所以，阿梅絕不能獨自回本家。只要大夥一同住進財產倍增的新本家，就不算違背婆婆的遺言。」

雖然很複雜，但就是這個道理，相當麻煩。

「況且，那女孩的模樣不同。」

阿路的眼神逐漸改變。她丹田使力，雙肩緊繃。

「打扮也不一樣。聽聞此事，我們暗暗吃驚。」

工匠們看到的住吉屋「大小姐」，穿著牽牛花圖案的浴衣，纏水藍腰帶。不分早晚，無論是在庭院、房間偶遇，或在走廊上擦身而過，她總是相同的裝扮。

「當時庭院的楓葉已轉紅，那裝扮不是很不合時節嗎？」

牽牛花是阿花最喜歡的浴衣花紋，連她踏上黃泉路時——

「她是在夏天時過世，我們新製一件牽牛花圖案的浴衣，讓她當壽衣穿。」

還包括那條水藍腰帶。

「工匠們似乎也覺得奇怪，但一時沒想到那會是鬼魂。」

見大小姐一直穿著浴衣，工匠們猜她可能是病人。而且，「大小姐」一句話都不說，向她問候，也沒回應。一會兒突然出現望著他們，一會兒又消失無蹤。不是生性害羞，就是精神方面有點問題。

「工匠們滿心這樣以爲，就更不會告訴本家了。顧主家有位行爲古怪的大小姐，當然很難啓齒。」

此事傳進多右衛門和阿累耳中時，兩人大爲錯愕，自然在分家也引起軒然大波。

「剛剛提過，我因另有想法，一直不認爲是阿花重返人世。」

阿路逼問丈夫：老爺，該不會是你打什麼奇怪的主意，想讓阿梅怕得不願回本家

吧？

「我家老爺大怒，斥責我胡亂猜忌。但我沒讓步，認定一定是仙右衛門幹的好事。」

不，或許是我衷心這麼希望——阿路細細咀嚼自己的話，如此更正道。

「因爲阿梅哭著說，阿花的靈魂回到本家了。大概連她自己也不曉得究竟是懷念，還是害怕。我看在眼裡，既不捨又不安，也跟著心亂如麻。」

過沒多久，我們明白住吉屋那名浴衣姑娘，確實是阿花。不是工匠眼花，也不是有人暗中搞鬼。

「阿花也出現在分家。」

家裡的女侍發現一個穿著不合時節浴衣的姑娘，佇立在後門旁。水藍腰帶在枯葉盡落的樹叢後尤爲鮮明。

「女侍也曉得本家那場騷動，一眼即認出對方是誰。」

衣服洗到一半，女侍赤著腳，上氣不接下氣地衝進屋內。

——是本家的大小姐！

女侍口吐白沫，反手指著身後，直嚷著「在那裡，在那裡」。

——她臉色蒼白，瞪大眼睛站在那裡！

女侍驚恐得當場昏厥。

「我立刻趕往後門。」

阿路像在奔跑似地，呼吸變得急促。

「但空無一人。我在庭院四處找尋，和趕來的夥計一起呼喚阿花的名字，甚至查看緣廊底下。」

此時，屋裡傳來一陣尖叫，是阿梅。

「當時仙右衛門也在我身邊，我彷彿聽見血液從他臉上抽離的聲音。」

夫妻倆爭先恐後，連滾帶爬地衝向阿梅的房間。只見阿梅嚇得花容失色，倒在縫一半的衣服上。

「娘，剛剛……」

阿花出現在那裡。阿梅指著前方，雙手不住發顫。

「她從拉門後探出頭。那確實是阿花，和我長得一模一樣，絕對沒錯。」

——而且，她穿著那件牽牛花圖案的浴衣！

極度驚恐下，阿梅忘了哭泣，呼吸十分急促。

「我扶起阿梅時，她的手冰得像死人。」

阿路顫抖地說著，雙手交抱，縮起身子。

爲安撫她，阿近柔聲問：「阿花小姐只是露臉嗎？沒說什麼，或做什麼吧？」

那時只有這樣，阿路頷首應道。

「不過，之後她便常現身，慢慢會開口講話，甚至在我們面前走動。如同她生前，還會笑呢。不過……」

「阿近小姐，」阿路突然移膝向前，「眼前的究竟是活人還是鬼魂，您認爲該怎麼區分？」

阿近試著回想過去的經驗。

「外觀沒太大差異。」阿路接著說，「和她在世時一樣。」

阿近在越後屋阿貴的那起事件中遭遇的鬼魂，也是如此。由於曉得他們已過世，才確知是鬼魂。但若事先一無所悉呢？

阿近遇見那些好心的鬼魂，及令人懷念而又哀傷的鬼魂時，或許會分辨不出與活人的不同。

「阿花小姐若沒穿浴衣，便充滿生氣，幾乎與活人沒兩樣嗎？」

「是啊。」

阿路略嫌僵硬，卻別有深意地點點頭。

「難怪起初工匠們沒發現。他們和我們不同，往往只是無意中瞄到一眼。」

但細看就會明白。

接著，阿路突然雙目圓睜，湊向阿近。

「她一直這樣。」

眼皮連眨都不眨一下。

「所以，一開始女侍才會叫嚷著『本家的大小姐瞪大眼睛』。她準確地瞧出阿花最古怪的地方。」

鬼魂不會眨眼睛？阿近頗感詫異，應該沒這種事吧？會不會只有阿花的鬼魂如此？

「而且，聲音很小，像從遠處傳來。」

連笑聲聽來都很遙遠，阿路說。

「她完全不眨眼，且笑得呵呵有聲。」

「是很開心的笑嗎？」

「對，和她生前一樣。」

這是最恐怖的一點，阿路環抱著自己。

「連講話也一樣天真無邪。如同她以前到家裡來玩，還會說『嬸嬸早安』、『今天天氣真好』之類的。」

「那本家的情況呢？」

「她也在我大哥大嫂面前現身，有說有笑。」

依然睜著一雙大眼。

「阿花和阿梅跟同一位老師學琴。每到學琴的日子，她就會出現在本家擺放古琴的地方。」

——娘，今天要學琴，我得先複習一下。

「語畢就消失無蹤，大嫂慌忙派人到我家報信。」

但阿花早一步出現在分家的阿梅面前。

「她邀阿梅一起練琴。阿梅嚇得面如白蠟，奪門而出。」

打從阿花的鬼魂開始出沒，阿梅根本無法安眠，逐漸神經衰弱。

「原本相親相愛的雙胞胎，如今其中一人自陰間返回人世。若只是這樣，就算她是鬼魂，仍會讓人感到高興或懷念。即使她始終不曾眨眼，久而久之也會習慣。可是，阿花和阿梅是另一種情況。」

阿近也看出是怎麼回事。

——因爲過得太幸福，阿梅對阿花感到歉疚。

阿花過世後，阿梅得到一切，擁有兩對父母的疼愛、住吉屋的財富，及希望能和她一同生活的可愛弟弟小一郎。

「阿梅非常內疚。」

她不僅獲得在世上應有的幸福，連阿花的份也一併接收。理應兩人共享的事物，全由她獨占。

「況且，這次阿梅終於要回本家父母身邊。」

阿花一定很恨我，才沒含笑九泉，從陰間返回人世。阿梅一味鑽牛角尖，淨往壞處想。

「不過，」阿近疑惑地偏著頭，「阿花……的鬼魂，沒有絲毫邪念吧？」

她沒發出任何怨言，只是像生前一樣，開心地在本家生活，到分家遊玩。

「沒錯，眞不知該說她可愛，還是不懂事。」

阿路重重吁口氣。

「於是……」阿路輕拍胸口，「我拿定主意。看這情形，除了直接問阿花外，別無他法。」

爲什麼會在人間徘徊？直接向鬼魂問個清楚。

「按理，這應由阿花的父母出面。但大哥和大嫂覺得阿花很可憐，終日以淚洗面，沒辦法指望他們，我只好扛起責任。凡事都交給別人處理，我早就急死了。」

阿近並不驚訝。看不慣周遭人不中用的模樣，而決定親自上場，確實很像眼前這位長者的作風。

「之後呢？」

阿近認眞地催促阿路。阿路下巴微斂，莞爾一笑。

「阿近小姐也是個處變不驚的女中豪傑。」

我就喜歡您這樣的人。

「和阿民夫人眞像。」

「或許吧。」阿近回以一笑。

阿路與阿花正面對決的那天，江戶下起漫天白雪。

「二月底下的雪，人們稱爲牡丹雪。像白牡丹花瓣般的雪花，從天空緩緩飄降。」

隔著雪見障子，阿路發現一件事。

「阿花的身體是半透明的，看得見她背後飄落的白雪。」

驀地，她熱淚盈眶。

「我胸口一緊，暗暗想著，唉，這孩子果然不是陽間的人。」

阿花的鬼魂總穿同一件衣服，連這種天寒地凍的日子也一身浴衣，看了就心疼。

阿路告訴她：我有重要的事要說，請別突然消失。

「一如平時，覺得自己是到阿梅家玩的阿花，臉上帶著微笑。」

一樣瞪大眼睛，不曾眨眼。

——嬸嬸。

阿花的鬼魂掛著迷人的笑容，不曾稍瞬的雙眼望著天空低語。

——我想和阿梅一起到庭院堆雪兔。

地上積好多雪。

——眞想吃汁粉。嬸嬸煮的汁粉非常美味，我最喜歡了。

「雙胞胎還小時，每當天冷，我都會煮汁粉。」

——嬸嬸，和阿梅一樣的那件紅棉襖在哪裡？

阿路坐到發凍前，阿花一直說個沒完，且愈說愈開心。

「我靜靜地聽。阿花的話大都沒頭沒尾，我突然驚覺一件事。」

阿花一出現，大夥就一陣慌亂，沒能聽她說完話，也沒仔細看她的動作。所以才沒發現。

「我頓時明白，眼前的並非阿花的鬼魂。」

那不同於鬼魂，沒有心靈。

「鬼魂有心靈？」

這麼形容似乎不太恰當。

「我的意思是……」

大概自覺講得不夠貼切，阿路有些焦急。她比手畫腳地試圖表達難以描述的想法。

「鬼魂就是人的靈魂，可能懷抱哀傷或怨念。既然如此，便會和人一樣，隨情感行動吧？」

就阿近所知，確實沒錯。

「是的，我也這麼認爲。」阿近頷首，緊接著補充：「附帶一提，我知道的鬼魂，亦即亡者，雖擁有可怕的怨念，外觀卻很像人。換句話說，他們都會眨眼。」

阿路差點沒跳起，她使勁往膝蓋一拍。「對！」

就是這樣，阿路振奮道。

「所以，我們都搞錯了。因她不會眨眼，而以爲是鬼魂，眞是天大的誤會。」

外貌和人一模一樣，卻不會眨眼的，另有其物。

「妳猜是什麼？」

阿近馬上想到答案，眼睛一亮。

「是人偶吧？」

「沒錯。」阿路拍手。「正是人偶。那坐在我面前，像是阿花鬼魂的形體，是匯聚我們對阿花的回憶拼湊成的人偶。」

所以，她說話才會如此天眞無邪、沒頭沒尾，感覺不出任何意圖。畢竟是片斷的話語及不起眼的小動作等聚集而成。

「可、可是……」

連阿近都不禁納悶。像鬼魂，卻不是鬼魂，而是沒有心靈的人偶？

「這會是誰的傑作？又是怎麼辦到的？」

喜色從阿路臉上退潮般散去。她眼神轉爲銳利，繃緊嘴角。

「陽間的人辦不到。」

當阿路在設有雪見障子的房裡，發現眼前的阿花只是內在空洞的人偶時，阿花半

透明的身軀突然變形，由輪廓開始崩塌。

「水面晃漾時，映在上頭的人影也會隨著扭曲消失吧？當時的情況就像那樣。」

阿路目瞪口呆地望著眼前這一幕，不久，阿花消失無蹤，某處響起一個聲音。

「彷彿直接傳進我耳中。」

那是我婆婆臨終前痛苦的話聲。

——妳想讓阿梅進本家，對吧？

我說過，從沒原諒她們。

——你們打算違背承諾吧？別想瞞過我的眼睛。

阿路複述婆婆的遺言。直到她話聲的殘響消逝，阿近完全無法動彈。

「黑白之間」瀰漫著一股寒氣。

「您已故的婆婆……她的意念操控著阿花的人偶嗎？」

阿路微斂下巴，咬牙點點頭。

「居然用這種方式爲難我們。」

她聚集住吉屋眾人對阿花的回憶，塑造出形似阿花的幻影。

「起初，阿花只是偶爾現身。我們從工匠口中聽聞此事，認定那是阿花的鬼魂，引發騷動後，她便頻頻出現，甚至開口說話。因爲她是回憶構成的幻影。」

想起阿花的人愈多，思念愈強烈，幻影就會變得更有模有樣。

「多麼執著的意念，竟使出如此壞心的手段。」

回憶往往會帶來歡笑，然而，此刻阿路的回憶卻令她憤怒不已。

「雖然不甘心，但那實在是狡猾至極的作法。換成是婆婆的鬼魂出現，開口指責『你們違背承諾，所以我要詛咒你們』，不知會怎樣。」

住吉屋眾人想必會極爲驚懼，慨嘆業障竟如此深重。

「不過，我們並未感到悲傷，也不覺得可憐。大嫂和我甚至不害怕，只是一肚子火，忍不住痛罵老太婆糾纏不休。」

藉著怒意，阿路講起話更不留情面。

「不過，對象是阿花，眞不曉得怎麼處理。沒錯，我們個個拿阿花沒轍。正因對方以阿花的模樣現身，我們滿心難過、痛苦、歉疚，連不必苦惱的瑣事都苦惱不已。」

阿近也有同感。

住吉屋的兩對夫妻和阿梅，總會互相著想。由於太過親密，往往動不動就想太多，容易心慌意亂。阿花驟逝時，他們擔心馬上會輪到阿梅，緊張得失去理智，就是個例子。

「不過，您婆婆的鬼魂眞是大費周章。」

阿近沒有開玩笑的意思，純粹是不自主地低語。話一出口，她才想到這恐怕會令阿路不舒服。

「誰教她有的是時間。」阿路一臉不悅，「鬼魂沒其他事可做，爲了整我們，花再多力氣也願意。」

阿路的口吻十分認眞，阿近頓時無言以對。

「對了，小一郎忽然冒出有趣的話。」

當時住吉屋裡最冷靜的，就是這名長子。

——我之前就覺得阿花姊姊有點奇怪。

原來是奶奶變成的。

「不過，嬸嬸，到底是不是奶奶變的也很可疑，搞不好是狐或狸貓變的。」

阿近忍不住笑出聲。雖仍橫眉豎目，阿路也噗哧一笑。

「說得很好吧？大哥和仙右衛門完全是這麼想。不過，站在老爺們的立場，當然不希望此事是母親作祟，於是他們找到一個逃避的藉口。」

小一郎的話有理，變身阿花的肯定是狐狸或妖怪之類，那就請巫女或修行者來收妖。他們顯得鬥志昂揚。

「最後有請人來收妖嗎？」

才沒有，阿路冷哼一聲。

「婆婆搶先出現在我們夢中。」

住吉屋眾人做了同樣的夢。

「這次婆婆沒再耍把戲，直接以眞面目現身。每個人的夢境似乎有點差異，但大致是爲同一件事。」

就是先前那句充滿怨恨的話——我不原諒你們。

「尤其是對我和大嫂，婆婆更是丟出壞心的難聽話。」

——妳們想讓店的規模倍增？要好好養育阿花和阿梅，讓她們一樣長得亭亭玉立？別笑掉人大牙。

「阿花的死，毀了你們的計畫，但我不會原諒你們。膽敢讓阿梅住進本家，我馬上取她性命，你們等著瞧。」

阿路的口吻相當駭人。

「對了，連小一郎也挨一頓罵。我婆婆罵他：說什麼狐、狸貓，不相信奶奶的話嗎？你這不孝孫。」

居然講到這個分上，阿近有點錯愕。就算想當笑話看，也太過沉重。

阿近嘆口氣。「您那位過世的婆婆，究竟為何要這樣詛咒你們？」

阿路凝望著阿近，理了理髮鬢，微微低頭行一禮。

「抱歉，阿近小姐日後還要嫁人，我並沒有嚇您的意思。」

阿路說，當中沒有任何理由。

「一開始我不是提過？做婆婆的總會討厭媳婦，而媳婦也嫌婆婆礙事，就是這個道理。」

阿近完全插不上話。

「不過，每天怒目相向很痛苦吧？所以，儘管嘴上說可恨、看不順眼、心情鬱

悶，仍得想辦法互相讓步、互相看開，最後互相原諒。唔，就是麼回事。」

但住吉屋來不及走到最後一步，便發生不幸的分歧。

「我婆婆原本眞的不是難相處的人，毋寧說她個性溫順。在阿花和阿梅出生前，我和大嫂都不曾與婆婆起爭執。」

正因如此，當大嫂產下雙胞胎，婆婆嚷著「這樣不吉利，不能留在家裡。滾出去，看了就礙眼」時，她們雖感到驚訝，但並未看得太嚴重。

「我們一時無法置信，她到底是怎麼啦？難道這才是她的本性？我不覺得生氣或難過，而是嚇呆了。」

若原是個壞心腸的人，媳婦自然會有所防備，或者該說會習以爲常。

「我婆婆卻是性格丕變。」

這樣反而教人心情無法平復。

「根本是假藉迷信的名義欺負媳婦，這是我唯一的感受。」

俗諺說「有話不講，憋久會出毛病」。阿路認爲，平時默默忍氣吞聲的，才是性格倔強的麻煩人物。唉，眞討厭。

「最後，我和我家老爺帶走阿梅，算是與婆婆取得和解。但我對她恨意難消，爲了阿梅，我滿腹怒火。而每天到我家替阿梅餵奶，哭著回去的大嫂可憐的處境，更令我怒火高漲。」

阿近沉默不語，雙手擺在膝上，凝望阿路。在「黑白之間」常出現這樣的情況，

人們敘述著自己的故事，一開始不敢說的話，都會陸續道出。故事本身得到力量後，會翻開之前掩蓋的舊事，讓隱藏的祕密攤在陽光下。

「大嫂不像我表現得這麼露骨，但我真的很生氣。當然，婆婆不可能沒感受到我陰沉的情緒。」

於是，彼此傾倒的情緒，像黑雪球般愈滾愈大，最後在婆婆臨終之際，化為那句遺言，赤裸裸擺在眼前。

「那是有損亡者形象的恐怖話語。我覺得很不像話，心中再度燃起怒火。」

想讓生意規模倍增，並將阿花和阿梅撫養成人，讓她們長得同樣亭亭玉立的念頭……

「並非希望求得婆婆的原諒，根本也不是什麼了不起的決心。我只是覺得，哪能輸給那老太婆，我們走著瞧！」

一口氣說完，阿路猛然回神，突然一陣害羞。

「我真是壞媳婦啊。」

她的聲音不帶半點消沉之感。

阿近暫且離席，半背對著阿路，面向長型火盆和鐵壺，重新泡茶。她的動作緩慢而沉穩。這段時間，阿路的情緒應該能稍微恢復平靜。

阿近陷入思索，這真的是個鬼故事嗎？

阿近並非只是坐在這裡聽故事，她曾經歷不可思議的情況，遇見人們口中的「鬼魂」。亡者維持生前的姿態與嗓音，出現在阿近面前，親切地和她說話、談笑、流淚，並相互勉勵，尋求彼此的原諒。

另一方面，她也曾與像是怨靈或惡靈的對象對峙。

阿近的經驗稱不上多，光憑自身見聞評斷阿路的故事，未免太魯莽輕率，得多多留意這點才行。

只是，聽到現在，阿近總覺得住吉屋的故事不大對勁。

阿路說，她婆婆塑造出像阿花人偶的幻影，一旦被識破，便露出原本的面目，吐出滿懷恨意的話語。甚至出現在眾人夢中，厲聲訓斥，加以威脅。

那真的是住吉屋婆婆的鬼魂嗎？

其實，不過是場夢吧？若以「夢」形容不夠貼切，還可換成「想法」。

那不是已故婆婆的想法，也不是不幸早夭的阿花的想法。而是目送她們離去的住吉屋眾人，尤其是阿路與阿累這兩個同時身為媳婦和母親的女人，埋藏在心底的「想法」。

企圖在鬼故事中尋求合理的解釋，或許原本就是個錯誤，但阿近隱隱感到坐立難安。從人心的觀點來看，也覺得有些不合邏輯。

——換成是我……

若想讓忤逆自己的媳婦和兒子受苦，並借用可憐早夭的阿花形體現身……

——絕不會讓她看起來像人偶，而是完全化身為阿花小姐，讓阿累和阿路一見便

淚流滿面，巴不得衝上前將她摟進懷裡。

倘使要嚇唬阿梅，讓她害怕，不如直接以阿花生前的模樣現身。用阿花的原聲與阿梅交談，哀嘆「爲什麼只有我死」，一定更有效果。

睜大雙眼，像蝴蝶般飄然來去，總是說著天眞話語的阿花，打一開始就是個敗筆。住吉屋婆婆的怨念，有必要藉她這種嚇不了人的形體，出現在眾人面前嗎？

剛剛阿近曾感嘆「您婆婆的鬼魂眞是大費周章」，阿路還以顏色般，馬上應句「她有的是時間啊，鬼魂又沒其他事可做」。

這不單純是個笑話般的解釋，還是偏向活人邏輯的想法。阿路的語氣不帶絲毫迷惘，她一口咬定，並當場撂下這句話，感覺就是不想和阿近深談，以此搪塞。

或許阿路也覺得不對勁，即使沒仔細思考過，內心深處應該明白，她自己——甚至是住吉屋眾人共有的這個故事，如此解釋實在古怪。

不論是已故婆婆的鬼魂或怨念，可能根本不存在，眞正有的只是住吉屋眾人心中的想法。不曾稍瞬的雙眼，始終穿同一件浴衣的阿花幻影，恐怕也是他們這種想法下的產物。

進一步思索後會發現，最早目睹阿花幻影的，是從外頭來到住吉屋本家的工匠，似乎可從這一點窺見深遠的寓意。阿花的幻影爲何不先在痛失愛女而悲嘆的雙親面前現身？阿梅對她既懷念又歉疚，終日苦惱煩悶，阿花爲何不出現在她枕邊？爲何那些非親非故的工匠才看得見她？

既然連對此事一無所知的工匠都這麼說，住吉屋的人們自然沒有猜疑的餘地。

不，實際上，阿路曾懷疑是丈夫仙右衛門反悔，不想搬回本家，所以刻意要工匠撒謊。直到穿浴衣的阿花也在住吉屋眾人眼前現身，才「證實」是誤會一場。

這些仔細周到的環節，令阿近覺得事有蹊蹺。

而且，她認為阿路的猜測意外洩漏住吉屋分家、本家，及阿梅的真正心聲。

阿路與仙右衛門擔心阿梅與親生父母同住後，他們會感到寂寞。但這樣的不安，不僅僅存在他們心中。同樣地，阿累和多右衛門也害怕看到阿梅與他們之間緊密的羈絆，會感到嫉妒，難以介入。不可能毫不擔憂。

當然，這兩對夫妻並非滿腦子憂慮和不安，喜悅、期待及希望阿梅能幸福的心願同樣強烈。正因如此，他們絕不會讓那些不好的情感顯露在外。

這對阿梅也一樣。同時擁有兩邊的父母，若說她只覺得高興，沒其他顧慮，肯定是騙人的。雙方能平等地和睦相處，她是重要關鍵，絕不能讓兩邊的父母反目成仇。日常生活中得處處留心，但自己有這種能耐嗎？阿梅恐怕相當煩惱。

何況，阿梅對阿花的歉疚比任何人都深。奶奶的遺言內容，阿梅不可能毫不知情。儘管阿路他們一直堅守祕密，但阿花和阿梅不會永遠是三歲小孩。隨著年歲漸長，兩人應該悄悄談論過自身奇怪的遭遇。要是想暗中透過資深夥計查清真相，理當不難。

阿梅約莫是害怕祖母遺留的詛咒，才會對阿花感到歉疚吧。這麼一來，她就更不

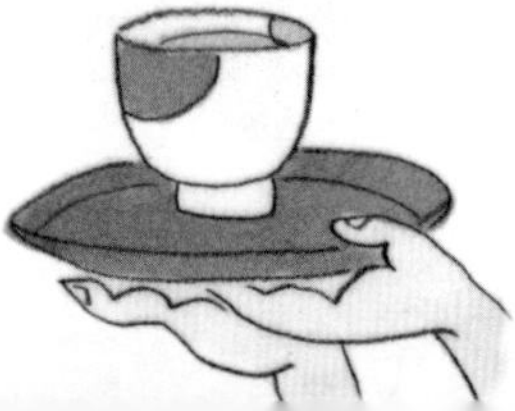

能明說。

許許多多難以形容的複雜思緒，構築出詭異的阿花幻影。住吉屋眾人稱之爲鬼魂，解釋成是已故婆婆的怨念在操控一切，便不必說出眞心話，彼此也不會產生嫌隙，維持相安無事的狀態。

「啊，好香。」

阿路開心地品嘗阿近重泡的茶，長長吁口氣。

「一點也沒錯……」

阿路雙手小心翼翼地包覆茶碗，放在膝上，而後望向庭院。

「爽口的茶、美麗的杜鵑、宜人的天氣，這些微不足道的小事，就是幸福。不過，只要有一丁點的煩惱，便容易忽略眼前的一切，滿腦子想著自身的缺點、痛苦的遭遇，及惱人的煩憂。」

阿近靜靜頷首。

「由於這層緣故……」

阿路優雅地放下茶碗，抬起頭。

「我們打消本家與分家合而爲一的念頭。」

這是當然的結果。

「只是，本家改建的工程無法中途喊停，仍如期完工。」

取消兩家合併後，工匠便沒再看見阿花的鬼魂。這也難怪，因爲已沒必要。

「於是，我們回歸原本的生活。」

有件關於小一郎的事，阿近想向阿路問清楚。身爲阿花與阿梅弟弟的小一郎（當時應該只是個孩子），處在凝聚力過強、容易鑽牛角尖的住吉屋眾人中，是唯一能冷靜觀察的人。阿花猝死後，住吉屋的大人們以爲阿梅會步上她的後塵，心亂如麻之際，就是小一郎出言指正，讓大夥恢復鎮定，功勞不小。

小一郎見過阿花的「鬼魂」嗎？不知他對此有何意見？阿近十分好奇，所以一直豎耳細聽，但小一郎始終沒在阿路的言談中出現。儘管阿路並非刻意避談小一郎，阿近仍頗爲在意。

要開口探詢不太容易，阿近看準時機準備提問時，阿路接著說：

「等風波終於平息，小一郎卻病倒了。」

原來是這麼回事。

「怎會這樣？」

「不知道，也查不出病因，只是持續微燒，有些頭疼。儘管讓他服藥，吃滋養的補品，依然不見好轉。」

正當大夥感到不安時，小一郎對眾人說：

——我在夢裡見到奶奶。

「我婆婆下令：小一郎，爲保護住吉屋，你得收拾阿梅的性命，因爲她是這個家的禍害。」

——你父母曾發誓，要讓本家和分家什麼都一樣，也要讓阿花和阿梅什麼都一樣，還說過要讓住吉屋規模倍增的好聽話。

可惜，如今阿花已逝。

——獨留阿梅在人世，於是誓言破滅。我的憤怒無從平息，身爲家中繼承人，請親手誅殺阿梅，讓我瞑目九泉。

亡靈親自懇求。

「小一郎先生怎麼回覆？」

「當然不可能答應，我們怎麼可能殺害阿梅。」

阿路瞪大眼睛。

「不過，婆婆幾乎每晚出現在小一郎夢裡，不斷苛責他。儘管小一郎乞求饒恕，她仍充耳不聞。」

再這樣下去，小一郎恐怕性命難保。他日漸瘦弱，成天臥病在床。

「最後，我們決定送小一郎離開本家。」

「讓他當別人的養子嗎？」

「是的。」阿路一臉沉痛，緊咬著下唇。

「我婆婆詛咒小一郎，是因他是住吉屋的繼承人。那麼，只要他不再是繼承人，便不會有事。」

「小一郎很快就答應嗎？」

「是的。雖然擔心無人繼承家業，但阿梅一再苦勸他生命最重要。」畢竟是唯一的弟弟。

「鎌倉町有一家榻榻米批發商『豐島屋』，不僅是本家的客戶，也是本家的熟識，我們決定拜託對方幫忙。」

豐島屋起初對住吉屋錯綜複雜、光怪陸離的情況頗爲吃驚，但看到小一郎臥病的模樣，馬上答應。

「豐島屋家中只有女兒，所以日後會收小一郎當女婿。」

離開住吉屋後，小一郎逐漸康復。一個月後，他已恢復元氣，順利融入豐島屋的生活。

「我們只留下阿梅一個孩子。」阿路語氣沉重，「而婆婆的憤怒，也隨阿梅留了下來。」

「您說……留了下來？」

阿近不禁反問，阿路目光陰鬱地回望。

「這次換阿累做夢，婆婆再度現身，惡形惡狀地痛罵我們不但違背自己立下的誓言，還不肯聽從她的要求。」

兩對夫妻聚在一起商量。究竟該怎麼做，才能保護阿梅不被婆婆的怨念傷害？

「此時，我開口提議。」

阿路眼中棲宿著幽微的光芒。

「既然婆婆責怪我們違背承諾，那就照之前承諾的去做吧。本家和分家都全力投入生意，增加同等的財富，並讓阿花恢復原樣。」

「恢復原樣？」

「人死不能復生。」

所以，得準備一尊人偶。

「這招是跟婆婆學的。製作和阿花一模一樣的人偶擺在本家，與大哥夫婦一起生活。就像我們和阿梅一起生活，一切完全比照辦理。」

於是，我們雇用一名手藝高超的人偶師傅。

「所幸有阿梅這個活範本，而且不惜成本採用昂貴的材料，最後造出一尊維妙維肖，連我們看了都吃驚的人偶。」

從此，阿花與阿梅再次並存於世。

「大哥和大嫂很快便習慣那尊人偶。本家的夥計中，有些人覺得陰森可怕，馬上自動請辭，過沒多久，留下的人都明白家裡的情況，把人偶當『大小姐』侍候。」

阿累他們見心愛的女兒回來，相當高興。

「並未因爲是人偶，便擱著不管。三餐都是和父母一起吃，晚上也會換好衣服就寢。」

皮膚是絲綢縫製，頭髮則植上眞髮，所以化妝和梳髮髻都不成問題。

「由於正值青春年華，插花、舞藝等，樣樣都學。阿梅學的才藝，阿花的人偶也

全跟著學。」

只不過，要是前往師傅的住處，不免被許多弟子瞧見，恐怕會引發不少問題，所以都是請師傅到家中教導。

阿近恍然大悟。難怪阿梅都待在住吉屋，足不出戶，畢竟她不便出現在外頭。

「那麼，之前我在『大七』遇見她，是怎樣的情況？」

「只要帶阿梅外出，本家當天也會帶阿花的人偶到同樣的地方。」坐轎前去。

「因而阿梅無法時常外出走動。有時一同前去，會引起側目。」帶著人偶外出，當然容易嚇到旁人。

「『大七』明白我們的情況，一直很照顧我們。」

「不過，阿花小姐的人偶沒辦法在梅宅的庭院散步吧？」

「您這話真毒。」阿路不禁一笑。「是的，這也無可奈何。」

阿梅在梅花盛開的庭園散步，阿花的人偶則坐在轎裡，繞行梅宅外圍。當然，父母也陪在一旁。

「不過，我們並非全憑直覺和猜測分辨『這樣應該沒關係』、『這樣對阿花和阿梅不公平』，而是有標準和評斷依據。」

那就是「針」。

「針……您是指住吉屋的商品，針嗎？」

「沒錯，還有其他的針嗎？」

阿路目露精光，像在瞪人般，注視著阿近應道。棲宿在她眼中的黑暗益發深沉。

「給阿花和阿梅的東西不一樣，阿花的身體就會被插針。」

阿花的人偶，手腳、額頭、雙頰、後頸，皆插著無數根針。

「第一次目睹時，阿累差點沒昏倒。這也難怪，多得數不清的針不知從哪冒出，插滿阿花全身。」

簡直是阿花針山——阿路彷彿憶起那幕慘狀，顫抖道。

「再怎麼當女兒看待，本家的阿花終究是人偶，不會到處走動。眾人無法時時看顧，視線不能及的空檔，人偶便被插上針。」

這就是「標記」。

「我婆婆在告訴我們，阿花與阿梅有所差別。」

不僅如此，那也是一種前兆。

「每當阿花身上插針，快的話不到一個時辰，慢則隔一晚，阿梅就會出現異狀。」

阿梅的額頭、雙頰、後頸、手腳等，總之，阿花身上被插針的部位，阿梅都會浮現紅色的濕疹。

儘管聽得背後發毛，心裡很不舒服，阿近仍鼓起勇氣問：

「就像被無數根針刺過，留下痕跡般的濕疹嗎？」

她只能這麼想。

阿路緊咬下唇，重重點頭。

「一定很痛吧。」

阿路又頷首，太陽穴青筋浮現。

「那景象實在淒慘，教人不敢直視。」

阿花的人偶身上插針的數目，依情況有所不同。

「兩人的差別愈大，針的數目愈多。」

舉個例子，頭一回出現插針時，是以下這種情況。

「有次替她倆訂製新衣，原想做得一模一樣，但阿梅中意的布料不夠。那是摻有金絲的方格圖案……沒辦法，只好替阿花另挑帶有銀絲的方格圖案。」

衣服剛做好，阿花左頰和右肘以下便插滿針。不久，阿梅身上同樣的部位也長出濕疹。

「這樣算輕微的。嚴重時，阿梅全身濕疹，甚至發高燒，臥病不起。」

那次是阿梅學三弦琴的師傅舉辦演奏會，阿梅很想參加，於是向兩邊的父母懇求。

「三弦琴師傅包下料理店當場地，邀請許多客人，想必將是極爲熱鬧的演奏會。明知不可能參加，阿梅仍苦苦哀求。我們心疼籠中鳥般的女兒，一時無法拒絕。」

我們拜託師傅，還塞了紅包，安排讓阿梅兩次登臺。

「我們暗忖，第一次以阿梅的身分，第二次則以阿花的身分，只要用不同的名字稱呼就行了吧？現在回想，實在太天真，但當時我們自認能巧妙瞞過婆婆那雙怨靈的

眼，便答應阿梅的請求。」

阿路頭一次用「怨靈」這個說法。

參加演奏會時，阿梅十六歲，長得清純可人。身穿肩衣，臉抹濃妝，頰面泛紅的阿梅，令在場賓客讚歎不已。

然而……

「她以阿梅的身分表演結束，在休息室準備以阿花的身分出場時，手上浮現濕疹。驚詫的阿累派人回本家通報，竟與本家趕往演奏會的女侍在半路撞個正著。」

——阿花小姐全身插滿針！

最後，阿梅沒能二度登臺。濕疹不斷擴散，長滿眼皮，連起身行走都有困難。

「我扶著阿梅坐上轎子，她已無法說話。」

不知何時，阿路眼角閃著淚光。

「將近一個月後，阿梅才完全康復。連大夫都納悶，怎會一次冒這麼多濕疹，也難怪大夫診察不出原因。」

阿路以哽咽的鼻音說道，雙肩垂落。

「那場演奏會風波，是阿花身上出現插針三個月後發生的事。歷經此次，我們徹底學到教訓，決定不再使這種小手段。不過，事隔一年，我們依然不得要領，爲一點小事犯了錯，害阿梅受罪。」

不管再小心謹慎，仍防不勝防。

「一名新遞補到本家的女侍，瞧不起阿花的人偶。她認爲那不過是個人偶，只要沒吩咐，就沒按規矩照顧阿花，讓阿梅嘗盡苦頭。」

分家的阿梅洗髮時，本家阿花的人偶也會洗髮。若其中一方改變髮型，另一方也要梳同樣的髮型。而阿梅餐盤裡有當季時鮮，阿花的餐盤也會有。爲此，本家與分家得頻頻派女侍或童工奔走溝通。

「學才藝怎麼辦？」

「那得看師傅。假如是口風緊，又好溝通的師傅，我們會大致說明情況，請求讓阿梅和阿花的人偶一起上課。不然，每次上課時，我們便悄悄將阿花的人偶運往分家，藏在隔壁房裡。」

「這樣就沒問題了吧？」

阿路苦笑。「雖然沒被插針，但面對阿花的人偶，有些師傅會覺得陰森可怕，無法忍受，而主動請辭。」

不只才藝師傅，連對綢緞莊、雜貨店等常出入住吉屋的商人，「也得小心侍候，多付些謝禮，有時還得支付封口費，實在勞神又費事。」

不難想見那樣的情形。不過最辛苦的，應該是連到外頭散心都沒辦法的阿梅。

「針總是突然出現嗎？」

阿近問道，阿路微微瞇起眼注視她。

「打個比方，可說是『竹林裡冒出木棒』。」

這句俗諺是比喻事情轉瞬發生，或對方忽然開口提及某事。

「眞的就是如此，我和大嫂都稱這是『竹林裡冒出一千根針』。」

阿路輕輕哼起：「說謊的人，得吞一千根針。」

這是打勾勾發誓時唱的歌。

「從潛伏著怨靈，活人無法踏進半步的幽暗竹林裡，飛出一千根針。針線批發商的婆婆詛咒憎恨的媳婦，此法再適合不過。」

以前年幼的阿花和阿梅，勾著手指哼唱的這首童謠，如今化爲詛咒，籠罩住吉屋。

「不過，就算是怨靈，要用這麼多針，也得找地方籌措吧？」

阿近盡量以沉穩的語氣詢問，阿路卻忽然挑眉。

「雖不曉得『籌措』這種說法是否貼切，但也不無道理。不過，我們做的就是針線生意，針多得能賣人，莫非您忘了？」

語畢，阿路露出嘲諷的笑意。

「不論是店內或倉庫，針都堆積如山。我婆婆就是用那些針。」

「您可確認過？」

「當然。」

阿路隨即應道，卻顯得有點心虛。

「哪有什麼確不確認的問題，每當阿花身上插滿針，那些買賣用的針便會遭人弄亂。往往是木箱被拆封，拿走所有的針。」

住吉屋販售的針，都是十根一組用紙裹好，再以五十包、一百包爲單位，裝進小木箱保管。

「木箱被打開？」

「是的。」

「紙包是粗魯扯破，還是整齊撕開？」

阿路疑惑地望著阿近，「兩種情況皆有。但不管哪種，結果不都一樣？」

她略微提高音調。「說得也是。」阿近低頭行一禮，微笑道。

「問這些無聊的小事，打斷您說話，請見諒。」

霎時，兩人互相凝望，彷彿在窺探對方的內心。

阿近不認爲這是「無聊的小事」。她自認已觸及故事的重要核心，所以阿路才會提高聲調。

每次阿花身上插滿針，就有人動用住吉屋買賣的針。那是具有實體的世間之物。既然如此，認定非怨靈所爲，而是陽世的某人幹的好事，也不算有錯。阿近就是想釐清這點。

但阿路不接受阿近的觀點。她臉色一沉，充分透露出內心眞正的思緒。

奇異百物語聆聽者的使命，純粹是聽來者講述故事。爲進一步引導出故事，有時需主動提問，但和對方爭論、把對方辯倒，或試圖改變對方的想法，都是錯誤的行徑，沒半點益處。至少這次的情況便是如此，阿近決定安分地退讓。

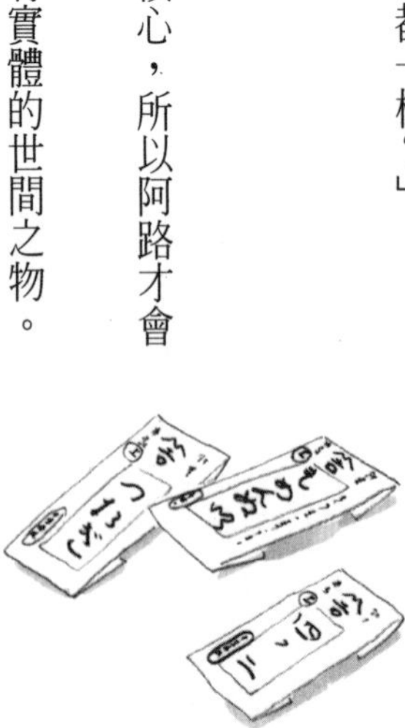

「這麼說，住吉屋眾人之後一直遵守那個……該稱爲規矩，還是承諾？」

「是防止詛咒。」阿路很快地應道，「也像在封印鬼怪作祟。」

「你們一直這樣保護阿梅小姐吧？阿梅小姐也辛苦地忍耐。」

眞教人同情。阿近有感而發，不帶一絲虛假。

阿路似乎感受到她這份心，表情和緩，眼中泛淚。

「這都是爲了心愛的女兒。做父母的爲孩子吃苦，是天經地義的事。不過，阿梅眞的很可憐……她只能默默忍耐。」

阿路摀住雙眼。

「但並非從此一切順利。想必您已猜到，再怎麼嚴密監控、封印怨靈作祟，隨著阿梅日漸長大，仍會面臨無可奈何的困境。」

確實有那麼一件束手無策的事。

「是阿梅小姐的婚事吧？」

到適婚年齡，阿梅總要嫁人。

「能替阿花的人偶找到相同的婚事嗎？兩人有辦法完全一樣嗎？」

阿路話語中夾雜著嘆息，進「黑白之間」後這還是第一次。

「阿梅體諒父母的爲難，表示終生不嫁，要一輩子待在住吉屋陪伴爹娘。但這樣一來，女兒不就太可憐了嗎？從頭到尾，她都沒半點錯，只是不巧遭逢可怕的命運，受到詛咒。」

阿梅滿二十歲之前，兩邊的父母都不敢任意展開行動。唯恐稍有閃失，害阿梅喪命就後悔莫及。他們僅一味將阿梅藏在懷裡，小心翼翼地呵護。

「不過，阿近小姐可能還難以體會，無論怎麼逃避俗世的眼光……不，正因如此，對阿梅來說，年歲漸長一事顯得更爲殘酷。」

處在深閨人不知，從未有過美麗的幻想與心動的邂逅，虛度青春年華。

「某天，我突然興起一個念頭，或許讓阿梅嫁人比較好。只要她出嫁，便不再是住吉屋的人，那不就能擺脫我婆婆的詛咒了嗎？」

阿近頷首。「可是，這樣吉屋不就沒人繼承？」

阿花病逝，小一郎成爲別人家的養子，能繼承住吉屋的只剩阿梅。

「哪顧得了那麼多！」阿路幾乎是放聲吶喊。

「若不能讓阿梅幸福，空有財產又有何用，根本毫無價值。我們實在該早點下定決心。」

經過多次密談，兩邊父母開始謹愼地替阿梅找對象。

「值得慶幸的是，住吉屋算是江戶有名的店家。只要我們有意，陸續都會有人上門提親。」

他們從眾多提親對象中挑出一位。那年初春，二十一歲的阿梅首次出席相親場合。

「阿梅當然高興，不過，起初她並不答應。大概是怕又會給我們添麻煩，多所顧忌。我們告訴她，儘管放心，一切包在爹娘身上，保證不會出差錯。經過極力勸說，

她才點頭答應。」

此刻阿路對阿近講話的口吻，想必與先前說服阿梅時一樣。

「我大哥多右衛門年輕時就愛好茶道，大嫂阿累亦略懂一二。聽他們的茶道師傅說，男方是他門下弟子，也是一家位於兩國藥研堀的糕餅店繼承人。」

這對年輕男女在師傅的新年首泡茶會上見面。

「對方膚色白淨，一表人材，就像上好的干菓子，與阿梅同年。兩人坐在一起，宛若一對女兒節娃娃。」

阿路望向遠方，一臉陶醉。

「對方一眼就看上阿梅。沒錯，如我所料，畢竟是我們家的阿梅啊。」

抬頭挺胸、下巴高抬的阿路，十足以女兒爲傲的母親姿態。

「阿梅也沒任何意見，因爲那是她的初戀。」

眼看這門親事有望，然而，接下來才是問題。

「我們連忙準備人偶。」

原來如此，阿近已猜出幾分。「是和阿梅小姐的對象一模一樣的人偶吧？」

藉以匹配阿花的人偶。

「我們想用這對人偶夫婦，充當本家的年輕夫婦。分家的阿梅家出嫁爲婦，本家的阿花則招贅納婿，這是世間常有的形式。」

若阿花不是人偶，這確實是理所當然的做法。

「大哥和大嫂早有心理準備，我和仙右衛門也是相同的心思。不會把人偶夫婦當人偶看，而是像對待活人般，與他們一起生活。一切都是爲了阿梅。」

況且，這種和人偶演戲的生活，不見得會永遠持續下去。

「剛剛提過，一旦阿梅嫁人，或許我婆婆的詛咒就無法落在她身上。」

住吉屋的兩對父母，認定只要忍耐到阿梅產子就行。

「所以，你們才要阿梅小姐儘管放心，對吧？」

「嗯，沒錯。」

阿路肯定地應道，表情卻陡然一變。

「可惜……天不從人願。」

事情發生在女婿的人偶送進本家，與阿花完成初次見面的隔天早上。

「阿花全身插滿針。」

針的數量之多，讓人聯想到先前那場演奏會。

「那阿梅小姐……」

「是的，當天上午，她便臥病不起。」

阿路不甘心地捶打膝蓋。

「到底哪裡做得不夠？哪裡不一樣？我氣得火冒三丈，差點沒拿香灰撒向婆婆的牌位。」

阿梅渾身長滿嚴重的濕疹，漂亮的臉蛋又紅又腫，甚至發起高燒，再度徘徊在鬼門關前。

「完全康復後，阿梅驚恐不已，哭著求我們推拒婚事。」

阿梅個性變得比之前更封閉，一度連眺望窗外景色都不願意。

「於是，我們重新思索。」

難道阿花招贅、阿梅出嫁，不能有這樣的差異嗎？果眞如此，或許分家一起招贅便可行。

「這樣一來，阿梅就永遠不能離開住吉屋，但我們只求她能幸福。」

「那麼，你們試過嗎？」

「我們耐心地鼓勵阿梅，花費將近一年的時間，她才同意。」

這次找對象一樣很輕鬆，第二次相親很順利便決定人選。

「於是，我們也訂製了人偶。」

「人偶完成後呢？」

阿路臉皺成一團，「又被插滿針。」

雖然數量沒第一次多，但阿梅的臉部紅腫，一時無法站立。

阿路咬牙切齒地對直瞅著她的阿近說：

「阿梅和阿累成天以淚洗面。但別看我這樣，我天生個性剛烈，就是不服輸。爲了阿梅，我才不會輕易打退堂鼓。像她這麼好的姑娘，居然被我那壞婆婆的怨念束縛，談不成親事，一輩子靠娘家過活，我豈能讓她遭遇這種不幸！」

想起往事，她怒不可抑，眼角微微抽搐。

「我不斷思考著，究竟哪裡不對、哪裡不一樣。」

阿路緊握拳頭，抵著胸口。

「難不成是製作男方的人偶花太多工夫？或者，是男方的人偶做得不像？還是外表像，但作工不夠精細？」

她逐個細數，每說一句，就往胸前捶一下。

「當初製作阿花的人偶時，有阿梅當範本。可是，製作結婚對象的人偶時，只能仰賴我們的記憶，成品不可能一模一樣。而且，要是製作花太多時間，阿梅婚事的進度便會超前。這樣不就像阿花的女婿還沒決定，阿梅的女婿卻已敲定嗎？」

配合阿路捶胸的動作，阿近自然地點頭。

「是，沒錯。然後呢？」

「總之得先催師傅趕工。若見婚事有望，就隨便找個藉口，或在不讓對方發現的情況下，請畫師繪下男方的肖像，再拿給製偶師當範本。」

「那麼，您打算重新安排相親嗎？」

阿近並非存心，但也許口吻中帶有「阿梅小姐好可憐」的意味，阿路犀利地覷她一眼，突然垂落雙肩。

「雖然這對阿梅來說……真的很可憐。」

「您再度安排了吧？」

「這是爲了她的幸福著想啊。」

聽在阿近耳中，阿路的辯駁卻像是「我才不向婆婆認輸」。

「一旦失敗被插滿針，病倒受苦的是阿梅，她會心生排斥是理所當然。這點我也明白，別擺出那麼可怕的表情。」

阿近不禁撫上臉。

「抱歉，我沒責備您的意思，只是……」

阿路無精打采地應一聲：「只是什麼？」

「濕疹或許很難受，不過同樣地，要是阿梅小姐對男方懷有好感，最後婚事卻告吹，這種事反覆發生，恐怕會留下椎心刺骨的痛苦回憶。」

倘若一再相親，痛苦也會一再累積。

「關於這點……我也知道。」

阿路小聲而沙啞地回答。

「所以，每次都間隔許久。鼓勵阿梅直到重新振作，都得花很長的時間。」

「這麼說，之後又安排了相親？」

「儘管製作人偶極爲費時，但第二次相親後，兩年半裡我們共嘗試三次。」

三次都被插針，不過數量很少，沒危及阿梅的性命。只是，連日又痛又癢，總是難免。

「阿梅說想放棄。」

她開始叫苦。這也難怪，努力了五次，阿近反倒很欽佩她。

「容我多嘴，您可曾試過其他方法？例如，像小一郎少爺那樣，讓阿梅小姐當別人家的養女之類的。」

既然住吉屋沒人繼承也無所謂，這未嘗不是個辦法。

阿路忿忿不平地抬眼瞅著阿近。

「您以爲我們沒想到嗎？」

她緩緩搖頭。

「沒用的。一提起送阿梅當養女的事，阿花身上就會被插針。」

而且，阿梅也很排斥。

「她很怕孤單一人。」

阿梅不願和兩邊的父母分開。

「如今回想，當時阿梅已二十四、五歲，從世人的眼光來看，早就不年輕。更何況，她不清楚住吉屋外頭的世界，也從未和其他人相處。」

阿梅哭著說，若嫁給一個疼愛她又可靠的丈夫，指望她生孩子繼承衣鉢倒還好，但將她孤伶伶地送往別人家，一點也沒有值得開心的事，她一定待不下去。

雖不難理解阿梅的心情，阿近（小心翼翼不讓想法顯露臉上）仍不禁感到納悶。要是渴望擺脫眼前的困境，解決無計可施的窘況，不管年紀多大、會不會因不懂人情世故丟臉，都應擁有百折不撓的毅力。畢竟這不是爲別人，而是爲自己的幸福。

——或許是詛咒的影響吧。

在詛咒的束縛下，會逐漸喪失樂觀向前的生命力。一味虛度時日，錯過該當機立斷的關鍵時刻。

——我也沒資格說別人。

阿近背後竄過一陣寒意。

「最後……」

阿路的話聲響起，阿近應聲「是」，重新端坐。

「我們做出決定。不，這是我家老爺的提議。」

既然如此，打一開始就和相親對象坦白吧。

「講明整件事的來龍去脈嗎？」

「是的。讓對方看阿花的人偶，並誠心拜託對方。」

阿梅背負著這種宿命。若您真想娶阿梅為妻，請連同阿花的人偶一起帶走。然後，請像疼惜阿梅一樣，疼惜阿花的人偶吧。

「阿梅的丈夫，即為阿花的丈夫，這不就完全一樣了嗎？」

「得出結論後……」

阿路重重點頭，「這次終於沒插針。」

是因沒違反詛咒的規矩嗎？

「我家老爺也說，對方必須明白內情，並願意配合，我們才能將阿梅嫁給他。」

從那之後，歷經六次相親，終於促成這樁美滿的姻緣。

「每樁婚事都差一點就成功。」

起初皆進行得很順利。

「每個對象都對阿梅一見鍾情，表示不過是一個人偶，且是阿梅小姐心愛姊姊的人偶，和她長得一模一樣，根本不可怕，絕對會好好愛護。」

然而，隨著迎娶的日子接近，情況往往逐漸變樣。

「因爲新郎並非孤身一人。有時當事者同意，卻遭親友百般嫌棄，婚事自然告吹。有的則是一開始興致勃勃，待婚期一天天近逼，便忽然反悔。」

連教才藝的師傅也是，明明收下豐厚的謝禮，也明白箇中緣由，後來仍無法忍受阿梅與阿花的人偶一起上課，中途罷教。

「要當夫妻，自然更不容易。」

這就是阿梅的婚事每次即將談成便告吹，不斷重複上演的眞相。

「我們也想過，或許離江戶遠一點比較好，而專程請人到京都說媒……」

然而，那個京都女婿，最後還是在迎娶的五天前悔婚。

「就在阿花的人偶要穿的新娘禮服即將做好時，突然告吹。」

雖是難過的口吻，但阿路臉上帶著微笑，於是阿近也回以一笑。

「而這一次，也就是第六次，終於順利出嫁了啊，阿近小姐。」

多虧那名麻臉女子。

「由於染患天花，在臉部和身體的明顯之處留下嚴重的痘疤，實在不幸。尤其是女人，原本長得再美，都會慘遭毀容，沒有比這更可悲的事。」

語畢，阿路微微側頭。

「阿近小姐，您曉得有一種習俗，是在新娘出嫁時，讓這樣的女人隨行，扮演『驅魔』的角色嗎？」

「阿梅小姐出嫁時，我聽嬸嬸提過。不過，我老家沒這種習俗。」

「各地風俗民情不同，您肯定嚇一大跳吧？」

「是的。」阿近躊躇一會兒，仍坦率地說出心中感受，「當時覺得很悲慘。」

「我也有同感。待在漂亮的新娘身旁，將麻臉暴露在眾人面前，該是多麼痛苦啊。然而，只要想到形成此一習俗的原由，就會覺得不全然那麼悲慘。」

爲何麻臉能驅魔？

「據說所有瘟神中，疱瘡神的力量最強大。」

因爲天花是可怕的疾病。

「而得過天花，臉上留下嚴重痘疤的人，表示比其他人擁有更多疱瘡神的力量。」

所以具備強大的力量，能和痘疤一起驅除妖魔鬼怪。

「她們擁有部分神力，受神明庇佑。」

「受神明庇佑……」

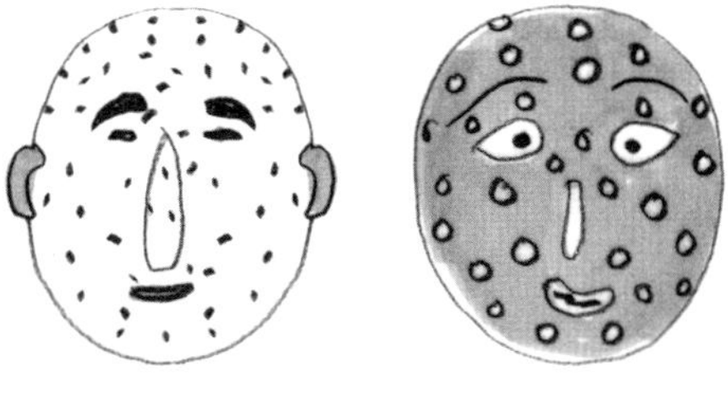

「沒錯，痘疤就是標記，疱瘡神使者的標記。神力能避免其他災禍和疾病上身。」

所以備受禮遇。

「那女子……現下已能直呼名字，她叫阿勝。我們可是待她如上賓。」

委託她保護阿梅時，她的身分就是神的使者，地位與神明一樣尊貴，不得直呼其名。

阿近緩緩頷首，「原來如此，我明白了。」

阿路微微一笑。「不過，根據習俗，一般只在迎娶的大喜之日安排這樣的人物陪伴新娘，不讓妖魔乘隙入侵。」

阿勝甚至住進分家內。

「當第六次有人上門提親時，我們請阿勝小姐入住家中，拜託她如影隨形地跟在阿梅身邊。」

希望她保護阿梅不受「住吉屋詛咒」的侵害。

「那麼，先前在『大七』的也是她嗎？」

「是的，我們請她一道前往。」

阿近不禁反問，「可是，你們表現得彷彿阿勝小姐並未同行。」

不像當對方是神的使者，特別禮遇。阿勝宛如不在場。

阿路神色自若。「和她太親暱也很怪吧？我們只是普通人，但阿勝小姐不一樣。」

俗話說，敬鬼神而遠之。

「其實，那是小一郎的點子，他認爲這樣或許能驅除詛咒。」

幾年前的春天，小一郎正式成爲榻榻米批發商豐島屋的女婿。

「由於原就是家中的養子，沒有迎娶的儀式，但在媒人介紹下，請來阿勝小姐陪同婚禮進行。」

幸虧有她，才能完成一場隆重的婚禮——阿路開心地說。

「以此爲契機，小一郎想到這個點子。他提議，要是讓阿勝小姐待在住吉屋，或許能保護阿梅。」

這是住吉屋眾人從未思及的提案。

「當時，我們不認爲事情會如想像般順利。藉婚禮的習俗封印詛咒，又不是廚房的器具，哪兒那麼方便好用，大夥都非常懷疑。」

然而，歷經多次相親失敗的悲慘遭遇，年近三旬的阿梅卻說「難得小一郎提議，我想試試看」。

「她露出央求的眼神，於是，我們決定請阿勝小姐幫忙。」

接著，阿梅面臨第六次的相親。

「第四和第五次時，阿梅一開始就很怯縮，費好大一番工夫才說服她。」

第六次相親時，阿梅曾表示：

——娘，這是最後一次。

「試完這一次，我便不再相親。所以，我才想按小一郎的意見嘗試，死馬當活馬醫。」

阿梅的態度十分果斷。

「阿梅告訴我，既然要仰賴阿勝小姐，就只能靠她的力量，請不要多做其他安排。」

所以，我們沒向男方坦白詛咒的事，也沒讓對方看阿花的人偶。相親時，更沒讓阿花的人偶待在隔壁房間。這次人偶完全沒上場。

「不過，她請阿勝小姐陪在身邊。」

阿梅說，若仍會被插針，她便徹底死心。

這次相親依然進展順遂。以前要不是有插針的詛咒，阿梅沒一次會相親失敗。對方總是深深爲阿梅著迷，希望能談成婚事。

「最後呢？」阿近問。

阿路凝望著阿近，故意停頓好一會兒，吊足阿近胃口才答道：

「沒被插針。」

我發誓，連一根也沒有——她自豪地說。

「從談妥婚事，到著手替阿梅辦嫁妝，阿花的人偶都沒被插針。之前的不幸彷彿根本從未發生。」

儘管阿花的人偶沒在此次的婚事中登場，但本家並未過河拆橋，棄如敝屣。大哥和大嫂已對與亡女一模一樣的人偶產生感情。

「每天都會幫它更衣，一起用餐，和先前一樣生活，並悄悄觀察情況。」

毫無插針的動靜。

「我們也遲遲無法放鬆，始終小心戒備。之所以低調地運送嫁妝、讓迎娶隊伍從後門走，皆是擔心過於奢華，會使得詛咒的力量增強，連阿勝小姐的力量都壓制不了。當眞是戰戰兢兢，如履薄冰。」

所幸，一切都是杞人憂天，阿梅平安出嫁。

「那天是阿勝小姐穿上新娘禮服坐進花轎吧？」

「沒錯，不得不謹愼，畢竟那是關鍵時刻。」

「如今阿梅小姐在夫家那邊過得可好？」

阿路的表情因笑容柔和許多，「日子過得很安穩，很幸福。」

「阿勝小姐也一起住嗎？」

阿路頷首，接著補充道：「到前天爲止才客氣地請她回去。」

前天破曉之際，阿累做了個夢。

「我婆婆現身夢中，告訴大嫂一些話。」

——我認輸。雖然很不甘心，但阿梅已是別人家的媳婦，住吉屋也斷了香火，以後就隨你們吧。

「不知爲何，婆婆顯得無精打采。」

阿路似乎一點都不覺得她可憐，冷淡地說道。

「不管怎樣，眞是可喜可賀，我們非常感激阿勝小姐。」

原來如此，那名女子已圓滿達成使命離去——阿近心有所感地暗忖。

「於是，我們四個老人決定一塊生活。不過，本家和分家都將收起生意，接下來大概會忙著處理善後吧。」

得和老客戶打聲招呼，也得替店內的夥計決定出路才行。

「你們日後有何打算？」

阿路露出開朗的神情。

「即使結束生意，我們還有積蓄及幾間可收租的房子，四人應該會邊爲阿花祈求冥福，邊過著平靜的日子。」

自然也會供養祖先，阿路笑著補上這麼一句。

「雖然是退休生活，但四人住在同一屋簷下，想必會很熱鬧。不過，大哥和大嫂似乎想皈依佛門。」

爲了阿花及阿花的人偶。

「人偶原本收在本家，但前天已寄放到菩提寺。大嫂不忍心燒毀人偶，住持也贊同她的想法。」

畢竟不是那麼容易割捨的，阿路神色略顯落寞。

「哎呀，我這故事說得眞長。」

阿路彷彿拋卻一切煩憂，挺直腰桿，重新端坐，雙手併在膝前。

「而且，還是個詭異的故事。不，或許您聽過更可怕的故事。」

阿路卸下重擔，語氣輕鬆不少。

「這奇異百物語才開始不久，我聽過的故事並不多。確實……是個很詭異的故事。」

不過，這果眞是遭詛咒和鬼怪作祟的靈異故事嗎？

「方便請教您一事嗎？」

「好啊。哪裡沒交代清楚嗎？」

「不，是關於阿勝小姐的事。」

那修長的身影浮現在阿近腦海。

「她對自身的力量有何看法？你們聊過這個話題嗎？」

怎麼可能，阿路搖著手應道。

「那樣未免太失禮。況且，我們全賴她的幫忙，哪能問她這種問題。」

阿勝個性溫和沉靜，寡言少語。阿梅雖很快與她相熟，仍沒辦法與她無話不談。

「她是重要的守護神，我們總是恭敬地對待她。」

阿勝不會住得不自在嗎？她習慣受這樣的禮遇嗎？

獲瘟神守護，而受仰賴的人，平常過著什麼日子？同樣是凡人之軀，卻被視爲能消災驅魔的神明使者。人們雖敬重她，卻也避而遠之，一旦完成任務，便孤單離去。

「阿勝小姐有家人嗎？」

阿路側頭尋思，不像故意轉移焦點，而是眞的不知道。

「從年紀來看，可能已有孩子。」

「她應該沒嫁人吧，我不認爲有人願意娶她。」

儘管感激阿勝，但或許因是兩件事，阿路的口吻乾脆直接。有別於對阿花人偶的感情，很快切換情緒。

「對了，阿近小姐。」

阿路似乎有所領悟，突然眨眨眼。

「您該不會想雇用阿勝小姐吧？」

阿近頗爲驚訝，這話什麼意思？

「您是指？」

「雇來驅魔啊。您年紀輕輕，獨自負責聆聽奇異百物語，難免會害怕吧？要是有阿勝小姐在一旁守護，心裡應該會踏實不少。」

阿近從未這麼想過，但也許是個好點子。

重要的是，阿近愈來愈想見阿勝一面。最好能請她到「黑白之間」一趟，慢慢說出她的故事。

聽過阿勝以旁觀者的角度敘述一切經緯後，這故事才能夠完結。

「阿勝小姐平時都過著怎樣的生活呢？」

話一出口，阿近便明白問阿路也是白搭，頓時有些不知所措。

「豐島屋那媒婆會曉得嗎？」

「與其向她打聽……」阿路忽然望向走廊深處，「不如直接問阿民夫人。」

「咦，問我嬸嬸？」

「對啊，三島屋與燈庵老闆有往來吧？」

她指的是從事人力仲介的那名蛤蟆老叟。

「是的。」

「小一郎婚禮當天，媒婆就是透過燈庵老闆雇用阿勝小姐。安排那樣的人，是人力仲介商的工作，我們也付了一筆介紹費呢。」

蛤蟆老叟的人面竟然這麼廣？生意範圍涵蓋這麼廣？

「所以，不妨請阿民夫人找來燈庵老闆，向他打聽阿勝小姐的事。」

這天，阿近與叔叔嬸嬸共進晚餐，吃的不是米飯，而是熱粥。阿民讓阿島下去休息，親自張羅。叔侄三人和樂融融。

「傍晚阿路夫人離開時，阿近好像很疲憊。」

入口即化的熱粥，清爽順口，吃了全身洋溢著一股暖意。對嬸嬸的用心，阿近十分感動。

「謝謝您。」

其實她並不覺得疲憊，或許是惦記著許多事，顯得有些消沉吧。不過，阿路卻是步伐輕快地走出三島屋。

將「黑白之間」訪客的故事，轉述給叔叔和嬸嬸聽，是阿近的工作。

「故事若很複雜，講起來得花不少時間吧？不必急在今天。」

伊兵衛語帶顧忌，阿民也跟著頷首。然而，嘴巴上雖這麼說，兩人都目光炯炯——或許形容得有點誇張，但眼裡確實興味盎然，似乎相當想知道隔壁住吉屋到底發生何事。

於是，阿近細說從頭。

說完後，伊兵衛與阿民不約而同地長嘆一聲。

「這次眞辛苦啊。」

阿民突然起身打開碗櫃，取出綁著禮品繩的漂亮點心盒。

「今天阿路夫人帶來謝禮。」

掀開蓋子一看，擺著紅、白兩色的大福，數量已少掉一半。

「大夥分著吃過了，剩下的全給妳。要消除疲勞，甜食最有效。」

阿近不禁一笑。「一個人吃這麼多，包準馬上變成醜女多福（註）。」

「就算那樣，也得紅、白各吃一個，沾沾喜氣。」

說著，阿民的口吻有點沉重。

「阿梅小姐終於順利出嫁，眞是太好了。」

「嬸嬸，之前婚事告吹的原由，您多少知道一些吧？」

「只曉得無關男女情愛，而是有其他麻煩。」

「因爲那不是妳和阿路夫人能邊喝茶配烤紅梅，邊閒聊的話題。」

「哎呀，討厭。我們在工房才不會那樣。」

打混也有打混的規矩，何況是在夥計面前。阿民一本正經地辯駁。

「我明白、我明白。」伊兵衛誇張地安撫道。「對了，妳猜是誰幹的？」

他悄聲問。「往阿花小姐的人偶插那麼多針的，會是什麼人？」

阿民回望丈夫，「你認爲呢？」

阿近塞了滿嘴的大福，覷著叔叔和嬸嬸。

伊兵衛率先舉手，「身爲男人不太好猜，但我覺得阿累夫人最可疑。」

「說得也是。」阿民嘆口氣。「不過，阿路夫人也很可疑。因爲她能自由進出本家。」

兩人異口同聲地說，下手的不止一人。若是不同人在不同情況下，因不同的理由下手，也不足爲奇。

「最早插針的應該是阿累夫人。由於阿梅小姐在那場演奏會大放異彩，她化身成阿花小姐，嫉妒起幸福的阿梅小姐。」

註：多福指圓臉、凸額、塌鼻的女人，泛指醜女。

「所以，她才會往阿花小姐的人偶插針。」

「果眞如此，本家的多右衛門老闆不也一樣？」

「從某個時候起，住吉屋眾人都視詛咒爲理所當然。這麼一來，若遭有心人利用也不奇怪。」

叔叔和嬸嬸聊得正起勁，阿近擦擦嘴角，從旁出聲道：

「可是……每次人偶被插針，阿梅小姐就會受苦。不論是她的親生父母或養父母，都不希望發生那樣淒慘的情況吧？」

伊兵衛和阿民瞪大眼睛。

「阿近，妳不懂嗎？」

「阿花小姐的人偶被插針，和阿梅小姐冒濕疹，完全是兩回事。」

濕疹是阿梅的心理因素造成，阿民輕捶胸口。

「得知人偶被插針，阿梅小姐認爲『阿花生氣了，她恨我』，於是長出濕疹。不管是不是阿累夫人和阿路夫人所願，都與她們無關。」

「所謂的詛咒，就是這麼回事。」

「還有……」阿民順勢接上一句，又略顯猶豫地舔舔嘴唇。

「還有什麼？」阿近催促她往下說。

「或許妳會認爲嬸嬸很壞心，不過，每次看阿梅小姐爲濕疹所苦，阿累夫人和阿路夫人不見得都會感到難過。」

阿近也想過這點。

「是互相嫉妒的緣故嗎？」

阿路會嫉妒阿累與阿梅是親生母女，同樣地，阿累也會嫉妒阿路與阿梅的感情。阿累覺得阿梅喜歡養母，更勝於我這親生母親。

正因疼愛，才會憎恨。住吉屋裡，爲詛咒所困的兩對父母和一個女兒，備受煎熬，甚至扯進婆婆和阿花的亡靈。

阿民細細端詳阿近。

「老爺。」

她緊盯著阿近，執起伊兵衛的手。

「我們的阿近，在短短時間裡，竟變得這般世故老練。」

「嗯，了不起。」

伊兵衛微微一笑，阿近頗感心虛。

「託您的福，再這樣下去，我恐怕會太過老練而長出褥瘡。」

「別這麼說嘛，奇異百物語還眞有意思。」

「追究起來，就是嫉妒。」阿民正色道。「一個女兒身邊有兩對父母，一份財產分成兩家店。不管檯面上如何，難免不會暗自較勁，互別苗頭。久而久之，囤積心底的事，自然需要宣洩的出口。這便是『竹林裡冒出一千根針』的由來。」

住吉屋的人們，全隱身在暗藏細針的昏暗竹林裡。

「我和阿路夫人談得來，也很喜歡她。不過，世界就是這麼小，我多少聽過住吉屋一些不堪入耳的傳聞。」

他們本家與分家之間，其實處得並不融洽。由於本家的媳婦阿累個性柔弱，凡事都聽分家的媳婦阿路發號施令，心中頗有怨氣。多右衛門和仙右衛門兄弟倆也一樣，當初店裡的財產一分為二，多右衛門至今仍耿耿於懷。

「究竟是傳言屬實，抑或當事人所言為眞，我們無從得知。或許兩邊都帶有一點眞實、一點虛假，尷尬的情況隱而不表，芝麻小事卻故意誇大。」

「連我也不曉得自己在外頭有什麼傳言，世人又是如何談論我。」阿民突然正經道，「所以，這是很好的教訓。」

「因為我們家也有兩個兒子。」

伊兵衛喃喃低語，搔著後頸。

「他們遲早得娶媳婦，到時便會有外人住進家中，一旦擁有新家庭，就可能為一些以往從沒想過的事起爭執。」

「必需先做好心理準備。」

「這種情況下，要是一味忍耐，導致內心的不滿一再累積，身子早晚會吃不消。」

阿民發怒般加重語氣。「阿累夫人和阿路夫人也眞是的，若實在不滿嘮嘮叨叨、不肯接受雙胞胎的婆婆，當場大打一架不就行了。同樣地，妯娌之間有看不順眼的地方，不如乾脆直接亮爪子。正因不斷壓抑，情況才會變得這般複雜。」

伊兵衛微微挑眉。

「不過……做媳婦的可不都像妳這麼強悍。」

阿近悄悄附和一句。「到頭來，故事中根本沒有鬼魂登場。截至目前爲止，這是最富世間俗味，也最能感同身受的人情故事。」

阿民注望著阿近，低喃「怎麼辦」。

「要是伊一郎和富次郎爲妳爭風吃醋，妳會站在哪一邊？」

阿近頓時慌了手腳，差點打翻餐具。伊兵衛朗聲大笑，阿民卻堅稱不是開玩笑。

「嬸嬸，別笑話我了，請您去拜託燈庵老闆幫忙吧。」

住吉屋的人們努力表現得「和顏悅色」，卻變成不懂怎麼收起「和顏悅色」，板起臉孔。此時，出面解救他們的，是麻臉的神明使者阿勝。

「無論如何，妳都想見她一面？」

「是的。要不然，總覺得有事掛在心頭。」

「我明白了。」伊兵衛攬下這工作。

不過……

「最好再等一陣子。住吉屋沒搬走，阿勝也不方便到我們家。」

於是，阿近多等十天。不過，之所以只等十天，是因住吉屋的人宛如鳥兒振翅飛離，匆匆忙忙收拾好店面，便遷往他處。

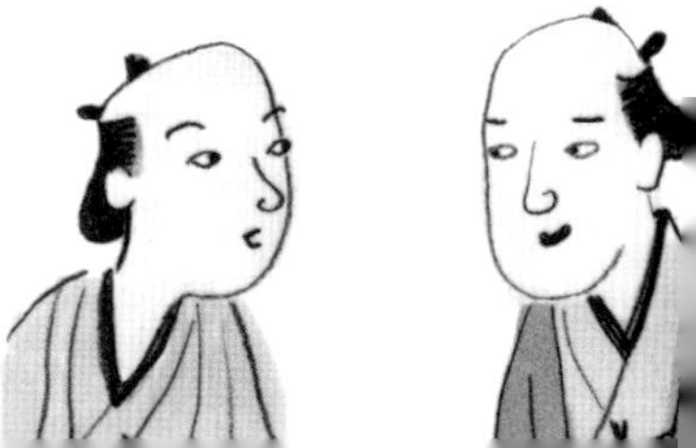

——今後，這兩對夫妻仍會「和顏悅色」地一起生活吧。他們擱下暗藏細針的竹林離開。望著人去樓空的鄰家屋頂，阿近暗暗想著，希望過往的一切能永遠擱置於此。

阿勝來訪當天，「黑白之間」的花盆裡插上菖蒲。此時離端午節尚早，但晨起前往附近習字所的童工新太，告訴阿近途中的運河沿岸長著茂盛的菖蒲。到那裡一看，果然一片青翠，阿近開心地摘回幾株。

那名體態柔美的女子，與菖蒲相當搭調。

與在「大七」擦身而過的那天一樣，阿勝蒙著頭巾，臉部遮去泰半。她低著頭從後門走進屋內，悄然無聲地來到「黑白之間」。

「恕我失禮。」

阿勝行一禮，取下頭巾。

阿近既沒倒抽一口氣，也沒眨眼，確實是這張臉。不過，說不吃驚是騙人的。面對面一瞧，阿近發現阿勝美豔迷人。她才真的像人偶，不僅五官端整細緻，膚光勝雪，還有一頭烏黑秀髮。

看來，疱瘡神特別喜歡美人。

「奴家名叫阿勝。」

阿勝嫣然一笑，眼角微微浮現皺紋。

人力仲介商的燈庵老闆，似乎已向阿勝解釋過三島屋的這項嗜好，所以不需要叨絮的開場白。

阿近坦白道出對住吉屋故事的想法、同叔叔和嬸嬸的談話內容，毫不隱瞞，阿勝則始終溫柔地點著頭聆聽。自上次向阿島吐露自己的遭遇後，阿近不曾在「黑白之間」講這麼多話。

最後，阿近像在傾訴內心的仰慕般說：「所以，我無論如何都想見您一面。」

她吁一口氣，感覺臉頰發燙，喉嚨乾渴。

彷彿看著氣喘吁吁地高喊「娘，我回來了，今天發生這樣一件事」的小孩，阿勝凝望阿近，眼中泛著笑意。

「府上的老爺、夫人，還有大小姐，眞是明察秋毫。」

她連嗓音都很動聽。

「由於是第一次承接住吉屋提議的工作，所以，儘管是燈庵老闆介紹，我仍打算回絕。因爲我認爲無法勝任。」

不過，阿路直接與她交涉，流著淚哭求——請先見阿梅一面，一面就好，若同情她，就陪在她身旁吧。

「造訪住吉屋後，我旋即改變想法。」

當時，阿梅並未發病。

「但重複長濕疹的部位，尤其是肌膚較柔軟的手臂內側等處，已微微形成黑痣。」

阿梅小姐讓我看過患處。」

阿勝於心不忍，渾身顫抖。

「所以，您就接下這項任務了吧？」

阿勝小巧的銀杏返（註）髮髻微微側向一旁，優雅地點點頭。

「我既不是神明的使者，也未分得神明的力量。」

純粹是個吉祥物。

「吉祥物……」

「只要大夥相信像我這樣的人擁有驅魔的力量，我就能扮演好角色。所謂的吉祥物，便是這麼回事。」

常在婚禮和迎娶的場合中受邀，即是人們相信這項習俗的緣故。

「近來，相信的人減少許多。倒不如說，忌諱我們這種人出席喜慶場合的人也增加了。」

所以，這樣的習俗應該會漸漸廢除。

「我心想，住吉屋的這項差事，或許是我擔任吉祥物的最後一項重要工作。」

「先前您住在隔壁，被當成神明般尊敬，會不會很不自在？」

「一點都不會。」阿勝瞇起雙眼，「又不是被擺在神龕上祭拜。果眞如此，我會羞得無地自容。」

阿勝大多是跟在阿梅身邊，陪她聊天、做女紅或學才藝。

「我學過一點琴，能和阿梅小姐一起彈奏自娛。」

儘管不能粗魯地直接問及阿勝的身世，但交談中阿近隱約察覺，她若非出身武士之家，就是曾在達官顯要的宅邸侍奉。

「大小姐聽過我們的琴聲嗎？」

阿近微微臉紅。「就在隔壁，想必聽過，只是我平時匆匆忙忙、聒噪喧鬧，一直沒發現。」

「大小姐，您平時很忙碌吧？」

不只臉上，阿勝連脖頸都長有麻子。不過，當阿勝抬手掩嘴，深紫和服衣袖便滑落，露出如熟絹般白淨的手腕。

阿勝爲何掩嘴？因爲她正強忍笑意。

「阿梅小姐常提到您。」

「提到我？」

在「大七」偶遇之前，我明明對阿梅一無所悉啊。

「宛如籠中鳥的阿梅小姐，最愛聽外頭的傳聞。據說隔壁的三島屋老闆，有個年輕可愛的姪女。剛來時，連店裡的夥計和掌櫃都跑去偷看。好像長得相當標緻，但不知爲何，總一身侍女裝扮，賣力工作。」

---

註：江户末期流行的女性髮型，特徵是將髮髻上方分成左右兩邊的半圓形。

——很奇怪的姑娘吧？

「連這種事也成爲傳聞啦？」

阿勝忍不住柔聲輕笑。

「由於阿梅小姐常提起，連我都不禁心生好奇，很想知道隔壁的大小姐是怎樣的人。」

非常高興能與您見面。阿勝重新低頭行一禮，抬起臉，眼中卻流露落寞之色。

「阿梅小姐見您每天都如此有活力，肯定很羨慕。傳聞並非全是壞事。」

阿梅十分憧憬素未謀面的阿近，不僅想多了解她，還特別喜歡聊到她。

「阿梅小姐像孩子般率眞，不懂藏心事。」

阿勝的口吻滿是憐惜。

「所以，短短時間裡，我得知許多住吉屋的內情，遠超出阿路夫人告訴我的部分。不，連夫人不願告訴我的，我也看得出來。」

她明白阿梅的心情，明白住吉屋的日常，明白阿路與仙右衛門的想法。

「我和大小姐有同感，住吉屋那詛咒的插針，肯定是活人所爲。不過，下手的不止一人，也非有可怕的陰謀。」

阿近不住重重點頭。

「他們只是遭詛咒束縛。若要解開詛咒，施加另一種咒術即可。」

一個能打開住吉屋這個封閉容器的全新咒術。其實，住吉屋的人們也由衷期盼。

「那就是我該做的工作。」

因爲我是吉祥物，所以有這個能耐。

「明瞭這一點，就沒什麼難處。幸好我是個老練的吉祥物。」

「連那個長得像蛤蟆的燈庵老闆都拍胸脯保證，對吧？」

「是的，眞得感謝他。」

兩人相視而笑。

「能見到您，實在太好了。」

「和您面對面聊過，我心中舒坦不少。因爲那前所未有的重要工作，一直有件事擱在我心頭。」

見過大小姐後，我才明白。

「阿勝小姐……」

由於有些難以啓齒，阿近像在告白般，一顆心噗通直跳。

「今後……您有何打算？」

打算一直當吉祥物維生嗎？這話阿近還是問不出口。

「可有家人依靠？」

阿勝平靜地應道，「我和親人緣淺。」

一直是孤家寡人。

「既然這樣……」

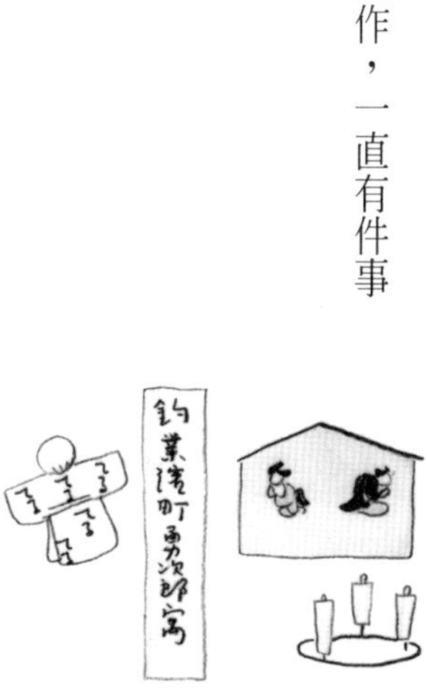

見阿近吞吞吐吐，阿勝側著頭嫣然一笑。

「接下來能否到我家？」

阿勝臉上浮現溫柔的微笑，開口：「大小姐，您擔任奇異百物語的聆聽者吧。」

「是的。」

「您一個人會感到不安、害怕，需要像我這樣的守護者——能驅魔的吉祥物，是嗎？」

阿近使勁搖頭。「不，不是的。我體驗過所謂恐怖的事，也和不屬於人世的對象交過手，但那些全是我自作自受。所以，倒不如說，通過恐怖的遭遇，反而能化解我身上的罪業。」

阿近不知該如何解釋，不禁焦急起來。

「我自己便能處理。可是，您……」

阿勝以更溫柔的口吻問：「大小姐是同情我，想安慰我嗎？」

「不，不是的！」阿近不由得高聲辯駁。

緊繃的氣氛持續片刻後，阿勝雙手平放膝前。

「請原諒，我一點都不認爲您有這樣的心思。」

「對不起。」

阿近彷彿變成孩子般悄聲道。

「雖然先前從沒想過，但我也許仍會感到不安。」

「即使聽過其他不可思議的故事，還是會不安嗎？」

「是的。不過，住吉屋的詛咒不像鬼魂、妖怪作祟、死者怨念之類的東西，反而更恐怖。」

阿勝緩緩頷首。「提到像樣的鬼魂，大概只有那位總是配合世人，適時現身的婆婆了。」

「說得也是，總會算準時機出現在人們夢中。」

阿勝格格嬌笑。「夢裡的事，無從確認。若有人稱在夢中看見，我們只能半信半疑。」

阿近傾身向前，「某一晚，住吉屋眾人做了相同的夢，這事您怎麼看？」

「大概是其中一人提起，大夥便附和著這樣說吧。也可能是言談之間，就當自己眞的做過相同的夢。」

「因爲當時那場夢，對眾人是必要的嗎？」

「我是這麼認爲。」

阿近也有同感，於是又更加欣賞阿勝。

「那麼，阿花小姐的鬼魂呢？最後雖歸咎是那位婆婆搞得花樣，但原先似乎是出入住吉屋的工匠撞見穿浴衣、纏水藍腰帶的阿花小姐。」

阿勝臉上的笑意未減。「工匠是否眞的目睹，那可難講。」

沒錯，從頭到尾，阿近聽的都是阿路說的「故事」。

「不過，阿梅小姐倒有不一樣的看法……」

阿勝望著遠方。

「阿路夫人談起那件事時，是說『起初我懷疑是仙右衛門不願回本家，故意要工匠撒謊』吧？」

或許這就是眞相，阿勝推測道。

「您可終於掏出眞心話。」

阿近的口吻略帶戲謔，阿勝連忙安撫她，要她切莫見怪。

「阿勝小姐，您見過鬼魂或妖怪嗎？」

阿勝搖搖頭，注視著阿近。

「一次也沒有？」

「是的，從來沒有。」

「不過，您確實是驅魔的吉祥物啊。」

「我扮演的角色，在相信的人心裡，是派得上用場的吉祥物。」

阿近聞言，彈起似地重新坐正。「既然如此，請助我一臂之力吧。」

爲了能毫無畏懼地面對陽間和陰間的妖魔，她希望阿勝能陪在身旁。交談過程中，這個念頭益發堅定。

「應該有很多人在一旁支持您、守護您吧。」

我確實有叔叔、嬸嬸，有阿島，還有阿貴和清太郎。

不過，阿近仍希望有阿勝陪伴。

阿近沒再多言，只是向阿勝低頭懇求。不久，阿勝平靜地開口。

「聽燈庵老闆提過，府上在徵女侍？」

阿近雙眼一亮，「是的。」

既然如此……阿勝點點頭。

「您願意雇我爲女侍嗎？那麼，我便能一直待在您身邊，就近爲您驅魔。」

阿勝莞爾一笑。「在您當膩百物語聆聽者的角色，或嫁作人婦，不再需我這樣的吉祥物之前，讓我爲您效力吧。」

阿近第一次在「黑白之間」高興得拍手，「謝謝您。」

「大小姐，您可不能擅自作主，得先徵詢老爺和夫人的同意啊。」

「我會去取得他們的同意。」

我早料到會是這種情形——

阿民非但不吃驚，甚至流露早就瞭然於胸的神情。「黑白之間」裡，她坐在阿近身旁，展現出老闆娘對新進女侍應有的威儀。

「我家老爺說，阿近差不多需要一名得力助手了。」

他們早已看穿嗎？叔叔和嬸嬸眞是不容小覷。

「嗯，原以爲我與知心好姊妹阿路將就此別離，沒想到她竟留下這份餞別禮。」

阿民俐落地談妥此事。

「不過，阿勝，今後妳是否會和當吉祥物的工作劃清界限呢？」

「是。若沒榮幸獲得今日這差事，我也決定不再繼續。先前我便向燈庵老闆表明。」

「這又是爲什麼？」

「多年來，我一直是陪同新娘出嫁，但在這次住吉屋的婚禮中，我首次穿戴新娘禮服。」

我當下便想，這是很好的區隔，我要從此抽身。

「唔，確實是很好的區隔。」

不知爲何，阿民語帶玩味。

「妳那身新娘裝扮相當漂亮。」

「謝謝誇獎。」

仰望「黑白之間」的天花板，阿民嘆口氣，露出苦笑。

「見穿新娘禮服的是別人，我嚇一大跳，以爲阿梅小姐出狀況，卻發現她縮著身子躲在花轎裡。」

咦！阿近大叫出聲，嚇得阿民和阿勝差點沒跳起。

「阿梅小姐在花轎裡？」

「是的。謹愼起見，我穿上新娘禮服，在花轎平安抵達男方家前，一路保護阿梅小姐。」

阿路擔心阿梅在住吉屋展現美麗的新娘裝扮，竹林裡又會飛來無數細針。

「此舉實在太過小心，可是，如今我已能體會她的心情。」

爲掩飾驚詫，阿民極力裝得若無其事，費了一番力氣。

「從那之後，我便期待阿路夫人能來說個究竟。」

「不過，自始至終，出嫁的都是阿梅小姐。她一直待在花轎內……」

果眞如此，阿近在後門看到的姑娘是誰？

阿近冒著冷汗，告訴兩人她曾見一個像隨身女侍，裝扮樸素，長得和阿梅一模一樣的女子。

沉默半晌，阿民率先開口。

「是阿花小姐。」

不然還會是誰？

「她希望這次沒有任何阻撓，阿梅能在阿勝這樣的吉祥物庇佑下，獲得幸福。」
她前來送行，並在一旁守護。
不過，她爲何作勢膜拜阿近？
「或許是想說，不好意思，驚擾到妳，在此致歉。」
阿民語帶詼諧，一回神，卻發現阿勝眼裡噙著淚水。她眞善良啊，阿勝低喃著，輕輕拭去眼角的濕意。
阿近發現阿民露出袖口的手腕直冒雞皮疙瘩。
「啊，好恐怖。」阿民渾身發顫。
果然有鬼魂出現。
「就算是再善良不過的鬼魂，我依然很怕陰間的事物。」
阿民面向三島屋的新女侍。
「阿勝，有勞了。阿近和三島屋需要妳的幫忙。」

# 第三章　暗獸

江戶的梅雨季來臨。

連日天氣陰沉潮濕，教人心情鬱悶。

在老家時，阿近便不喜歡這時節。會莫名倦怠，沒有食欲，渾身提不起勁。

「不僅是天氣的緣故，是妳也差不多累了，好好休息吧。」

在叔叔和嬸嬸的寵愛下，阿近來到三島屋後，頭一次在寢室裡躺上一整天，聆聽著屋簷的滴答雨聲，享受奢侈的悠閒。

所幸，最近阿勝已完全熟悉店裡的工作。儘管阿近仍會覺得不自在，但暫且不必擔心人手不足，得以好好休息。

阿勝算是阿近親手「提拔」，剛開始阿民有些擔心。

——阿島不會嫉妒吧？

然而，她根本是杞人憂天。經歷過俗世疾苦的阿島與阿勝，彼此敬重。伊兵衛形容兩人就像相知相惜的劍豪。

比較麻煩的，反而是包括掌櫃八十助在內的男夥計。工房的師傅中，女性都能坦然接受阿勝，但男性不知是覺得麻臉不忍卒睹，還是害怕，總是處不來。

阿勝倒是習以爲常，不甚在意。有人心生排斥，她便不會刻意親近對方。於是，工房的事務自然多由阿島打點，三島屋家中則由阿勝負責，兩人的分工頗爲順利周全。

「妳們相處融洽自是不錯，不過按規矩，仍應由阿島擔任女侍總管。」

阿民提及此事時，兩人不約而同地表示：

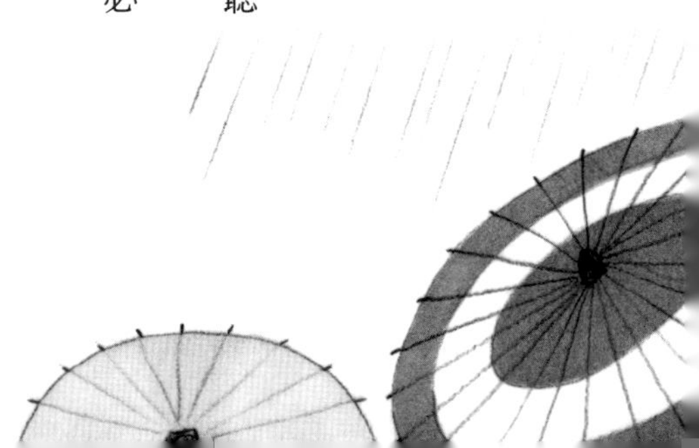

「女侍總管是阿近小姐。」

「我們都是大小姐的手下。」

阿近十分感激，卻也頓覺責任沉重。

而就在這陰雨綿綿的某日，三島屋裡發生一件離奇事。

每天辰時（上午八點）到午時（正午），童工新太都會到附近的習字所上課。

習字所通常卯時過半（上午七點）開始，中間午休，接著便一直上到未時（下午兩點）。由於新太有店裡的工作要忙，事先徵求過師傅的同意，允許他以這種方式上課。不過，商家的童工到習字所的情形實屬罕見，阿島擔心他會受同學欺負。

「三島屋雖視爲理所當然，但其他店家可不是這麼回事。應該說，三島屋與眾不同。」

三島屋相當厚待店內夥計。

平日伙食絕不吝嗇，甚至每天提供點心。另外，每逢節日還會請夥計上館子，或老闆自掏腰包帶著遊山玩水。夥計一有病痛，也會馬上請大夫。確實與眾不同。

「當然，不乏和三島屋一樣善待夥計的店家，只是畢竟不多。一般對夥計都十分嚴苛。」

「我們店裡對工作不也很嚴苛？」

「那是兩回事。」

習字所裡的孩子來自不同家庭，所以新太會與住貧窮大雜院的孩童，及商家子弟共讀，其中或許也有武士家的孩子。身處這樣的環境，新太要是不明白自身的幸運，隨口說出三島屋內的情形，恐怕會招人眼紅嫉恨，惹來「臭美」、「糟蹋」的謾罵。

「放心吧，孩子們會和睦相處的。」

八十助一笑置之，但阿島仍是牽腸掛肚。

新太本人倒是相當開朗，不僅快樂地習字，似乎還交了朋友。於是，阿島漸漸放寬心，然而……

某日，新太掛彩而回。

「小新，你這是怎麼啦？」

阿近與阿勝送中午的便當到工房，返家準備打開廚房後門時，傳出阿島悲鳴般的逼問聲。

兩人急忙衝進屋內，只見阿島蹲身抱著新太。

「大、大小姐。」

被摟在懷裡的新太大感難爲情，一臉不知所措。他右眼烏青一大塊，腫得遮去大半視線，鼻梁也發腫，掛著一行血。

「哇，好嚴重的淤青。」

阿島語帶哽咽。「其他的傷呢？你額頭也腫起來。還有哪裡疼？沒了嗎？你倒是快說啊。」

「妳搖得這麼用力，小新會頭暈的。」

阿勝笑著分開兩人。雖然對阿島有點抱歉，阿近仍忍不住笑出聲，連傷患自己都感到不好意思。新太握著濕手巾，藏在背後，大概是想在阿島發現前自行處理。

「你先坐下。阿島姊，麻煩幫忙拿藥箱，我需要軟膏。」

阿勝俐落地拉阿島到一旁。阿島不斷嚷著「不好了、不好了」，踉蹌奔向走廊。

「對不起。」

新太額頭的腫一個大包，頂端微微泛紅，似乎又辣又痛，鼻血也兀自流個不停。阿近急忙重新沾濕手巾，覆在他額上。

「嘩，你這場架打得可眞厲害。」

阿勝溫柔而迅速地檢視新太的傷勢，她十分懂得照顧孩子。這麼一提，新太雖然算是男夥計，卻沒理會掌櫃他們，很快就與阿勝親近，或許也是此一緣故。

「到處紅腫淤青，幸好沒傷到筋骨。」

「才不是打架。」新太急忙解釋，「不，我不是在辯解，但真的不是打架，小直也沒有惡意。」

「是那個叫小直的孩子打你嗎？」

「我說過，不是小直的錯！」

見新太脹紅著臉袒護對方，阿近和阿勝交換一眼。不久，阿民拎著藥箱，拉八十助一起出現。

「什麼嘛，這點小傷抹抹口水就好。倒是阿島，快去準備午飯吧。」

於是，直到午餐時，新太才娓娓道出原委。

新太上課的習字所，位在三島屋前方隔兩條大路的白壁町。那是幢小小的出租宅舍，外頭只掛著「習字處」的看板，沒有名稱，不過附近的人皆管它叫「安靜處」。主事的是一位女師傅靜香，教學十分嚴格。若發現學員東張西望或竊竊私語，她便會揮動長尺，狠狠教訓一番，所以大夥都很安分，不敢隨意作聲，因而博得這樣的稱號（註）。

註：日文的「靜香」和「安靜」同音。

靜香老師年歲已高。聽說她是御家人（註一）的遺孀，丈夫去世後，爲維持生計，也爲替平日生活增添生氣，才開設這間習字所。由於出身武家，雖是上了年紀的老太太，身體仍舊硬朗。她不僅教讀書、算術，亦相當重視禮儀，所以學員十分敬畏她，但在孩子的父母之間倒是頗受好評。尤其，有人說，只要把女孩交給靜香老師，只要短短五天，哪怕是鄉下土包子，都能調教成像樣的女侍。

起初，新太嚇得膽顫心驚，懷疑自己是否待得下去。不過，正因有嚴師管教，學員情誼深厚，甚至會互相安慰。習慣這樣的生活後，每天都很愉快，學習也變得充滿樂趣。

約莫二十天前，習字所新來一名學員，他就是小直——直太郎。

「小直原住在本所綠町的大雜院。」

家中只有父母和直太郎三人。父親在某座武家宅邸擔任御用人（註二），平時直太郎總是與母親待在一起。母親每天會到附近的飯館幫傭，貼補家用。一家過著儉樸和樂的生活。

「上個月，小直的父親命喪火窟。」

端午節剛過不久，某天深夜時分，小石川馬場附近發生火災。那一帶有不少商家，街道上寺廟和武家宅邸林立。

「小直父親任職的宅邸，就是起火點。」

據說是忘記熄滅燭火而釀災，起火點的宅邸與隔壁空屋燒得精光，四周好幾棟房

屋為方便滅火，遭到拆除。就是這樣一場深夜大火。

「除小直的父親外，還有一名年輕武士和女侍被燒死。」

武家宅邸雇用的御用人，一向風評不佳。大夥都說，他們明明是庶民，卻狐假虎威，貪財愛錢。不過，直太郎的父親行事一絲不苟，且忠心耿耿，或許正因如此，才來不及逃生。

被拋下的母子倆，頓時不知何去何從。十一歲的直太郎，雖已是懂事的年紀，但還無法像大人一樣工作。光靠母親賺錢養家，實在難以餬口。

「於是，小直成為八百濃的養子。」

「咦，是那家八百濃嗎？」

三島屋前方不遠處有間蔬果店。由於他們的售價偏高，阿民不太喜歡，不是三島屋會光顧的店家。不過，價格高，品質相對較好。顧客都是大型料理店，生意頗為興隆。附帶一提，這一家子姿態很高，瞧不起窮人。阿島說他們目中無人，十分嫌惡。

「八百濃的老闆，是小直父親的堂弟。」

八百濃老闆沒有孩子，一直在找養子。

---

註一：指江户初期，直屬於將軍，俸祿一萬石以下的家臣，後又區分為旗本與御家人兩種。

註二：江户時代的武家職務，在主人身邊管理日常生活的雜事。

「這麼一提，確實耳聞過此事。」

與左鄰右舍相熟的阿島，相當清楚內情。

「他們老闆娘曾感嘆，既然要收養子，最好有血緣關係，可惜天不從人願。」

雖然討厭對方，倒是知道得挺詳細。

「所以，不是突然決定收小直當養子，而是雙方早就談過？」

「好像是。」新太點點頭。「小直不願意當八百濃的養子，父母也保證絕不會送他去，但事到如今，已沒其他辦法。」

目前，直太郎的母親在其他店當住店女侍。

「八百濃眞壞心，幹嘛不連他母親一起收留。」

「同時擁有兩個母親，情況會變得較複雜。」

阿勝平靜地向橫眉豎目的阿島解釋。阿近也暗想：沒錯，那樣可能會變成和住吉屋一樣。

「站在小直母親的立場，自然會覺得與其兩人過這種苦日子，不如讓小直當八百濃的繼承人。」

話是沒錯啦，阿島噘著嘴應道。

「八百濃看準對方的心思，乘虛而入，這種做法我實在無法苟同。」

阿近問道：「雖然有血緣關係，但連挑剔的八百濃老闆都如此期盼，可見小直是個好孩子吧？」

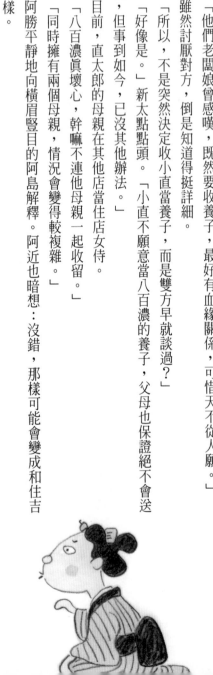

他不僅書念得好，個性沉穩，且活潑機伶，身體也很健壯。

「不過……」新太欲言又止，「小直有點奇怪。」

「怎麼個奇怪法？」

「我猜，大概是他遭遇太多難過的事。」

一個十一歲的孩子，某天突然喪父，隨即硬被帶離母親身邊，莫名從安貧和樂的大雜院生活，改過起富裕卻百般拘束的養子生活。

周遭全是陌生的大人。他既痛苦又寂寞，非常思念母親。但他明白得忍耐，於是壓抑的情緒不時爆發。

「小直很好相處，火災的事是他主動告訴我的，還解釋他是從哪來，爲什麼會成爲八百濃家的孩子。不過，忽然發火或大哭時，就會變得不可理喻，誰都拿他沒辦法。」

起因往往是一點小事。諸如同儕間漫不經心的交談、靜香老師的警告、有人發笑或吵鬧之類，淨是些微不足道的瑣事。

今天也是如此。上完課、準備回家時，直太郎問新太要不要一起走，不巧新太沒聽見，所以沒回話。

「當時，我在和小功、小貴聊天。」

新太與其他同伴聊得很起勁。只要上完課，就不會挨靜香老師罵。這是新太一整天最快樂的時刻。

「雖然沒聽見，但小直似乎叫我好幾遍。」

於是，直太郎不耐煩地大打出手。

搞不清楚狀況的新太被痛毆一頓。靜香老師連忙拿著長尺趕來，周遭同伴也一擁而上，壓制住直太郎，新太才得救。然而，直太郎又甩開眾人，宛如野狗般，想撲向新太。

「靜香老師要我先回家。」

新太也沒療傷，一路逃回店裡。

「現下小直可能正在挨罵吧……」

頹然垂首的新太，內心的難過遠勝身體的傷痛。

「你人眞好。男子漢被打破額頭，你應該更生氣。」

儘管阿島如此訓斥，新太依舊沒回話。阿島也挺好笑的，說他被打破額頭，未免太誇張。

「小直好可憐。」阿勝低語，嗓音一樣沉穩。

「他失去父母的依靠還不到一個月吧？腦袋和心情都一團混亂，也是理所當然。何況，他正値叛逆的年紀。」

「小新，你可不能變得叛逆，會給大夥添麻煩。」

看著阿島與阿勝的一來一往，阿近逐漸明白爲何兩人能處得融洽。想必是阿島的衝動與阿勝的低調，恰恰形成互補。

「小直在八百濃過得怎樣？小新，你有沒有聽過什麼？」

新太垂頭喪氣地抬眼。

「我也不清楚他在店裡的情況。不過，他第一次到靜香老師的習字所時，模樣簡直像老爺的妖怪畫。」

三島屋主人伊兵衛不知基於何種古怪偏好，擁有一張幽靈畫，據說出自某知名畫師之手。他偶爾會取出掛在牆上，四周頓時彷彿籠罩在陰影下，連陽光和座燈的燈光都照不進來。

「他和我們一起玩，不，是一起上課後，便漸漸恢復正常，不再像妖怪。」

是結交的新夥伴，成爲他的心靈支柱嗎？

「還有，每次『深考塾』的青野老師過來，小直就會充滿朝氣。我猜，那才是小直原本的模樣。」

青野老師是誰？三個女人不約而同地問。

「以前小直在綠町的習字所上課時，教過他的老師。」

直太郎改到靜香老師的習字所上課後，青野老師放心不下，不時會去看他。

「小直脾氣失控時，即使挨靜香老師罵，也一樣管不住自己。可是，只要青野老師跟他講道理，他就會恢復冷靜。」

因此，起初認爲青野老師多管閒事，而態度冷淡的靜香老師，最近似乎很倚重他的幫忙。

「小直很黏那位老師吧？」
想必是見直太郎生活周遭全是陌生人，青野老師心生同情，不忍棄他不顧。每隔兩、三天，他便會從本所來到神田白壁町，相當勤快。
「眞是個愛照顧人的老師。」
「嗯，是個很善良的老師。」新太好不容易舒展愁眉，「小直告訴青野老師我是他最好的朋友，所以老師要我多關照他。」
「這麼說，你是因受人請託，認爲得拿出男子氣概，儘管發生今天的事，也不能對小直生氣，是嗎？」
「是的。」
「不過，你不能默默原諒他。畢竟動不動就揮拳動粗是不對的，小直得向小新道歉。今後兩人也要和睦相處，小新得幫助小直，讓他找回眞正的自己。」
將年長的阿島和阿勝晾在一旁，阿近不由得說起教。然而，像這種情況，身爲新太家人的三島屋該怎麼做才好，她實在沒半點頭緒。
伊兵衛和阿民都表示，小孩子吵架隨他們去，用不著大驚小怪。
然而，阿近不禁思索「這樣放任不管好嗎」。未時（下午兩點）剛過，靜香老師略顯慌張地造訪三島屋。她擔心新太的傷勢，特地爲趕新太回家的粗魯做法上門道歉。
叔叔和嬸嬸嘴上雖說「勞她專程跑一趟，眞是感激不盡」，卻明顯流露懶得搭理的神情，於是，阿近以代理人的身分與靜香老師見面。她果然是位老太太，但儀態表現出截然不同的氣勢，腰桿直挺，像插著一把尺。儘管身材清臞，胳膊瘦骨嶙峋，但管教學員時，肯定是剛勁有力。

「與其說是打架，其實是直太郎無故毆打新太，所以錯在直太郎。請別責怪新太。」

我明白，阿近應道。「直太郎情況如何？」

「我狠狠罵他一頓，不過……」

不曉得他父母會怎麼做。從靜香老師眉頭緊蹙的模樣，看得出她也對八百濃頗爲不滿。

翌日，新太踩著不自然的步伐前往習字所，直太郎則請假一天。

隔天，直太郎還是請假。

第三天，新太額頭上的包已消腫，淤青也變淡，但直太郎依然沒出現。

「不會是罷學了吧？」

「有可能……」

這樣反倒令人擔心。整天關在八百濃，見不到朋友，直太郎不是會更寂寞，更容易鬧脾氣嗎？

「惹出這場風波，八百濃的人搞不好會認爲他不像話，而把他趕出去。這麼一來，小直又會變得和妖怪一樣。」

「小新，別老往壞的方面想。」

阿島果然是阿島，見八百濃完全沒來問候一聲，相當不滿。

「靜香老師說過，新太根本沒錯，而且被打得那麼嚴重，大家都是開店做生意的，住得又近，實在沒道理裝傻。」

五天過去，新太仍一臉頹喪地返回，說小直還是沒去習字所，但下午……

「大小姐，小直他……」

來向新太道歉了。

進屋通報的阿勝一臉驚訝。

「還有老師陪同。」

不是靜香老師，而是本所的老師。

「哦，是小直原本的老師吧？」

「是一位武士呢，大小姐。模樣像浪人。」

若是習字所的老師，實在沒什麼好大驚小怪的。阿勝究竟為何會如此詫異？

「他們在後門口，說想見小新一面。」

照情況來看，得由阿近出面。她急忙帶著新太到後門。

土間的入口臺階旁，站著一個理小平頭的男孩，體格比新太大上一圈，肩膀精壯結實。不過，他一副泫然欲泣的模樣，嘴角下垂，顯得很孩子氣。

「小直、老師！」

新太朗聲叫道，衝向理小平頭的男孩，及陪在一旁，穿藏青色白花上衣搭裙褲的

武士。

「老師，您果然來了。太好啦，小直。」

直太郎的嘴角垂得更低。大概是聽到新太的話聲，再也按捺不住情緒，他眼中噙著淚水。

此時，穿著裙褲的武士搭著直太郎的頭，要他鞠躬。

「他想跟新太道歉。直太郎，在哭之前，應該先說話吧。」

對、對、對不起，直太郎縮著身子，彷彿想縮小到完全消失。

「幹嘛啦。小直，別哭嘛。」

新太像個大人般，戳直太郎的肩膀一下，開心地逗他玩，放心露出歡悅的笑臉。

新太稱呼「老師」的男子，轉身向阿近行一禮。

「忘了自我介紹，在下是本所龜澤町習字所『深考塾』的教師，名叫青野利一郎。此次眞的對新太很不好意思，這麼晚才陪學生來道歉，請見諒。」

新太與三島屋眾人，並未對直太郎懷恨在心（也許阿島例外），兩個孩子很快言歸於好。阿近謝謝老師專程造訪，並告訴直太郎「今後也要與小新和睦相處」。

「事實上……」青野老師說，「靜香老師暫時禁止直太郎上習字所。」

在他能規規矩矩，平和地與同儕一起學習前，不准到「安靜處」。

「算是被逐出師門嗎？」

憶起靜香老師嚴峻的面容，阿近不禁脫口。

「不，說逐出師門有點誇張。」

青野老師不禁露出苦笑。「習字所懲罰調皮的孩子，都會用這個方法。」

「這樣啊，所以青野老師回來當小直的老師。」新太很快明白情況，「眞是太好了，小直。」

「只有他閉門思過期間，況且，我也很嚴厲呢。」

他帶著威嚴的目光，低頭吩咐「直太郎得好好反省」。直太郎馬上立正站挺。

「爲避免再生氣動粗，我會加強鍛鍊自己。」

直太郎一本正經地保證，青野老師按著他的頭，又行一禮後便告辭。新太依依不捨地送兩人出去，一路上還說了不少話。

阿近站在入門臺階旁，發覺自己和剛剛的阿勝一樣頻頻眨眼，忍不住偷笑。原來阿勝吃驚的是這個啊。

由於靜香老師是位老太太，阿近以爲習字所和學問所的師傅，都是類似年紀的長者。習字所也算是一門生意，面對的雖是學員，但學員背後還有父母。師傅若沒相當的威儀便無法勝任，因此……

——我滿心認定他是個像慈祥老爺爺或像父親一樣的老師。

「深考塾」的青野利一郎曾是武士。習字所請武士或浪人當老師，並不稀奇，但年輕人可就不常見了。

他的衣服和裙褲十分老舊，領子寬鬆，縫線脫落。儘管髮髻綁得差強人意，卻是

前額沒剃乾淨的浪人頭。看他很習慣這樣的打扮，想必不是最近才過起浪人生活。雖然身材高大，但略顯清瘦，不像三餐都有吃飽。

不過，確實是個口條流暢，眉目清明的年輕人。

——這樣的年輕人能擔任老師嗎？

瞧直太郎和新太的模樣，他似乎頗受孩子愛戴。簡短的交談中，阿近驚訝連連。

「咦，大小姐。」

快步奔回的新太，禮貌周到地雙腳併攏，行一禮。「讓您擔心，對不起。」

「你們能重修舊好，太好了。」

阿近有些難爲情，便模仿阿民的口吻應道。

「青野老師還眞年輕。」

「聽說『深考塾』有位大師傅，青野老師是小師傅。」

哦，這樣就稍微能理解。

「嚇我一跳。」

「咦？」新太睜大眼睛，似乎很開心，「老師也嚇一跳。」

「爲什麼？」

「他問我，剛才那個人眞的是老闆娘嗎？」

看來老師也誤會了。

「小新，你有沒有好好向老師解釋？」

「有。我告訴老師，阿近小姐是家裡的女侍總管。」

「這樣豈不愈描愈黑？」

「所以老師側著頭，一臉納悶地回去。」

想必是覺得這家店很奇怪吧，阿近聳聳肩。

三島屋裡，最關心這個話題的就屬阿島。

「大小姐，您爲什麼沒叫我來呢？」

「阿島姊不是在忙嗎？」

「居然禁止小直上課，靜香老師應該是和八百濃老闆起衝突吧？」

「這我就不清楚了。」

「怎麼是本所的老師陪同，最重要的父母卻裝不知道？」

「唔。」

「您爲何不問？青野老師大概曉得詳情。」

「就算問了，那老師也不會透露。」

因爲直太郎在旁邊，沒必要的事，老師不可能多說。

「好吧，這項任務包在我身上。」

明明沒人委託，卻將工作往身上攬，果然是阿島的作風。沒幾天，她便打聽到附近的各種傳聞。

「據說是八百濃那對夫妻言語傲慢，惹惱靜香老師。」

稱對方「夫妻」不妥，至少該稱他們爲「八百濃的老爺和夫人」吧？

「他們完全把直太郎家教不好的事擺在一旁，反咬靜香老師一口，說她被學員耍得團團轉，太不可靠。靜香老師聽得火冒三丈。」

習字所雖是一門生意，但師傅的地位絕對比身爲客人的學員崇高。這是和其他生意最大的不同，正因如此，師傅威嚴十足，是理所當然，受學員尊敬，也是理所當然。更何況，靜香老師出身武家，遭「八百屋這種人」反譏，難怪會發火。

「雙方大吵一架，差點眞的把小直逐出師門，幸虧青野老師居中調停，向兩邊磕頭請託，極力安撫。」

青野老師與八百濃交涉，決定暫時親自上八百濃教直太郎讀書和修身。

「八百濃方面似乎以爲只要換一家習字所就行。」

這麼一來，直太郎將無法消除內心的不安。好不容易在「安靜處」交到朋友，又硬被拆散，他的脾氣恐怕會變得比以前更壞。直太郎無處依靠的心靈，若不想辦法給予力量，細心培育，他永遠難以與養父母及八百濃相處融洽。

「眞是個愛照顧人的老師。還是，他不小心插手此事，一時不知該如何抽身？」

「他一定是很善良的人。」阿勝在一旁柔聲說，「我也想見見青野老師，小新似乎非常喜歡他。」

「大概是與學生的年齡差距比他們父母小，才覺得親近吧。附近見過他的人，都形容他是風一來就會被吹跑的青葫蘆（註）。」

青葫蘆是吧。

「這次的情況，生氣的靜香老師顯得理直氣壯，令人敬佩。青野老師居中調停，說來好聽，其實都在向八百濃哈腰，實在太軟弱。」

阿島平時沒這麼毒舌，之所以一直怒意未消，似乎是出於憎恨八百濃的心理。

「八百濃那對惡夫妻竟然四處放話，說三島屋不是他們的客人，且新太只是童工，不過是在童工身上打出個包，怎麼可能低頭道歉。」

終於連「惡夫妻」都出口。

「有什麼關係，隨他們講吧。」

「大小姐，關係可大著呢。八百濃甚至說，三島屋如今成了名店，鹹魚翻身，但十年前不過是扛著細竹四處叫賣的低賤小販。」

見阿島大發雷霆，阿近、阿勝、新太商量好，絕不把今天的事傳出去。

「大小姐，人情世故眞是複雜難懂。」

新太似乎上了一課。

剛開始進行奇異百物語時，伊兵衛曾表示「每五天便要請一人來說故事」。

現下細想，那實在太過天眞。接待素未謀面的人，並親切詢問對方的故事，是一項勞神又費力的工作。之後，他逐漸明白這點，便拉長邀人前來的間隔，但像最近「黑白之間」一直空著，還是第一次。伊兵衛似乎十分期盼聽下個故事。

「眼看教人鬱悶的梅雨就快結束，差不多能和燈庵老闆說一聲了吧。」

可是，阿近很難馬上回答「好啊」，不，是有其他原因，讓她不想答應。

不爲別的，正是八百濃的直太郎與「深考塾」老師青野利一郎的後續情況。

八百濃與三島屋近在咫尺，之後阿近曾多次在路上遇見青野老師。可能是正要前往八百濃，要不就是從八百濃離開，他總拎著一個裝有書本和文具的包袱。由於是趁本所習字所的課堂空檔前來，想必費了不少苦心安排。每次看到他的時間都不同，且總是疾步而行。他不僅衣服和裙褲破損，連草鞋都很老舊。

偶爾，青野老師會和直太郎一起出現在八百濃旁，約莫是小直送老師到門口吧。先前上三島屋道歉時頂著小平頭的直太郎，現下卻像小沙彌般頂著大光頭，實在教人驚訝。一般孩子到十一歲，綁髮髻是理所當然的，所以他理光頭應該有什麼理由。

沒錯……肯定有理由，阿近隱約嗅出不尋常的氣味。

令直太郎思緒紛亂的根源，恐怕有另一段複雜的隱情，不單是突然被丟進養父母家，生活方式改變的緣故。所以，青野老師無法放任直太郎不管。

會不會打探太多？不過，阿近並非胡亂猜測。

奪走直太郎父親性命的那場火災，起火點的宅邸和隔壁空屋都燒得精光。那幢「空屋」，讓阿近十分掛懷。

註：青葫蘆顏色較白，所以用來形容身材瘦弱、臉色蒼白的人。

先前安藤坂的空屋（註），至今仍深深烙印在阿近心中。屋內蘊含絢爛的黑暗，才招人喜愛。這份喜愛，無關其來自陽間或陰間。

從那之後，一提到空屋，阿近就會感到心神不寧，何況這次牽涉一場掠奪三條人命的大火。無火不起煙。如同火熄滅後，會飄散一股不尋常的煙味，阿近不禁產生這樣的聯想。

不過，這純粹是她的猜測。此外，還有一件事吸引她的注意。

到店裡工作的新太，似乎比阿近更有機會遇到青野老師，碰面就會向他問候或聊天。大概是想知道小直的情況，且能見到喜歡的老師，他也很開心，才會特別留意吧。

有次和小新一塊整理餐具時，他突然提起：

「大小姐，上次遇見青野老師，他問我一句。」

——聽說三島屋四處收集百物語，是眞的嗎？

「我告訴他，是眞的，那是我家老爺的嗜好，不過負責聆聽的是大小姐，老師嚇一跳。」

「哦，」阿近不爲所動，「他爲什麼會知道？」

「不是我講的，是從靜香老師那裡聽說的。」

剛開始收集百物語時，伊兵衛充滿幹勁地召募說故事的人，四處宣傳，所以連習字所的小孩也曉得此事。唯一的差別，只在於相不相信。

依新太的描述，青野老師似乎很認眞地詢問，不是調侃孩童的口吻。而且，他還問聆聽百物語時，新太是否會在場。新太回答「不，聆聽者這個重要角色，由大小姐單獨負責」，青野老師驚訝不已，隨即陷入沉思。

他不是個愛湊熱鬧的人，阿近從他身上聞得出這種味道。直太郎或八百濃可能藏有祕密，青野老師應該知情。

經過數天……

阿近剛覺得申時（下午四點）的鐘聲似乎有些渾濁，西風陡然增強，烏雲洶湧，遮蔽太陽，隨即響起大雨欲來的隆隆雷聲。她抬頭仰望，頓時有一滴溫熱的雨滴落在臉上。

是梅雨季尾聲的雷雨。她們分頭收衣服進屋，關上房間的防雨窗。此時，雨嘩啦嘩啦落下，西風呼號，阿近跑去蓋上爐灶的煙囪。

轟隆，緊接著一聲雷響。三島屋內傳來一聲尖叫。

「呀！」

阿勝笑著探進廚房，「阿島姊頭也不回地遁入壁櫥。」

「她最怕打雷了。」

阿島來不及吊起避雷用的蚊帳，隨手一拋，直接躲到壁櫥裡。

「只要有我在，連雷獸也不敢靠近，不用怕。」阿勝刻意扮起吉祥物。

---

註：詳細故事請見《怪談——三島屋奇異百物語之始》的第二章〈凶宅〉。

宛如天河潰堤，降下傾盆大雨，屋內陡然瀰漫起一股雨的氣味。

此時，後院響起一陣摻雜「呀」和「哇」的叫聲。

「快點、快點！」

大聲嚷嚷著衝進後門的新太，並不是一個人，青野老師也在一起。他頭髮和臉頰濡濕，雙肩衣服沾濕變色。

「大小姐，我帶老師來躲……」

話還沒完，近處發出轟隆巨響，阿島的尖叫聲傳遍屋內。

「呀！」

新太緊抓著阿勝，阿近則單手遮眼。

「讓人見醜了……」

阿近說聲「抱歉」，定睛一看，老師低著頭強忍笑意。

於是，雷雨結束前的半小時，阿近再度與青野利一郎面對面。聽他提到直太郎一切安好，很想早日習慣八百濃的生活，重回習字所；新太則不時會偷偷越過八百濃後牆去看直太郎，直太郎十分開心，且新太還常鼓勵他。

「小新真是的。」

「不是常常，只有偶爾，我並未怠惰工作。」

雷聲停止後，依然飄著小雨，阿近勸老師撐傘。老師說句「感激不盡，那就借用一下」，便收下傘。阿近覺得，老師確實很瘦，但並不像什麼青葫蘆，只是長了張娃

娃臉，才顯得不可靠。

見陽光再度從雲縫露臉，阿近打開房間的防雨窗。此時，阿勝悄悄走近低語：

「青野老師肯定很快會再來。」

「若是還傘，何時都沒關係啊。」

「不，是會來『黑白之間』。」

阿近直眨眼，回望阿勝。「妳怎麼曉得？」

阿勝莞爾一笑。「他離開前，曾說『雖然這樣打聽很失禮，不過，府上為何要收集百物語呢』，我應道『這得請您親自上門詢問』。」

晴空蔚藍，陽光耀眼。從「黑白之間」可望見三島屋的小庭院，樹木和盆栽似乎都因夏天來臨而欣欣向榮。

阿近對壁龕的水盤做了一番奇特的安排，插上長豇豆。長豇豆雖是秋天的食材，但這個季節人們會吃嫩豆莢。今天早上，常到店裡的菜販帶來附莖的豆莢，看上去別有一番情趣，阿近認為與其擺在餐盤上，不如好好欣賞它的美。況且，今天的訪客，或許正適合這種風情。

今天總算明白一件事，「深考塾」的青野利一郎並非只有一套服裝。他換了套和服及裙褲，破損的程度……比先前好得多。

三島屋和武家宅邸也有生意往來，但一向是由對方傳喚，親自前往服務，所以平時並未準備刀架。阿島恭敬地從貯藏室取出一座刻有奢華雕刻的上好刀架。

果不其然，老師頗感爲難。

「哎呀，這實在……」

他說自己與這樣的刀架不太相稱，最後把長短佩刀擺在身旁。那是外裝質樸的一對佩刀。

若擺在上座，刀的主人恐怕也會很不自在。

「容我再次問候。奴家名喚阿近，是三島屋主人伊兵衛的姪女。」

阿近禮貌周到地三指碰地（註）行禮，老師顯得有些惶恐。

「在下是青野利一郎，這回給您添麻煩了。」

阿勝端來茶點，行一禮後，悄悄退下。之所以不住地微笑，是因今日能將老師帶到這裡，全是阿勝的功勞。

自從阿勝出了那道謎題，老師便十分煩惱。他先詢問新太，透過新太與阿勝再度細談，經過一番猶豫，終於成爲「黑白之間」的座上賓。這表示阿近的直覺沒錯。

「雖然我會聆聽您的故事，但『黑白之間』的規矩是說完就忘、聽過就忘，保證絕不會向他人提及，請放心。」

在下明白，青野老師應道。

「關於府上的做法與規矩，在下已從阿勝小姐那裡聽聞。」

「是。」

「不過……」

話說到一半，老師突然閉口，眼角及擺在膝上的雙手微微使勁。

阿近靜靜等候。一開始，訪客總會感到猶豫，不知從何講起。

不久，青野老師下定決心，猛然抬眼。

「我不是江戶人，在此生活不到兩年。之前任職於那須請林藩。」

那是野州的一個小藩。

「在我的故鄉，如阿勝小姐般身上留有瘟神印記的人，我們都格外尊敬。」

阿近頷首。「因爲他們分得神威，擁有驅除邪魔和穢氣的力量。」

老師聞言，眼神轉爲柔和。「果然在江戶也一樣。」

「是的，不過近年這種觀念愈來愈淡薄。」

但在三島屋不同，阿近說。

「阿勝是百物語的重要守護者。由於從別人那裡收集不可思議的故事，絲毫馬虎不得，而三島屋也絕不能讓妖魔纏上。」

習字所的年輕師傅明顯流露安心之色。

「那就好。其實，看到阿勝小姐時，我便猜可能是這麼回事。不過，若只是收集百物語，也可能是一種流行的嗜好或娛樂。」

註：雙手只用大拇指、食指、中指著地，是極爲講究的行禮方式。

「有阿勝在，三島屋的百物語就不會被當成是標新立異，或什麼古怪嗜好。」

「這樣秤斤論兩地看待你們，還請原諒。」

老師再度全身緊繃。

「不過，此事關係直太郎的未來，按理不該隨便向外人提及，理應由我單獨裁奪。但我年紀尚輕，這似乎超出我所能負荷。」

我原原本本地吐露實情，希望能得到您的建言。青野老師一臉羞慚，但字字眞誠地說道。

「既然您四處收集百物語，想必聽過不少故事。我認爲，是多是少並不重要，或許您能補足我欠缺的智慧，便擅自前來請求幫忙。」

老師微微滲汗。

他並非威風凜凜、氣度威猛的人，形容爲風度翩翩較貼切。看來，他確實在爲直太郎的事發愁，不是做做樣子而已。

「不過，身爲聆聽者的我只是個小丫頭，您想必很不安吧？」

「不，我一點都沒輕視阿近小姐的意思。」

「是，我明白了。」

老師一本正經地望向微笑的阿近。

「您擔任聆聽者的工作，不覺得可怕嗎？」

說到可怕，阿近自己引發的事，及她的親身遭遇，才是最可怕的。相較之下，在這裡聽到的故事溫柔許多。不過，她已決定將一切埋藏心底，就算日後回想，也要獨自面對。

「其實，目前我只聽過六個故事。前不久，我發現需要有個像阿勝的人陪伴。」

以後才會眞正覺得可怕吧，阿近答道。

「六個嗎？加上我的就七個了。」

青野老師點點頭。

「那就借用您先前六個故事的智慧，解決第七個故事吧。即使不行，阿近小姐應該也比我有智慧。」

爲什麼？

「雖然我也算年輕小輩，但阿近小姐更年輕。」

差點被講成年幼。話說回來，不曉得老師與今年十八的阿近相差幾歲。還是，他只是長了張娃娃臉，其實已老大不小？

「意思是，我的年紀比您接近小直吧？」

「是的。再怎麼乳臭未乾，我終究是直太郎的老師。凡事都以老師的觀點看待，以老師的想法思考，未能完全站在直太郎的立場，或許會做出錯誤的決定。」

眞是一板一眼，且充滿愛心。阿近很能體會他的心情，也終於明白孩子爲何如此愛戴這位老師。

「我懂了。接下來，我會當自己是小直，聽您說故事。」

「感激不盡。」

青野老師行一禮，身子突然一僵。

他轉動眼珠，不動聲色地窺望庭院，阿近也跟著望去。梅雨季已結束，陽光耀眼，僅止於此。

「恕我失陪一下。」語畢，老師掃開裙褲下襬，霍然起身。他大步走向緣廊，雙手插腰，定睛注視脫鞋處前方的杜鵑花叢，大喝一聲「喂」。

花叢裡一陣騷動，接著，伴隨驚叫與歡笑聲，滾出三個嬌小的人影。

「你們在這裡做什麼？」

人影聚在一起逃向一旁，衝進其他花叢後，探出三顆人頭。

「果然是你們，金太、捨松、良介。」

孩子們笑得東倒西歪。

「啐，被發現了。」

「小師傅眼睛真尖。」

「小捨，都怪你伸手抓屁股。」

由於另一個更嚴重的原因，阿近手抵胸前，雙目圓睜。

「小師傅喊那麼大聲，嚇到那位小姐了。她眼睛瞪得好大。」

那名調皮的孩子指著阿近，青野老師轉頭一看，大吃一驚。

「糟糕！」

阿近的心臟差點從口中飛出。忽然聽到「良介」（註一）這個名字，她腦中登時一片空白。

休息半晌，她才緩過氣。青野老師單膝跪在阿近身旁，三名頑皮的孩童也機伶地緊靠著緣廊。

「抱歉，我沒事，只是嚇一跳。」

「良介」不是罕見的名字，類似的情形也常有，是自己沒用，竟爲此方寸大亂。

青野老師面如白蠟，「眞、眞對不起。」

他一時慌亂，舌頭打結。這次換孩子們斜眼偷瞄他。

「這種情況怎麼形容？」

「我知道。」

「我也知道，叫女殺油地獄（註二）。」

「又在胡說八道些什麼！」

見老師完全屈居下風，阿近不禁噗哧一笑。

此時，傳來腳步聲和阿勝的話聲，紙門接著開啓，阿島也探進頭。

「哎呀。」

註一：日文中的「良介」與「良助」同音。良助是阿近已故的未婚夫。

註二：近松門左衛門創作的一部人偶淨琉璃的劇名。

「怎麼回事？咦，你們打哪來的？」

他們是我的學生，平時就愛調皮搗蛋，教人傷透腦筋，但我沒想到他們會做出如此失禮的行爲。老師滿頭大汗地解釋，孩子們倒是不甚在意，沒半點羞慚之色，還向阿近露出可愛的微笑，一副天不怕地不怕的模樣，十分好笑，教人沒辦法生氣。

「小師傅，我們以爲你今天又要去小直家。」

「走錯方向嘍。」

「還在這種地方進行奇怪的會面。」

好可疑，三名頑童毫不客氣地說道。

「你們啊……」

雖然對氣得臉上紅一陣、紫一陣的青野老師很抱歉，但阿島和阿勝都笑彎腰。

「老師似乎被跟蹤了。」

「您沒發現嗎？那眞有點沒面子。」

或許是聽到吵鬧聲，新太也從庭園探頭窺望。

「啊，是小金和小捨。」

你們不能到這個地方啦，他急忙奔來。

「對不起，大小姐。他們是小直在『深考塾』的好朋友。」

「這麼說，現下也是小新的夥伴吧？」

「比起夥伴，更像是同黨。」

據說是新太潛入八百濃時認識的。

「小新的爬牆工夫不錯，可惜不會下牆，是我們幫他的。」

謝謝你們，阿近說。

「沒什麼，小事一樁。」

三人中個頭最小的孩子，雙頰羞紅，手磨蹭著鼻頭，陶醉地望著阿近。

「小新引以爲傲的大小姐，眞的是大美人呢。」

從剛才就油嘴滑舌的調皮小鬼，伸手貼在那孩子頭上，模仿老師的口吻罵道：

「良介，喜歡女生也要懂分寸。」

誇阿近是「大美人」的孩子，原來叫良介。她胸口又是一緊。

驀地，阿近背後傳來一股掌心的溫熱，是阿島。她沒作聲，只以表情詢問「沒事吧」。只有阿島曉得「良介」這名字對阿近的意義。

阿近無聲表示「不要緊」後，才注意到青野老師的神情。除了臉上的涔涔冷汗外，他似乎也有所察覺，露出深思的眼神。

不過，他旋即移開視線，轉向緣廊上的三名頑童，以渾厚的嗓音問：

「你們什麼時候……」

不等他問完，三人便一起回答。

「打從一開始。」

老師雙肩頹然垂落。

「潛入過八百濃幾次?」

「幾次啊,小捨?」

「不知道。小良,你曉得嗎?」

「不清楚,只確定不是每天。」

青野老師改爲雙手掩面。要不是阿近等外人在場,他或許會忍不住抱頭。一旁的新太可能是看不下去,也縮著身子說「對不起」。

調皮的金太則毫不讓步,噘起嘴向老師爭辯:

「可是,小師傅,小直很可憐耶。他要被關到幾時啊?」

「要不是你們攪局,他早就能出門。」

「意思是,他能回深考塾嘍?」

面對啞口無言的老師,三人連番說個不停。「小直不壞,只是比較易怒。」

「就是啊。小師傅,你爲何棄小直於不顧?實在不像你的作風。」

青野老師嘆口氣,盤起雙臂。

「誰棄他於不顧啊。就是沒棄他於不顧,我才到這裡教他。」

「慢吞吞的,快點帶小直回來不就得了?」

「那個長鯰魚鬚的官員,眞的很可怕嗎?」

言談間似乎意外抖出與直太郎有關的事情,這下換三島屋的女人們有些怯縮。

阿近偷覷青野老師的側臉,發現已蒙上一層黑霧,神色凝重。

由於情況失控，這天的會面就此結束，得重新來過。

下次會面前，阿島使出渾身解數，對本所龜澤町的「深考塾」展開多方打聽。短短幾天，她便與潛入三島屋的幾個調皮間諜混熟。

「青野老師受雇於『深考塾』。眞正的師傅是一位上了年紀的武士，名叫加登新左衛門。他因爲中風，右手無法活動，才請青野老師代課。」

所以，學員都稱呼青野利一郎爲小師傅。

「小師傅之前侍奉的那須請林藩，主君是門間家，三年前遭撤藩。現今的世道，浪人要重新找地方當差，若沒特殊管道，可謂難如登天。『深考塾』肯收留小師傅，已算相當不錯。」

由於小師傅年紀比阿島輕，且她目睹過小師傅被調皮三人組駁斥得啞口無言的窘樣，所以講起話毫不客氣。

「不過，受雇的老師賺不了錢。如您所見，是一名像稻草人般的窮帶刀。」

帶刀指的是武士，不過，當然不是太尊敬的稱呼。

「他今年二十八歲，尙未娶妻。一度曾傳出緋聞，某個學員的母親與丈夫離異，和老師過從甚密，但小金解釋那完全是場誤會。」

——小師傅跟錢財和女人無緣。

「所以，那些孩子見小師傅與您會面，特別興奮。孩子們會追著他跑，表示他很受學生歡迎吧。」

「情況我明白了，不過，阿島姊說得有點過分呢。」
面對阿近的糾正，阿島格格輕笑。
「那來講一個正面的傳聞吧，青野老師好像是劍術高手。」
聽太多不必知道的事，重新會面時，阿近有點亂了方寸。而再次成爲「黑白之間」座上賓的青野利一郎，起先也一味地賠不是。雙方半斤八兩，值得慶幸。
「那些孩子今天會來嗎？」
「請放心，我已牢牢綁好他們。」
他用力的模樣相當滑稽。
「該不會是綁在柱子上吧？」
「不，我委託名叫行然坊的和尚監視。不過，他是個假和尚。」
「假和尚？」
「他不是怪人，比我會管教那三個孩子。大概會帶他們去抓泥鰍，陪他們到太陽下山吧。」
假和尚抓泥鰍？
「我聽不太懂。」
「也難怪您聽不懂。」
對不起，小師傅再度道歉。
因約定要站在直太郎的立場聽故事，從那之後，阿近先改用自己的方式思考。她到江戶至秋天剛好滿一年，由於平時鮮少外出，只熟悉神田附近一帶。大川對面的本所離此地甚遠。

以前直太郎與母親同住、和調皮三人組一起玩、跟著小師傅學讀書寫字的市街，不曉得是怎樣的地方？阿近任憑想像馳騁。

向八十助和阿勝打聽後，得到的答案只有一個「慘」字。那是一處塡海造地的新開發區，濕氣頗重，常會淹水，且治安不佳。雖有武家宅邸，但全是備用別院。窮人住的大雜院頗多，窮困的程度非神田這一帶能比。

「深考塾」就位在那裡。

「不過，感覺好像很快樂。」阿近說著嫣然一笑。「所以，小直才會那麼懷念小師傅和夥伴。」

直太郎一直想回去的習字所，並不是靜香老師的「安靜處」。阿近很明白這點。

「小直原本是急躁的孩子嗎？」

小師傅搖頭。「他是兩個月前，父親過世後才變成那樣。」

儘管是孩子間的鬥嘴或戲言，但父親遭誹謗中傷，卻無法爲他澄清汙名，令直太郎焦躁不安，腦中一片混亂。

「汙名……中傷？」

事情並不單純。阿近秀眉微蹙，此時，小師傅突然重新端坐。

「正好，我就把原委說個清楚吧。此事相當複雜，我一直不知該從何講起，不

過，這正是一切的開端。」

直太郎的父親名叫與平。

「他獨自住在小石川的宅邸，擔任御用人的職務，不時會趁公事之便，到妻子居住的大雜院探望，所以我們互相認識。」

其實算是熟識。

「他喜歡看書，人緣也很好。」

驀地，小師傅露出略微苦澀的表情。

「不過，他被懷疑縱火。包括與平先生在內，鬧出三條性命的那場火災，有人認爲是與平先生造成的。」

阿近睜大雙眼，果然和火災有關。

「御用人爲何要在自己的宅邸縱火？」

「有人說他盜取主人的財物，想趁火災之際逃逸。」

「但不小心燒死自己，是嗎？」

阿近一問，小師傅點點頭。

「人們替他冠上圖謀不軌的汙名，認爲他最後自作自受，命喪火窟。」

他冷冷地解釋。這不是能隨便加諸在別人身上的懷疑，難怪直太郎會生氣。

「是誰這樣懷疑小直的父親？有確切的證據嗎？」

「不，此事暫且按下，請聽我娓娓道來。」

小師傅微微抬手打斷阿近，接著話鋒一轉。

「阿近小姐，您曉得武家宅邸的御用人負責哪些工作嗎？」

「不清楚。不過，在我老家川崎驛站，侍奉武士的御用人都是農民。」

小師傅微微一笑。「拿奉祿所賜的米換錢，掌管宅邸中的財務，就是御用人的職務。這是瞧不起算盤，總是趾高氣揚的武士無法勝任的工作。倒不如說，農民和商人較習慣這種工作。」

只要雇用有才幹的御用人，就算奉祿一樣多，生活水準也會截然不同，足見是一手掌握家政的重要職務。有能力的御用人大夥自然爭相雇用，同時身兼多家御用人的情形屢見不鮮。

與平也屬於精明能幹的御用人，他原是商人子弟。

「據說他與八百濃老闆是堂兄弟。」

「沒錯，與平先生曾是一間蔬果店的老闆。」

那間店位在本所菊川町，店面雖僅有三公尺寬，但生意十分興隆。

「八百濃是本家，而與平先生是分家，且排行末座，財產相差懸殊。但他並未遭本家疏遠，和親戚也相處融洽。這是聽阿夏夫人說的。」

阿夏是直太郎的母親。如今八百濃收直太郎爲養子，她只能當別人家的女侍——不知這樣斷定恰不恰當。

「不過，八年前，一場意想不到的災難，讓與平先生的店付諸一炬。」

那是直太郎三歲時發生的事。剛過完年不久，店面便受鄰家火災波及燒去泰半。不料，好不容易在春天前籌得資金，準備整修店面……

「那筆錢卻被偷光。」

對此，與平不願多說明。

「好像是與平先生的熟識騙走那筆錢，所以，有時他會忍不住破口大罵，有時則不想提及此事。」

其實，與平對受騙上當一事十分懊惱，他恨自己太天眞。

「不過，當時沒那閒工夫讓他長吁短嘆。不快找尋生路，家中妻兒都會活活餓死。」

更糟的是，失去的那筆錢裡，包括與平借款湊來的資金，還債的壓力相當沉重。

「與平先生說過，當初要是沒借貸，他就能藉沿街叫賣蔬菜的方式從頭來過。」

單單靠每天沿街叫賣實在無法還債，然而，眼下根本沒餘力開店，也沒金主能幫忙。

「走投無路時，有人問他要不要當武家宅邸裡的御用人。」

有位人面甚廣的蔬果店老主顧，非常欣賞與平的經商手腕及工作態度。

「依您在老家的見聞或許知道，以御用人這種身分，若能將家中事務處理得宜，除奉祿外，還會有其他收入。那可不是見不得人的賄賂黑錢。」

這對背負債款的與平是極具吸引力的工作。

與平立刻做出決定。讓阿夏和直太郎遷往綠町的大雜院後，他揹著一只包袱，踏上全新的道路。而他果然不負所託，很快學會工作的訣竅。

「馬上便有其他宅邸前來委託他管理財務，不過，儘管身兼好幾份差事，但最早服侍的武家始終是與平先生的主子，他一直沒離開那座宅邸。」

此時，小師傅面露難色。

「關於這座武家宅邸……若不講出名字，您可能不容易了解吧？」

阿近看出他對報出眞名感到忌憚。

「那就取個假名吧。」

「能隨意取嗎？」

小師傅仍不知如何是好。

「叫『鯰魚鬚』，您看怎樣？」

阿近莞爾一笑。

「那些孩子都這麼稱呼，不妨就照用吧。」

約莫是想到遭孩子們頂撞的情景，小師傅縮著脖子，一臉難爲情。

「是，依您的意思。」

「剛剛講到，與平先生一直住在鯰魚鬚大人的宅邸。」

「短短八年間，他已和大夥打成一片，完全成爲宅邸的一員。主人也是……」

略略停頓，他有些不好意思地補充。

「鯰魚鬚大人也很信任與平先生，家中事務幾乎都交由他管理。」
「鯰魚鬚大人是地位崇高的官員嗎？」
挨罵的三名男童只說他是「官員」。
「您記得眞清楚。」
小師傅苦笑道。
「不是和町奉行所或評定所相關的官職。雖然家世頗有來歷，但既不是名門，也算不上高官，更沒有萬貫家財。」
「正因如此，」小師傅壓低嗓門，「這次的事，才會被人用錢擺平。」
「那麼……」
「鯰魚鬚家一口咬定那起火災是與平幹的，並堅稱他想盜取主人的財物。不僅如此，他們還對與平先生火災前的工作情形雞蛋裡挑骨頭，指出他早有私吞財物的前科。」
「這樣與平先生不就……」
「不管當事人是死是活，一樣罪無可恕。只要主人提出控訴，肯定吃不完兜著走。阿夏夫人和直太郎也無法全身而退。」
在這窘境下出手相救的，正是八百濃夫婦。
「他們向鯰魚鬚大人獻上大筆金子，一再磕頭求他原諒與平一家。」
鯰魚鬚態度強硬，起初交涉無效，最後在八百濃誠懇的態度及最重要的大筆金錢

攻勢下（像這情況，實在很想說是賄賂奏效），才肯收手。

「宅邸的火災不是人爲縱火，而是與平的過失引發，但他努力救火，爲此捨命，功過相抵，於是不再追究。最終對外以這種形式畫下句點。」

「目付大人接受他們說法嗎？」

對平民百姓的罪行施予懲罰，是町奉行所的工作，但對象換成武家，則由目付負責管轄。

小師傅一臉沉痛。「根本和處理市井小民的情況沒兩樣。鯰魚鬚既然不再追究，上頭也不會執意要逮捕與平先生。」

話說回來，這可不是一場簡單的交涉。

「八百濃老闆爲救與平一家，上下使了不少銀子吧。」

「沒錯。但他們並非白白付出，而是要求有所回報。」

阿近已瞧出端倪。「要他們讓小直當養子，對吧？」

這不就跟買賣人口沒有差別嗎？

「八百濃不是第一次提出收直太郎當養子的要求。此事得回溯到八年前，與平先生經商失敗、失去店面時，他們就曾提議。」

與平與阿夏斷然拒絕。當時直太郎才三歲，仍是需要寸步不離照料的幼兒。

另一方面，八百濃也頗堅持，他們告訴與平夫婦，若眞心爲可愛的獨生子著想，與其讓他跟你們一起走投無路，不如送給我們當養子。還說趁孩子年紀小不懂事，較

容易和養父母親近，淨是一些不顧他人感受的自私言語。

「與平先生火冒三丈，駁斥『就算沒店面，我們一家三口也絕不會走投無路』，隨即和八百濃斷絕關係。」

與平自認雙方已老死不相往來，八百濃可不這麼想。堂兄弟的血緣，畢竟無法輕易抹滅。所以，這八年間，只要一出狀況，八百濃老闆便舊話重提，絮叨「直太郎眞可憐，你們做父母的不覺得丟臉嗎」之類沒意義的話，百般干涉。

「之後，與平先生從事御用人的工作，一家生活無虞，他仍常去找碴嗎？」

面對阿近的詢問，小師傅略微思索道：

「儘管是間小店，但在商人心底，失去自己的店所代表的意義，似乎並非單純地丟掉工作。」

就像我，他搔抓鼻頭。

「武士失去奉祿，比純粹沒生路難堪。我失去主公，成爲流浪之身，最後雖當教師維生，但若有人問我『這是武士能抬頭挺胸、向人誇耀的生存方式嗎』，我還眞不知如何回答。」

八百濃攻詰的正是與平這一點。他們告訴與平，再怎麼想重新生活，依然無法改變你落魄的事實。對直太郎而言，你已不是了不起的父親。

阿近聽得瞠目結舌。

「我認爲武家宅邸的御用人及習字所的老師，都是不簡單的工作。假如能成功扮演好自己的角色，博得周遭眾人的倚重和愛戴，哪需要羞愧？」

八百濃老闆……阿近忍不住噘起嘴。

「實在有點傲慢。他自認層次比那些和大雜院太太們做生意的菜販高出許多，總是趾高氣揚，我嬸嬸和阿島姊都十分厭惡。」

小師傅似乎覺得好笑，微微瞇起眼睛。

「直太郎也常這麼說，且和您剛才的表情一模一樣。」

阿近頓時感到十分難爲情。

「抱歉，冒出如此孩子氣的話。」

小師傅絲毫不以爲意。

「難怪直太郎會生氣。」他繼續道。「決定將直太郎送養，阿夏夫人也是百般煎熬，或許她現下仍相當後悔。不過，失去與平先生，母子倆確實已走投無門，被逼上絕路，最後只能這麼做。所以，她苦口婆心地說服直太郎。」

關鍵在於，八百濃不明白這點。

「一個快滿十一歲的男孩，從未對八百濃解開心防，不管他腦中明白多少，內心無法配合也莫可奈何。即使告訴他，從今天起要多親近養父母、孝敬養父母，直太郎也不可能順從。」

這種情況，就要展現大人的寬宏氣度，靜靜等候雪融，方爲上策，然而……

「八百濃夫婦似乎不懂『欲速則不達』，見直太郎不願親近自己，百般焦急，做

出最不該做的事。」

他們想先對直太郎施恩。

「要不是我們花大把銀子討鯰魚鬚大人歡心，你爹如今已成爲罪人，曝屍於市，而你娘也會被關進傳馬町大牢。」

除賄絡鯰魚鬚的銀子，八百濃還一肩扛下與平的債務……

「兩筆錢加起來，你工作一輩子也還不完。你從沒辛苦賺過一毛錢，可能不知該心存感激。不妨把手放在胸前，仔細想想這是多大的恩惠。」

嘩，阿近一聽心都涼掉半截。

接著，八百濃老闆爲贏得直太郎的尊敬，刻意貶損他仰慕的雙親。

「鯰魚鬚大人早看穿你爹的居心。與平利用身爲御用人之便，盜取主人的財物。阿夏知情後，非但默許他這種行徑，甚至暗中唆使他繼續。」

所以，那場火災也是與平幹的好事。與平眼見侵占財物的罪行即將露餡，頓時亂了手腳。他認爲只要一把火燒掉整座宅邸，就不會留下證據，於是沒細想便縱火燒屋。最後命喪火窟，算是因果報應。

「他們夫婦動不動就辱罵直太郎，你父母都是偷人財物的大壞蛋，要是待在那種父母身邊，你以後也不會是好東西。」

阿近摀住自己快要嚇起的嘴巴。

「直太郎是個聰明的孩子。」

小師傅轉爲沉痛的口吻。

「他馬上反駁養父母，你們這樣說有證據嗎？有就拿出來給我看啊。」

他愈抗辯，八百濃夫婦愈是光火。證據當然有，不拿給你看是我們做父母的體恤之心，你這不知感恩圖報的傢伙，說完便掄起拳頭……

阿近原本摀嘴的手，改抬起遮住眼睛。

「簡直形同身陷泥沼。」小師傅接著道，「但八百濃夫婦滿心以爲，只要這樣責罵直太郎，總有一天他會乖乖屈從，變得恭順。大概是想不出其他方法吧。」

小直眞可憐，阿近低喃。

「若是對父親的辱罵，直太郎早不是初次聽聞。火災發生後，到八百濃介入平息整起事件爲止，鯰魚鬚大人多次派人向阿夏夫人興師問罪。」

「是派宅邸裡的人嗎？」

「不，這種情況下，武家也可指使地方上的捕快辦事。」

這樣對生活在大雜院的升斗小民恫嚇效果十足。

「阿夏夫人雖是個弱女子，但爲母則強，每次捕快上門，她總是嚴詞辯駁。她也常告訴直太郎，你父親不是那種人。」

在小石川一帶頗有勢力的這名捕快，是個油光滿面的老爺爺，調皮三人組替他取了「斑點蛤蟆」的綽號。他以低俗的方式百般欺負阿夏，但阿夏毫不屈服，不斷與他爭辯。

「或許是等得不耐煩，鯰魚鬚大人甚至親自上門。」

他認定阿夏將與平從宅邸盜出的值錢物品全藏起，以檢查的名義前來。

「費好大一番工夫才把他趕回去。」

「小師傅，是您趕走他的嗎？」

話一出口，阿近馬上想到某件事。

「原來如此，當時調皮三人組也在一旁幫忙吧？所以，他們才那麼清楚鯰魚鬚大人的事。」

小師傅一時不知該如何回答。雖然想說，又多所顧忌。

「我不會要求您詳細描述過程。」阿近悄悄抬眼望著他。「說重點就行。」

「這個嘛……」小師傅輕搔嘴角。「例如，將旋轉炮竹丟到鯰魚鬚大人裙褲下。」

阿近噗哧一笑。「哎呀，這麼火爆啊。」

小師傅也眼睛一亮。「對了，先前提到的假和尚行然坊，也助我一臂之力。因爲他湊巧經過。」

這名假和尚居無定所，過著流浪漢般的生活，不時會心血來潮，出現在「深考塾」。

「但我們能幫的，僅止於此。雖然趕走他，也只是暫時。爲了阿夏夫人和直太郎的前途，還是得接受八百濃的要求。」

於是，直太郎才會過著現在的生活。難怪這個年方十一的男孩會感到混亂。

「直太郎的母親曾告訴他『你爹才不是小偷』，他堅信不疑。先前住在大雜院時，也有不少人站在母子倆這邊。」

他們是「深考塾」及附近的居民。

「然而，直太郎獨自來到八百濃後，情況完全改變。養父母大聲辱罵與平先生和阿夏夫人，經八百濃的夥計傳至外人耳中，謠言便逐漸散開。」

處在悄靜而冷冽的逆風中，直太郎被一張張陌生臉孔包圍。內心不安的他，爲一點小事便暴跳如雷，放聲咆哮，甚至動粗打人。

只因沒有容身之所，沒有能令他安心之地。

所以，青野利一郎不斷想方設法，極力掙出時間，踩著光禿的草鞋，前往八百濃。阿近胸口升起一股暖意。

「不過，直太郎愈來愈懂得忍耐。」

小師傅像在徵詢自己的認同般，點點頭。

「那孩子很相信父親，對母親的話同樣堅信不疑。與平先生不是小偷，也不是會縱火的壞人，他把此事深深埋進心中。最近，他似乎學會替心靈上鎖。」

他應該會慢慢曉得，如何與養父母妥協。

「八百濃夫婦其實沒惡意，他們用自己的方法爲直太郎設想。只不過，方法過於粗糙，有害而無利。」

簡言之，他們不知道怎麼與孩子相處。

「他們希望直太郎繼承八百濃的心，似乎沒半分虛假。和武家一樣，對擁有店面的商人來說，『繼承家業』——或是讓有血緣的親人繼承，意義重大。」

「小直有許多人在替他加油呢。」阿近揚起嘴角。「我家的小新雖然微不足道，也很賣力幫他打氣。」

「不過，要是工作怠惰，可萬萬不行。」

小師傅有點不知所措，阿近忍不住格格輕笑。

「若他摸魚得太明顯，我會好好訓斥他一番的。」

「那就有勞您。」

小師傅恭敬低頭行禮，阿近趁空重新沏壺茶。小師傅仔細觀察她俐落的動作，話聲慢慢變得低沉渾厚。

「直太郎最煩悶的，就是一直不知道事情的眞相。」

阿近抬眼問：「您是指，鯰魚鬚大人的宅邸爲何會起火嗎？」

是不小心失火，還是人爲縱火？若是後者，又會是誰縱的火，有何目的？

小師傅端正坐好。「之前我都說那是鯰魚鬚大人宅邸的火災。不過，此事另有內情。」

起火的地點並非鯰魚鬚大人的宅邸，而是隔壁的空屋。

阿近一陣心神不寧。她直覺隔壁空屋不太對勁，果然沒錯。

「一名年輕武士和女侍，跟與平先生一起命喪火窟，三人的屍體皆在空屋尋獲。換句話說，火災發生時，他們都待在空屋。」

在火勢的逼迫下，三人原想逃進鯰魚鬚大人的宅邸，但沒能成功，最後被燒毀崩塌的屋頂和橫梁活活壓死。從屍體發現時的模樣來看，只能這樣研判。

阿近挺直腰桿，渾身一僵。

「阿近小姐？」

「什麼事？」

「您的目光變得不太一樣呢。」

阿近連忙眨眼。

「沒人住的屋子或許會發生詭異的事，或擁有離奇的傳聞吧？所以……」

當初聽聞此事，我便很在意「隔壁的空屋」，阿近坦言。

「您之前聽過的故事中，也有和空屋有關的故事嗎？」

「嗯。可是，與其說聽過……不如說是我的親身經歷。」

小師傅並未追問，只心領神會地點頭。

「原來如此。看樣子，我是來對了。」

接下來，我要講的故事……小師傅悄聲道。

「連阿夏夫人和直太郎都不知道。不過，我不曉得該不該告訴他們。」

小師傅一臉猶豫，阿近跟著端坐。

「鯰魚鬚大人家隔壁的空屋，附近居民都稱之爲『繡球花宅邸』。十五、六年來都沒人住，屋瓦掉落，梁柱斜傾，榻榻米腐朽，地板托梁鬆脫。與其說荒屋，更像是廢墟。周圍土牆也四處崩塌，從路旁就能看見荒廢多時的庭園。」

不僅立著燈籠，池塘和假山外圍還有水流環繞，以前應該是座氣派的庭園，但如今已很難想像昔日光景。放眼望去，就像八幡的不知藪（註），或傳聞棲宿著妖怪的的柳原河堤。園中的繡球花開得異常燦爛，且花團錦簇，每到梅雨季節便朵朵盛放，所以人們才取名爲「繡球花宅邸」。

「光聽這名字，會覺得是一座風雅的宅邸。」

「實際上，當繡球花齊放時，庭院的景色確實堪稱絕景。與平先生也曾這麼

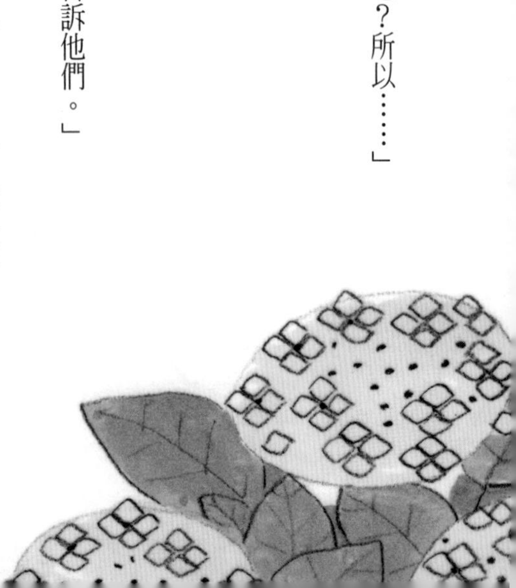

說。」

「不單與平先生和直太郎，也常有學員的父母出入『深考塾』。其中不乏坐在孩子身旁一起學識字的父母。」

因此，學員之間自然會聊到父母的事。

「對老師而言，了解學員的家庭情況也很重要吧？」

「偶爾會因此捲入各種麻煩中。」

語畢，小師傅又搔起鼻頭。

「當然也有愉快的事。」

看來，「深考塾」確實是個快樂的地方。

「於是，我經常與直太郎閒聊，問他最近有沒有見到父親，是否一切安好。某次，他告訴我一件事。」

——我爹工作的那座宅邸隔壁，有一幢鬼屋。

「他說，那是庭院開滿繡球花的房子。」

不知為何，小師傅神情有些僵硬。「當下我就感到奇怪，之後剛好有一次與平先生順道前來，我便主動向他詢問，得知確有此事。與平先生解釋，那是位於小石川馬

註：位於千葉縣市川市八幡的一座竹林。自古被視為禁地，傳說一踏進去，便再也走不出來。

場附近的一幢空屋，庭院裡開滿繡球花，但多年無人居住，任憑荒廢。當初不知爲何遭棄置，但附近並無相關傳聞，所以鬼屋一說應是捏造。」

——那裡也沒發生過什麼怪事。

於是，小師傅沒再追問，也沒對與平談及其他的事。

他這種講法著實令人在意。

「意思是，您還曉得其他的事，只是沒透露？」

小師傅望著阿近，緩緩開口。

「對。」

跟與平見面前，他早知道繡球花宅邸爲何變成空屋，又怎會一直是空屋。

儘管驚訝，阿近的直覺仍發揮作用。

「莫非繡球花宅邸，以前屬於那須請林藩？」

噢，小師傅嘴巴微張。

「原來還有這種可能啊。」

他頻頻頷首。

「的確，我的主君門間家最後一任藩主是個暴虐無道的人物，領民視他爲惡鬼、死神。由於他的殘暴，導致那須請林藩慘遭撤藩。而正因他是放縱私欲、虐殺眾多無辜百姓亦毫無忌憚的男人，所以藩國的官邸或門間家設在江戶的宅邸，就算有一、兩個含怨的鬼魂，也不足爲奇。」

他使勁往膝蓋一拍，直呼有理。

「雖從未想過，但這很有可能。仔細一想，我們現下仍背負著那些亡魂。」

他似乎感觸良深，言詞突然變得犀利，眼神蒙上一層暗影。看來，那須請林藩遭撤藩一事，牽扯不足爲外人道的內情。阿近無意間戳中小師傅內心不可觸及的祕密。

「不過，我沒猜中吧？」

阿近移膝向前，加重語氣問，小師傅倏然回過神。

「什麼？呃……」

「小師傅，您怎麼曉得繡球花宅邸的事？」

「從、從我師傅那裡聽來的。」

「哎呀，」阿近下巴微斂，「是『深考塾』的大師傅嗎？」

「是加登新左衛門先生，和他的妻子初音夫人。」

一提到兩人的名字，小師傅頓時目光一亮。

「他們夫妻倆，說膽子大也對，說古怪也對，說固執嘛，確實有點固執。他們非但知道繡球花宅邸的事，甚至在那裡住過一年多。」

小師傅的神情，半是欽佩，半是驚訝。光從他表情的變化，就看得出他相當敬重大師傅夫妻，和他們很親近，但也常被使喚差遣。

「話說回來，擔任武家宅邸御用人的直太郎父親，當時工作的地點就在那幢空屋隔壁，此事師傅並不知情。因爲我眞的是湊巧從與平先生口中聽聞繡球花宅邸。」

對與平而言，那是隔壁人家，不會經常談及。

沒錯，小師傅重重頷首。

「就是這樣的湊巧，才不能輕忽啊。」

他單邊臉頰微微抽搐。

「您的意思是……」

「只要明白繡球花宅邸的來由，便能大致猜出與平一家遭遇的悲劇是怎麼回事。也就是說，我知道直太郎一直在追求的眞相。」

阿近詫異地後仰，原來如此。

「那爲何不馬上向小直……」

向小直闡明眞相——話才要出口，阿近旋即噤聲。只見小師傅像吃下苦瓜般，皺著一張臉。

「說了直太郎會信嗎？」

「眞相那麼難以置信嗎？」

「極爲離奇。」

「不像人世該有的事嗎？」

小師傅又苦著臉。「既像人世的事，又像另一個世界的事。」

他的眼神再度蒙上一層暗影。

「因爲是離奇的事，沒有確切的證據。」

端看聽者願不願相信。

「況且，師傅和我都是湊巧得知，直太郎恐怕不會相信。」

所以才感嘆實在不能輕忽「湊巧」啊。

「孩子其實很重道理。任憑大人再怎麼神氣地說教，只要言行不一，孩子馬上會發現，並加以反駁。」

不知爲何，阿近腦中浮現調皮三人組的身影。

「嗯。」她深有所感地點頭。

小師傅似乎看出阿近的心思，頓時洩氣不少。明明什麼都沒提，兩人卻心意相通，足見那三人組眞的教人頭疼。

「不過，小直很喜歡您，應該會相信您的話。」

不，小師傅搖頭。「他只會以爲我是要鼓勵、安慰他，才編出這樣的話。」

阿近一時無法反駁。

「我講過，他是個很聰明的孩子。」

「正因如此，聽得出您的話是否屬實。」

「即使我是湊巧得知，他也會信？」

「不妨把湊巧兩個字改一下，就聲稱您展開多方調查，終於查明眞相，如何？」

「要撒謊嗎？」

小師傅的眼中掠過一絲寒光，阿近不由得怯縮。

「……抱歉。」

要是有人旁觀，應該會覺得這是很有趣的一幕。「黑白之間」的訪客及聆聽者，不約而同地垂落雙肩，嘆口氣。

「小師傅。」

「是。」

「這世界看來廣闊，其實很小。」阿近繼續道，「所以，總會有湊巧的事發生。」

阿近現下坐在這裡，也是湊巧延續的命運使然。

「沒錯！」阿近雙手一拍。「由小師傅您開口，不僅湊巧，還是間接聽聞，會更缺乏說服力，既然這樣……」

青野利一郎不禁露出「說得也太白了吧」的神色。

「何不請大師傅告訴小直？」

這會兒小師傅則是一副「我當然也想過」的表情。

「……行不通嗎？」

「我拜託過他，但遭一口回絕。」

——你自己想辦法。

——利一郎，身爲孩子的老師，眼下正是展現本領的好機會。

大師傅夫妻琴瑟合鳴，意見一致地應道。

小師傅果然又被他們差遣了。

不過，阿近卻因此豁然開朗。

「我懂了，所以您才會到我們這裡。」

在專門收集各種玄奇故事的三島屋，我的故事他們會信嗎？聽完會覺得稀奇、無聊，還是認爲全是我捏造？

以參加百物語的原因來說，確實有點古怪，道理卻說得通。若連阿近都忍不住發噱，嚷著「怎麼可能」，便沒必要講給直太郎聽。

小師傅雖沒明講，但他應該不擔心直太郎會認爲是「捏造的謊言」。他眞正擔心的是，平時已默默忍耐許多事，努力想當個大人的直太郎，儘管認爲那是「捏造的謊言」，仍馬上接受，極力要自己相信。

「您找不到地方嘗試，於是來到這裡。」

「不，我不是想拿您當練習對象。」

「我知道。不過，我確實聽過不少離奇古怪的事。何況，您一開始不也提過？換成是我，年紀與小直較近，能站在小直的立場看事情。」

小師傅抬眼望著阿近，「是眞的很離奇。」

「我明白。」

青野利一郎長長吁口氣。

「那座繡球花宅邸裡……」他緩緩開口，「棲宿著一隻妖怪，我師傅和初音夫人

取名爲『黑助』。」

人們都稱呼這種妖怪爲「暗獸」。

故事要回溯到十七年前。

那年，加登新左衛門滿五十歲，趁機將家位讓給長男長一郎繼承。

加登家的家格屬於「抱入」，代代擔任小普請組的世話役（註一）。所謂的「抱入」與世襲的旗本和御家人不同，只有一代能在主君底下服侍，所以新左衛門的長男形式上是採重新聘任。新左衛門當初繼承家位時也是如此，而今承蒙主上認可，新左衛門彷彿卸下肩上的千斤重擔。

小普請組是由奉祿三千石以下，沒官職的旗本和御家人組成。既無官職，也不能參與朝政，算是沒有官職的武士集團。接受幕府發放名爲「小普請金」的奉祿，並視奉祿高低繳納役金，以此種形式「侍奉」主君。不必工作卻坐領乾薪，再從薪水中撥出些許上貢。看在靠自身才幹和雙手闖蕩世間的商人和工匠眼中，想必會覺得是很不可思議的結構吧。

然而，這是太平盛世的下級武士實際面貌。武士原是軍人，但在沒有戰爭的祥和時代，無人仰賴武士。

依御家人的情況，九成奉祿都不滿四十九袋米，收入微薄、難以餬口，小普請的情況更嚴重。假如不想一直沒官職，就得多方動用關係，找役方（事務）或番方（軍

務）的職位做。但謀得一官半職並不容易，有人索性全力投入兼差和副業，或潛心修習才藝，成為才藝師傅，藉以維生。

當中，加登家算挺有福氣。小普請組世話役奉祿雖不過五十俵三人扶持（註二），但五個小普請組內的各種協商諮詢、不良行為取締、各項申請和申報的居中傳遞等諸項雜事，一概由世話役負責，所以會有謝禮和贈品之類的額外收入。雖然不多，但不無小補。

儘管如此，終究只是一個在沒有官職的集團裡負責管理的職務。而且，世話役上面還有小普請組組頭、小普請組支配等職位，但加登家從新左衛門的祖父到他這一代，三代都無法升遷至組頭的位子。猶如小船停在無風的海上，始終擔任世話役，不曾變動。出人頭地的南風，及飛黃騰達的黑潮，從未造訪加登家。

新左衛門的妻子初音，也是小普請組御家人的三女。新左衛門二十四歲、初音十八歲那年，兩人結為連理，相伴至今。夫妻倆育有一男二女。長女嫁給和加登家門當戶對的御家人，次女則嫁入商家。在次女夫家的介紹下，長一郎也迎娶商家之女。

對加登家來說，媳婦家的財力是可靠的後援。這名媳婦個性溫順，凡事都相當尊

---

註一：指負責組織運營，處理內部事務的角色。

註二：俵是指一袋白米，約八十公升，而扶持如同是家人的津貼，三人扶持約每日有十五合的白米，亦即近三公升的白米。

重夫婿，也無任何奢華之舉，值得慶幸。而且，不僅與身爲她小姑的次女很親近，和長女亦能相互禮讓。其實，長女似乎暗地受次女和媳婦不少照顧，只是新左衛門和初音不知道罷了。

往昔加登家一直過著介於節儉與貧窮間的日子，如今終於享有安泰穩定的生活。小船駛出平靜無風的海面，抵達一處安穩的潮汐池。

當初新左衛門表示要隱退時，長男和媳婦大爲吃驚，一同苦勸父親改變心意。他們認爲父親身強體健，五十歲隱退太早。

新左衛門倒覺得太晚。他原想等孫子長到七歲，但轉眼已是這把年紀。新左衛門個頭矮小。常言個頭矮的男人性急，他就是典型。關於隱退一事，當初長一郎娶妻時，他便向初音吐露過想法。由於他的職務早就採每月輪替的方式和兒子共同掌理，即使他不在，也不會有任何影響。

可是，初音卻說還不是時候。

「至少得等到抱孫。」

然而，諷刺的是，這名打著燈籠也找不到的好媳婦，肚子始終沒半點消息。他們夫妻倆鶼鰈情深，倒也不必太擔心。不過，世人都說「三年未產半子，唯有休妻一途」，對武家媳婦而言，產下繼承家業的男丁是第一要務。

懸心吊膽地度過兩年，第三年，媳婦終於產下一子。新左衛門和初音的第一個內孫，是個女娃。

隔年終於產下男丁。在安心和喜悅下，新左衛門又向初音重提隱退的事。妻子再度勸他：

「小嬰兒還處在神明的境域中（註），你不可操之過急。」

初音的不安果然應驗。這孩子一歲不到，就染上麻疹夭折。

接下來，加登家的新舊兩代夫婦，都一直在等候下個男孩的誕生。這一次，儘管生產時聽到嬰兒充滿活力的哭聲，新左衛門仍不敢掉以輕心。他靜靜等待，直到孫子年滿七歲，脫離初音口中的「神明境域」，眞正來到人世爲止。

因此，當這一刻來臨時，新左衛門心中已無任何依戀。何況，如今加登家的境況，遠比他當初繼承家位時好太多。

在太平盛世，武士想加官晉爵也得花錢。若不把握機會向組頭和支配送禮，好生討他們歡心，絕對無法抓住難得的升遷機運。憑以前加登家的財力，只能搖頭嘆息，但今非昔比。

「我都一把老骨頭了，出人頭地的機會，就讓你去好好把握吧。」

他向兒子曉以大義，儘管加登家只是貧窮的御家人，媳婦娘家仍當他們是武家人，相當敬重。爲了報答他們，便該這麼做。

註：日本有一說法，認爲孩子在七歲前仍處在神明的境域內，所以孩子失蹤，常稱爲「神隱」。

這份心沒半點虛假。不過，期望隱退的新左衛門，若說他完全不為其他理由，那是違心之言。

加登新左衛門很討厭與人交際。

世話役的工作，他一向處理得宜，所以並非害怕身在人群中，或不善處理人際事務，也不是無法勝任這項工作。但他覺得人實在麻煩，個個都是一派胡言的騙子。

儘管是小衝突，但雙方往往只圖自己方便，扭曲事實、睜眼說瞎話，皆面無慚色。見有利可圖，便不顧一切爭搶；一旦事情於己有損，便想找藉口推脫，或將責任推給別人。斤斤計較、奸詐狡猾、丟人現眼，而且欲望無窮。

新左衛門的這些心裡話，只有初音知道。在孩子們面前，他是個少言寡語，但性情溫厚的父親。在工作上，他表現得正直又勤奮。見人有困難，會主動伸出援手；見有人生氣，會加以安撫；見有人犯錯，會給予適當的建言。他的認真態度，堪為世話役的典範。

不過，新左衛門打心底嫌棄那些強迫他這樣東奔西走的人們，以及俗世。

不僅如此。其實，新左衛門從未由衷疼愛自己的孩子和孫兒。他既不憎恨他們，也不會瞧不起他們，實際上，孩子和孫兒都很景仰他。然而，他就是欠缺一股從內心深處湧現的情感。

世人常言，孩子和孫兒可愛無比，放進眼中也不會覺得痛，新左衛門卻不曾有這種真切的感受。儘管兒孫惹人憐愛，他總是感到鬱悶及厭煩。

唯有初音明白一切。

「你並不像自己以爲的那般冷漠。」

初音微笑著一語帶過。

「你總不想到深山當仙人吧？」

因爲山裡沒書可看。

沒錯，加登新左衛門在世上只愛一樣東西，那就是書。

他愛書，期望能看遍所有的書。妻子初音明白他的願望，並一直陪在他身旁，堪稱是他的同伴。

對新左衛門來說，隱退等於從俗世的牢籠解脫。今後他便能盡情沉溺在書本中，擺脫麻煩的人群，安樂度日。

兒子和媳婦似乎考慮要給父親一筆合適的隱退金，但遭新左衛門回絕。

「爹，您要是不收，就不能盡情買喜愛的書了。」

面對擔心的長一郎，新左衛門笑道：

「那我就像以前那樣吧。」

想買書的話，考慮到價格不菲，購得的數量往往有限。但若是用借的，租書店裡琳琅滿目，假如要自己抄寫，只要手邊有紙和墨就行。早在十年前，新左衛門便與幾家書商和租書店往來密切，並向他們承接抄書的副業。兵法書、歷史書、醫學書是他擅長的領域，所以有這類書的店家常委託他抄書。

新左衛門不僅僅抄寫文字，還能充分掌握內容，以淺顯易懂的方式教導別人。書店和租書店的商人雖然以書本當商品，卻都欠缺相關知識。只要他們明白手中商品的真正價值，就能掌握顧客，生意也會更興隆——新左衛門看不下去，終於道出心中的想法。由於建言奏效，商人百般感激，之後便主動請益。新左衛門回應對方的要求，收取等價的報酬，也因此得到想要的書。

貧窮的旗本和御家人，接副業營生並非稀奇事，但也不能太明目張膽。想到一路從祖父傳下，代代由長男繼承的加登家家位，新左衛門便很怕有人拿他兼副業的事四處宣傳，找他碴。不過，隱退後就另當別論。

此外，新左衛門兩年前開始自學荷蘭語。接觸醫學書籍時，他體認到不懂荷蘭語，便無法吸收新知。只是，他已老大不小，自學的進展十分緩慢。不過，最近他已勉強能仗著辭典翻譯原文書。這麼一來，他能接的副業範圍又更廣泛。當然，荷蘭語是他自發學的，若擅自推廣，將違反禁令，所以一切得暗中進行。一旦隱退後，此事辦起來也會輕鬆許多。

倘使進行順利，反而能比領奉祿時過得更優渥，新左衛門自有隱退的「勝算」。他已精打細算過，有十足的把握。

初音開心地笑著評論：

「你想以這項工作營生，表示你並非真的那麼討厭人。只是與人交際時，需要有書當仲介罷了。」

經她這麼一說，新左衛門也有同感，但他不願承認。

「我很期待全新的生活。兩人一起到其他地方去吧，即使是老舊髒汙的房子也無妨，能抵擋雨露就足夠。不過，要是有大一點的庭院更好，可栽種許多作物。」

初音喜歡種田甚於園藝，加登家餐桌上的蔬菜，幾乎都是從自家庭院的田圃摘採，吃不完的則是拿去賣人。

沒錯，最大的問題，是新左衛門與初音該找哪個地方當隱居所。

要找適合的房子，倒是不愁沒門路。新左衛門因做副業認識不少商人，只要跟他們說一聲，他們都會熱心替他尋覓。

新左衛門自認對房子不會太過挑剔。若突然要在大雜院生活，他實在排斥，但不是顧及武士的臉面，而是他討厭喧鬧的環境。只要地點幽靜，有沒有木門或圍牆，他倒不是太在意。就算是立有座燈，以前當過店面的屋子亦無妨。只不過，他希望有足夠的空間存放堆積如山的書籍，也希望能滿足初音擁有大庭院的心願。這麼一來，夫婦倆自然將目標放在東邊的本所深川新開發地，及西邊的千駄谷和六本木一帶。不管哪一處，皆是武家宅邸與農田交錯的幽靜地點。

不過，兒子和媳婦倒是強硬地提出要求，希望不要離加登家所在的赤坂新町太遠。畢竟長一郎還年輕，孫子也尚年幼，新左衛門與初音若搬到遠處，往返就得花上半天，難免會感到不安與落寞。

這樣的話，本所深川方面就不符合需求。他們到赤坂新田西側找尋，但總找不到

滿意的房子。這裡沒什麼出租的平房，倒有許多雄偉氣派的出租大宅，不過租金相對較高。新左衛門暗暗盤算，他們恐怕負擔不起。

原本御家人限定住在某些市町。市內設有好幾處名爲「拜領宅邸」或「拜領町宅邸」的地方，依據家世和職位，居住的宅邸也有所不同。不過，沒官職的御家人不能在此居住，大都是向人租屋。但在武家地區，自然會有聚集寄合（註一）和小普請的市町，赤坂新町便是其中之一。

新左衛門曾多次勸長一郎，日後要是有官職，你就得搬到某座拜領宅邸。不，若你沒這樣的企圖心，我可就頭疼了。我和初音挑哪裡當隱居所，根本不重要。

但長一郎不同意，出聲反駁「爹，未來的事誰能預料，您憑什麼講這種話」。兒子那其與說頑固，不如說是執拗的藉口，令新左衛門頗感驚詫，同時心裡很不是滋味。初音早就看出，兒子是擔憂個性偏執的父親趁隱退的機會，從此離群索居，卻刻意不向丈夫解釋。新左衛門之後才曉得這件事。

正當新左衛門不知如何是好，暗暗焦急時，偶然聽到一個消息。

新左衛門副業的客戶中，有個叫諸星主稅的人。此人雖獲賜姓（註二），並准許佩刀，但新左衛門不認爲這是他的本名，也很懷疑他是否眞是武士。

諸星主稅自稱是軍學家，可是既沒開設私塾，也沒弟子。住處只知在小石川，其餘一概不明。介紹他給新左衛門認識的書店，只說他是貴客，不清楚他的來歷。不過，諸星並非孤家寡人，身旁總跟著一名女子，有人說他是靠這名女子賺錢營生。不

論何時與他碰面，他總是一身華服，遠比新左衛門這貧窮的御家人稱頭。加上他的儀表相當出眾，世人很容易便相信他的話。

那麼，他究竟以何爲業？他是所謂的「戰記物語說書人」，尤爲擅長講述《太平記》。比起傳授學問，這更像一種娛樂，是向庶民解析歷史故事的一門生意，也可算是一門技藝。因此，諸星主稅或許是他的藝名。

他應該較新左衛門年輕個五、六歲，長著濃眉和八字鬍，小腹圓挺，展現出一股特別的威儀。由於嗓音佳、口齒清晰，連新左衛門聽過他講述的戰記故事後，也大感佩服。初音只聽一次，便迷上他的說書。實際上，他爲老主顧設席說書，總會湧來大批女客。他很清楚這點，常與人喝酒玩樂，眞是個荒唐的軍學家。

如此怪人，照理不可能和新左衛門處得來。不過，諸星擁有容易和人親近的獨特魅力。他一站上講臺，便會擺出天下第一軍學家的姿態，滔滔不絕地說故事，但意外的是，他也有謙虛的一面。

第一次與新左衛門會面時，諸星主稅便開門見山地表明「在下才疏學淺」。透過簡短的交談，新左衛門早看出此事。諸星主稅的人生中，應該只在年輕時讀過書，接觸過歷史。至於其他的知識，則是融合現學現賣的知識，及道聽塗說的傳聞而成的假

---

註一：江户時代，奉祿三千石以上的旗本，且沒有官職者。

註二：一般商人或農民沒有姓氏，武士才有姓氏。

學問。他就這樣成爲獨當一面的戰記物語說書人。

——在下已決定將一生奉獻給戰記物語說書人這行業。

他慷慨激昂地宣稱，要透過戰記物語，向那些不懂自己國家由來和歷史，整天只會像禽獸般吃喝拉撒睡的芸芸眾生，開示一條做人該走的道路。

——不過，在下學養不足。

所以，需要師傅指導。他希望新左衛門能收他當弟子。

新左衛門不是濫好人，不會因爲他講得冠冕堂皇，就誤以爲眞。他討厭與人交際，也無法輕易相信別人。

新左衛門大可嗤之以鼻，反駁「你謊稱是軍學家，還指稱芸芸眾生是禽獸，眞是狂妄。你才是成天喝酒，追在女人屁股後頭的禽獸」，但顧念諸星三天兩頭往家裡跑的熱情，新左衛門抱持著姑且聽之的想法，就這麼對他產生欽佩的念頭，實在失策。新左衛門認爲諸星說想學習、想念書（雖然說得有點誇張），並非虛言，儘管不太情願，卻和他逐漸熟稔。諸星常稱呼新左衛門爲「加登老師」，不過，新左衛門可沒承認他是弟子。

就是諸星告訴新左衛門，小石川馬場附近有座適合他的空屋。

細問後得知，那是設有冠木門、木板圍牆，且擁有廣大庭院的宅邸。屋齡才十年，但由於某個緣故，近三年都沒人居住。雖然有些荒廢，不過稍加修繕，一定能住得舒適怡然。

新左衛門馬上問屋主是誰，諸星表示不方便透露。

「居中介紹的是那塊土地的代理房東，一名叫勘平衛的老人。他知道詳細情形。」

「爲何不能公開屋主的名字？」

「當中另有原因。」

諸星轉動那與生俱來，像忠犬般骨碌碌的大眼，別有深意地望著新左衛門和初音。

初音詢問房租價格，聽完答案後頗爲詫異。

「那不就和大雜院的租金一樣？」

「這也是有緣故的。」

新左衛門與初音面面相覷。初音瞇起眼，猶如緊盯著小販，怕對方少找錢。

「什麼緣故？」

新左衛門追問，諸星立即端坐，刻意清咳一聲。

「師傅，古人不是有云『子不語怪力亂神』？」

這次換新左衛門瞇起雙眼。「你引用孔子的說法，表示和那空屋有關吧？」

諸星主稅活像成功騙到零錢的小販，露出滿意的微笑。

「那裡面有不乾淨的東西。」

傳聞有鬼魂出沒，所以沒人敢住，三年來都這麼擱置著。

「屋主也沒坐視不管，不僅請人淨化、驅魔，還多次找來和尚及祈禱師，但仍趕

不走鬼魂。他一度想把房子拆了，又怕在有鬼魂出沒的情況下拆屋會被詛咒。」

新左衛門嗤之以鼻。

「那是誰的鬼魂？」初音一本正經地問。

諸星收起嘻皮笑臉，悄聲應道：「是先前住在裡頭的武家夫人。」

「是屋主的妻子嗎？」

「哎呀，此事無法奉告，請見諒。」

諸星堅持不能透露對方的身分，可見對方家世不凡，令人多所顧忌。

「她爲何會變成鬼魂？是因死得淒慘嗎？」

諸星一副「終於等到這句話」的模樣，傾身向前。「她原就體弱多病，一直膝下無子。之後，她丈夫染指女侍，女侍有了身孕，產下一子。」

哎呀，初音伸手摀嘴。

「情況益發對夫人不利，她與丈夫的關係也逐漸惡化。另一方面，那名升格爲側室的女侍則極爲專橫，完全沒把夫人瞧在眼裡，行事毫無忌憚。」

處在那令人窒息的生活中，最終引發悲劇。某個悶熱的夏夜，夫人突然喀血昏厥，痛苦三天三夜後，溘然長逝。

「雖說體弱多病，但這樣猝死太可疑。外頭傳言，夫人可能是遭人下毒。」

下手的是她丈夫，還是那名側室？抑或是兩人合謀？

新左衛門再度冷哼一聲，「然後那名夫人就變成鬼怪，對吧。」

聽到新左衛門輕描淡寫的一句「變成鬼怪」，諸星開心地挑動濃眉。

「沒錯。宅邸裡的僕傭紛紛目睹夫人現身，且不分晝夜。」

屋主和側室十分畏懼鬼魂。屋主成天酗酒，那側室則是日漸瘦弱。之前頗乖巧的嬰兒，夜裡也害怕地啼哭。

「儘管如此，他們仍苦撐半年，最後實在無法忍受，逃也似地搬往他處。不過……」

堪稱是罪魁禍首的屋主和側室雖已離去，但鬼魂還留在宅邸。接下來，改換鄰居目睹那名女鬼。

「她總是茫然佇立，有時站在庭院，有時站在緣廊，始終維持生前的模樣。」

一眼便曉得不屬於陽世，她的身影極爲淡薄，而且……

「不知爲何，即使沒見過那位夫人，也認得出是她。不過，再怎麼定睛細瞧，都看不出對方的五官，愈看就愈模糊，簡直像無臉女。」

據說只有一個白色輪廓，隱隱浮現眼前。

「詭異的是，一切如此模糊，唯獨夫人身上的和服花紋特別清晰，連夜晚都看得見。」

不像陽間的人吧？諸星主稅語氣莫名激動。

「見過幽靈的人，有沒有出現任何不對勁？」

新左衛門暗暗懊悔「早知道就不問了」時，初音熱中地回應。

「沒什麼特別的狀況，至少沒聽過傳聞，頂多會暫時感到渾身發冷。」

新左衛門嘆口氣。孔子在《論語》裡主張不語怪力亂神，意思是不能隨便談論鬼神。絕非否定鬼神，但也沒說能拿來當茶餘飯後的話題，聊得如此開心。

「主稅。」他略顯不悅，「你嘴上尊我爲師，暗地裡卻想測試我吧。」

新左衛門雖不是儒學家，但習過儒學。諸星以這座鬧鬼的便宜宅邸爲誘餌，想瞧瞧老師會如何看待此事。

新左衛門並未生氣，反倒驚訝於諸星的膚淺。

諸星主稅頓顯慌亂，連忙移膝向前，拜倒在地，狂冒冷汗。

「豈敢。在下只是認爲，若是老師，一定能在這幢宅邸安住。憑您的智慧和膽識，想必能輕易化解束縛在屋裡的那位可憐夫人的怨念。」

「同樣一件事，黑的都可能講成白的。」

新左衛門撂下一句。諸星一改先前那洩氣的假軍學家模樣，又露出小狗乞食般的眼神。

「可是，這並非壞事，因爲房租十分便宜。選小石川當武家的隱居所，算是相當高級的。」

附帶一提，萬一眞的在那座宅邸裡發生什麼事……

「也能成爲故事的題材。」

「你的說書場嗎？」

「不，是老師的《眉毛錄》。」

很早以前，加登新左衛門便習慣將身邊的雜事和市內的見聞記錄下來。那只是一般的日誌，起初並未取名。但初音說「這樣豈不太無趣」，於是，最近他以「閒時拔眉毛打發無聊般微不足道的故事」的含意，命名爲《眉毛錄》。

新左衛門板著臉孔，初音依然笑盈盈。瞧她剛剛無比認眞地發問，根本沒半點恐懼之色。

「初音，妳不在乎嗎？」

新左衛門不情願地開口，初音從容地點頭應聲「不會」。

「她是個可憐的女人，且她怨恨的對象已離開，沒理由怨恨我們。若她眞的現身，我願充當她聊天的對象。向人傾吐後，多少能紓解鬱積胸中的怨氣。」

初音繼續道。

「至今，我仍不時感到已故的父母就在身旁。待在陽世的我，就算無法與那位夫人的幽魂心意相通，常伴我左右的雙親靈魂也會助我一臂之力。」

諸星誇讚初音眞是菩薩心腸。

「對了，那位夫人特別鍾愛繡球花。每到花季，庭院裡就會開滿無數的繡球花，萬紫千紅。」

所以，人們管那座宅邸叫「繡球花宅邸」。

「那可眞美。」初音嫣然一笑。

因著這樣的緣由……

「師傅與初音夫人搬進繡球花宅邸。」

小師傅歇口氣，端起冷茶啜飲。

那是十七年前的事。如今「深考塾」的大師傅，已是一把老骨頭，據阿島打探得知，學員都稱呼他「骨骸老師」，但當時他正值壯年。一名文武兼修的武士，認爲鬼魂根本不足爲懼，一笑置之，此事不難理解，但他的妻子初音如此從容，令阿近頗爲驚訝。

「武士的妻女，都這麼有膽識嗎？」

阿近一問，小師傅露出爲難之色。

「沒這回事。其實初音夫人不算大膽……」他搔著鼻頭，「應該說，不管年紀多大，她都像小姑娘一樣。」

「小姑娘？」

「哎呀，這說法對阿近小姐有點失禮。總之，我師傅和初音夫人的人品，都遠在我之上。」

當眞是望塵莫及，小師傅一臉認眞地強調。阿近不禁莞爾。

或許是難爲情，小師傅突然話鋒一轉。「初次聽師傅提及這則軼聞時，我並未放在心上。但自從與平先生出事後，我突然十分在意，便前往一探究竟，還到附近繞了

幾圈，四處打聽。不過，大概是剛發生那起奪走人命的火災，大夥都不露半點口風，沒問出任何消息。」

小師傅當下想到，周遭有個與小石川淵源頗深的人。

「一名學員的母親出身御家人之家，後來嫁給本所的商家。她的娘家就位於小石川。」

和她聊過後，才得知繡球花宅邸的來歷。

「那位夫人猝死，與傳出鬼魂的謠言之際，正好在她懂事的年紀，所以她清楚記得左鄰右舍間的傳聞。」

雖然一樣是小石川，但市町腹地廣闊，連那學員的母親也不曉得繡球花宅邸在何處，只知道種種傳聞，可見傳聞散播得多遠。

「據她所言，繡球花宅邸除鬼魂外，還發生其他怪事。」

經過大門前，不時會聽見裡頭傳出呻吟聲。

「並非每晚都有女鬼在啜泣，而是斷斷續續傳出低吼般的呻吟，且不分晝夜。」

聽不清楚那聲音在呢喃些什麼。

「不是那位夫人的話聲嗎？」

「不知道。」小師傅側頭道。「當然，有人馬上聯想到鬼魂的傳聞，推測是那位夫人充滿怨恨的詛咒聲。」

親耳聽見那聲音的人們之間，則有不同的看法。

「有的說是男聲，有的堅稱是女聲，也有認爲是童音的。」
「也許傳聞散播的過程中，曾遭添油加醋。」
「對，應該是加上事後解釋和虛構捏造，擴充不少。不過，另有一個不知算詭異還是奇妙的故事。」
傳出來路不明的聲響，在左鄰右舍間引發騷動，是那名武士與側室逃離繡球花宅邸後的事。
而且，不是只隔半個月或一個月。繡球花宅邸人去樓空後，即將滿一年之際，種種異聞才開始流傳。
阿近略感詫異，「此話當眞？」
小師傅重重點頭。
「告訴我這些往事的夫人並不迷信，也非愛說長道短的長舌婦。之前，她從未和別人談起。」
那是駭人聽聞的故事，且不是大人可隨意掛在嘴邊閒聊的事。
「不過，她記得很清楚。當時，她提起那些傳聞，遭父母狠狠訓斥。父母嚴厲警告她，武士之女不該輕率談論這類傳聞。」
阿近頻頻點頭。畢竟，誇獎和斥責會深深烙印在小孩心底。
「將宅邸夫人鬼魂與一年後才傳出的詭異聲響聯想在一起的人，是如何解釋的呢？」

小師傅微微瞪大眼睛。「不愧是阿近小姐，反應眞快。」

「深考塾」的小師傅誇讚阿近。

「有人認爲，那位夫人的鬼魂終於在一年後除掉可惡的丈夫與側室。末了，他們互相詛咒，爲彼此的怨念束縛，囚禁在繡球花宅邸裡。而發出詭異聲響的，就是那三個困在人世，無法前往極樂世界，鎮日悲嘆的幽魂。」

阿近眨眨眼，忍不住笑出聲。「眞會聯想。」

小師傅也驚訝地直眨眼，「您都不爲所動呢。」

接著，他輕撫下巴，低聲道。

「不過，吉乃夫人說完也笑了。」

話一出口，他旋即像咬到舌頭般，表情歪曲。「糟糕！」

「什麼？」

「要掩飾人名，比想像中難。」

意思是，告訴小師傅這些往事的夫人，名叫吉乃。

唔，阿近不禁思索，習字所的師傅，一般會和學員的母親如此親近，甚至直接稱呼對方的名字嗎？考量到三島屋的情形，便覺得不太尋常。左鄰右舍間，只有嬸嬸的熟識才會稱呼她「阿民夫人」。若是普通的鄰居，大夥都喚她「三島屋老闆娘」或「三島屋的夫人」。

吉乃夫人是吧，有點在意。到底是哪裡令我在意？話說回來，爲何我會這麼想？

我這樣才糟糕呢。

「那可眞是個麻煩的傳聞。不管是發生何等慘事的房子，經過一年，風波大多便會平息，但這傳聞又捲土重來。」

小師傅使勁往膝蓋一拍。「沒錯。其實，繡球花宅邸再度傳出謠言前，好不容易找到新的住戶。」

最後，租屋的事告吹。繡球花宅邸從此成爲一幢陰森森的鬼屋。

「直到我師傅和初音夫人入住前，都是空屋。」

那段期間長達兩年，宅邸日漸荒廢，庭院雜草叢生。然而，每到梅雨季，庭院便開滿繡球花。那片景象與其說美不勝收，不如說是詭異駭人。

「不過，自從有人聽見宅邸的怪聲後，目睹鬼魂的傳聞便大幅減少。」

這樣反而惹來麻煩。

「擔任仲介的代理房東勘平衛，因知曉繡球花宅邸的來歷，見我師傅和初音夫人毫不在意地遷入，認定他們是窮酸的御家人，只是在逞強，很瞧不起他們。」

——亡魂具有人的形體時，還有辦法溝通，但變成僅僅聽得到聲音，看不見鬼影，可就難纏了。

他甚至出言恫嚇，實在不安好心。

「那麼，眞的很難纏嗎？」

阿近一問，小師傅搔抓著鬢角。

「這個嘛……」

加登新左衛門與知音花了整整三天，才在繡球花宅邸安頓下來。拆解行李的工作相當費事，裡頭泰半是書籍。

繡球花宅邸十分寬敞。新左衛門與初音曾先去看屋，決定好要使用哪些空間，關閉哪些空間。不過，初音認爲不用的房間，若不通通風、曬曬太陽，實在不放心，於是在加登家的長工和女侍的幫忙下，大肆整頓一番。

眾人忙進忙出時，始終沒瞧見半個鬼影。早前聽過傳言而提心吊膽的女侍，雖然對宅邸荒廢的情形感到驚訝，但從頭到尾都不曾因看到鬼怪大呼小叫。直到整理完畢，留下新左衛門和初音，準備離去時，大夥才有空想到繡球花宅邸的種種異聞。

「老爺、夫人，眞的不要緊嗎？」

「什麼？」

見新左衛門沉著臉，長工有些難堪。「小的日後會來幫忙整理庭院。」

「不用費心。需要人手時，我會找你們。好好照顧長一郎吧。」

由於正値春暖時節，庭院滿是新芽和綠葉。剛剛這名長工準備割除恣意生長的繡球花叢，遭新左衛門阻止。他認爲，繡球花一直守護著這座被遺棄的宅邸，若胡亂割除，委實失禮。

待宅邸只剩夫妻倆時……

「眞安靜。」

如初音所言，五天、十天過去，仍沒發生任何怪事。

鬼魂沒出現，小蜘蛛倒是瞧見不少。畢竟剛搬來時，處處結滿蜘蛛網。

至於傳聞中的呻吟聲和詛咒聲，也沒聽到半點。偶爾梁柱和托梁會發出聲響，但畢竟是破舊的老房子，不足爲奇。

繡球花宅邸的眾多房間，新左衛門和初音僅使用其中一半。特別是二樓的房間，全部關閉。這些不用的房間，皆掀起榻榻米，緊閉防雨窗。爲避免封閉過久，他們在月曆上註記，定時依序打開房間通風。不過，沒使用的房間自然沒亮光，除兩人住的地方，其餘之處連白天也籠罩在黑暗中。

所以非常平靜。

「連幽靈的湯文字都沒瞧見（註一）。」

新左衛門甚至講起文字遊戲，足見多寧靜。

並非夫妻倆與眾不同，連拎著角樽（註二）前來慶賀喬遷及新左衛門隱退的諸星主稅，也對與傳聞大相逕庭的祥和氣氛感到失望。

「果然是棟好房子。」

逛完宅邸一圈後，他馬上將功勞往身上攬。畢竟是他提供的消息，新左衛門沒和他計較。

「空房這麼多，日後我付不出房租時，能到府上寄住吧？」

「不行。」

「老師，您未免太冷漠。」

「你硬要住下，小心比我冷漠的鬼魂再度出現。」

庭院常有鳥兒造訪，大都是喧鬧的成群麻雀。不過，那像長在深山般茂盛的樹叢間，偶爾會有毛色和尾形罕見的飛鳥來訪。在赤坂新町的老宅從未見過這等光景，對喜愛造俳句的初音來說，是令人振奮的嬌客。

掩沒在「繡球花宅邸」稱號下的其餘花朵，也像在展示般盛開。有八重櫻、油菜花，及纏繞在樹上，從柔韌藤蔓間垂落的大串紫藤花。新左衛門翻遍圖鑑仍查不出名稱和種類的野草，亦展現出惹人憐愛的色彩。

新左衛門與初音愉快地融入宅邸生活。三年來一直被棄置在淒涼冷清中的宅邸，似乎也爲重獲主人而欣喜。

經常出入宅邸的書店和租書店的老闆中，不乏受傳聞影響，戰戰兢兢來訪的人。不過，一踏進庭院，旋即會爲融合野趣與華美的絕景連聲讚歎，而徹底清除塵埃和蜘蛛網的空間亦十分舒適，等第二次上門時，往往已拋卻原本的成見。連沿街兜售的小販也一樣，起先他們都避而遠之，覺得新入住的這對夫妻很可疑。但初音百般關照，

註一：湯文字是女人用布纏住腰部的一種傳統內褲。在這裡是一種文字遊戲，藉由「幽」和「湯」同是「yu」音，表示連幽靈的「幽」字都沒瞧見。有一語雙關之趣。

註二：酒桶的一種，附有一對像角般的握柄，大多爲慶祝之用。

日子一久，他們便沒再流露懷疑之色。曾撞見鬼魂的挑菜小販，則不禁瞠目結舌，直當自己看錯。

「再氣派的宅邸，還是得有人住才行。」

這麼一提，自隱居的老爺和夫人搬來後，就沒聽到詭異的呻吟聲——

「看樣子，亡魂面對活人的氣息，只能乖乖退散。」

儘管語氣略帶遺憾，諸星主稅也十分滿意此一結果。

春天轉眼結束，清爽的和風與鰹魚的叫賣聲消逝，梅雨季來臨。綿綿細雨中，繡球花宅邸的庭院施展看家本領，以紅、藍、白、紫四色繡球花，進行華麗的妝點，令新左衛門和初音喜不自勝。這座宅邸果然名不虛傳，繡球花才是眞正的主人。

「看了直教人忘卻雨天的煩悶。」

初音滿心歡愉，一有空就到庭院散步，或站在緣廊欣賞，百看不厭。

「妳若整天這樣，下回恐怕會有哪個冒失鬼，把妳看成那位夫人的鬼魂。」

新左衛門笑著規勸，初音則笑著回句「那也很有趣啊」。

然而……

從不怠惰打掃和維護，已對宅邸瞭若指掌的初音，最早提起宅邸內的怪事。

「最近有些不對勁。」

不管是在廚房或井邊工作時、使用掃帚和抹布時，還是踏進庭院的繡球花叢時——

「總覺得有道視線盯著我，躲在暗處偷看……」

會是野獸嗎？

「妳怎會這麼想？」

「因爲有生物的氣息。」

新左衛門故意開完笑：「不會是鬼魂吧？」

初音不顯一絲怯色，堅定地搖搖頭。

「不，是生物。」

此外，我現下才發現……初音一臉認眞地說道。

「這座宅邸沒有老鼠。第一次來看屋時，我早有覺悟，老鼠肯定不少，恐怕需要成堆的老鼠藥，心情頗爲沉重。」

但入住後一看，雖有許多鳥兒和蜘蛛在此築巢，卻沒瞧見半隻老鼠。

「你不認爲很不可思議嗎？」

其實，新左衛門也注意到這一點。「我推測是蜥蜴和壁虎的功勞。」

庭石間和屋簷下，常可窺見牠們的身影。

「蜥蜴和壁虎吃的是蟲子，頂多吃小鳥，但不會抓老鼠。」

「那麼，可能是貓吧。」

大概是附近住家養的貓，不時闖進繡球花宅邸。這座庭院搞不好是貓兒的地盤。

「是身上有白、黑、褐三種花色的貓吧？」

單憑一隻貓，能抓光屋裡的老鼠嗎？初音不太能接受。

「妳確實感到生物的氣息嗎？」

「嗯，我察覺後，四處張望，那東西馬上逃走。」

會是什麼呢？新左衛門跟著認眞思索。

「是野獸嗎？」

假如是鼬或貉之類的動物，在這一帶出沒也不足爲奇。畢竟繡球花宅邸長年無人居住，且新左衛門和初音搬入後，仍有許多地方未曾涉足。或許有一、兩隻動物棲息此處。

「我猜是狸貓。」

應該是狸貓的惡作劇。

「若幽魂和古怪的呻吟聲都是狸貓搞的鬼，倒是說得通。」

新左衛門笑道：「講什麼傻話。果眞如此，貉還較有可能。那位夫人的鬼魂，不是五官模糊，活像無臉女嗎？」

自古以來，只要無臉人出現，一定都是貉的戲法。

「有這種事？」

「當然。」

初音笑著回句「既然你這麼說，應該沒錯」，不再堅持。

「總之，要是那傢伙敢胡來，就得好好教訓。今後我也會多留神。」

「不過，野獸或許比我們早定居此地。」

「但付房租的是我們啊。」

兩人經過一番討論，幾天後發生一件事。

從早上開始飄落的小雨，在中午前止歇，太陽微微露臉。溫濕的南風吹拂，無比悶熱。新左衛門光坐在書房裡，便已汗流浹背，忙進忙出的初音當然更嚴重，嘴裡直叨念著「真受不了」。未時（下午兩點）剛過，突然改吹起北風。緊接著，一團烏雲疾速湧現。

天際傳來一陣不祥的隆隆巨響。

「哎呀，糟糕。」

初音急忙收拾晾在屋外的衣服。新左衛門也踏出走廊，準備關上書房和起居室的防雨窗。此時，有個東西迅如飛箭地從庭院樹叢間穿過。

是一隻白、黑、褐三色的花貓，大概是散步途中遭遇雷雨吧。見牠往初音所在的晒衣場奔去，新左衛門也順著宅邸外側的緣廊尾隨在後。

初音捧著衣物。雨滴已從天而降，踏腳石的顏色因雨斑駁。那隻花貓走到踏腳石前，倏地潛身緊貼在茂密的雜草間。從牠高高豎起的尾巴，看得出牠的藏身位置。

「初音，那裡有隻貓……」

新左衛門出聲叫喚時，那隻貓發出低吼。初音察覺轉身，便見貓竄出草叢，弓背豎起全身的毛，再度發出低吼。

新左衛門心頭一驚。那隻貓並不是對著初音吼，而是越過她身後，朝緣廊內側的

雪見障子陰影處擺出威嚇的姿態。牠雙眼上挑，呲牙裂嘴，幾欲飛撲上前，但也像隨時會拔腿就跑。

突然遮天蔽日的烏雲，使得庭院一片昏暗。沒有亮光，屋內自然更幽暗。晒衣場那一側的緣廊向南，裡頭是夫妻倆的臥房。新左衛門在走廊，而初音在晒衣場，現下房內別無他人。

然而，花貓卻不斷朝那裡低吼。

新左衛門注視著花貓威嚇的方向。初音走近那隻貓，發現丈夫在場，也轉頭望向臥室。

驀地，隔開寢室和緣廊的紙門後方，一團黑暗滿溢而出——只能如此形容。裡頭藏著一個比全暗的寢室漆黑的東西。

頭頂電光一閃，初音不禁縮起脖子。瞬息之間，新左衛門瞧見那東西的原貌。

在突如其來的閃電下，藏身紙門後方的輪廓清楚浮現。那是一團漆黑之物，高度與十歲左右的孩童相仿，形體不明。看起來就只是一團塊狀物。

花貓已不像低吼，更接近悲鳴。接著，牠發出連雷聲也無法掩蓋的淒厲叫聲，蹦蹦跳跳地逃離。

此時，新左衛門聽見一個聲音。不是貓叫，也不是雷鳴，更不是初音的話聲。那是「噢啊」地叫聲。

看見那團漆黑之物在紙門後方打個滾，逃往屋內，新左衛門隨即意會。剛剛是漆黑之物的聲音。它受雷聲驚嚇，發出一聲「噢啊」，慌忙逃離。

初音捧著衣服，準備踏上緣廊。新左衛門赤腳躍進庭院，奔往她身旁。

「別進臥室！」

新左衛門拉住妻子的衣袖，將她帶往外廊。此際，天空下起傾盆大雨。

「老爺，怎麼啦？」

新左衛門摟著雙目圓睜的初音，緊盯著臥房暗處。

「妳沒看到那個嗎？」

「哪個？」

汗流浹背的新左衛門，感到一股涼意竄過。若妻子問那是什麼，該如何回答？

「一團黑色的東西躲在紙門後，受雷聲驚嚇，發出叫聲。」

哎呀，初音緊抱丈夫。

「妳沒感覺到嗎？剛剛那東西，可能就是妳說的野獸。」

不過，沒有野獸的形體。

「長什麼樣？」

「只是個團狀物，一團黑色之物。」

新左衛門拚命思索，該怎麼形容才恰當？

「大小和孩童差不多，模樣像草鞋。」

話一出口，他馬上覺得這樣的比喻非常貼切。草鞋怪。

停頓一會兒，初音噗哧一笑。在雨聲和雷聲下，接連發出格格嬌笑。

「草鞋嗎？眞難得。那麼，變身成草鞋的，是狸貓還是貉呢？」

——實在失策。

加登新左衛門臉色一沉。

——我怎會如此慌亂？

妻子在一旁，他不僅手臂起雞皮疙瘩、背脊發冷，甚至冒出令妻子發噱的話。

恐怕全是一時眼花。突如其來的午後雷陣雨，讓屋子內外頓時籠罩在昏暗下，形成原本不存在的暗影。那「噢啊」的「聲音」，當然也不是聲音，而是摻雜在雨聲中的梁柱擠壓聲。

話說回來，所謂繡球花宅邸的鬼故事，新左衛門壓根不相信。他並非瞧不起這些

事，也沒否認宣稱目睹鬼魂的人口中的傳聞。應該眞的有人目睹，不過那是錯覺，而聽傳聞的人，也爲氣氛感染，彷彿親眼見過。

鬼魂的五官模糊不明，其實是因大部分的人都不曉得那位夫人的長相，這種推論反而較能接受。若清楚描述鬼魂的長相，經比對後，與那位夫人不太一樣，鬼故事就講不下去了，此時要強調是「無臉女」——會這麼想，也是理所當然。

宅邸一旦無人居住，便常傳出古怪的聲響，那應該是風聲或鳥獸的叫聲吧。屋子若沒人打理，會逐漸毀損，形成意想不到的縫隙，屋瓦、漆面也會斑駁剝落，發出嘈雜聲響。至於野獸，自從搬進這裡，在庭院發現貓的蹤影後，他不禁心想「果然不出所料」。貓發情或爭地盤時，叫聲特別淒厲。聽在那些打心底認爲宅邸不對勁、有鬼怪出沒的人們耳中，自然會認爲是不屬於陽間的聲音。

怪力亂神之事不該隨意掛在嘴上，而要正經談論。謹記這一點，繡球花宅邸發生（傳出）的怪事都能加以解釋。不過，這樣的解釋若不能讓內心獲得平靜，不管講再多道理，再怎麼訓斥，甚或嘲笑，都無濟於事。所以，新左衛門一向保持沉默。

然而……

——我因一時眼花心生迷惑，甚至產生幻聽。

恢復冷靜後，新左衛門爲脫口而出的話感到羞慚。如同先前引用古老傳說，稱藏身屋裡的是貉，向初音蒙混一樣，他答道：

「那個像妖怪的東西，搞不好眞的是草鞋。器物歷經百年，會化身爲妖物。或許

這宅邸的某處，藏著一雙老舊的草鞋。」

屋齡不過十年的宅邸，不太可能有上百年的器物，初音卻率真地回應「那我們仔細找找吧」。

「先母曾告訴我，若疏於爐灶的打掃，便會湧現不淨之物。那也是在警惕人們，不好好愛惜，器物就會變成妖怪。」

之後，歷經幾場大雷雨，梅雨季終於結束。長一郎夫婦像一直在等候夏天來臨般，從赤坂新町帶著孫子上門，還拎著一盆牽牛花。

「我猜想，爹娘現下約莫已住慣。」

長一郎言詞十分得體，但事後他偷偷透露，其實是媳婦害怕宅邸的傳聞，遲遲不肯來。

年方七歲的孫子，起先規規矩矩的待著，不久便覺得這寬敞的宅邸不太一樣，好奇地東奔西跑。不知打哪聽到的，一腳踏進防雨窗緊閉、不曾使用的房間時，他對新左衛門說「爺爺，這裡有好多不准打開的房間」。早就從上次雷雨天的「眼花事件」中重新振作的新左衛門，聞言朗聲大笑。

長男一家在此度過悠閒的夏日。然而，當紅輪西下，宅邸內逐漸變暗時，媳婦頓顯坐立不安。她坦言想趁天黑前返家。

離開前，孫兒前往茅廁。位於宅邸北側的茅廁一帶，已是一片昏暗。媳婦陪著他去，半晌過後，卻面如白蠟地返回。

「茅廁旁的南天竹底下，好像躲著什麼東西。」

那東西似乎在窺望他們，她清楚感覺到對方的動靜。

孫子也附和。「我猜那是貓，所以模仿老鼠的叫聲。雖然毫無反應，卻仍躲在那裡，我便揀小石頭丟去。」

「然後呢？」

「樹木一陣搖晃，那東西逃往庭院。」

孫子毫不畏怯，反倒一臉興味盎然。

初音望向新左衛門，他佯裝不知。

「如眼前所見，這座庭院就像野外，似乎棲息著不少野獸。多虧牠們，屋裡沒半隻老鼠，幫我們很大的忙。」

這麼說，可能是狸貓嘍。孫子喜出望外，唯有媳婦臉色益發蒼白。

「不過，那東西挺高大的。」

孫子比著自己腰帶的高度。

「眞有那麼黑的野獸嗎？」

宛若濃稠的黑暗凝聚在南天竹底下。

那天晚上，新左衛門執蠟燭前往茅廁。夜空掛著半月，平常根本不需要照明。他刻意帶著燭火，與其說是覺得陰森，不如說是感到生氣。

白晝的暑氣沉積在夏日庭院裡，夜氣緊纏全身。

新左衛門以燭光照向南天竹。其中有兩株並立而生，由於從未請園藝師傅修剪，枝椏恣意延伸，綠葉濃密，高度與矮小的新左衛門一般高。

他發現有個像黑暗凝聚成的黝黑之物。

「你這樣不對喔。」

他不自主地開口。

「讓女人和小孩受驚嚇，一點都不光采。」

仔細一想，他實在不曉得自己何出此言。明明不確定那裡有沒有東西，他卻刻意擺出嚴峻的表情。

「我不知道你是野獸，還是哪來的妖怪，假如有話想說，就大大方方現身，不要偷偷摸摸。」

只有一片死寂的庭院在聽他的教誨。

新左衛門突然覺得自己好蠢，不禁露出苦笑。此時……

「啊哇。」

腳邊傳來聲響。放鞋的石板旁設有淨手缽，放著半圓形的木蓋及小木勺。

那木勺掉落在地，有個東西從淨手缽旁逃走。

新左衛門持蠟燭追上。燭光投射的狹窄光圈角落，映照出一團拖著下襬的黑色塊狀物，一路往前跑。

新左衛門呆立原地，直到燭火因手痠而搖搖晃晃。

剛剛那是什麼？

又傳來聲音。這次絕對沒聽錯，感覺帶著慌張及畏怯。

——難不成那東西會害怕？

是挨我罵的關係嗎？還是害怕我生氣的表情？果眞如此，根本和傳說不一樣，一點都不像妖怪。

這事不能告訴初音，他還沒決定怎麼啓齒。

不過，他並未花太多時間做決定。隔天晚餐時，妻子主動提起這件事。

「抱歉，今天的晚餐很簡單吧？」

白飯配醃菜，佐菜是小魚乾。

「其實我原本準備了山藥泥，卻全灑出來。」

山藥泥是新左衛門的最愛。

「那是結實可口的山藥，我磨成泥後放進磨缽，轉身想取湯汁攪拌……」

磨缽突然翻倒，山藥泥灑滿地。

「不是我粗心弄翻的，而是有誰惡作劇。」

初音一臉傷腦筋，眼中卻帶著笑意。新左衛門聞言渾身一僵，初音則十分泰然。

「會是誰？」

「就是你前幾天說的那個東西啊。」

嗯，應該是它闖的禍，初音自顧自地點頭道。

「你形容它像草鞋，眞的一點也沒錯。不過，每次它一動，形體就會改變，感覺胖嘟嘟的，彈力十足。」

「初、初音。」

初音毫不理會慌張的丈夫。

「分不清哪裡是手，哪裡是腳，甚至連臉在哪裡都瞧不出。可是，好像有上下之分。它靠近流理臺外緣，往磨缽裡窺望。」

初音轉過頭，它急忙逃離。因爲動作過猛，才打翻磨缽。

「山藥泥從頭……應該說從上面淋下吧，它連忙往外逃。速度飛快，不知是像彈跳，還是像滑行，宛如流動的水。」

妳當時清醒嗎？新左衛門忍不住高聲問。

「嗯。那發生在白天，而且是我親眼所見。」

初音接著道。

「山藥泥十分濃稠，連我在磨時都覺得手癢。那東西淋了整身，它若有生命，想必痛苦得要命。」

果不其然，豎耳細聽後，傳來一陣細微的哭聲。

「它癢得難受。」

初音循聲輕鬆找到它的藏身處。那是廚房旁的小房間，由於鋪有木板，充當收放鍋子和餐具的貯藏室。

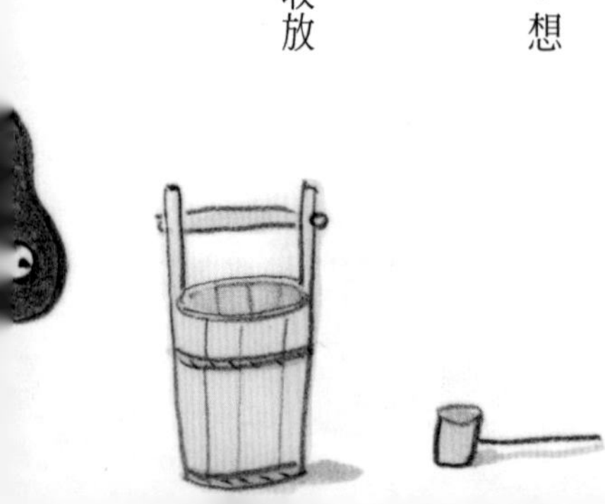

「地上殘留山藥泥的痕跡。」

黝黑之物躲在架子和木箱後哭泣，頻頻鑽動，彷彿痛苦萬分。

「欸，你瞧，山藥泥一碰就會發癢呢。我一出聲，它便簌簌發顫，縮起身子。」

你先到井邊沖洗，我去調醋酸水，洗完再淋醋酸水。初音雙手插腰，低頭喝斥道。接著，初音讓開路，黝黑之物便垂頭喪氣地前往井邊。

「之後，我提一桶醋酸水追上，卻不見它的身影，大概是天還亮著的緣故。」

不得已，初音扯開嗓門喊「喂，醋酸水來嘍」，把水桶放在井邊的竹林旁，佯裝離去，躲在暗處窺望。

不久，桶內的醋酸水嘩啦嘩啦跳動。定睛一看，黝黑之物在桶邊潑水。

——要洗乾淨喔。

初音露臉叮嚀，那東西大吃一驚，激起一陣水波，緩緩滑行而出。

「它好像覺得很刺眼……」

「覺得刺眼？」新左衛門插嘴。

「嗯，應該是怕陽光吧。」

——這次學到教訓，下次就別胡來嘍。

聽初音這麼叮嚀，那東西應聲「啊哇」。

「老爺。」

初音雙眸清亮無比。

「不管那是什麼，我都明白了一件事。它是個孩子，年幼的孩子。」
小師傅說到這裡，暫停片刻，現場瀰漫著一股愉悅的沉默。
「初音夫人……」
阿近側著頭尋思合適的形容，嫣然一笑。
「眞是既溫柔，又有膽識。」
阿近也很想誇她可愛。
小師傅靦腆一笑。「凡事夫人都不會想得太複雜。她曾說，像我師傅這麼難侍候的人，要當他的妻子，就得這樣。」
一隻大小如孩童，形狀像草鞋，全身黝黑，一動便全身抖不停的奇怪生物，換成是普通人撞見，恐怕還不及細想，便先嚇得雙腿發軟。
「黝黑之物大概是覺得山藥泥很罕見，才會靠過來吧？但似乎沒有要吃的意思。若是生物，應該會吃些東西。」
小師傅聞言頻頻眨眼。
「不愧是阿近小姐，對這類故事眞的是習以爲常。」
您是第一個注意到這情形的人。
「它不需要進食。不過，每次給食物，它都很高興。」
「高興？」
「是的，這點也很像孩童。它特別喜歡水果乾，因爲顏色和形狀都很美。」

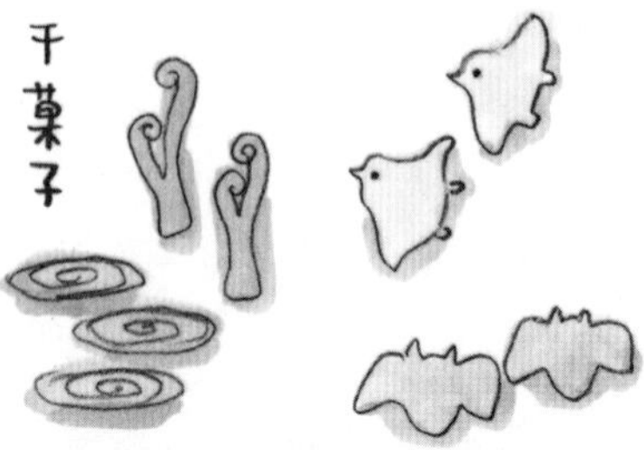

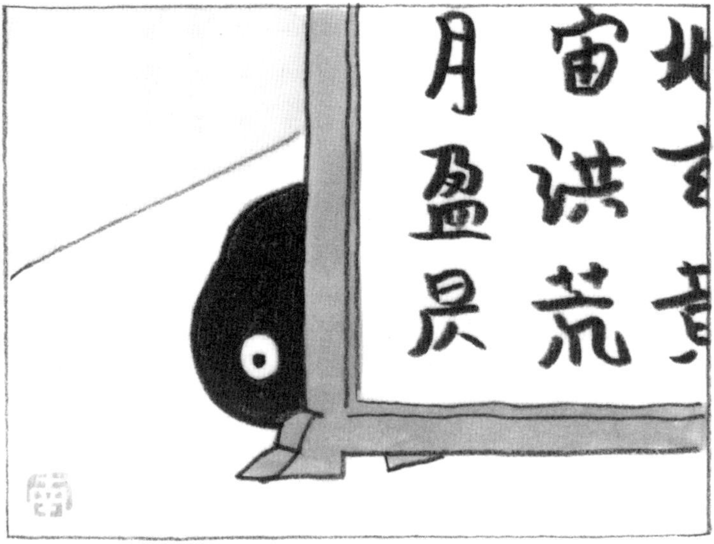


大部分的水果乾，都做成花和葉子的形狀，有時也會仿鳥或魚的外形，顏色更是五彩繽紛。那黝黑之物就喜歡這樣。

「它不是拿來吃，而是收藏在窩裡。偶爾初音夫人前去探望，便會發現潮濕的水果乾散落一地。」

「您剛剛提到『窩』……」

「那是繡球花宅邸沒使用的房間。如初音夫人所料，它怕陽光，喜歡黑暗。」

有時它會爬上閣樓，或鑽進地板下。

「太陽一下山，屋內變得昏暗，它甚至會挨近師傅和初音夫人身旁。儘管怕光，但不至於一照光就斃命。」

發生山藥泥那場騷動時，廚房雖點著燈，但器具和家具後方仍有不少陰暗處。它就是挑這些地方移動，從暗處探出頭（像是頭的部位）。

在腦海裡想像後，不禁覺得它十分可愛。不，若身歷其境，阿近沒把握能像初音那般沉穩。

「抱歉，一時講得太快。」小師傅微微低頭鞠躬。「那起『山藥泥事件』，從頭到尾都只是初音夫人的個人經歷，並非師傅親眼目睹。所以，不管初音夫人描述得再活靈活現，師傅仍不肯相信。」

——初音，有時人雖醒著，一樣會做夢。

「師傅還這麼勸道，完全不向初音夫人妥協。」

子不語怪力亂神。不隨便談論神怪，也不人云亦云。

「不過，初音夫人也不是易與之輩，不會因他一句話就退讓。」

小師傅再度展露笑顏，開心地繼續道。

「她心想，既然如此，我就拿出鐵證讓你見識。於是著手馴服那隻黝黑的生物。」

「馴服？」

「初音夫人想讓它乖乖聽話，一喚它就出現。」

那黝黑生物喜歡水果乾，便是馴服過程中的發現。

「就像拿食物餵野狗、野貓一樣。」

不過，棘手的是，它雖有好奇心，卻不吃食物。

「初音夫人花了約一個月嘗試，不斷改變方法和誘餌。」

或許是初音曾拿醋酸水幫忙除癢，那黝黑生物感恩在心，對她有股親近感。每當初音獨自一人時，它就會悄悄靠近。洗衣或縫補衣服時，初音猛然抬頭，常會發現那黝黑的草鞋從屏風後窺望她。

「可是，它絕不會在師傅面前現身。若初音夫人突然要師傅過來，它便會急忙逃走。」

初音益發不肯認輸，連加登新左衛門都不禁擔心妻子精神出狀況。

「先前媳婦和孫子說過那樣的話，而師傅本身也有過奇特的經驗，所以無法斷然否定初音夫人的想法。不過，看初音夫人整天睜大眼睛追著妖怪跑，仍不免擔心。」

兩人獨處的生活，像這種時候就容易起衝突。假如有女侍在一旁，雙方也會比較冷靜，可惜偏偏不是那樣。

——妳好像變了個人。

——因爲你不相信我。

兩人你一言、我一語，沒完沒了。

「師傅對自己紊亂的心緒感到不安，同時深切反省，初音夫人對那妖怪如此執著，恐怕是離開兒子和孫兒們獨自生活，過於寂寞所致。」

阿近暗想，加登新左衛門也算是個溫柔的人。

「不過……」小師傅朝膝蓋使勁一拍，「之後，師傅終於明白初音夫人是對的，

放下心頭的大石。」

起因是新左衛門感染風寒，臥病在床。

「他連續多日高燒不退，請大夫診治，服用藥湯，仍不見效。」

初音無比擔心害怕。

「師傅個頭小，但身子骨強健，連鼻塞或流鼻水都很少有。雖然後來中風，可當他一恢復意識，便開口喊餓。」

新左衛門因高燒意識不清，終日躺在床上，連如廁都有困難。

「平時愈是健壯的人，愈可能一病不起。想到有這樣的危險性，初音夫人忐忑難安，獨自在廚房掉眼淚。」

此時，那黝黑生物突然現身，湊向初音，抖動著身子，像要告訴她什麼。

——看我在哭泣，它替我擔心。

「初音夫人拭去眼淚，提起勇氣說服它。」

——新左衛門不承認世上有你這種常理無法解釋的生物。要是看到你，他肯定會大吃一驚，想了解你的背景，重燃向學之心。這麼一來，他的病就能不藥而癒。

「這推論是否合乎邏輯，姑且不談。不過，初音夫人的心意似乎連妖怪也能明白。」

初音帶著那黝黑生物奔向新左衛門枕邊。

「師傅第一次親眼目睹那妖怪。」

阿近故意打岔：「這次他沒認爲是高燒的緣故，才看到不該存在的東西嗎？」

小師傅粲然一笑。「對，他就是以這句話辯駁。」

但妖怪並未從新左衛門枕邊離去。每次他迷迷糊糊醒來，總會發現那隻妖怪，像是躲在枕邊屏風後，縮成一團坐著。

「還有一件很不可思議的事。那妖怪待在枕旁後，師傅便慢慢退燒。」

傳聞遇到妖怪的人，會因接觸其瘴氣而染上熱病。若是這類傳說，精通古今文獻的新左衛門當然也知道，但他的遭遇完全相反。

「原本持續不退的驚人高燒，竟兩天不到就自動退燒。他迅速康復，腦袋和眼神恢復原本的清明，那隻黝黑生物仍待著不走。」

描述當時情況的小師傅，可能在模仿加登師傅的反應，微微抬頭挺胸。

「師傅說，這麼一來，我也不得不讓步。」

阿近與小師傅不約而同地笑起來。

「從那之後，師傅、初音夫人，還有那隻妖怪，兩人一妖和睦地同住在繡球花宅邸。」

一旦熟悉後，那黝黑生物就不再畏懼新左衛門。每次新左衛門在抄書時，它便會湊近，沖澡時也會湊近。和它講話時，它會如怕生的小孩般縮起身子，但不會逃走。

「師傅稱它爲『暗獸』。」

新左衛門起初頗爲猶豫，不知是否該斷言它是野獸。

「它也可能是迷失於前往陰間之路，而留在陽世的孩童亡靈。」

但它的形狀實在太怪異，且智慧與身體大小不成比例。雖然先前因山藥泥受到教訓，它對廚房的食材依然很感興趣，不時打翻餐具。它也曾鑽進浴缸的燒柴口，玩得滿身火灰，挨初音一頓痛罵。

暗獸感興趣的事很多。有一次初音隨意玩著手毬，並哼起手毬歌，暗獸喜歡得不得了。

「不久，它已學會滾手毬，還央求初音夫人唱歌。」

初音玩得一手好毬，但暗獸學不來，只會滾毬。不小心滾到亮的地方，一時忘我地追向前，便會因刺眼的光線縮起身子，落荒而逃。

——它不太聰明呢。

新左衛門暗忖。

——可能是貓、狗的同類，或者連貓、狗都不如。

所以，新左衛門才當它是野獸，但初音覺得很可憐。

——至少取個名字吧。

由於是全身黝黑的生物，首先便聯想到「黑兵衛、黑太郎」之類的名字。

「最後選定『黑助』，對吧？」

阿近說道，莞爾一笑。

「聽起來頗小巧可愛。」

新左衛門決定不用漢字，直接用平假名較合適。

「黑助」不時會發出「啊哇」或「嗚哇」的「叫聲」，猶如嬰兒發出的聲音。

「和它說話時，它有時也會出聲回答。」

它不斷央求初音唱手毬歌，漸漸學會曲調。一天，加登夫婦聽見「黑助」在宅邸內的某處模仿手毬歌，哼著走音的旋律，兩人不禁面面相覷。

——要是記得住曲調，或許能教它說話。

實際上，他們呼喚「黑助」時，它知道那是自己的名字。

「師傅頓時幹勁十足。之前他從沒教過孩子，所以到常去的書店挑選類似習字所會用的教本，從頭當起老師。」

據說書店老闆詫異地問：加登先生，您要開設習字所嗎？

「師傅希望能與『黑助』自在地溝通，然後進一步詢問它許多問題。」

你是從哪來的？什麼時候開始住在這裡？

「黑助」，你的眞實身分爲何？

「遺憾的是，『黑助』似乎沒那麼聰明。」

小師傅像在說自己似的，伸手搔頭。

「它的學習遲遲沒有進展。」

不過，新左衛門依然用心地更換教育方法，陪在一旁的初音也十分樂在其中。

「她總說『黑助』有趣又可愛。」

初音關心的是「黑助」的好惡。它喜歡水果乾，山藥泥會令人發癢，所以討厭。它還討厭烤魚的燻煙，煮飯時的熱氣則是很喜歡。

「不知是對淋醋酸水印象深刻，還是想學師傅沖澡，它常鑽進浴盆。於是，他們買了一個『黑助』專用的浴盆，睡覺時它便會鑽進去。」

「睡覺？」

「是的，太陽出來它就睡覺，和人們的坐息顛倒。」

假如需要睡眠，就是生物，阿近重新思考。小師傅點點頭，「聽說它摸起來滑溜溫暖，確實有生物的觸感。」

「黑助」喜歡鳥。

「每當庭院有鳥兒聚集，它就會從樹後暗處靠近，然後鳥兒便振翅飛走。」

初音習慣早上在庭院裡撒碎米和雜穀，引鳥兒聚集，好讓「黑助」開心。不久，她發現「黑助」巧妙地學會幾種鳥叫聲。稍一誇獎，它就會開心地不斷模仿。由於它連半夜也在練習，爲避免鄰居起疑，她教導「黑助」，太陽下山後絕不能模仿鳥叫。

「另一方面，它很討厭狗、貓及老鼠，而這些動物似乎也很討厭『黑助』。繡球花宅邸沒老鼠造窩，就是『黑助』住在這裡的緣故。」

「黑助」也喜歡花。入夜後，它常爬到樹上。原以爲它喜歡高處，其實不然。

「它喜歡的是月亮和星星。」

雖然怕光，但它喜歡點綴夜空的銀色光輝。它會坐在高處的枝頭上，仰望夜空，

哼著歌，直到天明。

「初音夫人教它孩子們在月夜下玩踩影遊戲唱的歌，它也全學會了。」

不過，不管怎麼教，它都搞不懂人話，只會記聲音。那是它的學習極限。

「雖然鄰居可能會覺得奇怪，但師傅和初音夫人都沒禁止『黑助』唱歌。」

夜深人靜時，有時會被它的歌聲吵醒。但靠著枕頭，躺著靜靜豎耳聆聽，那聲音會深深傳進心中。

原本語調開朗的小師傅，說到此處，心情有些低落。

「初音夫人喜愛造俳句。」

當時，她也在繡球花宅邸吟詠了幾句。聽她描述此事時，小師傅曾請她拿出俳句本來欣賞一番。

「不過，她不肯讓我看她吟詠『黑助』唱歌的俳句。」

想到那段過往，便不勝唏噓——初音解釋道。

看樣子，接下來的故事有點感傷。阿近緩緩點頭，隔一會兒才問：

「他們和『黑助』過得很幸福吧？」

「嗯，出奇忙碌的隱退生活。」

「想必繡球花宅邸也很開心，搞不好會感嘆『啊，眞是熱鬧』。」

阿近若無其事地應道，但小師傅雙目圓睜，似乎相當驚訝。

「宅邸會覺得開心嘛？」他低喃著，點點頭附和：「說得也是。」

「另一方面，儘管師傅從『黑助』那裡什麼也問不出，仍不斷翻閱典籍，不時借重朋友的智慧，努力想查明『黑助』的眞實身分。古今流傳許多妖怪故事，但像『黑助』的描述，始終遍尋不著。除卻全身黝黑這點，和肉瘤怪倒有幾分相似，不過，肉瘤怪只會嚇人，不會與人親近。」

「黑助」究竟是什麼？此事始終成謎。

「師傅和初音夫人約定，不對外透露『黑助』的事。」

初音當然贊成。她打算守口如瓶，保護「黑助」的安全。

——「黑助」怕生，且容易受驚，最怕那些愛看熱鬧的人。

「除了常出入屋內的商人，這座宅邸原就沒太多訪客。親戚都知道，師傅的隱居就是離群索居。而加登家的媳婦，或許對先前的遭遇仍餘悸猶存，沒再靠近過繡球花宅邸半步。他倆想看兒孫，便自行前往赤坂新町。以師傅和初音夫人的情況，這樣再適合不過。」

商人只要談完事，早早打發他們走就行，而「黑助」在新左衛門和初音與來客談話時，也不會隨便靠近。

「當然，初音夫人也吩咐過它。」

此時，小師傅略顯躊躇。

「『黑助』原本很怕生。先前費好大一番工夫，它才在師傅面前現身。」

他為何躊躇？阿近沒問，暗暗將此事記在心中，接著道：

「那麼，他們也瞞著諸星先生，沒告訴他實情嗎？」

那名自稱是加登新左衛門弟子的戰記物語說書人。

小師傅面露苦笑，「師傅對他很傷腦筋。」

諸星主稅總是突然來訪，但絕不會空手上門。他多以有事請教爲藉口，拎著酒出現，或帶來時鮮佳餚，向師傅討酒喝。

這名男子一向開朗，雖不清楚他的背景，但不像壞人。新左衛門和初音內心都十分明白。

「不過，就許多意義來說，他的嗓門實在大了點。」

畢竟他靠嗓門謀生。

「要是讓他知道『黑助』的存在，再怎麼對他下封口令，肯定都不管用。即使他沒惡意，最後也可能洩漏口風，甚至四處宣傳。」

愛看熱鬧的的諸星，突然想起似地重提舊話。

——對了，之後那位夫人的鬼魂都沒出現嗎？

自從夫妻倆搬進繡球花宅邸，諸星更常來訪。

「眞傷腦筋。」阿近秀眉微蹙。

「不過，突然和他疏遠，反而會引起懷疑。因爲他也愛打探祕密。」

他就是這樣的人。雖然性情不錯，但對稀奇的事物或故事特別感興趣，且非得搞得人盡皆知才高興。

「不得已，只要諸星來訪，他們都像以前一樣對待他，也不刻意改變彼此的交往方式。不過，他們對『黑助』叮囑再三，要它特別留意，不可現身。」

雖然感到不安，卻別無他法。

「諸星先生接連上門兩、三次，他們都勉強應付過去。此時，初音夫人發現一件事。」

——「黑助」不太喜歡諸星先生。

「和對其他商人不一樣，它不僅是怕生不敢靠近，而是帶有幾分反感。」

阿近直率地說出心中的想法，「孩子大多討厭醉漢。」

小師傅笑出聲，「阿近小姐眞是料事如神。」

諸星主稅喝醉後，放聲高歌、朗聲高談闊論的喧鬧模樣，「黑助」極爲厭惡。每次他一出現，「黑助」便躲起來，即使初音悄悄叫喚，也不肯現身。有時甚至一躲就是一整天。

「之後，拿著水果乾袋子引誘，滾動手毬呼喚，『黑助』總算露面。它像在鬧彆扭，也像心情沮喪，一副無精打采的模樣，令初音夫人頗爲心痛。」

新左衛門酒量不錯，但不會獨飲。繡球花宅邸只在諸星主稅上門時，才會酒味瀰漫。原以爲酒對「黑助」有害，它卻若無其事地靠近酒壺。

「於是，他們恍然大悟。『黑助』討厭醉漢，而不是酒。」

阿近一本正經地應道：「我也很討厭醉漢。」

「那我得特別注意。」

兩人各自說完，才覺得不太對，沉默半晌。

「在我老家的旅館，常拿醉漢沒轍。」

我何必這麼慌張？阿近急著繼續道：「醉漢常會纏著孩子、逗他們玩，真的很傷腦筋。」

是啊，小師傅也答得特別用力。

「那麼……阿近小姐，您多少知道醉漢的醜態吧？」

「嗯。」

「這樣接下來就好說了。醉漢酒一喝多，是否常醜態百出？」

阿近擺出不悅之色，「善後工作可累人呢。」

「嗯，初音夫人提到此事時，表情恍若地獄裡的鬼差。」

那是二月底一個細雪飄降的日子，和往常一樣拎著酒來訪的諸星主稅，一時喝太多溫酒，腸胃不適，步履蹣跚地起身前去如廁。

「不料，他不慎跌落緣廊，胃裡的東西吐個精光。」

諸星就地朝緣廊底下大嘔特嘔，所以初音沒發現他留下的穢物。他覺得既丟臉又麻煩，索性漱完口，佯裝不知。

「當時下的雪，還不至於到積雪的程度，但可能是天寒地凍的緣故，並未發出臭味。隔天早上清掃時，初音夫人也沒察覺。」

這次「黑助」和之前一樣，見諸星出現便躲得無影無蹤。由於當晚喝醉的諸星比平時吵鬧，連初音都大喊吃不消。她暗想「黑助」應該也很討厭，所以沒太在意。

但兩、三天過去，仍不見「黑助」現身，初音不禁感到心神不寧。

「她在宅邸裡四處叫喚，『黑助』始終沒回應，連師傅也幫忙找尋。」

兩人甚至爬上閣樓，朝庭院每一株樹木頂端呼喚，也往緣廊底下查看。

「接著，他們發現一灘灑在外廊底下，已然乾涸的穢物，及縮成一團的『黑助』。」

看來，諸星主稅嘔吐時，「黑助」不巧躲在這裡。

「這麼說，是遭穢物淋身嘍？」

「應該是離得很近，被濺到了。」

「黑助」顯得很衰弱。

「並非只是害怕或討厭，身體整整小一圈。」

「黑助」動彈不得，一直困在此處，難怪怎麼喊都不露面。寒冬裡，加登夫婦滿身大汗地將「黑助」從緣廊底下拉出。

「大概是渾身凍僵，儘管在旁邊放上一盆熱水，它連爬進去都辦不到。」

眞可憐，阿近不禁皺起眉頭。

「師傅和初音夫人之前觸摸過『黑助』。」

平時是光滑溫熱的生物觸感。

「但他們從未抱過它，也一直沒機會。」

當時，新左衛門於心不忍，想抱「黑助」進浴盆，卻大吃一驚。

「『黑助』身體無比輕盈，彷彿由灰塵匯聚而成，感覺像……揉成一團的破布，鬆鬆垮垮。」

夫妻倆替「黑助」清洗，幫它暖好身子後，放入浴盆。然後，將臥房隔壁的房間布置得昏暗漆黑，讓它在裡頭休息。

半晌過後，傳來「黑助」微弱的哭聲。

「雖然它已稍微恢復元氣，能夠出聲，不過……」

那哭聲教人直想落淚。

「初音夫人不停叨念，一定是哪裡痛，都怪醉鬼的嘔吐害『黑助』生病。她忽而生氣，忽而擔心，忙得不得了。」

別理它，讓它靜養就行，新左衛門吩咐道。

——這點小傷，野獸會自己舔舐治療。

「初音夫人很生氣，認爲師傅這麼說太無情，『黑助』才不是野獸。偏偏不能找大夫，且面對不需進食的生物，也不曉得吃藥管不管用，只能聽從師傅的吩咐。」

不過，新左衛門另有想法。

不知何時，「黑助」漸漸變小。

阿近側頭問：「所以，那是諸星先生造成的？」

不，小師傅搖頭否認。「就算諸星大人沒嘔吐……不，一直提到嘔吐，眞是失禮了。」

「黑助」比當初相遇時，變小許多。

這個發現，像細針般刺著新左衛門的心。

「黑助」原就是形狀不定的生物。形容它像草鞋，是因它大多是這種感覺。它動起來猶如毛毛蟲，爬進浴盆裡睡覺時，形狀會變得和浴盆一模一樣。玩手毬時，則會縮得和手毬一般圓。

所以，體型大小和重量都難以目測。新左衛門的發現，並無道理可循，完全是憑直覺。

「還以爲你要講什麼呢。」

初音只回句「是你想太多」，不予理會。

「被諸星先生害成這樣前，『黑助』都維持第一次現身的形體，哪有改變大小？」

確實是諸星的醜態害「黑助」變得虛弱，但以此爲契機，新左衛門重新仔細觀察「黑助」。於是，他赫然發覺，從梅雨季結束的那次邂逅，到二月下著細雪的這天，「黑助」日益消瘦。

此事不必討論，目測較快。

「黑助」始終不見好轉。發生那樁意外後，初音頻頻到臥房隔壁的暗房輕撫「黑助」，爲它鼓勵打氣。過沒多久，「黑助」離開浴盆，躲了起來。不時會聽見它痛苦難耐的呻吟聲，所以能確定它還在屋內。初音臉色大變，想找出它，卻遭新左衛門勸阻。

「別去打擾受傷的野獸。」

「它才不是野獸！」

初音大怒，但「黑助」不出現，她也沒辦法，只能牽腸掛肚地等候，十天後，「黑助」才出現在夫妻倆面前。

初音喜極而泣，但新左衛門的心頭又扎上新的細針。

「黑助」看似已恢復原狀。或許知道自己讓夫妻倆擔心，於是撒嬌般晃動著身子，一和它說話便猛點頭。

不過，與之前相比，有明顯的差異。初音開心地撫摸它、逗它玩，每一碰觸到它，「黑助」便微微縮起身子。就像人靠近熱得發燙的鐵壺，身子會不自主往後一樣。扎在新左衛門心頭的那根針，慢慢滲出不安。正與他在這愉快的半年多時光裡，不時會思考，卻百思不解，最後索性不再去想的疑問，有共通之處。

「黑助」到底是什麼？

櫻花花季即將結束的某個春日，「黑助」湊向獨自待在書房裡的新左衛門。那天厚厚的雲層遮蔽陽光，白天看書便需要點燈，所以「黑助」行動自如。它看似已完全康復。

當時，初音恰巧外出採買。新左衛門把座燈移至遠處，將「黑助」喚至壁龕的層

架旁。雖說是壁龕，卻沒擺書畫，只疊一堆書，新左衛門想用這裡的柱子當量尺。

「黑助，你盡可能試著拉長身體。」

黑助全身抖動扭曲，無法順利丈量。新左衛門不由得伸手想拉它一把時，確認了一件事。

「黑助」果然因他的觸碰縮起身子。

他勉強讓「黑助」站立，看準它頭頂到達的位置，以墨水在柱子上畫下印記。

「今後我會不時丈量你的身體大小，知道嗎？」

「黑助」緊貼著柱子，晃動身軀。

「欸，黑助。」

不能跟初音說喔，新左衛門悄聲道。

「我不會罵你，也不會生氣，所以告訴我吧。其實，你不太喜歡我和初音的碰觸，對不對？」

「黑助」沿柱子蜷起身子，變得和牡丹餅一樣圓。若它是人類的小孩，就像緊抱雙膝蹲在地上吧。

「你一直爲了我與初音極力忍耐，對吧？不過，這次因爲那名醉漢，你身體虛弱不少，要繼續忍耐，實在很難受，是不是？」

「黑助」縮得更小更圓，宛如把臉埋進雙膝間的孩童。

「再說一次，我不會生氣，初音也是。我們疼愛你，希望你能健健康康，所以想

知道眞相。」

「黑助」全身蜷縮。

新左衛門思忖片刻，扎在他心頭的細針悄悄鑽動。

「抱歉，黑助。我想確認一下。」

新左衛門伸出右手，在「黑助」面前攤開掌心。

「接下來，我要摸你。會有點用力，可以嗎？」

「黑助」蟄伏不動。新左衛門頷首，下定決心，按向縮成一團的「黑助」頭頂。

不似出事時那般鬆鬆垮垮，有股溫熱感。不過，以前不經意地碰「黑助」時，觸感更爲扎實。在新左衛門眼中，「黑助」消瘦許多，身形更顯單薄。

新左衛門按住「黑助」，緩緩由一數到五，移開手後，不禁倒抽口氣。

「黑助」頭頂留下一個和新左衛門手掌相同大小的凹痕。
「對不起，黑助。」
新左衛門聽見自己的話聲在顫抖。
「你可以離開了。」
「黑助」重新縮起身子，迅速穿越書房，從雪見障子微開的縫隙逃往緣廊，又鑽進底下。
直到初音採買返回、出聲叫喚前，新左衛門始終呆坐原地，甚至忘記將座燈歸位。
之後，經過四個晝夜，「黑助」都不見蹤影。正確地說，是沒出現在初音面前，而是一天一次，只在新左衛門單獨待在書房時才會現身。等新左衛門看過凹痕的情況後，旋即跑到某處躲起來。
新左衛門編個藉口，告訴初音「黑助」也喜歡在春天打盹，最近常睡在地板底下，妳就別去找了。
——黑助曉得我爲何按它頭頂。
若初音瞧見它頭上的掌形凹痕，想必又會氣得質問「爲什麼」，「黑助」料到這點，所以刻意避不見面。
並非新左衛門想太多。四個晝夜過去，凹痕不再明顯後，「黑助」才總算出現在初音面前。

一團濃霧逐漸籠罩在新左衛門胸口。那不是不安的濃霧，而是用來掩飾不安的濃霧。他不想正視自己的新發現，那已不是從外部扎進他心頭的細針。

我和初音或許犯下嚴重的錯誤。

新左衛門心神不寧，但仍保持沉默。他渴望有機會整理心中的假設，同時考慮到初音的心情，遲遲說不出口。假如能夠，他希望再次驗證這項假設。

不過，那肯定又會讓「黑助」受苦，新左衛門暗忖。

表面上，新左衛門一如往常，其實，他瞞著初音，每半個月就量一次「黑助」的大小。「黑助」明白他的意思，只要新左衛門在書房裡叫喚，馬上現身，乖乖貼著柱子站立。

轉眼春夏過去，當秋風吹起時，事實已不言自明。

「黑助」一點一點變小，且消瘦的速度愈來愈快。爲加以確認，新左衛門原本每半個月一次的丈量，改爲十天一次，不久後又改爲五天一次。每次「黑助」都明顯縮小。

今年中秋舉行賞月宴時，天空萬里無雲。初音希望「黑助」開心，比去年更賣力裝飾，除糯米丸子外，還準備許多漂亮的甜點。

夫妻倆坐在繡球花宅邸的緣廊，與「黑助」一起仰望明月。初音吟了幾首俳句，新左衛門則講了幾個和滿月有關的日本及中國傳說。初音唱歌時，「黑助」也跟著哼唱。擺在緣廊上的浴盆裝滿水，映照著皎潔的圓月。

「今晚，黑助最喜歡的月亮會降臨這處緣廊，就請月亮整夜都留在浴盆裡吧。」

初音愉快地說著，「黑助」也從庭院樹上應一聲「啊哇」。

「明明有許多點心，怎麼不下來呢？」

去年也是在緣廊一同欣賞中秋明月。當時，「黑助」在夫妻倆腳邊，快樂得又是轉圈，又是抖動身軀仰望明月。今年「黑助」卻一直待在樹上，靜靜躲在枝葉間。

「大概是今年的滿月太亮，黑助覺得刺眼吧。去年天空雲層較多。」

新左衛門心知應是另有原因，仍刻意這麼說。初音或許已察覺，期待與擔憂同時湧上他喉頭。

最近就算沒密集丈量，也能明顯看出「黑助」較早春時縮小許多，恰巧回到先前因諸星主稅變得衰弱期間的大小。比新左衛門更常與「黑助」共處的初音，不可能渾然未覺。

「老爺。」

夫妻倆舉杯對飲後，初音悄悄把酒杯放回盤子上，面向丈夫。

「有件事我要和你道歉。」

「什麼？」

「最近，諸星先生不是都沒來嗎？上次喝得酩酊大醉後，他便很少上門。」

新左衛門應聲「嗯」。

「你覺得很奇怪吧？」

我拜託他，今後不要再到家裡來。

「那是三月初的事。因爲我不希望再發生那樣的情況，請原諒我擅自作主。」

月光照耀下，初音臉色益發蒼白，低垂的眼皮彷彿變得透明。新左衛門莞爾一笑。

「他原就是個陰晴不定的人，我一點都不覺得奇怪。妳下逐客令後，諸星就乖乖離開嗎？」

初音頷首。「我告訴他，這裡是隱居地，希望能過平靜的生活，他聽完應句『明白了』，隨即離去。他只要我轉告，請你愛惜身體，切莫過於鑽研學問。」

「之後就沒有他的消息。從這點來看，他已明白妳的意思。雖然禮儀欠佳，但他並不壞。」

我知道，初音回答。

「黑助」在樹木頂端唱起兒歌。飄蕩在蕭索枝椏間的歌聲，令夫妻倆聽得入神。

數天後——

新左衛門一如平常待在書房裡。突然間，廚房傳來初音的大叫，接著發出一聲轟然巨響，似乎翻倒東西。

新左衛門急忙奔向廚房，卻沒看到初音的身影，不禁愣住。此時，從充當貯藏室的小房間，傳出初音「老爺、老爺」叫喚聲，語氣相當驚慌。

「怎麼啦？」新左衛門踏進房內，也發出一聲驚呼。

幾個木箱翻落在地，似乎是層板鬆脫。裡頭的器具和塡塞縫隙用的米糠，隨箱蓋飛出，現場一片狼藉。初音倒臥其中，「黑助」覆在她身上。

「發生什麼事！」

新左衛門衝向緊緊抱著「黑助」的初音，將她們一併扶起。

「黑助、黑助……」初音一臉慌亂，泫然欲泣。「它挺身保護我。」

層板鬆脫，木箱重重往初音頭頂落下時，一旁的「黑助」迅速撲向初音。

「它可能受傷了。黑助、黑助！」

初音放聲叫喚，頻頻搖晃「黑助」。「黑助」癱軟地伸長身子，一動也不動。

「妳有沒有受傷？」

「我不重要，先救黑助！」

新左衛門抱起「黑助」，衝回屋內，初音緊跟在後。爲遮蔽陽光，她急忙關上防雨窗。

新左衛門將「黑助」放進它慣用的浴盆，額頭冷汗直冒。「黑助」身上看不出任何傷痕，卻又變得鬆垮垮的。

與浴盆相較之下，一看就知道「黑助」縮小許多。它半癱在外頭，已無力好好待在盆裡。

而且，它身上留有新左衛門和初音的手痕。

初音遮去房內所有亮光，奔向浴盆旁。見她面色慘白，前額破皮處流下一道血

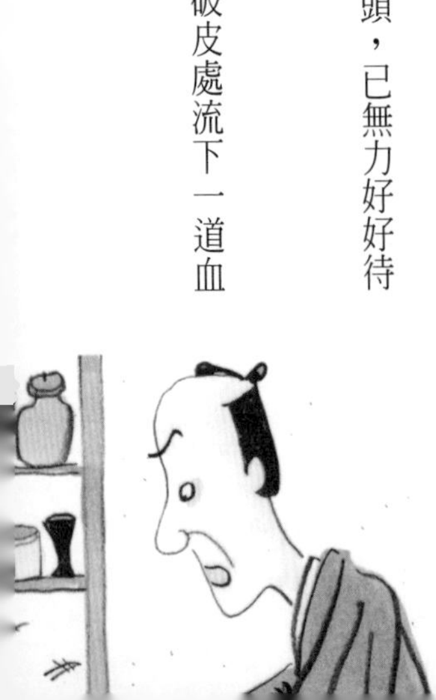

痕，新左衛門執起妻子的手。

「妳得先療傷。」

「可是……」

「跟我來就對了。」

新左衛門幾乎是將初音扛出房外。以備好的藥簡單治療後，初音淚如雨下。

「都是我害的，黑助挺身保護我。」

「我知道、我知道，妳乖乖躺著休息吧。」

初音本想起身，新左衛門訓了她一頓，接著悄悄回到「黑助」身邊。

新左衛門朝黑暗中叫喚。感覺到「黑助」有動靜，他卸下緊繃的情緒，安心不少。

「啊，太好了。」

此時，微微傳來吹泡泡般的一聲「啊哇」。

「黑助，謝謝你，初音平安無事。她沒受傷，都是你的功勞。」

接著，又聽到一陣「普普」的聲音。

爲了說出一直逃避，不願正視的事，新左衛門調整呼吸。

「你究竟傷得多重呢？抱歉，我不知道。不過，爲了讓你痊癒，我和初音最好別靠近，對不對？我若猜得沒錯，你就隨便出個聲告訴我吧。」

大白天便緊閉防雨窗的房間，從黑暗深處響起一聲「啊巴」。

新左衛門拭去額頭的冷汗。

「我明白了，黑助。」
他柔聲叫喚，彷彿面對傷病虛弱的孩子。
「我和初音都不會靠近這房間，你好好休養。等你能動後，知道哪個陰暗角落待著更舒服，就躲去那裡吧。我們絕不會四處找你，放心。」
新左衛門說著，胸口一緊。猜中了，我的假設沒錯。怎麼會這樣，我該如何向初音解釋？
「剛剛不得已碰了你，眞是抱歉。想必很痛苦吧？」
留在「黑助」身上的手痕，深深烙印在新左衛門眼中，讓他十分不捨。
「黑助」微微發出「唔布布布」的聲音，這還是新左衛門第一次聽聞。
他認爲「黑助」在哭泣。
「眞的很對不起。」
新左衛門關上紙門，當場蹲下，半晌無法行動。但爲了「黑助」著想，他勉強站起身。
一看到丈夫，原本躺在床上的初音旋即彈起。
「黑助情況如何？」
「別擔心，它身上沒半處傷痕。別大呼小叫，也不能靠近它，讓它好好靜養。」
「可是，我怎麼喊，它都沒反應，癱在地上動也不動。」
「我剛剛和它說過話，它沒事，妳也好好休息吧。瞧瞧妳，臉色那麼蒼白。我去

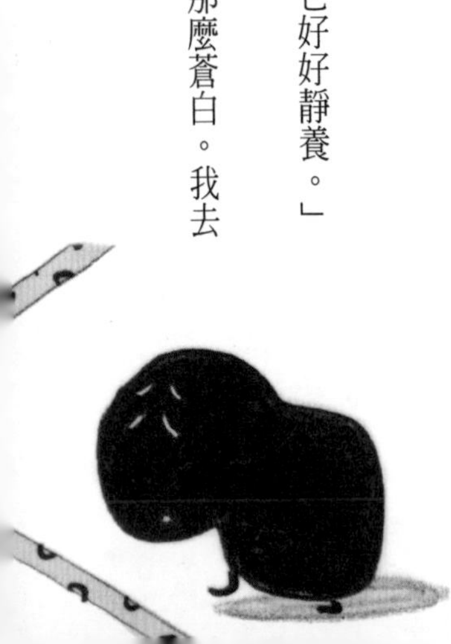

貯藏室整理一下。」

層板會鬆脫，一定是木工馬虎偷懶。新左衛門故意擺出生氣的模樣。

「老爺，」初音眨著眼睛，「你的眼眶泛紅呢……」

「是米糠跑進眼裡。」

新左衛門抹幾下臉，轉身背對妻子。

入夜後，新左衛門將初音喚至書房，決定告訴她自己的推測。再拖拖拉拉下去，一樣痛苦。愈是拖延，愈是難受。

初音不願相信。她驚訝地瞪圓眼，大笑幾聲後，生氣發火。不管新左衛門怎麼解釋，她都頑固地搖頭反駁「不，不是這樣」，像小姑娘般板著臉。

新左衛門努力解釋：

「黑助確實變得瘦小，這都是我們造成的。我們散發的人氣，會危害黑助。」

這些日子它和我們夫妻親密地生活在一起，身子逐漸消瘦，才會因諸星主稅的嘔吐而生病。今天「黑助」會全身癱軟，也不是被木箱砸傷的緣故。

「它是彈性十足的生物，不會受傷。即使被木箱那樣的硬物砸中，也不會有事。」

對「黑助」危害最深的，其實是人氣。

「嘔吐就像是人氣的凝塊，所以黑助才會臥病不起。」

初音抬起臉，嚴峻地瞪視新左衛門。「可是，休養過它就痊癒了。加上我們在一

旁照顧……」

這次換新左衛門表情嚴峻地搖著頭，打斷妻子的話。

「不，不對。我和妳都不曾照顧過黑助。只是幫它洗淨後，放進浴盆裡罷了。而且，妳應該還記得吧？之後，黑助馬上從浴盆裡逃走，直到完全康復前，都沒出現在我們面前。」

初音眼角上挑，「老爺，你是指……」

「沒錯。黑助也很清楚，要是靠近我們，對身體有害。明明知道，平時卻極力忍耐。」

新左衛門將初春起便開始丈量「黑助」的大小，發現「黑助」一直在變瘦縮小的情況，告訴初音。還提到他曾試著把手掌按在「黑助」頭上，留下清楚凹痕的事。

「妳沒發現嗎？今天我們將全身癱軟的黑助搬進浴盆時，它身上留有我們的手印。」

初音嘴角發顫。「意思是，今天黑助會變成那樣，不是爲了救我，被木箱打傷，而是覆在我身上，碰觸我的緣故？」

新左衛門默默頷首。

初音嘴角下垂，簌簌抽搐。

「我抱黑助是錯的？」

她難忍心中激動，摀住嘴大哭。

「你怎能這麼過分，居然說都是我的錯。」

「不是妳的錯，也不是我的錯。誰都沒錯。」

新左衛門凝視著妻子。

「初音，妳可曾想過，黑助的眞實身分究竟爲何？」

初音以衣袖掩臉。

「是生物。」初音不顧一切地喊道，「是喜歡和我們親近的可愛生物，這就夠了。什麼眞實身分，我討厭這種講法。」

說得也是，新左衛門附和。聽到那陰沉的話聲，初音不禁望向丈夫。

「我也討厭這樣。」

我也不願這麼想。

「但還是忍不住思索，而且我的推測似乎沒錯。」

嗯，一定是的。新左衛門話聲有些沙啞。

「初音，黑助的眞實身分……」

就是這座宅邸。

「這座繡球花宅邸的靈魂——宅邸的氣。」

人有人氣，器具也有器具的氣。

「正確地說，應該是器具經人們使用，而有氣棲宿其中。」

在人們多年的使用下，器具棲宿足夠的氣，偶爾會化身妖怪。

「像宅邸、屋子之類的大型物件，在供人使用這點上，也和小器具一樣。若梳子和勺子會有氣棲宿，宅邸有氣棲宿就不足爲奇。」
於是，有時會化身爲妖怪。
「或是孕育出妖怪。」
不知何時，初音已放下衣袖，注視著新左衛門。她眼中的憤怒和緩許多。
「你指的是黑助嗎？」
新左衛門重重點頭。
「記得嗎？當初諸星向我們介紹這座宅邸時，說是屋齡十年，但由於某個原因，有三年是無人居住的空屋。」
「嗯。」
「據傳是先前住在此地的武家夫人離奇死亡，鬼魂不時出沒。可是，初音……」
新左衛門對妻子一笑。
「我們從沒見過那女鬼，對吧？」
初音用力點頭，接著略顯羞愧地開口：「其實，起先我覺得有點可怕。這麼大的房子只有我倆住，與其說害怕鬼魂，不如說是靜得嚇人。」
然而，「黑助」出現，並與我們親近後，我的心情大大改變。
「不論我待在哪個角落，心中都毫無不安。即使走到暗處，只要有黑助在一旁，膽子便壯大不少。有時明明沒什麼事，卻和黑助一起在宅邸內四處遊蕩，高喊著『有鬼魂就快出來吧』。」

這種行徑跟個孩子似的。講到這裡，初音才破涕爲笑。

新左衛門頭一次聽聞此事。他腦海中浮現妻子露出少女般調皮的表情，踩著輕盈的步伐，開朗地與「黑助」談天，沒帶燭火在幽暗宅邸裡遊蕩，邊高喊「鬼魂出來、鬼魂出來」的模樣。

「好像很開心。」

「是啊，眞的很開心。」

因爲鬼魂一直沒出現，初音說。

「到頭來，那名女鬼只是人們在夫人死後覺得內疚，逕行創造出的幻影。」

附近居民看到的不是鬼魂，而是那個幻影。不，應該說是受「好像看到了」的氣氛感染。

「因此，對這座宅邸來說，鬼魂傳聞簡直像背黑鍋。」

新左衛門仰望天花板，視線轉向走廊前方，初音也跟著移動目光。

「發生過不祥事和喪事，住戶會搬離也無可奈何。但之後宅邸因無謂的鬼魂異聞遭厭惡，從此被棄置。宅邸明明沒做錯事，人們卻避之唯恐不及，恐懼不已，並在背後指指點點，百般嫌憎。」

繡球花宅邸不知有何感想。

——寂寞。

四季更迭，庭院景致變換。花開、風吹、雨落、虹升，路上小販叫賣聲交錯。周遭宅邸因人們生活其中而充實，唯獨繡球花宅邸被遺棄在孤獨裡。

「就算這座宅邸渴望有人接近，也不足爲奇。」

這股意念化爲妖怪，就是「黑助」。

「打從它第一次現身，就對我們沒絲毫惡意。儘管膽小，警戒心又強，卻對我們很感興趣。」

——是人耶。

——嘩，有人來了。

——有人住進這裡。

在無人的宅邸裡，從寂靜和黑暗中誕生，只知寂靜和黑暗的「黑助」，想必很開心。

「因此，明白我們無害，也不像討厭它的樣子，便一味與我們親近。」

新左衛門這番話，令初音雙眼一亮。剛剛她還像老太婆般，頹喪地弓著背，此刻已挺直腰桿。

「沒錯，你說得對。」

她拍著手，喜得幾欲手舞足蹈。

「所以，根本沒有哪裡做錯，我們能跟以前一樣和睦共處。」

新左衛門並未馬上答話，只靜靜等候喜色從初音臉上消失。

「……哪裡不對嗎？」

不久，初音雙手垂下，如此詢問。

新左衛門開口：「黑助是這座宅邸對人們的思念孕育出的妖怪，是個短暫的生命。」

因爲是無人宅邸的塵埃，在黑暗與寂靜的醞釀下形成。

「但畢竟不等於這座宅邸，黑助有自己的生命。」

「所以呢？」初音焦躁地絞著手指，「請把話講清楚。」

「以人來譬喻，應該較容易明白。初音，當我們感到孤寂，渴望有誰陪伴，家人或朋友適時出現，妳猜會如何？」

「就不再那麼渴望有人陪伴。」

「沒錯，寂寞會消失無蹤。」

初音不安地伸指抵著嘴角。

「這座宅邸也一樣。我們入住後，繡球花宅邸心滿意足，已不再感到寂寞。」

「那麼，黑助也會消失嗎？會變瘦縮小，變回塵埃嗎？」

初音求助似地伸出手，新左衛門輕輕握住。

「就是這麼回事。」

新左衛門像強忍痛苦，反過來向妻子求助般，執起妻子的手繼續道：「由宅邸的孤獨孕育出的黑助，一旦宅邸不再孤獨，它便失去『根』。我和妳的人氣消除宅邸的孤寂，對黑助反而有害。」

對於渴望有人陪伴的「意念」，人就是消除它的一種存在。

還眞是諷刺啊。

「要是我們像以前那樣，一直沒發現黑助的存在，也不去靠近它，黑助早晚還是會消失。因爲對這座宅邸來說，黑助已是過去的意念凝塊，只是在偶然下凝結成形體罷了。」

那麼……初音不禁語塞。

「要是我們沒發現黑助就好，當初沒和黑助親近便不必煩惱。這是你話裡的含意嗎？」

「雖然不想這麼說，不過，那樣我們會比較輕鬆吧。」

對彼此都是——新左衛門低語。

初音手滑落榻榻米，頹然垂首。「這種講法太過分。」

新左衛門的目光從妻子顫抖的雙肩移開。

「不然，你希望我今後怎麼做？爲了黑助，我們最好搬離嗎？」

「妳願意嗎？」

面對丈夫率直的詢問，初音堅決地搖頭。「不，我不要搬走，因爲……」

你的推測不見得正確。

「有時你也會誤判，不是嗎？」

「沒錯，我的假設可能有誤。」

我也希望是這樣——新左衛門硬生生將這句話吞進肚裡，點點頭。

「既然如此，我要待在黑助身邊，絕不離開。」

「好吧。不過妳別忘記，黑助心裡很清楚。」

生物會本能地察覺不利自己的因素。「黑助」智力雖不高，但歲月會增長智慧，透過身體的感覺告訴它一些事。

「所以，黑助身體虛弱時，會躲到我們看不到的地方。藏身在不會受人類氣息影響之處。」

「別再說了。」

初音掩住耳朵，新左衛門加重語氣。「今年中秋賞月時，黑助沒像去年那樣靠近我們，也是知道靠近我們，身體就會衰弱的緣故。」

所以，別去找它、別靠近它、別觸摸它。就算我們只是住在這裡，爲宅邸注入人氣，對「黑助」都不是好事。

「你太欺負人了。」

初音大叫著衝出書房。新左衛門留在原地，長嘆一聲，撫著額頭。房內堆積如山的書籍，默默包圍著他。

五天、十天、二十天過去，「黑助」始終沒現身，不知躲在宅邸何處，甚至連氣息都感覺不到，該不會是……新左衛門浮現最壞的念頭。

初音依然很積極，每天都信心十足地朝各個暗處叫喚「黑助，早啊」、「今天情

況如何」、「照天候來看，今天可能會下雨，這樣你就好過多了」。儘管沒回應，她仍一樣開朗。那笑臉令人不忍卒睹，但新左衛門不曉得怎麼安慰她。沉悶的日子不斷延續。

一個月後，夫妻倆終於聽見「黑助」的聲音。

事情發生在夜半。「黑助」在唱歌，音量微弱、曲調不穩，地點來自庭院。

原本躺在床上的加登夫婦立刻彈起，初音興奮地衝向緣廊。

「黑助！」

庭院的樹木，大半已枯葉落盡，一片光禿禿。「黑助」特意爬上枯樹，身體輪廓清楚浮現在月光中，高唱著手毬歌。

「啊，太好了。你已完全康復。」

初音的話尾倏然消逝。

「黑助」變小許多，只剩先前保護初音時的一半大小，且全身多處透著月光，顏色淡薄。

「黑助」發現夫妻倆，旋即停止歌唱，抖動著全身，笨拙地爬下樹枝。與其說是爬向地面，更像跌落。接著，它慢吞吞地躲進樹叢。

看著那笨拙的模樣，新左衛門驚訝得說不出話。「黑助」以前明明很擅長爬樹，在夜晚的庭院玩耍時，總迅速從這個暗處移往另一個暗處，以躲避刺眼的月光。

初音雙手垂落，沐浴在明亮的月光下，宛如一縷幽魂。

「它變得好虛弱。」

新左衛門應聲「嗯」。

「變得那麼小。」

連恢復原狀的力量都沒有。

「怎麼辦？」初音雙手掩面，「眞和你說的一樣。」

「黑助」躲在樹叢深處又唱起歌。你們放心，我已恢復元氣。瞧，我還能唱歌。

「我們明白，黑助。」

新左衛門朝聲源處喊道。

「我和初音都放心了，謝謝你露面。」

儘管這麼說，他仍摟著妻子，持續聆聽那微弱的歌聲，直到關上臥房的防雨窗爲止。

「接下來，短短五天……」

低著頭聽得入迷的阿近，因小師傅的話聲抬頭。

「師傅和初音夫人搬離繡球花宅邸。」

匆匆忙忙打包行李，也沒找到像樣的新居。

「在代理房東勘平衛的奔走下，兩人總算尋得容身之所，據說是醬油批發商的倉庫。師傅刻意向人訴苦，就算是倉庫也無妨，我們只想早點搬離那座宅邸。」

這當然是在演戲。

「繡球花宅邸確實有傳聞的鬼魂出沒，模樣恐怖至極，且妖氣逼人，我們一天都無法多待。」

那裡不是人住的地方。

「只要這樣大肆宣傳，今後繡球花宅邸將會一直是空屋，不會有人自願入住，黑助也就能安心生活。」

不會因人的氣息而消失。

「師傅和初音夫人討論後，套好口供，巧妙地演出這場戲。」

別離的哀傷令新左衛門增添不少白髮，初音則是面容憔悴，這也使他們的話可信度大增。

而且——

「自從黑助因身體衰弱躲起來，初音夫人常愁容滿面地凝望庭院，黯然佇立於緣廊。」

看在鄰居眼中，就像是那位夫人的鬼魂。而夫妻倆也聲稱「其實我們一直在忍耐，那座宅邸眞的很可怕」，最後傳聞甚至流回他們耳中。

「眞是因禍得福啊。」

不，這樣說似乎不太妥當。小師傅搔著鼻頭，阿近莞爾一笑。

「什麼方法都有呢。」

「沒錯。一名隱退的堂堂武士，原本對鬼魂嗤之以鼻，堅持搬進那座宅邸，不料，才住一年多，竟嚇成這副德行。顧不得武士的面子，直嚷著無法再忍耐，倉皇逃離。周遭人見狀，想必都心底發毛。」

加登新左衛思慮周到。

「爲避免藥下得過猛，讓屋主興起拆毀繡球花宅邸的念頭，師傅不忘加演一齣戲。」

——那位夫人的亡靈無法前往陰間，成爲迷途的幽魂，於是選擇那座宅邸安居。若這座宅邸沒了，或有人想驅魔淨化，亡靈恐怕將燃起恨意與怒火，不知會引發什麼後果。

「這麼一來，屋主就無法對那座宅邸下手。畢竟敬鬼神而遠之，方爲上策。」

從此，繡球花宅邸平安無事。

「不過，黑助應該和他們夫妻倆一樣寂寞吧？想必它很難過。」
阿近不禁詢問，小師傅露出像在教導孩子般的眼神。
「聽說師傅曾對黑助曉以大義。」
——黑助啊。
你寂寞嗎？我也很寂寞。
你又會變回一個人，獨自住在這座大宅裡。
不過，雖然一樣孤獨，但你已與我們相遇前不同。
我不會忘記你，初音也不會。
儘管分隔兩地，各自過著不同的生活，我們永遠都會想念你。當月亮升起，我們會想，啊，黑助現下應該也望著月亮，放聲高歌吧。當春暖花開時，我們會想，黑助可能在花叢裡玩。下雨時，我們會想，黑助可能在宅邸的某處望著這場雨。
黑助，你將重回孤獨，但你不是孤伶伶一人。因為我和初音都知道你在這裡。
像緊咬著牙一字一句傾吐，無比悲傷，卻又如此溫柔。阿近聽得頻頻頷首。
屋內一片悄然，或許是覺得難為情，小師傅略微提高音調說聲「對了」。
「聽聞師傅與初音夫人搬至倉庫，諸星主稅馬上前去拜訪。」
他一臉認真，相當替師傅他們擔憂。
——身為弟子，這種話實在不好啓齒，所以在下一直忍著沒提。
「師傅和初音夫人之前就不太對勁。每次見面總是臉色蒼白、無精打采，氣色一點都不像陽間之人。雖然我認爲問題出在繡球花宅邸，但一直開不了口，非常憂心。」

「可是……」阿近側著頭感到納悶，「那是諸星先生多心吧。加登夫婦爲黑助的事煩惱憔悴時，諸星先生已和他們沒有往來。」

小師傅也側著頭應道：「倒也不能這樣斷言。」

阿近不解。

「黑助再可愛，終究非陽間正道之物。若是與此物走得太近，恐有危害……用『危害』一詞不太恰當，改成『有所不妥』吧。兩人在繡球花宅邸生活的那段日子，黑助逐漸衰弱，另一方面，師傅和初音夫人或許也慢慢流失原有的生氣。」

只是，他們太過投入與「黑助」的珍貴交流，以致渾然未覺。

諸星主稅認爲，之前待他都很親切的初音，會突然變得冷淡疏遠，都是繡球花宅邸的緣故。師傅和夫人遭宅邸附身，差點被吞噬。

「夫妻倆搬離宅邸後，他一放心，又大口喝起酒。」

眞是不會記取教訓，但並不惹人厭。

時光匆匆流逝。

「故事總算回到與平先生。」

聽小師傅這麼說，阿近重新坐好，雙手併攏在膝前。

「爲讓黑助待在繡球花宅邸，師傅與初音夫人才搬離。它應該不會消失，也沒變

回塵埃，而是一直住在宅邸。」

其實，繡球花宅邸周遭流傳著奇怪的傳聞。聽說，半夜會響起孩童的歌聲。偶爾，屋頂會盤踞著一個黑影。理應無人的庭院樹叢間，有東西飛快穿越。

「繡球花宅邸變成駭人鬼屋的故事，甚至超越那名橫死女鬼。經年累月地口耳相傳，附近居民更加畏懼和避諱。」

那歌聲和黑影，恐怕都是「黑助」吧。

「這些年，空蕩蕩的繡球花宅邸始終矗立原地，渴望有人前來。那表示黑助再次深深融入宅邸，嚴格地說，黑助已成爲繡球花宅邸的主人。」

但這名主人不會維修宅邸。人類遠離的繡球花宅邸，正慢慢毀損、荒廢。

「當宅邸壽命將盡，就是『黑助』命終之時。這是我的想法。」

語畢，小師傅望向阿近。

「講故事前提過，火災發生後，我在那附近繞了幾圈。當地居民不知是顧忌鯰魚鬚大人，還是害怕遭大火燒毀時，一併奪走三條人命的繡球花宅邸，個個三緘其口，問不出結果。」

「嗯。」

「所以，剛剛談及的傳聞，並不是我從當地居民口中問來，而是從一位更適合打聽……該說是觀察敏銳的人那裡聽到的。」

對方是當地的捕快。

阿近眨眨眼。「捕快的話，不就是鯰魚鬚大人的手下嗎？」

「注意當地居民一舉一動的捕快，不僅一人。」小師傅解釋，「捕快的地盤相互交錯，且其中不乏深具風骨的人。他們看不慣同業向有錢有勢的人諂媚逢迎、扭曲事實，一發覺事有蹊蹺，便會展開調查。」

當小師傅見與平橫死，心裡正難過時，恰巧碰上這樣一名捕快。

「鯰魚鬚大人的手下及我遇見的捕快，就略去他們的名字吧。日後要是造成三島屋的困擾可不妙。」

不過……小師傅莞爾一笑。

「由於工作的關係，與平先生交遊甚廣。他性格敦厚，又有人望，不少人和我一樣，爲他的死惋惜，而想釐清眞相。」

阿近搶先問道：「剛剛那名捕快也是其中之一吧？」

「就是這麼回事。」

沒有名字不方便敘述，小師傅繼續道：

「此人鼻子旁有顆黑痣，就叫他『黑痣老大』吧。」

先前小師傅走得兩腿痠疼，仍一無所獲，但黑痣老大在短短時間內，便找出許多線索。果然薑是老得辣。

「據他調查，跟與平先生一起喪命的年輕武士及女侍，似乎是……」

小師傅一副難以啓齒的模樣，於是阿近接過話：「是情侶吧？」

「沒錯。」小師傅搔著鼻頭補充，「我原想說他們在幽會。」

不過，鯰魚鬚大人居然也看上這名女侍。儘管正室住在同一屋簷下，鯰魚鬚大人仍對她糾纏不休。

「話說回來，主人向女侍下手的情形並不罕見。無論在市井或武家都一樣。」

女侍想盡辦法，邊在屋裡工作，邊躲避鯰魚鬚大人的噁心騷擾。只是，兩人之間畢竟存在極大的身分差距，女侍愈來愈難擺脫他的魔掌，內心恐懼不已，而那名武士也相當苦惱。

最後，小倆口決定私奔。

「之前，他們似乎都在繡球花宅邸幽會。因爲就在隔壁，且是其他人都害怕不敢靠近的鬼屋。」

兩人相約見面討論，分多次將身邊的物品帶過去，暗中進行準備。

「黑痣老大從與死去女侍十分要好的資深女侍口中得知此事。對方透露，他倆怕逃出鯰魚鬚大人宅邸後，會遭追捕或冠上汙名，所以相當謹慎。」

阿近聽得眉頭緊蹙。「不擇手段達到目的，鯰魚鬚大人這麼執著嗎？」

小師傅又露出難以啓齒的神情。

「有些人遇上這種事，就會不顧一切。」

與其說是對不順從的女人產生迷戀，毋寧說是出自「區區一個女侍，竟敢忤逆主人」的憤怒。不管怎樣，都很任性胡爲。

阿近傾身向前，「與平先生知道此事嗎？」

小師傅頷首。「與平先生都看在眼裡，十分同情兩人。那資深女侍證實，他多次幫年輕女侍躲開鯰魚鬚大人的騷擾。」

這麼一來，自然會被鯰魚鬚大人盯上。

「那天晚上，三人聚在繡球花宅邸……」

他們相約討論下一步該怎麼做、何時逃走，及後續如何善後。在繡球花宅邸能慢慢商量，只要順利潛入，做什麼都行。

這並非推測。依黑痣老大打聽到的消息，火災發生前半個時辰，有人路過瞥見繡球花宅邸裡浮現兩盞燈，且燈火搖曳。目擊者以爲是鬼火，拔腿就跑。

「黑痣老大循線進一步打探，發現不少人聲稱在火災前看過鬼火。」

那燈光肯定是年輕武士與女侍幽會時點的燭火。不管當天有沒有月光，要約在無人的宅邸見面，絕對少不了燈。

僅僅是一般的燭火，看著也像鬼火。人們的胡思亂想雖會帶來不少麻煩，但對不想讓主人發現的兩人，卻形成掩蓋事實的煙幕。

「該不會是那晚他們在密談時，不小心打翻油燈，導致火勢延燒？」

小師傅雙臂交抱，並不答話。

「繡球花宅邸相當破舊，大概變得比加登夫婦居住時脆弱吧。」阿近繼續道。

「所以一點小火也會釀成火災。」

小師傅吁口氣，鬆開雙臂。

「捕快眞的很了不起。不，我指的是正直的捕快。」

「嗯。」

「經多方查探，黑痣老大得知一件令人在意的事。」

當晚，繡球花宅邸失火前，有人聽見女人的哭喊和男子的怒罵聲。

「哭喊的女人，應該是那名女侍吧。可是，發出怒罵的會是誰？」

女侍心愛的年輕武士，及幫助兩人的與平，會在密談地點互相怒罵，甚至傳至屋外嗎？

驀地，阿近背脊發涼。「該不會是鯰魚鬚大人吧？」

難不成他一直緊盯著女侍的動靜，打算活逮計畫私奔的兩人？

「果眞如此，不免會拔刀。」

說到這裡，小師傅突然改變話題。

「黑助會不會老早就發現那對幽會的年輕男女，及幫助他們安排種種事宜的與平先生？」

「那、那是當然的吧。發現有人闖入，並心生好奇。」

經過好長一段空白的時間，終於又有人來訪。這次會是怎樣的人呢？

「不過，黑助也有智慧。經師傅告誡，它明白不能靠近人類，所以應該不曾在他們面前出現。」

「那名死去的女侍若在繡球花宅邸撞見古怪的東西，一定會告訴她的朋友。」

「說得也是。她沒留下這類的話，表示黑助一直躲著。」

——雖然有人來，但不能靠近。

——不能在人們面前現身。

如今已成爲繡球花宅邸主人的「黑助」，打算在宅邸壽命終結之前，帶著與善良的加登夫婦共同的回憶，隱身在黑暗中，度過餘生。

「然而，」小師傅話聲轉爲低沉，「若遇上危急時刻，情況又會如何？」

危急時刻……阿近低喃。

「假如發現聚在繡球花宅邸的人們起爭執，欲加害對方……」

阿近雙手摀著臉頰。

「黑助十分愛慕人類。透過師傅和初音夫人，它進一步認識人類的良善。正因如此，它也是心地善良的生物。」

失火前傳出的怒罵聲，如果是闖進屋內，打算殺害那對私奔男女的鯰魚鬚大人……

「儘管分不清誰是誰的敵人，誰在對誰生氣，黑助還是很有可能現身吧。」

——不行，不能這樣。

——有人在哭，有人在起衝突。

——得阻止他們才行。

「這對不知自己身分高低，違抗主人、擅自私奔的情侶，就算主人斬殺他們，也不會被問罪。」

若有誰想勸阻，大可一併斬殺。殺了相戀的兩人，以及袒護他們的與平。

小師傅嘴角輕揚。

「因爲師傅和初音夫人是那樣的人，就算遇見黑助，也沒嚇得腿軟，但一般人可沒這種能耐。」

要是有一團黝黑之物突然出現，飛撲而來……

儘管「黑助」和先前保護初音不被木箱砸傷時一樣，是爲保護被逼入絕境的情侶及想居中調停的與平，但三人自然不曉得它是出於善意。

「眾人驚慌失措……」阿近輕輕低喃，蒙住雙眼。「只知拔腿就跑，把燈火遺落在現場。」

「所以才會失火。」小師傅頷首。「至少有三人在場，面對竄起的火苗，竟都束手無策，最後被活活燒死，實在詭異。」

不過，若是見妖怪出現，全嚇破膽，頓時不知所措，又另當別論。

「況且，如阿近小姐所言，繡球花宅邸已相當破舊，不堪一擊。」

地板鬆脫、屋柱斜傾，不知該往哪逃的人們，在黑暗的宅邸中迷失方向。大火延燒迅速，屋內卻仍一片漆黑。

「不過，他們要是衝向庭院，直接逃往鯰魚鬚大人的宅邸，應該能保住一命。實際上，鯰魚鬚大人便平安無事。但即使逃回鯰魚鬚大人的宅邸，與平先生他們依然有性命之憂。」小師傅一口氣說完，又補上一句，「……不，是有這種可能性。」

他無奈地笑。「普通人遇上失火，不免會慌了手腳，迷失方向，所以我們也不該妄加猜測。」

阿近放下雙手，問道：「即使三人驚險脫離火場，但私奔的計畫穿幫，又被冠上縱火的罪責，想必會獲判重罪吧。」

「當然。因爲他們密謀逃脫，甚至縱火。」

「可是，他們明明沒縱火啊。」

「只要鯰魚鬚大人堅稱如此，便會被採信。這就是主從的身分差異。」

「那麼，應該會處以磔刑（註）或斬首示眾。」

小師傅緩緩點頭。

「黑痣老大還查出一件耐人尋味的事。」

他豎起手指，壓低嗓音。

「先前鯰魚鬚大人去大雜院找阿夏夫人時，態度囂張，沒半點頹喪的模樣，不過……」

那場火災發生後，他變得很怕黑。

「在臨時避難所裡，遭火災波及的人們都十分訝異，不懂他爲何點那麼多燈。畢竟光燈油的費用就很可觀。」

阿近望著小師傅，「因爲他見過黑助吧？」

「有可能。」

「因爲被黑暗中竄出的黑助嚇一大跳，所以極度怕黑。」

「有可能。」小師傅重複道，露出久違的微笑。「這或許是黑助留下的禮物。」

留下的禮物，是吧。

「不知黑助情況如何。」

「阿近小姐，大火已將宅邸燒得精光。」

「可是，它也可能順利逃脫吧？趁著黑暗，逃往某處……」

接下來，她沒再開口。

「生命總有死亡的一天。」小師傅說。「比起以妖怪的身分永遠活下去，對黑助

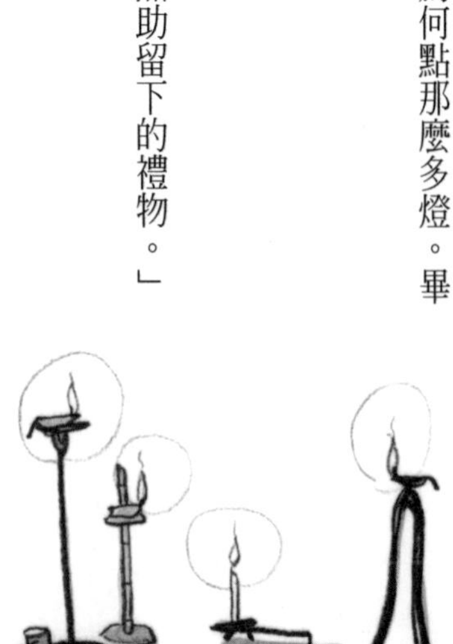

來說，這樣或許比較幸福，不，這才是正確的道路。」

當繡球花宅邸從世上消失時，身爲宅邸主人的「黑助」也一同消失。結束生命，離開人世。

「加登先生和初音夫人曉得一切經緯吧？」

「是的。」

「他們也和您抱持相同的想法嗎？」

「雖然認爲我臆測過多，訓了我一頓，但……」小師傅苦笑道，「他們都能接受黑助已不在人世的推論。」

繡球花宅邸不復存在，「黑助」也消失無蹤。這樣也好，再悲傷、難過，也不能改變事實。當時，加登新左衛門這麼說道。

阿近默默思索。「黑助」在大火中可會感到痛苦？是否覺得熱？

那是讓「黑助」升天的一場火。不屬於陽間正道之物，卻與人情義理緊緊相繫，以奇妙的生命形態棲息在繡球花宅邸內的「黑助」，和宅邸一同升天。

「小師傅，」阿近抬起臉，喚道。「加登師傅和初音夫人事後去過繡球花宅邸嗎？」

「不，還沒。」

---

註：將罪犯綁在木柱上，以長矛刺死的刑罰。

「請他們務必與我們同行。」

「黑助」一定很想和加登夫婦道別。

「請帶上小直，黑助肯定也想向小直道歉。」

——我沒有惡意。

——我原本想救他們。

——對不起。

「帶直太郎去……」

「是的。小師傅，振作點！」

阿近恨不得朝他背後一拍。

「您爲何認定小直會當這是虛構的故事？最能體會黑助心境的人，就是小直啊。」

之後——

阿近每天都在思索「黑助」的事。看到路旁的影子就想起它，晚上瞥見座燈照不到的暗處，也會想起它。

伊兵衛和阿民似乎認爲「黑助」的故事很可憐，深受感動。伊兵衛甚至告訴阿近，收集百物語，並非純粹收集怪談，而是要收集人們的感想。

訪客說完故事，步出「黑白之間」，便與阿近毫無瓜葛。不能追問故事的後續發展，就算可以，也不該這麼做。保護訪客在「黑白之間」講述的故事不外流，是阿近的職責。

不過，向小新打聽八百濃的直太郎過得好不好，應該無妨吧？

「他頭髮濃密許多。」

小新率先如此說道。

「先前他的頭還光溜溜的。」

「嗯，我也看過。那是怎麼回事？」

「之前小直長癩痢頭。」

因爲太難看，索性理光頭。

「長出頭髮後，便沒再長癩痢。」

「那眞是太好了。」

想必他已克服障礙，變得愈來愈堅強。

直太郎就像「黑助」，幼小、孤獨，卻又非忍受孤獨不可。儘管沒任何錯，但就是得獨自承受一切。

加登新左衛門告誡「黑助」的那番話，也能直接引用來安慰直太郎。你雖然孤獨，但並非孤伶伶一人。想念你的人，知道你在這裡。就算分隔兩地，仍能仰望同一個明月，觀賞同樣的花。縱然無法見面，還是能以此爲支柱和慰藉，好好生活。

「大小姐，感覺您有些落寞呢。」

阿島和阿勝都這麼說道。儘管嘴上沒提，但嬸嬸阿民也有同感，難得她會開口邀阿近「偶爾陪我去看看戲吧」。

「我不是感到落寞，是覺得無聊。」

阿近笑著應道。

「聽完故事後，居然感到百無聊賴，這還是第一次。」

「大小姐，那個小師傅……」

滿臉喜色的阿島說到一半，阿勝打斷她的話，不著痕跡地表示同意她的看法。

「那群精力充沛的孩子，要是能再來玩就好了。」

「妳是指那群調皮的小鬼？哪兒的話，要是在我們庭院搞破壞可傷腦筋。」

之後，兩名女侍在阿近聽不到的地方討論：

「大小姐許久不曾像小姑娘般怦然心動。阿勝妳或許不懂，不過，這眞是値得高興的事。」

「我確實不懂，但阿島姊，這種事可不能明講。」

阿近意外從消息靈通的小新那裡聽聞兩人的談話，小新順便問她：

「怦然心動是什麼意思？」

「就是碰地一聲，心臟跳動。」

新太側頭不解。阿近在心中暗忖，對了，來到江戶後，我還是第一次對三島屋以外的事感興趣。陌生市街的生活，及陌生人之間的情誼。

如同繡球花宅邸對加登新左衛門的意義，我何嘗不是把三島屋當成自己心靈的隱居所？

——可是，加登先生離開繡球花宅邸後，便經營起教導孩子的習字所。

一個討厭與外界來往，個性難以相處的人，招收許多比大人難對付的孩童，教他們學問。

人是會變的。我也會改變嗎？我能改變嗎？阿近默默思索。

此時，青野利一郎再度上門。

阿近與阿勝正想請他入內，他從容地制止道：

「今天在下不是來補充奇異故事的後續，而是來告訴您直太郎的近況。」

阿近在廚房後門與小師傅交談。

「昨天我帶他們去了。」

小師傅開門見山地說。

「繡球花宅邸如今成為空地，陽光反照，十分炫目。」

初音擔心直太郎的頭髮還短，曬久頭皮會發燙，所以拿手巾蓋在他頭上。那模樣可愛滑稽，惹得眾人哈哈大笑。

「直太郎也跟著一起笑。」

果真和阿近小姐想的一樣，小師傅佩服道。

「直太郎也希望和黑助見面，當好朋友。」

——可是不行，這樣對「黑助」有害。

小師傅像突然想起某事，輕輕一笑，雙眼明亮有神。

「直太郎問『大師傅，和黑助道別時，你有沒有哭』。」

「加登先生怎麼回答？」

「他說，誰會哭啊。」

於是，初音神色自若地從旁插嘴：

——不，他大哭一場呢。

直太郎聽完又笑了。

「遺憾的是，乾硬的空地上，沒留下任何黑助的氣息。驀地，順著風微微傳來一陣手毬歌的歌聲——這樣或許比較適合當怪談的結局吧？」

阿近嫣然一笑，緩緩搖頭。

「大夥一塊造訪，已是很美的結局。」

這樣一定能與不在人世的「黑助」心意相通，應該是圓滿的道別方式。

眞想一起去，阿近暗忖。

「先前我忘了提一件事。」

加登新左衛門並非在得知與平那令人難過的可疑死法後，看出其中與繡球花宅邸的關聯，而道出往昔這段經歷。更早之前，與平仍健在時，小師傅便曾聽師傅談及「黑助」的故事。

「重點在於，師傅是何時告訴我、目的何在。」

那是決定由青野利一郎代爲執掌「深考塾」時的事。

「某次，我不經意地問師傅，爲什麼會開設習字所。」

爲了回答，加登新左衛門提到「黑助」。

——以前我很討厭與人交際，個性乖僻、喜愛孤獨，只想鑽研學問，並引以爲豪，認定世上大多是愚人。我不想撥出寶貴的時間，泡在滿是愚人的俗世紅塵裡，同他們攪和。

眞是狂妄自大。

「身處人世間，若不論好壞，一概不接觸人情，算什麼學問、算什麼知識？黑助教會我這個道理。儘管愛慕人類，卻無法在人類身旁生活，如此與眾不同的生命，讓我明白自己的傲慢。」

所以，加登新左衛門選擇與眾多孩子度過晚年。

人是會變的。不管年紀再大，都還能改變。阿近深有所感。

「謝謝您的關照。」

小師傅低頭行一禮。

「直太郎的情況已穩定，我大概沒機會再到八百濃，於是想先來向您道聲謝。」

「我家的小新會一直當小直的好朋友，請不必擔心。」

「感激不盡。」

離去時，小師傅像突然發現什麼，手按刀柄，轉過身。

「阿近小姐，如果今後……」

今後怎樣？阿近側頭不解其意。

「不，沒什麼。」

小師傅難爲情地低下頭，再度行禮，急忙離去。

「今後」這話應該有尾巴才對，爲何他不說完？阿近掛心此事，在後門佇立良久。

此時——

青野利一郎離去時，規矩關上的木板門，突然動了一下，接著又搖晃一陣，微微打開約一寸的縫隙。

「這門有點卡。」

「噓！別出聲。」

從門縫間出現一、二、三顆眼睛，呈垂直排列，往內窺望。

阿近噗哧一笑，那三顆眼睛急忙往後縮。

「把門打開，進來吧。」

經她這聲叫喚，調皮三人組金太、捨松、良介，像毛毛蟲似地滾進來。

「你們又在跟蹤小師傅，對吧。沒被發現嗎？」

「我們是來找小直的。」

「碰巧看到小師傅走進這裡。」

「三島屋的大小姐。」

可愛逗趣的良介朝她咧嘴一笑。

「妳今天還是一樣美。」

「啊，謝謝你的稱讚。」

三人吵吵鬧鬧，阿島聞聲趕來，馬上挑眉瞪眼地喝道：

「喂，你們在這裡幹嘛？」

「哇，女妖怪來了。」

「誰是女妖怪！」

三個小鬼一哄而散，阿島抓起庭院的掃帚追上。此時，良介敏捷地返回門口。

「三島屋的大小姐，後會有期。」

他笑咪咪地揮手，飄然遠去。

# 第四章　吼佛

三島屋的夏天在忙碌中度過。

採買換季服裝時，順便採買飾品配件的客人愈來愈多。由於每年流行的色調和設計不斷改變，且時節更替，所以追求新產品及適合該年搭配的顧客，紛紛到三島屋光顧。

因著這個緣故，阿近也忙得不可開交。經歷繡球花宅邸與「黑助」的事情後，她原本鬱悶的心情，也在忙碌的日子中逐漸治癒。

不過，似乎也非全然是靠時間治癒，還有其他良藥。

一是直太郎變得活潑開朗，當他頭髮長到足以綁髮髻時，靜香老師也解除禁令，他又能到「安靜處」就學。每天早上他都和新太一起上學，中午一起返家，也會和阿近閒話家常。雖只是簡短的交談，但聽孩子活靈活現地描述今天學到什麼，發生什麼有趣的插曲，讓人心情愉快。

另外就是「深考塾」的調皮三人組，在直太郎恢復朝氣後，還是固定到八百濃找他，也不時會到三島屋露面。良介那句「後會有期」，並非只是客套話。

以孩子的腳程，從本所龜澤町到神田三島町是很長的一段路。因此，他們雖然不常來，但出現時總會轉述些有意思的事。一被阿島發現，便會挨罵，拔腿就跑，也不時會偷偷向阿勝吵著要點心吃，好不熱鬧。

簡言之，阿近在三島屋外結交了一群小朋友。

其實，五人中最有規矩的就屬直太郎。金太調皮，捨松愛說話，良介可愛逗趣。

至於三島屋的新太，則充當他們的聯絡人。有時也得負責替調皮三人組闖的禍擦屁股。啊，眞是對不起，大小姐（掌櫃先生、阿勝小姐、阿島姊）——這已成爲他的固定臺詞。而他本人亦樂此不疲，顯得幹勁十足。

提到掌櫃，八十助不知何時與三人組混熟，偶爾會吩咐他們去辦些小事，付他們跑腿費。一開始聽聞此事時，阿近還擔心新太（因自己的工作被搶走）會嫉妒，但根本是杞人憂天。八十助做事懂得分寸，新太也很清楚。

「他們家境窮困，還有許多兄弟姊妹。」

平時都得辛苦幫忙父母工作，連到三島町來的時候也一樣，回去的路上可不是邊走邊發呆，而是沿途撿拾乾柴，找尋人們丟棄的舊器具，或看有無孩童能幫忙的工作，賺點外快，且動作敏捷俐落。

「原以爲我提早外出工作，是家裡窮的緣故，但實在大錯特錯。家中少一個人吃飯就能度日，根本算不上貧窮。眞正的貧窮，是全家都得拚命工作，才有辦法餬口。」

有感而發的小新，似乎因結交店外的朋友，變得更成熟。

「掌櫃先生與小直交談的用語，和對小金他們不一樣。畢竟小直是八百濃的繼承人。」

八十助當然也不會請直太郎幫忙辦事，給他跑腿費。他在教導直太郎日後當一名商人應有的態度和舉止。

「掌櫃先生說，現下我們之間還沒那層關係，不必顧慮太多。不過要記住，將來

有一天，得明白分際。」

伊兵衛常言八十助擁有「掌櫃」這個職務和家庭。一點都沒錯，八十助全心投入工作中，一直是個光棍，沒有家庭。像他這樣的掌櫃，竟然懂得對待孩子，眞是不可思議。

「我能純粹當你的朋友嗎？」

「嗯。不過在我心中，您永遠都是大小姐，我不會忘記這點。」

今年夏天時，「黑白之間」又接待兩名新客。第一名客人上門時，阿近心中的抑鬱仍揮之不去，而當第二名客人前來時，她已完全揮別心中的鬱悶。

不過，那兩人的故事都沒納入百物語。

第一名說故事者，是某商家的小老闆娘，剛失去第一個孩子。孩子在不足月的情況下誕生，加上她產後的恢復狀況不佳，所以孩子早夭怪不得別人，眞是命運坎坷。雖然很殘酷，但也只能這麼想（事後阿民如此安慰阿近）。

小老闆娘說，那早夭的孩子每晚回來找她，所以她都會餵孩子喝奶。如今孩子已兩個月大，成長不少，絕不是鬼魂。她會把孩子放在膝上，抱在懷裡，甚至感覺得到孩子的重量和氣味。

小老闆娘面露溫柔的微笑，熱中地形容孩子多麼可愛，身上甘甜的氣味多麼香。她只擔心一點，就是丈夫和公婆似乎看不見這孩子。

阿近始終平靜地聽小老闆娘傾訴。小老闆娘語畢，和隨行女侍一起帶著開朗的表

情離去。緊接著，她的丈夫悄悄造訪三島屋，阿近與阿民一同與他會面，當時並未使用「黑白之間」。

阿近向他轉述從小老闆娘那裡聽來的故事。面容憔悴的小老闆，沮喪地垂落雙肩。

「她也告訴我們同樣的話。」

原來，小老闆娘和婆婆處不好。她身懷六甲時，遭受婆婆百般欺侮，婆婆卻堅稱自己是在「管教媳婦」。

「我猜她認爲會早產是家母害的，心懷怨恨，才在家裡胡言亂語。」

爲確認此事，他才讓妻子到專門「收集百物語」的三島屋。

「得請燈庵先生嚴格篩選說故事的人。」

目送那名頹然垂首的小老闆離去，阿民板起臉道。

「不過，那名小老闆娘能盡情傾訴旁人看不見的孩子有多可愛，真是太好了。」

「希望能對她有些許幫助。」

至於第二位客人，是一名年近四旬，身材矮小，服裝講究的男子。他自稱是某家店的夥計，沒透露實際身分。這倒無妨，畢竟他確實是燈庵老人介紹的，阿近沒存任何戒心，與他迎面而坐。

但此人始終沒講出最重要的故事，拉拉雜雜扯了一串開場白，連阿近也看出不對勁。儘管阿近努力想導入正題，他仍極力閃躲，甚至反過來打探阿近的事。

最後他留下一句：「今天我實在沒心情，明天再上門拜訪。」

隔天，他依舊不提自己的事，在言不及義的閒談中，淨吐出一些充滿刺探性的話。

「我已逐漸了解大小姐的人品，明天可能就有興致說給您聽。」

第三天，商人還是顧左右而言他，這次則是想打聽三島屋的生意和店裡的情況。

由於事前討論過應對之策，阿近朝進來換茶的阿島使個暗號，阿島立刻派小新到燈庵老人的店裡跑一趟。那名長得像蛤蟆的人力仲介商，馬上搭轎趕至三島屋，出現在「黑白之間」。

燈庵老人一把將男子從「黑白之間」拖出，在伊兵衛的見證下，逼他招供。此人似乎是三島屋的生意對手雇用，目的是打探三島屋內情。

「眞是慚愧。」

燈庵老人鼓起黝黑的蛤蟆臉，頻頻賠不是。

「沒想到我也會著人家的道。」

雇用那名男子的飾品店，是燈庵老人的老主顧。由於有該店主代爲說項，加以男子談吐不俗，他便不愼上對方的當。

「連老練的燈庵先生，也會陰溝裡翻船啊。」

伊兵衛笑道，絲毫沒將此事放在心上，阿民卻很不客氣。

「先有個令人同情的小老闆娘，接著又發生這種事，燈庵先生得重新磨鍊看人的眼光才行。」

燈庵老人可不只會挨打。

「那個關於嬰兒的鬼故事，是很棒的怪談，所以不算第二次。況且，之前貴寶號不也沒透過我，自行邀請客人嗎？這次我捅的漏子正好扯平。」

他指的是「深考塾」青野利一郎的事。

「啊，燈庵先生，您怎麼知道？」

「顧客的事，我一向很清楚。」

然後，他瞪阿近一眼。

「今後您若想做那種事，務必謹慎。竟然把素昧平生的人請進店裡，幸虧沒大事發生，下次不見得能如此好運。」

阿近畢恭畢敬地應聲「是」，卻在內心朝他扮鬼臉。嘴上發著牢騷，但燈庵先生應該對這次捅的漏子很懊惱，才會拿阿近出氣。

「話說，我們現在可出名了，連生意對手都派間諜來。」

伊兵衛語氣一派輕鬆，被阿民訓了一頓。

「可是，大小姐，那蛤蟆老頭的話不無道理。」

有此發言的是阿島。

「即使有人假借提供怪談的名義，其實是想打探三島屋的情況，或想和大小姐見面，都不足爲奇。」

令人驚訝的是，阿勝也同意阿島的看法，認爲燈庵老人的忠告沒錯。

「雖然我們會小心地在一旁監視，不過……」

阿勝露出擔憂之色。

阿近頗感驚訝。「若是打探我們店裡的生意倒有可能，但怎會有人想見我，見了我又能怎樣？」

「大小姐眞是的，因爲您整天關在家裡，才不曉得外頭的傳聞。現下您是『神祕的三島屋西施』，名氣可響亮呢。」

這究竟怎麼回事？

「是誰散播這樣的傳聞？不會是阿島姊吧？」

她斜眼望向一旁，如此問道，兩名女侍皆一本正經地搖頭否認。

「大小姐沒完全和俗世斷絕關係啊，您不是還和越後屋的人有往來嘛。」

「與清太郎先生的婚事也是。」連阿勝都從旁幫腔。「不管您是否有意，對方都志在必得，才會有那樣的傳聞。」

由於阿近都在三島屋內深居不出，更顯神祕。

「您稍微到外頭透透氣，學一、兩樣才藝吧，比較不會有煩心事。」

這確實令她有點心動。神祕的三島屋西施，稱號好聽，但總覺得像在供人看熱鬧。

驀地，腦中浮現搬離繡球花宅邸後開設習字所的加登新左衛門，她不由得暗暗思索，人是能改變的。

不過，有些事得多花些時間慢慢來。

可能是老想這些事，給人情緒低落之感吧。像平時一樣到三島屋玩的直太郎，問阿近是不是感冒。

「大小姐似乎沒什麼精神。」

阿近以微笑敷衍帶過，轉換話題。「小直，我之前就在想，你們都叫我『大小姐』，不會很奇怪嗎？」

「不然要怎麼叫呢？」

直太郎想了一會兒，露出沉穩的笑容。

沒等多久就知道他的答案。隔天，調皮三人組在三島屋露面。

「阿近姊姊，妳感冒好了嗎？」

他們突然問道。「三島屋大小姐」的稱呼已改掉。

「假如想吃滋補的東西，我們可以張羅蒲燒泥鰍。」

「你們會烹煮？」

「會啊，只要抓泥鰍烤一烤就行。」

不是用竹篩撈，而是空手抓泥鰍——三人比手畫腳地解釋。此時，阿近突然想到，青野利一郎也提過抓泥鰍之類的事。

「好奇怪的抓法，是跟誰學的？」

「行然坊大叔。」

這名字也從小師傅口中聽過，似乎是個四處流浪的假和尚。

「那和尚是怎樣的人？」

「他是個假和尚。」

「妳想見他嗎？」

捨松和良介剛問完，身材高大的金太馬上舉起粗壯的手臂打斷他們，大喊一聲「等一下」。這孩子是他們的頭目。「你們兩個，小師傅不是吩咐過嗎？行然坊大叔怎麼瞧都怪，不能讓他靠近三島屋的人。」

原來隱瞞這麼一件事啊。既然如此，阿近就更好奇了。

「不過，小師傅也向我透露過行然坊先生的事。」

三人誇張地長嘆一聲，「小師傅竟然自己洩底。」

「明明不該說的。」

「他未免太守不住祕密。」

小師傅又被狠狠刮一頓，但他們講得沒錯。

不過，小師傅曾說，那名叫行然坊的假和尚會保護他們三人。當時，他是在敘述故事中途順口提及，所以，就算眞是怪人，小師傅對他應該也沒戒心。

阿近很想見行然坊一面。燈庵老人或許會狠狠瞪著她，抱怨「妳又沒透過我，私自找客人來」。不過，管他呢。兩次都抽中爛籤，她想換個作風。

「我叔叔四處收集奇異的故事，而我的工作，就是負責當聽故事的人。行然坊先生總是四處遊歷吧？或許他知道什麼有趣的故事。」

「阿近姊姊，妳這工作眞少見。」

「是啊，因爲我叔叔是個怪人。」

金太頭轉向一旁，捨松像丑角面具般噘著嘴，一旁的良介湊近。

「大叔剛好回到這兒，帶他過來沒問題。可是，妳不怕嗎？」

「他很可怕嗎？」

「他外表很可怕，我當妳的保鑣吧。」

笨蛋，太奸詐了，怎麼只有你當。其他兩人一陣焦急。

「小良，別自作主張。」金太生氣道。「這是阿近小姐很重要的工作，行然坊大叔不行啦。」

「爲什麼不行？」

捨松壓低嗓音：「他的話都是瞎掰的。」

哦，原來是這樣的假和尚。小師傅爲何會和此人走得近？

「我知道，但聽聽他怎麼說總行吧？」

調皮三人組以眼神交談。阿近向他們三人招手，悄聲吩咐：

「不能告訴小師傅，明白嗎？」

眞拿妳沒辦法，金太一臉不情願地勉強讓步，眼眸卻閃閃發亮。

「我們也在一旁見證。」捨松雙手插腰，擺出一副大人樣。

「我說過，是當保鑣。」良介挺胸昂然重申道。

「就這麼講定。」

阿近和三人勾指頭約定。

數天後，秋意漸濃的早晨，蔚藍天空高掛著美麗的卷積雲。

「大小姐。」

阿島喚道，表情像嘴裡塞著莫名其妙的東西。

「又有熊來了。」

不，比起熊，更像惡鬼。雖然他穿著袈裟，頭上沒長角……阿島的語氣，彷彿嚼著古怪的食物。

「他就是您口中的和尚嗎？」

阿近曾告訴阿島，下一位「黑白之間」的訪客是個和尚。

「應該吧。他在哪邊？」

「店門前。他昂然站在路中央，直盯著我們的招牌。」

那樣的確很奇怪。

阿近急忙步出後門，沿圍牆趕至轉角處，往三島屋正門前窺望。

今天一樣有許多顧客上門，秋陽亮晃晃地照在店面門簾上。

確實有個可疑人物。

僧侶打扮的大漢巍然而立，彷彿在環視三島屋的招牌和客群。他紮穩腳步，氣勢洶洶，儘管身旁人來人往，也不爲所動。倒不如說，從他身旁通過的人覺得可怕，紛紛避讓。

他高逾六尺（約一百八十公分），身軀厚實，腰圍恐怕足足有阿近的三倍之多。一身寬鬆的袈裟，仍遮掩不了肩膀和手臂高高隆起的肌肉。

小師傅和調皮三人組都稱他爲假和尚。阿近或許對他也有先入爲主的想法，不過以皈依佛門的人來說，他的模樣過於精悍。講好聽點，是精氣十足；講難聽點，是精力過盛。掛在他脖子上的一大串佛珠，不像佛具，倒像武器。

——是修行者或山伏（註）嗎？

不，是假和尚。

阿近環顧四周。約定要帶大叔來，並擔任阿近保鑣的調皮三人組，應該會在旁陪同，卻遍尋不著。

三島屋

不管了，既然這樣，也沒辦法。阿近理理衣襟，快步走向大漢，客氣地喚道：

「這位大師。」

僧人打扮的男子仍望著三島屋，文風不動。就近一看，他的光頭和嘴巴四周，都留有頭髮和鬍鬚刮除過的青皮，更讓人覺得他六根不淨。

「這位大師。」

阿近再往前一步，仰頭叫喚。就像要清除天花板的煤灰般，得踮腳才行。

「您是行然坊大師，對吧？」

店門前的客人紛紛轉頭望向阿近。隔著眾多人頭，看得見八十助嘴巴微張，面若白蠟。

大漢轉動西瓜般大、足以雙手環抱的腦袋，低頭俯視阿近，如雞蛋的雙眼頓時圓睜，一對似鵪鶉蛋的烏瞳燦然生輝。

他的皮膚粗糙，晒成古銅色。濃眉上方、左頰、下巴，分別有幾處傷疤。左右兩片大又厚實的耳朵，左耳垂缺一小塊，彷彿遭扯斷。

阿近心頭猛然一跳。「沒錯，貧僧正是行然坊。看來，您就是三島屋的阿近小姐……」

語畢，大漢露出微笑。

註：伏於山野之中修習法力的咒術師。

「也就是孩子們口中那位三島屋的阿近姊姊。」

阿近鬆口氣，緊繃的臉頰和緩。大漢的嗓音雖粗獷，但如鼓聲般充滿活力，頗爲悅耳。

「是的，小女子便是阿近。今天大師是來找我的嗎？」

嗯，行然坊低吟一聲。

「這麼晚才上門拜訪，眞是抱歉。金太一再叮囑貧僧，說貧僧形狀可疑、容貌怪異，絕不能直闖店面，務必繞往後院木門。」

阿近頷首，悄悄揮手向八十助比暗號，意思是「放心，沒事」。八十助張著嘴，一開一闔。

「但貧僧還是很在意，不由得駐足於此。」

行然坊在厚實的胸前盤起雙臂，接著挪動雙腳，像往地下扎根般，矗立在大路上。手臂觸碰到脖子上的大佛珠，發出唰地一聲。從色澤和磨損的情況來看，這串佛珠似乎年代久遠。

「貴寶號上方，籠罩著一團詭異的光暈。」行然坊說。

阿近抬頭朝大漢緊盯的方向望去。秋日晴空下，三島屋的招牌和瓦片屋頂並無任何異狀，自然也沒什麼光暈和烏雲。

「這陣子店內可曾發生怪事？例如，有行徑怪異的人士造訪，或收到莫名其妙的書信。」

提到怪異，就屬現下站在眼前的你最怪異——雖然很想這麼回答，阿近還是強忍下來。

「不，沒特別怪異之處。」

「是嗎？」

行然坊蹙起眉頭，嘴角微歪，始終沒要離開的意思。

此時，從剛才阿近藏身的圍牆轉角處，突然冒出幾顆小腦袋，是金太、捨松、良介。見他們出現，阿近沒太驚訝，只是阿勝竟也露臉，且笑得相當開懷。

「大叔。」

三人雙手靠在嘴巴前，拱成圓筒狀叫喚。

「大叔，別鬧了。」

「快過來。」

「快點、快點。」

阿勝一面偷笑，一面向阿近招手。

「哦，你們這些小鬼頭。」

行然坊也發現他們，不停眨著一雙大眼。

「你們腳程眞快，已經追上我啦。」

看樣子，行然坊似乎在途中甩開這三名保鑣。

「不嫌棄的話，請到屋內一坐。」

阿勝頻頻招手，所以阿近向行然坊催促道。這名大漢終於移動腳步。他展現出的氣勢，不像一般人在行走，倒像石佛或大樹長腳動起來。

「聽說孩子們被他放鴿子。」

阿勝覺得好笑，在阿近耳邊低語後，領眾人到後院木門口。一路上，調皮三人組一再對行然坊發牢騷，行然坊頻頻應道：

「抱歉，抱歉。喂，別拉我嘛。」

彷若巨樹上聚集麻雀，嘰嘰喳喳吵個不停。

阿勝在後門替行然坊洗腳時，三人組已迅速繞進庭院。那名僧人打扮的大漢，就算坐在廚房入口臺階處，巨大的身軀一樣醒目，平時用慣的廚房道具和家具，瞬間變小許多。

「奴家名喚阿勝，是這裡的女侍。」

阿勝沖洗完行然坊雙腳的塵土，遞上一條乾手巾。

「大師，您之前曾多次行經小店，對吧？奴家見過您呢。」

哦，行然坊雖略微瞠目，卻無驚詫之色。他低語一聲「果然沒錯」，令阿近頗感訝異。

「您說『果然沒錯』，是什麼意思？」

面對跪坐一旁的阿近提出的問題，行然坊威儀十足地回答：

「貧僧很早以前便聽小鬼頭們提過，三島屋的阿勝小姐，擔任阿近小姐的守護

者。」

替奇異百物語的聆聽者避邪——他補上這麼一句。

阿勝靦腆地低下頭。

「抱歉，大小姐。因爲孩子們說要當您的保鑣，所以我告訴他們，既然這樣，也讓專門替大小姐避邪的我加入吧。」

阿近的小小朋友，旋即與阿勝打成一片。

「那麼，容貧僧請教擔任守護者的您。」行然坊轉向阿勝，「最近三島屋內外有沒有任何詭異的動靜？」

和剛才相同的問話，阿勝的回答與阿近如出一轍，兩人互望一眼。

「這樣啊。」

行然坊又發出粗獷的低吟，撫著下巴陷入沉思。

「那可能是我多慮……不，請兩位不必放在心上。」

行然坊起身步向「黑白之間」，走廊發出擠壓地板的嘎吱聲。

踏進「黑白之間」，調皮三人組已趴在緣廊上等候，新太也在裡頭。新太當然沒趴在緣廊上，只見他雙手揉搓著圍裙，一臉爲難。

「眞對不起，大小姐。你們幾個，大小姐和客人在『黑白之間』時，你們不能從旁干擾。」

行然坊踩在榻榻米上，發出陣陣嘎吱聲。他昂然而立，低頭俯視緣廊，重重點頭。

「沒錯。小鬼頭們，快走吧。」

那聲音低沉到幾乎連紙門都爲之震動，三人組卻完全不當回事。

「又講那種話。」

「大叔，你使出那招啦？」

「阿近姊姊，剛才那個是大叔的拿手絕活。」

「哪個？」

阿近反問，定睛一望，行然坊露出「糟糕」的神情，大臉頓顯焦急。

「他都是站在別人的店面或屋子前，瞪視不動，嘴裡叨念著『不妙，這裡飄散一股詭異之氣』，然後走進屋內表示要替人驅除邪氣，藉此詐財。」

「說詐財太過分。」

「不然怎麼說？詐騙嗎？」

「騙錢？」

「詐欺？」

「這樣反而更讓人誤會！」

阿近與阿勝聽得格格輕笑，行然坊尷尬地以粗大的手掌頻頻摸頭。

「眞是顏面無光啊，不過這些孩子說得沒錯，以前我這假和尚確實是靠三寸不爛之舌闖蕩世間，但現下不同。」

我已洗心革面——他弓起巨大的身軀強調。

「促成這一切的，不是別人，正是青野小師傅。從那之後，我們便成為好友。應該說，我相當景仰小師傅。」

阿近請行然坊就座，背對壁龕而坐的行然坊宛如一方巨岩。

今天插的花，是以仍結有刺球的栗枝當裝飾。掛在行然坊脖子上的那一顆顆大佛珠，都比刺球碩大。行然坊一有動作，大佛珠搖晃，開口緊閉的綠色刺球也隨著微微搖晃。

「您這裡收集各種奇怪、詭異的故事……」

阿近頷首，正準備開口時，大漢張開手掌制止。

「不必向我解釋收集百物語的緣由，因為我就是來傾吐自己的故事。」

另外，還有一個原因——他厚實的雙頰略為放鬆。

「我也想趁這個機會，看看那些小鬼頭們推崇備至的三島屋大小姐究竟是何尊容。」

由於阿勝也在「黑白之間」陪同，細心的阿島送來茶點。她優雅地走進「黑白之間」，看到坐在上座的行然坊那巨大身軀，旋即瞪大眼，接著瞥見趴在緣廊的調皮三人組，又馬上瞋目怒視。

「你們幾個！」

三人組一哄而散，新太追出去，大聲喊道：

「阿島姊，對不起。」

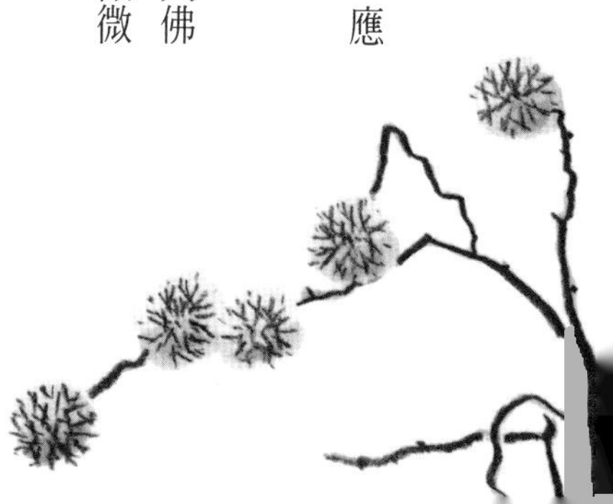

「來得正好，阿島姊。」

阿近移膝面向她，安撫似地開口。「這位行然坊先生，是今天『黑白之間』的客人。」

行然坊恭敬地行禮。「貧僧長得像熊，更像惡鬼，不過沒長角就是。」

阿島的雙眼瞪得不能再大，詫異得身體往後仰。

「您、您聽見了？」

「不，我胡亂猜的，常有人這麼說。」

對您實在太失禮，阿島急忙端正坐好。

「您是阿島小姐嗎？能否拜託您一件事？」

阿島的目光並未投向行然坊，而是投向阿近。阿勝問他要拜託何事。

「貧僧在這裡說故事的期間，能打發那些小鬼頭去跑腿嗎？」

「這……沒問題。」

「感激不盡。」行然坊恭敬地答謝。

「可是，大小姐，」阿島露出懷疑的眼神，「真的不要緊嗎？」

阿島似乎很擔心這名來路不明的和尚與阿近獨處。

行然坊馬上察覺這點，搶先出聲：「恕貧僧提出如此任性的要求。貧僧的故事，希望阿勝小姐也能一起聆聽。因此，借用阿勝小姐的時間，希望您好好差遣那群小鬼，當作補償。」

「只要大小姐同意就行。」

阿近頷首認可，阿島只好心不甘情不願地退下。關上紙門後，她猛然轉爲幹勁十足的神情，調皮三人組恐怕得做好心理準備。

阿勝柔聲問道：

「奴家陪在一旁聆聽故事，恰當嗎？還是奴家像先前一樣，在走廊或隔壁房間等候？」

「沒關係，阿勝。」

「『黑白之間』的聆聽者，向來只有小姐一人，這是規矩。」

「今天破例，把規矩擺一旁吧。」

語畢，阿近望向行然坊。這名假和尚的烏黑雙瞳，和他的臉一樣又大又圓，散發炯炯精光。但不可思議的是，完全不帶壓迫感，就如同跟那些孩子。

「行然坊先生這麼要求，肯定有相當的理由。」

行然坊臉上泛著笑意，「感謝您的體諒。」

「刻意支開那幾個孩子，也是考慮到有些話不希望他們聽見吧。」

「這是原因之一，不過，讓小鬼頭們看到我一本正經的樣子，我會不好意思。」

看得出行然坊和調皮三人組的感情深厚。

「而且，剛才貧僧也說過，貴寶號上方有奇妙的光暈，絕不是在故弄玄虛。」

這並非在演戲，更不是詐欺。

「在我看來確實是這樣，所以十分介意。但一時要您相信，應該很困難。不，您不相信也是人之常情。畢竟我是個假和尚。」

因此——行然坊雙膝併攏，重新坐正，那一大串佛珠和刺球又搖搖晃晃。

「我認爲，最好先請您聽我的故事。而擔任守護者的阿勝小姐若能陪同，自然是更好。」

行然坊的意思，是要她們透過故事了解他的爲人，再決定要不要相信他。

「我明白了。」

阿近與阿勝一齊低頭行禮。阿勝的側臉略顯僵硬，也許是從守護者的身分往前邁進一步，令她有點緊張。

行然坊語氣溫和地喚道。「阿勝小姐，您似乎當過疱瘡神的新娘，對吧？」好個開門見山的問題。

阿勝應聲「是的」。她並未垂下麻臉，而是直視行然坊。

「您眞是美女。」行然坊深有所感，「疱瘡神喜歡美女，被祂看上的人，會面臨可怕的災厄。不過，神明有時就是會做出平凡眾生認爲不合理的選擇。爲了忍受這樣的不合理，並加以克服，人們才會需要佛的庇佑。神與佛很相似，又有所不同，不過，祂們都一樣擁有超越人類智慧的的能力。就像右手和左手一樣，兩者能合而爲一。」

他那聲音響亮的說教，令阿近和阿勝聽得目瞪口呆。

「不小心講起大道理。」

行然坊咧嘴一笑。

「我當假和尚已有二十多年。」

行然坊出生於遙遠的北方山村。當地氣候嚴峻，山勢險惡，土地貧瘠，村民生活貧困。

「我出身貧窮人家，且家中孩子又多，時常有一餐沒一餐。」

於是，行然坊離家投靠寺院。他滿心以爲待在寺院好歹有飯可吃。

「不過，和尚的修行，遠比一個沒多大智慧的孩子想像得嚴苛。像我這樣只盼混口飯而前來投靠的孩子，實在無法潛心修行。」

行然坊受盡打罵，歷經嚴格管教，依舊沒能成爲一名小沙彌。之後，他以雜役見習生的身分在寺裡混飯吃，對寺內的生活逐漸生厭，某天便偷走和尚的袈裟、佛珠及佛經，偷偷溜出寺外。

「噢，我還偷了化緣用的鉦和缽，藏在懷裡。」

眞是慚愧啊，他朗聲大笑。

「當時我十五歲，行然坊這個名字，也是自己取的。」

從此拋卻父母替我取的名字，現下已想不起來——他說。

阿近暗忖，應該不可能忘記，是他不願憶起。

「接著，我雲遊四海。」

身穿袈裟，手捻佛珠，敲著鉦向人化緣，模仿誦經的模樣，至於究竟有多少人相信眼前這名瘦弱的少年眞的是修行僧，就不得而知了。不過，看他穿著破草鞋，滿身塵土，外加頂著青皮的禿頭，依然有人向他合掌行禮。不管走到哪裡都一樣，且從未間斷。

「我心想，什麼嘛，拋棄那塊再辛苦耕種也沒收穫，只會讓我們餓肚子的家鄉土地後，要餬口其實也沒那麼難。儘管當時我還只是個孩子，卻不禁產生這樣的念頭，對父母兄弟沒半點依戀。倒不如說，我替緊抓著村子不放的他們感到可憐。」

我是個流浪客，要去自己想去的地方，過自己喜歡的生活。

「採修行僧的裝扮，就是圖個方便。方便在這難以生存的人世間餬口。」

我根本沒將神佛看在眼裡，以前神佛從未對飢餓的我們施捨慈悲。

「不過，假扮成修行僧，倒是可以輕鬆地過活。我有生以來，第一次覺得佛派上用場，如今回想，當時眞是狂妄得可笑。」

流浪所到之處，我一直都小心翼翼，不讓假和尚的身分穿幫。但過一、兩年，我對這種流浪的生活駕輕就熟，已有十足的和尚派頭。

「連以往敬而遠之的寺廟，我也敢登門求宿。只要報上旅行僧的名號，每家寺院都會讓我留宿。這令我相當驚訝，沒想到和尚完全不懂得懷疑人。」

每寄宿一處寺院，他就配合該寺的規矩和宗派，四處仔細查看，並翻閱經書，聆聽誦經說法，等行至下一座寺院，便吹噓自己的所見所聞，讓自己愈來愈有和尚的樣子。

「寺院的確是個很方便的地方。」

阿近一時不知該如何回應，阿勝倒是笑得坦然。

「不過，能學得維妙維肖，也是您智慧和膽識兼具的緣故。」

「哦，」行然坊目光一亮，「智慧和膽識是吧。」

「是的。在不同的寺院，配合不同的宗派，此事聽來簡單，但應該不易實行。」

「因爲我深諳其中訣竅，且我記性好，再加上……」

說到這裡，行然坊露出一口白牙笑道。

「我有滿腦子鬼主意。」

「當中有的寺院可能早看出您的鬼主意，但心想日後這名年輕人或許會眞心向佛，所以仍供您吃住。」

行然坊似乎相當欣賞阿勝。

「您不僅長得美，內心更是善良。」

阿近縮起脖子偷笑，阿勝則低頭說聲「謝謝誇獎」。

「我就這樣繼續假扮修行僧。」

行然坊目光投向遠方。

「那是第四年初秋發生的事。」

頭頂青皮逐漸轉淡的行然坊，在流浪途中遭遇一起意想不到的事件，而在某個山

村裡逗留。
「我在翻越山巔時滑了一跤，跌落山谷。」
那是深山裡一條處處都得抓著鐵鍊攀登的險路，教人不禁擔心何時會迷失方向。
「之後，我從村民口中得知，那條路僅有春、秋期間才能通行。此事唯有當地人知曉，實在不是一般旅人該走的路。若非我一身僧侶打扮，他們肯定會以爲我想硬闖關隘。」
在那險峻的山路，連行然坊也走得又累又餓。
「突然間，我滑了一跤，還來不及出聲叫喊，已一路滾下山。」
清醒時，耳邊傳來山谷的水聲。他身體一半遭落葉和石頭掩埋，雙腳無法動彈。想強行移動，就會痛得不住哀嚎，全身嘎吱作響。放在懷中的經書和佛珠都完好無缺，其他行囊則不知散落何方。
「當我驚慌失措，痛苦得不住呻吟時，夕陽緩緩西沉。在深山裡傷成這副德行，恐怕會被野獸生吞活剝，我驀地心頭一涼。」
天黑之際，終於有個下山返回村莊的樵夫路過，發現倒地的行然坊，趕緊找來多名男丁幫忙救起他。
「那是只有約莫二十幢小屋聚集的小山村，村名叫……」
行然坊略顯躊躇，於是阿近從旁插話：「不講名字沒關係。」
「不，不要緊。」行然坊莞爾一笑。「就算說出也無妨，因爲那山村已消亡。」

它叫館形。

「原本叫『館無』，意即沒有領主，人少而冷清的村里。」

這種山村也有寺院，是座叫合心寺的念佛寺。行然坊被送往該寺，接受照料。

「那裡的方丈……」

話語至此，行然坊又露出「不妙」的表情。

「長相威儀十足，不知該說是目光炯炯，還是擁有能看穿他人心思的犀利眼神。」

他當下暗叫「糟糕」。

「要是對上他，只需簡短幾句話，恐怕我馬上會被識破是假和尚。」

先前也曾在旅途中遇見這種目光犀利的人，有過幾次差點被拆穿身分，在千鈞一髮之際逃脫的經驗。

於是，行然坊心生一計。

「我決定假裝不僅跌落山谷，傷了腳，腦部也受到重擊，不幸將自己的身分、修行僧應有的舉止、佛門知識都忘得一乾二淨。」

他暫時停止假扮成和尚，開始佯裝失憶。

「情況順利嗎？」

實際上，他說撞傷頭並非全然是謊言，頭上確實腫了個大包，所以要演得煞有其事並不難。

「而且，我裝傻比裝和尚厲害。因爲小時候偷懶，沒幹田裡的活，或是沒去撿柴

挨父母責罵時，我常裝傻蒙混。」

這樣啊，阿勝一臉佩服。一旁的阿近不禁感到好笑，行然坊的行徑明明不值得嘉許，阿勝卻說「眞不簡單」。

不過，他仍繼續採用行然坊這個名字。因爲懷裡的經書寫著名字，就算假裝忘記，周遭人還是會告訴他。

──原來我叫行然坊。這樣啊，我都不記得了。

──我頂著光頭，身穿袈裟，還帶著經書，應該是名僧人，但我毫無印象。

──身爲佛門人士，眞是慚愧。

「那名方丈約莫也爲我的演技蒙蔽，識人的眼光變鈍。他沒刁難我，只吩咐我待在寺內好好休養，直到完全康復，能再次踏上旅程爲止。」

可能是壞人特別走運吧，他受傷的左腳踝並未骨折，貼上膏藥休息數天後，已能沿牆在平坦的地面上慢慢行走。這膏藥對全身多處的跌打損傷也頗有療效。

於是，行然坊小心翼翼地佯裝失憶，在合心寺裡度日。

「這位方丈叫覺念坊，年約五十。」

身形奇偉。

「當時我只是個瘦弱的小伙子，所以覺念方丈在我眼中猶如得抬頭仰望的大漢。」

覺念坊的聲音也很響亮。合心寺裡有一口大小足以容納一名小孩的大鐘，擺在相當於正殿的鐘樓上，方丈早晚都會敲鐘。

「方丈的誦經聲相當洪亮，不輸鐘聲。第一次聽他誦經時，我心想，眞是令人尊敬的和尙，對他更加敬畏。」

「可是，方丈會親自敲鐘嗎？」

阿近側頭感到納悶，行然坊見狀，用力點點頭。

「因爲合心寺裡只有覺念方丈一人。」

不過，並不是座破舊的寺院。建築雖然古老，但維修得頗爲周到。

「每個月村裡會派人進住寺裡，負責膳食的準備及打理雜務。覺念方丈身邊的大小事宜，大家都照料得很周全。我也沾他的光，受人照顧，沒絲毫馬虎。」

寺裡供應的伙食，當然全是齋菜，不過一點都不寒傖。雖然摻有雜穀，但好歹有米飯可吃，山裡的食材也豐富了菜色。

「那不是一處冷清的村落嗎？」

面對阿近的詢問，行然坊正色答道。

「確實很冷清，但並不窮困。」

倒不如說，在行然坊到過的山村中，算是特別豐饒。

「仔細觀察後，我發現不僅方丈體格魁梧，連平經常出入寺內的村民，也個個健壯肥碩。因爲食物不虞匱乏。」

起初，行然坊以爲是正值秋收的緣故，但逐漸和村民們親近熟絡後，才明白箇中原由。

「館形受惠於村外環繞的高山。」

「可是，那不是連領主也沒有的小鄉村嗎？」

阿勝納悶地低語，阿近也覺得奇怪。望著一臉認真的兩人，行然坊略微壓低嗓音。

「應該說，當中藏有玄機。」

「藏有玄機？」

「雖然摻有我個人的推測，不過應當沒錯。館形乃是先前戰爭的難民一手建造的村莊，是一處世外桃源。」

居民對外裝窮，不讓外人靠近，內部則是相當團結，保護村莊不受各時代的執政者施壓侵擾。

「一旦讓人知道那是座豐饒的鄉村，馬上會遭到掠奪。」

不過，只要世道太平，縱然位處深山，仍會有道路相通，不可能永遠是世外桃源。村名由「館無」改成「館形」，也是此一緣故。

而與統治這塊土地的執政者達成協議，持續保有和平生活的辦法，就在合心寺內。

「覺念坊是寺院的方丈，同時也扮演領主——也就是村長的角色。」

在山村和村落裡，寺院的地位原本就很重要，方丈的權限也很大。以往生者名冊來監視人員的進出，對一切紛爭主持仲裁，指揮重要決策。只要再負責管理年貢，便與村長沒什麼不同。

「村裡有個名叫半藏的村長，不過他也是覺念方丈忠心的左右手。重要的事情全

由方丈決定。」

治理村莊的不是有藩士權威當後盾的村長或衙門，而是自古便在這塊土地上扎根，備受村民敬重的寺院。這正是館形村的生活型態。

「從其他鄉村或市鎮娶妻納婿，或是村裡的女孩要嫁往他處時，都需要覺念方丈的同意。連村裡誕生的孩子，也是由覺念方丈命名。」

也許他比一些三流的村長還要偉大。

「若在一般市井中，多得是不守清規的花和尚。」

行然坊一本正經地說道，阿勝和阿近聽了不禁發噱。行然坊發現後，伸手摩挲著光頭。

「這實在輪不到我說。」

覺念方丈不是那種假道學，他爲人清廉，值得村民如此愛戴。

「方丈對醫術頗有心得，治療我腳傷的膏藥，便是他親自調配。此外，他還有幾種獨門祕方，要是拿到鎮上賣，可以賣出很好的價錢，且人們往往會爭相搶購。」

那是館形珍貴的現金收入，既能充當獻給藩主的貢金，也是村民共有的積蓄。

「平日生活所需的物品，只要透過村民間的交易即可取得。」

在館形過一般的生活，根本沒必要用錢。所以，村民對錢財相當淡泊，個個樂天知命。

阿勝發出「哦」地一聲，撫著臉頰嘆道：

「每個人都豐衣足食，簡直像傳說裡的桃花源。」

但行然坊那僵硬的表情，令阿近頗爲在意。

「我原本……也是這麼認爲。因爲我深深感受到村民的溫情。」

爲避免破壞阿勝純眞的感慨，行然坊語氣柔和地應道，再次咧嘴一笑。

「別提不守清規，我根本是個假和尚，但連我都想在那座寺院跟著方丈修行，與館形的村民一起生活。」

乾脆拋卻過去詐騙和流浪的生活，在這裡落地生根吧。爲此，他得繼續假裝忘了過去的一切，將昔日的記憶全封藏心中，才能展開全新的人生。

阿勝眨著眼望向行然坊。

「可是您沒那麼做。」

行然坊既沒點頭，也沒回答。或許是想歇息片刻，他停下喝口冷茶。

「傷勢痊癒後，我常在村裡走動。」

故事繼續，他的口吻比剛剛沉重。

「當時，我還只能單腳跳著走，不過，多虧合心寺的伙食，我渾身充滿力氣。我在村裡四處遊晃，一看到有工作就上前幫忙。」

由於學會那項技巧，行然坊至今仍可在單腳站立的情況下，身手俐落地劈柴，相當有趣。

「只要能力所及，我什麼忙都肯幫。不懂的地方，村民也都會很用心教我。」

不久，館形的收穫季節到來，稻田染成一片金黃。

「由於地處深山，水田幾乎全是梯田，面積都小得可憐。但那是村民開山闢地，引水灌溉，辛苦耕墾出的重要水田。」

館形雖然受惠於四周的山地，但白米不足，得搭配雜穀一起食用，也是水田數量不多的緣故。

「不過稻米收穫頗豐，秋陽下，鄉村四周的稻穗如波浪般隨風起伏。那景象眞是美不勝收。」

然而，行然坊發現一件怪事。

「有幾塊梯田一直空著。」

應該是原本就沒種田吧。也沒引水灌溉，地面乾涸，出現龜裂。

「村民巴不得能多一塊可耕種的水田，怎會有這種情形？我百思不解。當時我還年輕，且已和村民混熟，便若無其事地向他們打聽。」

那些田爲什麼空著？

阿近微微傾身向前。她發現阿勝也聽得很專心。

「怪的是，一向率直爽朗的村民，不知爲何皆顯得吞吞吐吐。」

他們顧左右而言他，不肯明講。非但如此，若有人想要回答，旁人就會以眼神警告或制止。

「連我也看出這個問題涉及村裡的禁忌。」

依過往的旅行經驗，行然坊明白不少村里有特殊的禁忌或風俗。

「從那之後，我便不敢再多問。我是村民好意收留的外地人，得搞清楚自己的身分。」

待收割完成，上山製作木炭和打獵的村民也都下山時，村裡開始準備過冬。

此時，發生一起怪事。

「當時我的腳傷已痊癒，早晚都與覺念方丈一起誦經修習。」

由於行然坊一直假裝失憶，所以誦經、敲木魚等一切規矩，全都從頭學起。

「早上的修習從黎明時分展開。方丈和我換好衣服前往正殿時，突然有一名年輕人臉色大變地衝進來。」

眞要說的話，「臉色大變」只是一種形容，其實那名男子臉上根本毫無血色可言。他一臉蒼白，如稻草人般枯瘦。

「那是一處小山村，寺院與村落相隔不遠。但男子跑得上氣不接下氣，口吐白沫，還沒抵達正殿的外廊，便昏倒在地。」

行然坊快步奔向前，一把扶起男子後，大吃一驚。

「我不認識那名男子，當下是第一次見面。館形是個不過二十戶人家的小村落，且我到處打工幫忙，連村裡小孩的綽號都一清二楚。」

行然坊馬上猜想，大概是在山裡遇難的旅人跑來求救。可是，對方的模樣有點奇怪。

「男子打著赤腳，身披粗糙的棉襖，裡頭只穿一件白色單衣。」

因磨損而起毛邊的棉襖上，沾著幾片枯葉。男子雙腿滿是擦傷，還微微滲血。

「他不是村裡的人，不管他是哪來的，想必是遭遇相當危急的情況，才會衝進寺內。我心想『大事不妙』，抬頭仰望方丈。」

接著，行然坊又大吃一驚。只見覺念方丈昂然站在緣廊上，瞪視男子。

「那時我雖年輕氣盛，但他那可怕的神情，連什麼都不當回事的我看了也差點嚇得尿褲子。」

方丈原本犀利的目光，此刻顯得更凶狠，簡直猶如惡鬼。

行然坊仍處於驚訝中。當月到寺裡輪值的村人踏進正殿一看，大叫一聲，嚇得腿軟。覺念方丈頭也沒回，厲聲喝斥「別大聲嚷嚷」。

行然坊呆立原地之際，幾個村民穿過合心寺的山門，直奔正殿。由村長半藏帶頭，這群平時工作認真、個性和善的男人，一早便怒氣騰騰。瞧見昂然而立的覺念方丈，及扶著那男子的行然坊，他們頓顯怯縮，一同伏倒，前額貼地，張口喊道：

「方丈大人，真對不起！」

「我們一直都很小心看守，可是……」

「這傢伙拉開門閂，自行逃脫。」

半藏他們似乎也剛起床，只在睡衣外披上棉襖或棉坎肩便出門。但看他們面無血色，縮成一團的模樣，似乎不是清晨受寒的緣故，而是害怕方丈生氣。

覺念方丈緊盯著癱倒在行然坊懷中的年輕人，開口道：

「把他帶回去。今後要派人看守，以防他再次逃脫。」

是，半藏等村民應道。他們走向瞠目結舌的行然坊，不發一語地打算帶走那名年輕人。

行然坊猛然回神，「等、等一下，請等一下。」

和方丈一樣，面目丕變的半藏一行，以病牛般的目光望著行然坊。儘管背後寒毛直豎，行然坊仍緊護臂彎裡的年輕人，轉向覺念方丈。

「方丈大人，到底是怎麼回事？這個人有罪嗎？就算有罪，這樣對待他未免太殘酷。」

方丈沒答話，半藏一行人也保持緘默。

此時，那名面無血色的年輕人微微一動，張開乾裂的嘴唇，似乎想說些什麼。行然坊把耳朵貼近。

「請、請、原諒。」

雖是幾欲被痛苦呼氣聲掩蓋的微弱話聲，但那迫切的乞求，不僅傳向行然坊耳中，甚至傳進他的內心。

「請、請您原諒，方、丈大人。」

行然坊幾乎要撲上前抱住方丈，向他叫喚：

「方丈大人，他在請求您的原諒！雖然他已如此虛弱，卻仍在乞求您的原諒。您為何還要人把他帶走呢？」

覺念方丈緩緩前行，直接赤腳走下緣廊。面對他那懾人的高大身軀和氣勢，行然坊不禁倒抽一口氣，半藏等人又害怕得後退一步。

「行然坊。」方丈神情堅決，「你只是旅途中恰巧行經館形的過路人。村裡有村裡的規矩，你該慎言才對。」

儘管被他的氣勢壓制，但行然坊仍鞭策自己朗聲回應。「可是方丈大人，不論是什麼規矩，如果不符我佛慈悲的原則，那……」

「你要怎樣？」

方丈回了這麼一句，嘴角泛起清楚的冷笑。

「你的意思是，知道何謂我佛慈悲嗎？」

行然坊赫然發現自己穿幫，覺念方丈早看出他是個假和尚。

「我、我……」

行然坊答不出話，力量從全身洩去。半藏馬上踏步向前，搶過那名男子。

「之後，他們三人便合力把人拖走。」

行然坊暫時歇口氣，阿勝緊張地吞口唾沫，望向阿近。多年來一直擔任吉祥物，在三島屋裡以阿近守護者自居的阿勝，還是第一次親耳聽聞這種故事。

「妳不要緊吧？」阿近問。

阿勝怯怯地微笑，應聲「不要緊」。接著她轉向行然坊那張大臉，搓揉著雙手，

彷彿那名可憐的男子就在眼前，卻束手無策般，問道：

「那個人後來怎樣？他到底犯什麼錯，得受那種懲罰？」

行然坊縮起厚實的雙肩，好似在賠罪。

「關於這點……我也搞不清楚。」

半藏一行離去後，方丈一臉若無其事，不想搭理行然坊。離開寺院來到村裡，原本對他無比親切的村民，可能是受過半藏他們的吩咐，突然變得極爲冷淡，紛紛避開他的目光，竊竊私語。行然坊只能極力修補關係，像以前那樣生活。

「覺念方丈並未趕我走，我也沒打算離開。老實講，我覺得有點恐怖，甚至很想逃離，但就像阿勝小姐剛才說的，同樣的疑問也束縛著我，令我無法動彈。」

行然坊始終帶著牽掛與不安，胸中鬱塞難受。

「五天後，半藏邀方丈到家裡享用晚餐。事後回想，那應該是他們商量對策的一場聚會。當時我留守合心寺。」

行然坊待在正殿，與老舊的主佛如來像對望發呆時，輪値的村人突然走到行然坊身旁，低語「我有話告訴你，到廚房來」。

「發生那場風波時，當場嚇得腿軟的村人，名叫豬之介，是村裡最長壽的老爺爺，已年過七十。他以前當過獵人，且是用槍高手。不僅百發百中，甚至一槍就能射下兩隻鳥。」

不過，眼前他只是個乾癟枯瘦的老頭，活像地下掘出的樹根。他在廚房角落鋪好

草蓆，與行然坊迎面而坐。蓆上擺著不知從哪拿出的破酒瓶，他朝缺了一角的茶碗裡倒酒，向行然坊勸酒。

「你是個假和尚吧？」

豬之介突然問道。那不是責備的口吻，但臉上也沒一絲笑意。

行然坊並不慌張。他反問，你是從覺念方丈那裡聽來的嗎？豬之介喝一口酒，搖搖頭。

「方丈大人不會背後說人壞話，我當初一看到你的臉就知道。村裡的人怎麼想，我不清楚，不過，假的東西都逃不過我的法眼。」

既然這樣，我就不客氣了——行然坊也端起酒。

「現在我的酒量很好，但當時我還不懂酒是什麼滋味，只是覺得照做比較好。」

兩人默默對飲，下酒菜僅有裝在小碟子裡的鹹味噌。不久，豬之介喝得滿面通紅，行然坊也微感天旋地轉。

「方丈大人要我們別管你，說你只是個流浪漢。」

儘管喝得雙眼及兩頰泛紅，豬之介的眼神卻顯得無比陰暗。他低聲道：

「既然你是假和尚，情況就更嚴重。想到日後你可能會到各地亂講這個村子的壞話，我就一肚子火，所以我告訴你真相吧。不過，你一定要把此事藏在心中，否則我會死不瞑目，夜夜在枕邊詛咒你。」

行然坊不禁莞爾一笑。

「老爺子，你說得好像快死了一樣。」

沒錯，豬之介手執茶碗頷首道。

「我肚子裡有硬塊，已不久人世，所以才想在臨終之前，向你這個外人解釋清楚。」

受罰的年輕人名叫富一，今年二十五歲，妻子則叫阿初。阿初懷有夫妻倆的第一個孩子，應該快滿六個月。

「他們都不是罪犯，只是抽中籤而已。」

「抽中籤？」

那是村裡的規矩，豬之介接著道。「是從這個村莊仍被稱為『館無』時，就存在的古老規矩。」

那規矩名為「返作」。

「你應該知道，這個村莊是靠山吃飯。飛鳥、走獸、樹果、山菜、藥草，都能在山中取得，一切皆是山神所賜。」

不過，山裡唯獨沒有稻米，村裡的人於是墾山造田。

「明明是靠山神的庇蔭才有辦法餬口，現下卻一直在削減山神的勢力範圍，將坡地改為水田，所以得答謝山神才行。」

大約每十年一次，村子裡的收成會比往年多出一倍。像這種驚人的豐收，就是應該「返作」的時期。

「豐收的隔年，得讓水田休耕一年。停止耕種，將土地歸還山神。」

因而稱為「返作」。

「不過，要是水田全部休耕，將會連一粒米也沒得吃。所以大夥會聚在一起抽籤，決定讓哪塊田休耕。」

抽籤大多在春天插秧時，於合心寺裡舉行，這次則是富一抽中。

「抽中『返作』的人，那一年絕不能耕田，且必須與親人一起關在深山裡，直到隔年春天為止。」

豬之介隨手指向寺院北側的一座高山。

「山中小屋裡備有各種家具，生活不會有任何不便。關在裡頭的期間，當然不能摘採食物，得靜靜地過日子，就像變成山裡的草木一樣。」

等一下，行然坊打斷他的話。反正身分已敗露，加上幾杯黃湯下肚，他不再顧忌。

「人才沒辦法變成草木呢。人需要食物，那個叫富一的男子明明餓得和皮包骨沒兩樣。」

豬之介弓著背，望向茶碗低語：

「『返作』期間，村民會送糧食去。我們就算少吃一些，也會送食物到山中小屋。」

「既然這樣，富一怎會那麼瘦？」

豬之介慍怒地瞪視行然坊。

「那傢伙不滿這個規矩，對村民充滿憎恨，堅持就算不提供他食物也沒關係，他要種自己的田。村裡準備的飲食，他完全不吃，任憑腐爛，然後丟棄，才會那麼瘦，眞是任性。」

見豬之介忿忿不平地反駁，行然坊有點吃驚。

「那麼……富一頻頻向方丈大人道歉，意思是他願意悔改，希望方丈大人原諒嗎？」

「大概吧。」豬之介應道，冷哼一聲。

行然坊十分困惑。要是情況眞如豬之介所言，明顯是不遵守村裡規矩的富一不對，的確不容他這個外人置喙。

不過……行然坊總覺得不對勁。

「半藏村長提過門閂的事，方丈大人也交代不能再讓他逃走。富一和他妻子是不是被囚禁在山中小屋？」

「沒辦法，誰教他想逃走。」

「不能逃走嗎？」

「當然不行！要是不遵守規矩，山神會棄我們的村子於不顧。」

豬之介話中的怒意已消，聲音摻雜著急迫的恐懼。

「萬一惹山神生氣，像我們這種小村莊，轉眼就會毀於一夕。」

行然坊陷入沉思。這樣聽來，似乎是村民較有道理。

「老爺子，連我這外人也知道規矩的重要性。但富一是個年輕人，要他一整年不工作，混在沒有生命的木石當中，未免太殘酷了吧？而且他老婆肚裡還有孩子，不是嗎？山間應該比村子更冷，想必他內心很不安吧。」

豬之介默不作聲，背彎得更深。

「這個抽籤的規矩，不能採用對大夥較方便的方法嗎？例如，像老爺子這樣的人，抽中籤不就能悠哉地休息一整年嗎？難道不能通融一下？」

「外人是不會懂的。」豬之介答道。「我也不指望你懂。不過，你要是從旁阻撓，會造成我們的困擾。」

「我才不會出面阻撓。」

這是行然坊的由衷之言。眼前的情況，不是他這種年輕小夥子能夠介入改變的。

「之後，方丈大人原諒富一了嗎？」

豬之介挺出下巴，冷冷點頭。

「是嘛。那就好，這件事我就裝作不知道吧。」

正巧酒也見底，這場小型的酒宴自然散席。

「現下回想……」

行然坊緩緩開口，抬頭望向阿近與阿勝。

「豬之介爺爺似乎仍有話想說，而我也還沒聽夠。不過，當時我年紀輕，思慮尚淺，對這種古怪的規矩感到有些害怕，不敢進一步追問。」

行然坊在合心寺的生活，又恢復原樣。由於他表現得彷彿一切都沒發生過，與村民之間的尷尬也逐漸化解。

另一方面，他想離開此地的念頭愈來愈強烈。

「我打算在冬天到來，道路被大雪封閉前離開村莊。每天早上睡醒，我便這麼想，但遲遲不能下定決心，太陽就轉眼下山。如此周而復始。」

他內心依然牽掛著富一和阿初那對年輕夫婦，希望能確認他倆明年春天平安走出山中小屋，回到村裡。

「就在我猶豫不決間，初雪飄降，豬之介爺爺也病倒了。」

他肚裡的硬塊益發腫脹，已回天乏術。

「老爺子透露眾人絕口不提的『返作』時，那昏暗的眼神，我永生難忘。」

雖然我是個假和尚，仍希望能在豬之介身旁照顧他，死後替他誦完經再離開。行然坊下定決心，於是留在館形過年。

然而，村裡簡素的過年裝飾剛拆下不久，又發生怪事。

「我已猜出是怎麼回事，並未太過驚訝。」

牛藏等人穿上雪地用鞋具，行色匆匆地前往山中小屋所在的北山。回來時，門板上載著某人。

「直接運往合心寺。」

那是富一的妻子阿初，她腹中的孩子同樣不保。

「覺念方丈不讓我靠近，所以我沒看到屍體。不過，我心裡很明白。」

爲了擋雪，門板上的屍體覆上蓑衣。但在行然坊眼中，只覺得像是門板蓋著一件蓑衣，看不到臨盆將近的女人圓挺的肚子。

行然坊憶起那天富一枯瘦的模樣。

「我再也無法旁觀。阿初和她肚裡的孩子，一定是被活活餓死的。山中小屋裡的年輕夫婦，在那之後仍遭囚禁，沒吃沒喝。村裡的人明明知情，卻見死不救。不，他們讓這對夫婦活活餓死。我心裡這麼想。」

沒時間悠哉地找人問個清楚，行然坊下定決心，悄悄前往北山查探。

「此刻前去，還看得出半藏他們的足跡。我的腳傷早已痊癒，且原本就走慣險峻的路，應該沒問題。」

寺院和村莊都忙著替阿初和她肚裡的孩子善後，所幸沒被其他人發現。再加上天氣晴朗，行然坊吐著白煙，沿雪道往山上而去，沒費多大工夫，便尋得那幢山中小屋。

「那原是製炭小屋，建得相當簡陋，但窗戶和門口都從外頭裝設堅固的窗格和門。」

怎麼看都不像供人閉居之所，倒像是囚禁人的牢房。

「現場沒有方丈指派的看守人，也許是因爲阿初身亡，和半藏等人一起下山。不

管怎樣，我出奇走運。」

行然坊取下門閂，打開鬆垮的木門，呼喚富一的名字。釘著好幾層木板而失去作用的窗戶，連一絲光也透不進屋內，明明是白天，眼前卻一片漆黑。行然坊背對著門口的陽光，茫然呆立。

「富一背朝土間，蹲坐在小屋深處的木板地上。」

他身形瘦小，乍看就像個小孩。

「不管怎麼叫喚，他都不聲不響。待我走近搖晃他的肩膀，他才抬起頭。」

富一瘦得如一縷幽魂，只有頭髮又長又亂。

「他以帶有微光的雙眼望向我。」

——你是誰？

「他詢問的話聲，像老頭子般沙啞。」

行然坊的手掌，感覺到富一肩膀的骨頭幾乎要往外刺出。

「簡直跟餓鬼沒兩樣。」

富一大概連站立或行走都沒辦法，但仍被套上腳鐐。

「我看得火冒三丈。」

隔著紙門照進明亮秋陽，微微傳來焚燒落葉香氣的「黑白之間」裡，行然坊的話聲和表情如同冷山般凝固凍結。

「我對他大吼。你在幹什麼，快逃啊。我揹著你逃，再這樣下去，你也會被活活

餓死。」

可是，富一文風不動。他那略透微光的眼眸並未望向行然坊，而是注視著遠方的天際。

——我要在這裡憑弔阿初和我的孩子。

「即使我扯開嗓門呼喊，他依舊搖頭晃腦地重複同樣的話。我心中焦急，便扛著他走出屋外。此時，村裡的男人湧進屋內。」

村人發現行然坊離開寺院，連忙追趕而來。他們個個手持柴刀，甚至帶著火槍。

「看來，是豬之介爺爺說出先前向我洩密的事，眞拿他沒辦法。」

富一被送回小屋，行然坊則像罪犯般，遭五花大綁押下山，帶回合心寺。

「我滿心以爲自己死定了。」

返抵寺院後，覺念方丈命村人替行然坊鬆綁。接著，兩人在正殿的如來佛像前迎面而坐。

你這個蠢蛋，覺念方丈開口。

「我不是說過，村裡有村裡的規矩。你爲什麼還要插手？」

我豈能見死不救，行然坊吶喊道。

「說什麼『返作』和山神，根本全是信口胡謅，你們幹的可是殺人的勾當啊！」

覺念方丈雙眉動也不動，行然坊愈是激動，他愈是平靜。

「你不是人，是劊子手。我不斷厲聲怒吼，吼得上氣不接下氣，他才緩緩出聲。」

彷若莊嚴微笑的如來佛，方丈神情柔和地解釋：

「『返作』的規矩，在館形確實行之有年，但絕非信口胡謅。此次的情況，只是藉由往例，行其他目的。」

究竟是爲了什麼目的？

「富一從以前就是村裡的麻煩人物。」

他常向城下或其他村莊的人吹噓館形的豐饒，還自行配藥，學商人四處叫賣，賺到的錢全放進自己口袋。

「最後，他甚至提議把阿初的父母兄弟接到館形同住。阿初的娘家位於對面山頭的一處村莊。」

方丈不同意。倘若找來一個家族，遲早會湧進其他家族。一旦館形是豐饒山村的消息傳出，便會有大批貪婪的人蜂擁而至。

「如今館形能自給自足，乃是奠基於過去眾人流血流汗的成果，及懂得捨棄私欲、公平分享山林恩澤的正向心態。然而，要是有外地人闖入村裡，導致人口增加……行然坊，雖然你是個假和尚，但也猜得出會發生什麼事吧？」

不懂昔日艱苦的外地人，眼中只看到現有的豐足，想必會放縱私欲，恣意爭奪，如此將改變村莊的原貌。

可是，富一不懂這個道理。

「擾亂村莊和平的人，就得加以懲戒。」

行然坊一怔。若要懲戒，應該有懲戒的辦法吧？只要嚴厲訓斥，曉以大義，矯正錯誤不就行了？

「所以我才說你是個蠢蛋。你以爲我們沒試過嗎？」

不管再怎麼苦口婆心地勸導，富一依舊充耳不聞。他想讓自己過好日子，也想讓妻子過好日子。一心對外誇耀優渥生活的年輕人，眼中沒有村子的存在。厲聲訓斥，他便口沫橫飛地辯駁；曉以大義，他便嗤之以鼻，淨主張自個兒的道理。

——這村裡的人全是笨蛋。爲什麼不多賺點錢，讓村子變得更有規模？今後的世道，有錢能使鬼推磨。就算是我們這樣的山村也一樣，並非只要能吃飽就行。

「於是，我們不得不使出狠手段。」

單憑一句「不能接受富一的狡辯」，便逮捕他，恐怕難收殺一儆百之效。制裁需要理由，也就是藉口。這時候搬出的，即是「返作」的規矩。

「那麼，是眞的抽過籤嘍？反正一定是動了什麼手腳，讓富一抽中。」

「沒錯。」方丈承認，「是我下的指示，這是爲了村子著想。」

撤收屋子和水田，將富一和阿初囚禁在北山一年。提供他們的食物，雖然不夠吃飽，但也不至於餓死。希望經過一年，富一的頭腦能冷靜下來，並誠心悔改。

「可是，富一一直在餓肚子。」行然坊說。「阿初和她肚裡的孩子，也是被餓死的吧。食物根本不夠吃，爲什麼會變成這樣！」

方丈默然，目光從行然坊臉上移開。行然坊緊咬不放，早已將假和尚的自卑拋向

一旁。

「村裡的人不認爲只要富一冷靜下來就好。他們看富一不順眼，巴不得他就此一命嗚呼。一開始雖沒這個意思，但把富一和阿初關進小屋後，想到能隨意處置他們，大夥便逐漸脫韁失控。」

控制人的韁繩，即爲良心。當地位凌駕別人之上，握有生殺大權時，我們往往會脫韁失序，特別是在恃眾而驕的情況下。

「不過，要是馬上殺了他，未免太無趣。於是，村裡的人仗著『返作』的規矩和你的威儀，虐待富一和阿初。」

飢餓瘦弱，乞求看守人憐憫的富一，正因之前是個狂妄、惹人厭的小伙子，那副慘樣瞧在村民們眼中，想必非常痛快。

「村民根本是讓富一和阿初餓肚子，整得他們半死不活，以觀賞兩人日漸衰弱爲樂！」

覺念方丈直視行然坊，銳利的目光射向他。

「這就是制裁。」

擾亂村裡和平的人，合該如此處置。

「爲給富一深刻的教訓，便得匯聚村民們的憎恨。同時，也得平息村民對富一的憤怒才行。」

行然坊朗聲應道：

「憎恨他人、虐待他人，你敢說這是佛祖的訓示嗎？」

方丈不為所動。

「你這個假和尚，講得一副很了不起的樣子。」

行然坊渾身都感受得到方丈的憤怒。

「這村裡的佛相當柔弱，非由我們加以守護不可。我們親手開墾山林，建造寺院，祭祀模仿祂形象的佛像。若只是坐著闡述佛法，根本無法在深山裡生活。館形的佛，只存在村裡。站在佛祖面前，我問心無愧！」

拋卻故鄉，四處流浪的行然坊，想不出任何反駁的話。

「不過，害死阿初，我深感遺憾。從今天起，我早晚都會替阿初和她的孩子祈求冥福，祈求富一洗心革面。」

覺念方丈態度堅決地說道。正殿的如來佛像，臉上靜靜掛著微笑。

「行然坊先生，後來您怎麼做？」

阿近聽得目瞪口呆時，阿勝一面換茶，一面靜靜地問道。

「仍是繼續留在館形嗎？」

行然坊頷首。「畢竟我一個人無法越過覆滿冰雪的山，而且我也放心不下豬之介爺爺。」

所幸，豬之介並未因向行然坊洩漏祕密而受罰。他臥病在床，行然坊去探望他

時，他只是默不作聲地哭泣。

行然坊在老人枕邊詢問。以前是否眞有「返作」的規矩？這會是捏造的嗎？

「老爺子淚眼漣漣地告訴我，在他小時候眞的有此慣例，方丈沒撒謊。」

——不過，以前的做法不同。抽中籤的人家，會待在山裡成爲山神的神子。村民會合力供養他們。

「換句話說，原本的『返作』，抽中籤的人會成爲靈媒，讓看不見的山神附身。在他擔任山神代理人的這一年間，將備受村民敬重，可以盡情吃大夥呈上的貢品，自然不會有遭監禁或餓肚子的情況。」

「所以『返作』是在豐收後進行嘍？」阿近問。

「沒錯。方丈大概是從寺裡記載那條規矩的文件中得知，但長壽的老爺子則是親身體驗過。」

因此，他才會感到內疚，忍不住向行然坊吐實。

「老爺子哭著說，他應該早點死才對。」

他不願看村子變成這副模樣。

「於是，我下定決心待到春天，仔細監視他們的一舉一動，不讓富一遭到殺害。」

行然坊在豬之介耳邊低語：

——老爺子，你那把火槍借我一用。

「我之前聽說，老爺子的兒子沒當獵人，他的火槍被視爲名人的火槍，受到妥善珍藏。」

阿近和阿勝聞言直眨眼，行然坊露出苦笑。

「沒什麼啦，我當時和現在一樣，對火槍一竅不通，只是心想，必要時或許能拿來威脅眾人。畢竟村裡的男丁個個孔武有力，我勢單力薄，多一樣武器防身總是好的。」

向豬之介借來的火槍、火藥、子彈，行然坊以草蓆包好帶進寺內。藏在寢室的地板下後，他心裡踏實許多。

「之後的日子，村民和我都戴著假面具，像狸和狐一樣互相欺瞞。不過……」

這種日子並未持續太久。

「事情最早是發生在那個月月底。」

一名負責看守富一的村人，來到合心寺。他說富一最近都在小屋裡做東西，接著解開包袱，讓方丈看一尊粗糙的佛像。

「雖稱爲佛像，但乍見只是一塊普通的木頭。然而，定睛細瞧，表面會逐漸浮現佛的模樣。」

木材的紋路，加上零散的木節，儼然呈現佛的寶相，富一再以筆墨勾勒輪廓。

「富一指著火爐裡將燃的一塊木柴，聲稱上頭有佛，便取了出來。」

——你看，在這裡。

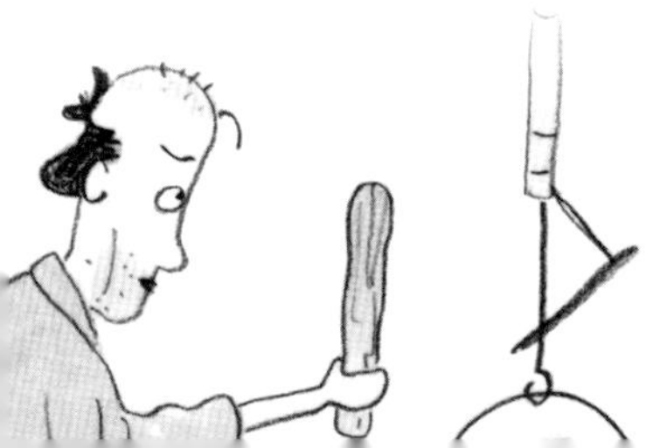

「富一比出佛的身軀及法相。凝神注視，確實有那麼點像，但若他沒說，根本不會發現。」

看守的村人不忍心放入火中，暫且擱置一旁。於是，富一拿起那塊木柴不斷撫摸，左覷右瞧。

「過了一晚，富一仍反覆輕撫木柴，似乎相當愛惜。他向村人磕頭，拜託對方出借沾墨的毛筆，他想描繪佛的模樣。」

——這樣便能替阿初和我的孩子祈福。

「經富一這麼一說，對兩人的死心存幾分愧疚的村人，也無法置之不理。他帶來毛筆和硯墨後，富一歡欣不已地在木柴上畫出佛的形體。」

隔沒幾天，富一又發現一塊類似的木柴，並加以勾勒，這次佛像的模樣更爲清楚。見富一態度恭順，且畫的是佛像……

「看守人帶了一個回去，讓方丈過目。」

覺念方丈既沒誇讚，也沒訓斥。

「然而，當看守人道出富一希望能將這尊佛像放在合心寺時，方丈旋即悍然拒絕。」

——不能放在寺裡。木柴就是木柴，拿去燒毀。

「我十分在意，於是借來一瞧，確實像佛的模樣。而且，筆墨巧妙地描繪出形體。」

於是，行然坊向看守人討了那塊木頭。

「我說要送給豬之介爺爺，對方便答應我的請求。」

豬之介開心地擺在枕邊，行然坊在那尊佛像前爲豬之介誦經。

「我當時想盡各種方法，只是希望讓老爺子的心情放鬆一些。」

數天後，傳來一個令人驚訝的消息。

「原本臥病在床的豬之介老爺爺，竟然能起身了。」

行然坊火速趕去探望。只見豬之介已折好棉被，換妥衣服，坐在火爐旁。他盤著腿，懷中抱著孫兒，氣色好得教人不敢相信。

「這都得感謝富一畫的木柴佛像。」

我肚裡的硬塊變小，不再疼痛。吃得下飯，燒也退去。

——多虧佛祖的力量，我終於痊癒！

「他確實奇蹟地痊癒。」

行然坊的話聲和阿島剛才一樣，像口中嚼著什麼奇怪東西。

「因爲那是個小山村，事情馬上就傳開。有人心懷崇敬地膜拜富一的木佛像，有人則是半信半疑。有人說想要那個木佛，也有人認爲怎麼可能，那木佛像一定是狐狸變的，大概是富一關在山裡的期間遭狐狸附身。」

眾人意見相左，爭論不休。

「當村民間引發糾紛時，覺念方丈大爲不悅，狠狠訓斥半藏村長一頓，並命他馬

上拿走豬之介爺爺那塊木柴，丟進火爐燒毀。」

半藏親眼目睹如風中殘燭的豬之介恢復健康，對富一的木佛有點動心。另一方面，他又害怕覺念方丈，不敢違抗他的權威。

不得已，雖然百般不願，半藏仍前往豬之介的住處。

「他極力說服老爺子，想拿走木佛。老爺子也沒抵抗，乖乖遞出那塊浮現佛像形體的木柴，喃喃低語……」

——半藏，你想丟進火裡對吧？木佛像早已看出。不過，你是辦不到的。一旦碰觸木佛像，你那隻手就會抬不起來。

「事實也的確如此。」

半藏一觸及木佛像，馬上汗如雨下，別說抬起手，連動根手指都沒辦法。

「這麼一來，連半藏也認輸，成爲木佛像的信徒。」

半藏親自前往富一的小屋。後來富一又從木柴堆中找出兩尊佛像，加以描繪。於是半藏捧著三尊木佛像，返回村裡。

「他瞞著覺念方丈，將木佛像送給深受病痛折磨的村民，讓他們膜拜。最後妳們猜怎樣？」

行然坊攤開雙手，兩顆大眼骨碌碌地轉動。

「這些人也都馬上康復。」

膝蓋的痠痛消失、牙疼痊癒、小孩的久咳立即止歇，甚至有天生的胎記轉瞬除去

的案例。

「木佛像靈驗的消息傳開後，連原本不以爲然的人亦心生期待，欲望遠勝信仰。果眞那麼有效，便會想親自試試，這也是人之常情。」

半藏不到三天就會去一趟富一的小屋。富一態度沉穩，儼然成爲活菩薩，不斷找出木佛像，加以描繪。而半藏則不斷帶回村裡，木佛像持續展現神蹟。

「時値冬天，要找出身體沒半點疼痛不適的人，反倒不容易，而他們都陸續不藥而癒。對了……」

行然坊苦笑道。

「女孩子中，甚至有人因困擾多年的黑痣脫落，而欣喜若狂。」

不到半個月，富一的木佛像已傳遍這小山村的每一戶人家。

「在那之前，方丈大人都怎麼處理？他不會完全沒發現吧？」

一聽阿近詢問，行然坊收起苦笑，像要放鬆緊繃的雙頰般，以粗指搔抓下巴。

「應該已看出情況不太對勁，但半藏村長巧妙地要村民保持低調，小心翼翼不讓此事傳進覺念方丈耳中，所以不太容易抓到眾人的狐狸尾巴。假如不是當場逮個正著，多的是藉口。只要若無其事地堅稱是平日虔誠信佛才恢復健康，一切都是方丈大人的功勞，覺念方丈便無法追究。」

唯獨合心寺被蒙在鼓裡。若不是和豬之介爺爺有這層關係，行然坊對富一的木佛像引發的「靈驗神蹟」不會知道得如此詳盡。

「館形的村民相當團結，且十分小心謹慎，無論何種情況都一樣。」

即使是違背村裡最具權威的覺念方丈也一樣。

「何況，那些受木佛像的信仰影響的村民，並未失去對覺念方丈的敬重。方丈大人的威信仍在，只是木佛像的事一直瞞著沒讓他知道罷了。」

「畢竟館形的寺院，地位如同衙門。」

「沒錯。合心寺很重要，木佛像賜予的恩惠也很重要。」

行然坊的口吻雖然有點開玩笑，眼神卻益發陰沉。

「不過，人心還眞是善變。」

多虧木佛像，人們對富一的憎恨煙消霧散。

「非但如此，甚至有人說，發現木佛像並加以描繪的富一也是活菩薩，想當面膜拜他。之前明明那麼憎恨、輕蔑，並百般虐待他。」

儘管村民的態度丕變，富一依舊恭順。

「雖然他一樣瘦骨嶙峋，但現下三餐無虞，已略微恢復元氣。但他似乎不打算逃離小屋，仍每天摸著木柴，從中找尋佛像。」

在半藏的命令下，富一的腳鐐卸除。因爲富一表示，若能自由在這一帶行走，便能從森林中尋獲更尊貴的佛像。

——我一定會找出更好的佛像，守護館形不受任何災厄侵擾，日益繁榮富貴。

「山裡的某處有這樣的佛像，富一聽得到佛在呼喚他。」

於是，富一白天都在大雪覆蓋的北山中徘徊，且身邊有一名男子隨行。不是為了監視他，而是不讓他迷路受凍。

隨行的人與日俱增。大夥都想助富一一臂之力，自願進入北山。

——佛像不是那麼容易找到，不知得花多少時間。各位，這樣你們也不介意嗎？還是願意幫我嗎？

面對恭敬提問的富一，村民緊握他的手，誓言鼎力相助，紛紛跟隨他。

「過了一個月，在一個天氣晴朗的日子，村裡只留下看守的老年人和孩童，其他人全隨富一入山。若是平時，村民會像熊冬眠般窩在家裡過冬，但最近每天都相當熱鬧，猶如出發前往山中打獵。」

這麼一來，總會露出馬腳。事情肇始於合心寺的輪值人員，由於他也想到山裡尋找佛像，便擅自離開寺院，導致一切穿幫。

覺念方丈勃然大怒。

「村民慌得手足無措，一個個排坐在正殿的主佛前，磕頭謝罪。」

覺念方丈不只痛罵眾人一頓，還命令他們將家中的富一木佛像全交到合心寺，他要親手燒毀。

「我站在眾人身後，驚恐地望著這一幕。」

之所以感到驚恐，當然是因為現場的氣氛恐怖又緊張。

「不久前……」

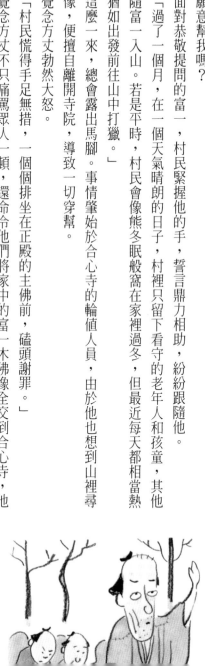

說到這裡，行然坊的前額浮現粗大的皺紋。

「對了，恰在富一的木佛像博得村民信賴的那時起，我常聽見奇怪的聲音。」

夜闌人靜時，就會從不知名的地方傳來。

「我原以爲是還未適應山村的冬天，一時錯聽了風聲。但次數一頻繁，我逐漸感到不對勁。」

阿勝瞇起眼睛，輕聲問：「那是怎樣的聲音？」

行然坊緊盯著阿勝，嗓音壓得更低。

「微弱的笑聲。」

村裡到處飄浮著人們的笑聲。

「剛開始，像是有一、兩個人在笑，似乎是從那個方向響起，豎耳細聽時，便戛然而止，改由其他方向發出。我當是自己多心，正準備入睡，又聽見笑聲。於是，我再也無法忍受，一從被窩裡起身，笑聲便跟著停歇。」

阿近與阿勝面面相覷。

「每天晚上都這樣嗎？」

「很詭異吧？」

「那不就無法安心睡覺？」

「這個嘛……」行然坊撫著下巴。「打從富一提議要去『找尋更尊貴的佛像』，村民全跟隨他入山後，便沒聽到那些笑聲。連在下雪的寂靜夜晚也完全沒聽見。」

因此，我以爲是自己想太多，然而……

「當時我又聽到那詭異的笑聲。」

覺念方丈一聲令下，連同嬰兒，所有村民聚集在合心寺。

「村中理應空無一人，每一間屋子裡，亦即合心寺外頭，卻傳來熟悉的笑聲。」

「呵呵呵」、「嘿嘿嘿」、「哈哈哈」地竊笑聲此起彼落，絕不是行然坊聽錯。

「更詭異的是，現場似乎只有我一個人聽見。」

要是聽得見，按理會最早發話的覺念方丈、村長半藏、坐在半藏身後低頭鞠躬的豬之介爺爺，都一副毫不知情的模樣。

是誰在空無一人的屋子裡發笑？

為什麼沒人發現？

「那是個好天氣，雖然積雪，但陽光暖和，可是我直冒冷汗。方丈不斷說教，最後似乎氣消了，就在他結束聚會，命眾人回家把富一的木佛像拿來時……」

原本前額緊貼地面的豬之介，突然挺起身，瞪視著方丈。

「你其實是要燒毀我們的木佛像吧？」

行然坊認識的豬之介爺爺彷彿變了個人，發出駭人的聲音。

「被直呼『你』，覺念方丈也嚇一跳。接著，老爺子昂然而立。」

他指著方丈，朗聲道：

「你會遭天譴的！」

沒錯，會遭天譴。一名男子起身附和。你會遭天譴的，一名女子接著喊道。然後，彷若受絲線牽引般，村民紛紛站起，指著覺念方丈，齊聲叫喊：

「他是佛的敵人！站在眼前的是佛的敵人！」

人們將覺念方丈團團包圍，圍成的圓圈逐漸縮小。

行然坊頹然垂首。「說來慚愧，當下我嚇得腿軟。」

那場騷動，他沒有能耐介入平息，只能窩囊跌坐在地。

「覺念方丈頓時被這股氣勢震懾。但不愧是村裡的最高權威，他在步步近逼的村民面前舉起手，怒喝一聲——住口，你們這群蠢蛋！」

接著，他忽然昏厥倒地。

「應該是太過激動，氣血直衝腦門吧。」

村民一擁而上，霎時，行然坊以爲他們要圍毆覺念方丈。

「沒想到，大夥扶起方丈，直嚷『不好了、不好了』，忙著照顧他。」

可是，之後的情況一樣詭異。

「半藏村長命眾人拿木佛像過來，要聚集所有木佛像替方丈治療。」

村民一陣譁然，但旋即井然有序地展開行動。行然坊仍在一旁看得目瞪口呆。

「我還發現一件事。」

豬之介爺爺大叫時，那詭異的笑聲馬上消失。

昏倒的覺念方丈，躺在正殿主佛前，亦即他平時坐著誦經的地方，四周被每戶人家收集來的富一木佛像團團包圍。忙進忙出的人們，只在有事時交談，其餘時間都專心的誦念南無阿彌陀佛。

「沒人注意我。」

行然坊逃出正殿。他決定先潛伏在寺院後方的竹林裡，觀察情況發展。

「半藏村長不用提，連豬之介爺爺也成爲眾人的首領，指揮村民行動，有如舉辦慶典般熱鬧。」

不久，人們嫌合心寺的主佛礙事，便著手搬動，想將它趕出正殿。

「他們說那是假佛，不能和木佛像擺在一起。」

這尊主佛不是木佛像，大小也比人高出許多，不是輕易就能搬動。於是，人們以

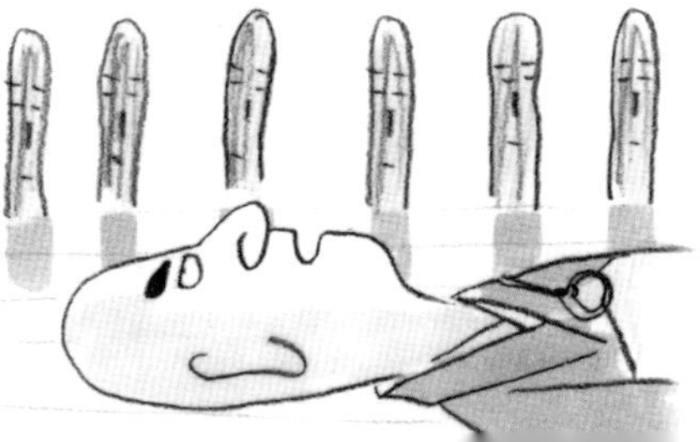

白棉布覆蓋主佛，接著打開經書盒，隨意拿出經書，在主殿外焚燒。覺念方丈的袈裟也被丟進火焰中，主殿的裝飾品和供品，逐一被焚毀。

「覺念方丈嘴巴微張，臉色蒼白，完全失去意識，眾人當著他的面，瘋狂地進行破壞。」

我害怕得躲在竹林裡，太陽逐漸西沉。

「我悄悄回到寢室，拿走隨身物品和豬之介爺爺那把火槍。由於婦女已開始在僧房裡升火煮飯，我趁她們不注意時，偷了幾個飯糰。」

行然坊躲在合心寺的地板下，頭上不斷傳來村民的腳步聲、寺內的東西遭破壞和拆除的聲響，及持續誦念南無阿彌陀佛的祈禱聲。

「我齒牙簌簌打顫，並不是寒冷的緣故。我蓋著隨手拖進地板下的草蓆，摀住兩耳，雙眼緊閉，希望眾人趕快恢復正常。」

這名高大的假和尚，難為情地苦笑。

「我也很努力在心裡誦念南無阿彌陀佛。」

夜幕降臨，且恰好是滿月。月光下，村民們的瘋狂行徑仍舊持續。盡情破壞後，大夥聚集於正殿，似乎在熱鬧地大吃大喝。他們已停止誦念南無阿彌陀佛，展開交談，話聲相當開朗，動不動就提到木佛像，如唱歌般不斷反覆。

行然坊縮著身子躲在底下。

「覺念方丈恐怕是沒救了，可能早已斷氣。我六神無主，打算等天一亮就離開，又不知道有沒有辦法下山。」

行然坊邊發抖邊思索，意識不時遠去，期間夜色逐漸變濃。

「之後再也聽不到腳步聲和人們的說話聲。我心想，終於安靜下來了，這才從地板下爬出。」

月光映照在白雪上，四下明亮如晝，正殿裡卻亮著無數根蠟燭。

「我悄悄往內窺望，發現覺念方丈仍仰躺在地上。半藏村長、豬之介爺爺，還有其他幾名男子，就坐在他腳邊打盹。其他人應該已先回家，僧房也沒傳出任何動靜。」

行然坊屏息斂氣，躡腳爬過正殿角落。他想觀察覺念方丈的氣色，確認他是否還有呼吸。他一面偷覷那些坐著打盹的男子，一面緩緩前進。

「覺念方丈四周，有許多木佛像坐鎮。」

因爲心裡害怕，行然坊不敢正眼多瞧。

「這時我聽到了。」

呵呵呵。

「我猛然停止動作，旋即又聽見那聲音。」

呵呵呵、嘻嘻嘻。

「是之前的笑聲。」

行然坊揉著眼睛，不禁伸手塞住耳朵，感到難以置信。

「我終於明白究竟是誰在笑。」

是富一的那些木佛像。包圍覺念方丈的那些木佛像在笑。

「雖只是在木柴的表皮紋路上以墨水畫出的佛像，卻都確實睜開眼睛，咧嘴而笑。」

呵呵呵、嘿嘿嘿、哈哈哈。

「一個在笑，旁邊的在笑，更旁邊的也跟著笑。我四肢撐地，渾身一僵，木佛像就在我面前大笑，聲音愈來愈響亮。」

總數超過二十個的木佛像齊聲發笑，半藏接著笑了起來，豬之介爺爺也不住地笑。「那情景實在很詭異，他們全都在睡夢中，卻彷如維持坐著打盹的姿勢，貼上笑臉般，笑得東倒西歪。」

行然坊無法前進半步，木佛像和男人們的笑聲響徹正殿的天花板。

「我連忙起身，逃往屋外。」

他從緣廊躍出，鑽進地板下取出重要的行李，快步衝出山門，但未能甩開笑聲。儘管離合心寺愈來愈遠，笑聲卻愈來愈響。

「村裡每一戶人家，都傳出人們的笑聲。」

不分男女老幼。

「大概都和豬之介爺爺一樣，明明睡得正熟，臉卻在笑。一想到這裡，我便嚇得魂不附體，根本不想進一步確認。」

月光下，散發銀光的雪中山村，唯有行然坊因恐懼而顫抖。

「換成是現在的我，」高大的假和尚搔著頭說，「一定會頭也不回地逃離。當時我還不太懂事，相對地，我有的是勇氣，或許該稱爲匹夫之勇吧。」

而且，行然坊帶著豬之介爺爺的火槍。

「要是我頭也不回地逃走，不知這村莊會怎樣。歸根究柢，一切皆因富一而起。富一的木佛像是所有災禍的源頭，我心裡這麼想。」

既然如此，我得收拾富一才行。

「這村子對我有恩，我不能棄之不顧。正因年輕，所以熱情衝動，我想會一會富一。不，說要收拾他，其實是在講大話，我只是想見他一面，拿槍抵著他，威脅他別再利用木佛像誆騙村民。」

滿月幫了行然坊一個大忙。他沒在

冰天雪地的山中迷路，順利抵達富一所在的小屋。

「小屋的門敞開。」

我彎著腰緊握火槍，往小屋內窺望，發現火爐裡燒著柴，但沒看到富一。火爐旁擺著木柴，月光從窗口照進屋內。

——那傢伙逃走了嗎？

行然坊轉身吁口氣，背後突然響起話聲。

「到這裡有何貴幹？」

行然坊舉著火槍，回身一望。沒人，僅有枯枝上掛著白雪的樹木羅列眼前。

「哦，假和尚，你沒膜拜我的木佛嗎？」

是富一，行然坊吞了口唾沫。

「富一，你在哪裡？」

快出來，行然坊朗聲喚道。他原想藉丹田之力叫喚，卻出乎意料地只發出尖細的聲音。

富一放聲大笑，「你怕我嗎，假和尚。」

這次的回話從另一方向傳來，行然坊再度轉身。

「那東西對我不管用。」

喏，我在這裡。又從不同方向傳出話聲，富一在林間迅速移動。

「你對村民們做了什麼？你的木佛像才是假的，大夥都變得很不正常。」

行然坊竭力怒吼。富一語帶嘲笑地應道：

「沒錯，他們活該。」

此刻，行然坊終於確定，一切果然都是富一的報復。

「妻兒被害死，你會生氣是理所當然。但村裡的婦孺沒任何罪過，你就別再誆騙她們。即使成功復仇，阿初和你的孩子也無法復生啊。」

「這我知道，用不著你說。」

富一大叫，再次移往別處。這次不僅僅是氣息，行然坊清楚瞥見他的身影。因爲樹枝沙沙作響，樹上的積雪掉落。令人不敢置信的是，富一猶如猿猴，在樹枝間盪來盪去。

「阿初和我的孩子無法復生，所以，我要讓村裡那些人也遭遇同樣的下場。」你看著吧，假和尚。富一誇耀似地大笑。

「往下瞧瞧，那已是我的村莊。」

只要天氣晴朗，從小屋所在處俯瞰，可望見館形。行然坊依言走到斜坡邊緣，朝黑暗中凝視。

在滿月和星光的照耀下，理應靜靜沉眠的人家，全亮著燈光。那原該是一幅清晰美麗的畫面，但總覺得不太對勁。

眼前既沒雲，也沒霧。趁著如此清澈的夜氣，應當看得見立在家門外的手推車，甚至連晒衣竿都能瞧得一清二楚。

但真的很奇怪，村子的景象顯得很模糊，只有燈光閃耀。如同下雨前，圍繞在月亮周遭的光暈般，館形被不是雲，也不是霧的渾濁之物包覆，沉陷其中。合心寺也一樣。

顯然地，那團光暈是富一的憤怒，是富一的恨意。

行然坊緊握火槍的手垂落。

「住手，這樣一點幫助也沒有。」

行然坊的口吻幾近哀求。他抬起頭，環視小屋四周的樹林。

「我的確是個假和尚，但你呢？第一次從木柴上看出佛的形體時，是什麼感覺？你也不是一開始便充滿恨意和怒火吧？爲了阿初和孩子，你也曾虔心祈求佛祖庇佑吧？」

暗夜中，積雪的樹林間毫無動靜。

「喂，富一！」

行然坊仰望明月，吐出雪白的氣息，朝深夜冰凍的山林呼喊。

「你要相信我佛慈悲！你當初發現的佛，現在也還存在你心中。」

驀地，夜氣一陣劇烈搖晃，行然坊不禁感到怯縮。有個黝黑之物迅速飛越空中，跳向這幢囚禁小屋的木板屋頂。在那股衝勢下，屋頂上的圓石紛紛滾落。

富一在月光下露面。

噢，那不是人。他何時變成這副德行？蓬頭垢髮，身軀枯瘦，肌膚像煙燻般烏黑，全身不蔽一物。他弓著背，臂膀的骨頭浮凸，肋骨清晰可見，模樣驚悚。唯獨兩顆眼珠發出斑斕精光。他緊盯著行然坊，一張大嘴裂至耳際，曾是富一的異形怪物放聲大吼：

「世上根本沒有佛！」

尖叫與大笑一齊湧來，行然坊馬上舉起火槍，但輕輕鬆鬆便遭彈開。行然坊被壓倒在地，臉頰感覺到野獸般急促又腥臭的氣息。

異形怪物踢起白雪，躍向高空，衝進樹叢。行然坊掙扎著坐起身，以目光追尋他的去向。那怪物逐漸遠離，直往山下而去，速度有如風馳電掣！

「我什麼忙也幫不上，只能躺在雪地裡。不久……」

底下的山村發出一聲槍響。一聲、兩聲。人們的尖叫此起彼落，搗毀東西的可怕聲響，也順著覆滿皚皚白雪的山坡傳來。

行然坊在雪地上爬行，用那把沒時間點火、完全派不上用場的火槍當枴杖，勉強站起身。

合心寺冒出火舌。

他望著這一幕，驚訝地說不出話。此時，村裡到處起火，接連不斷的爆裂聲中摻雜著慘叫。

人們全發了狂，喪失理性，朝寺院和屋舍縱火，互相爭執。那些邊睡邊笑的人們，這次又是怎麼回事？是看到富一那轉變過大的眞面目，而陷入恐慌嗎？還是妖怪

富一操控眾人，讓他們彼此爭鬥？

不管是何者，都一樣可怕。但行然坊希望是眾人看到富一，心生害怕，頓時恢復理智，進而想逮捕已變成妖怪的富一，或爲了逃離富一的迫害才大聲叫喊。若是受富一操控，相互殘殺，就算想救也無能爲力。

定睛一看，眼前是不知該往哪逃竄的人影，及追趕他們的人影。行然坊口中低吼著「住手、住手」，但雙唇顫抖，發不出聲。

周圍景象逐漸模糊，變得渾濁不清，再也看不見。富一那憎恨的光暈，掩沒整個村莊，讓眾人瘋狂。

風在耳邊呼號。奇怪，今晚應該沒風才對。

那不是風聲，是人的聲音。行然坊彷彿突然挨了一記重擊，恍然大悟。

那是笑聲，富一的聲音。富一操控的木佛像發出的聲音。

它們正在笑。一面笑，一面咆吼。

富一和木佛像的叫聲。

在掩蓋村莊的昏暗光暈，及隨火海四處擴散，冉冉而升的黑煙中，行然坊隱約覷見碩大的眼、鼻子，還有嘴巴。

是剛才富一那張臉，那群木佛像的臉。他們朗聲大笑，縱聲嚎叫。

**活該，世上根本就沒有佛。**

——我得去救大家。

行然坊跨出一步，突然感到一陣天旋地轉，往前撲倒。

他旋即被黑暗吞沒，不記得後來發生何事。

這名高大的假和尚緊抿雙唇，悄悄撥著掛在脖子上的一大串佛珠。

阿近和阿勝也陷入沉默，不知怎麼接口。

「隔天，直到日上三竿，豬之介爺爺的兒子才找到我。」

行然坊差點活活凍死，幸好在危急之際撿回一命。

「我完全沒發現胸前有道像被野獸抓傷的痕跡。原來會感到天旋地轉，當場昏厥，是傷口流血的緣故。」

想必是被富一所傷。

「合心寺被燒毀，村裡的房子泰半慘遭祝融。」

覺念方丈和半藏命喪火窟，豬之介爺爺也撒手人寰。傷者難以估算，孩子們個個嚇得無法說話。

「待天亮後，紛亂平息，眾人都不知道自己做過什麼，也不懂爲何村子會變成這副模樣，不明白究竟發生何事。」

豬之介爺爺的兒子發現行然坊，想來實在幸運。村民們早忘記行然坊的事。他們只是到山裡來找尋，看有無其他村民在火災發生時逃進山裡，凍倒在路上。

「歷經一晚，一切全亂了，但至少人們已恢復最基本的理智。」

那些木佛像和合心寺同時付諸一炬，一具也沒留下。

「富一也消失無蹤。」

似乎只有行然坊親眼目睹他那怪異的形體。村民沒人見過，也沒人記得。

僅有幾個村民表示，火災發生時隱約聽到不像人的粗野嗓音，不斷朗聲大笑。

「失去家園，無法再待在館形的人們，下山時帶著我一起走。」

抵達最近的村莊後，行然坊又到附近的寺院叨擾，靜養療傷。那也是座念佛寺，但方丈相當年輕，可能不滿三十歲。他一點都沒懷疑行然坊的身分，待他十分親切。

「倒不如說，他是看我一副茫然若失，失魂落魄的模樣，不忍心見死不救吧。」

行然坊持續逗留寺中，等雪融後，爲解開心底的結，他向年輕方丈道出此事的經過。

——你眞是吃足苦頭。

方丈安慰行然坊，並告訴他館形後續的情況。

——火災後，倖存者全離開那座村莊。不論是山上或河邊，都看不到春天來臨的跡象，處處爲大雪冰封。一入夜，北山便會吹送陣陣不祥的怪風，早就不是人們能居住的地方。

那已是我的村莊，富一這樣說過。看來他所言不假。

館形完全歸富一所有。

「所以，之後我未曾靠近那裡半步。」

富一現下仍在館形。他一定仍在放聲咆吼，嘲笑人們的罪業，以一身漆黑的怪異姿態，盡情奔馳在山林間。

「他的怒意至今依舊無法平息。」

阿勝彷彿明白了什麼，緩緩頷首。

行然坊突然感到害臊，連忙要求再來一杯茶。

「哎呀，講述以前的故事眞不輕鬆，還是撒謊騙人簡單得多。」

阿近和阿勝不禁一笑。

「騙人容易，是只需肆意胡扯自己不相信的事，來取信於人。說眞話不易，則是因爲要如實傳達連自己都難以置信的事。」

行然坊咕嘟咕嘟地喝茶，眨著厚厚的眼皮。

「雖然我在館形的經驗很詭異，不過……」

倒不全然是壞事。

「其中一項，就是我從此能看出如同那晚覆蓋村莊的奇怪光暈。」

若有人心存惡念，或即將發生災厄，種種前兆便會化爲光暈，顯現在我眼前。

「所以我眞的很擔心府上的情況。不，我並沒有要嚇唬你們的意思。」

還有另外一項，他豎起粗指繼續道。

「我那浮萍般漂泊的旅程，終於有了目標，或許該說是目的吧。」

講到這裡，行然坊像在注視自己內心般，低下頭。

「就像一開始我招認的，以前的我確實是個不折不扣的假和尚，對佛門教義嗤之以鼻。但經歷富一的事件，重返往日的流浪生活後，我不禁思索起一個問題。」

世上，眞的沒有佛嗎？

「對於富一那樣的人、在館形發生的不幸，及我們凡人的愚昧，世上眞的沒有肯垂憐拯救一切的佛嗎？」

當時，館形並沒有佛。

「然而，當我以這身僧人的打扮，依樣畫葫蘆地四處旅行誦經時，仍有人向我合十膜拜。我去過的各個寺院都有佛像，大批信眾皆虔誠參拜。」

行然坊心想，正因之前我沒見過，富一和館形村的人們也沒見過，所以佛應該存在於某個地方才對。

「沒錯，我想找尋佛。」

佛啊，您究竟在哪？

「我要不斷尋找，走遍天涯海角。總有一天，我一定能聽到佛的聲音。」

行然坊，我就在這兒。

「到時候，我將再次造訪館形，親口告訴富一。」

世上眞的有佛，你千萬不能放棄。

那天三島屋的晚膳，由阿島獨自張羅。她一面侍候用餐，一面俐落地比手畫腳，細述自己是如何指揮調皮三人組做事，如何與他們鬥法，逗得伊兵衛和阿民笑得闔不攏嘴。

「不過，再怎麼說，他們也不是討人厭的孩子。」

阿島最後以此結尾離去，阿近便向叔叔和嬸嬸提起行然坊的故事。

「阿島逗得我笑岔了氣，剛吃的飯差點吐出來。」

阿民撫著胸口道。

「可是，這個故事又把差點吐出的飯卡在喉嚨裡。」

難得伊兵衛沒馬上接話。他沉思片刻，目光突然轉爲柔和，問道：

「行然坊先生離開館形後，仍四處旅行，邊當假和尚謀生，對吧？」

「是的，但他已沒這麼做。」

阿近急忙補充，想替他圓場。伊兵衛笑答：

「我沒有責怪他的意思，反倒很欽佩他。」
「欽佩？」
「沒錯。若假冒和尚謀生，眞正的佛看見，也許會生氣吧。行然坊打的應該是這個主意。」
我這副模樣，佛不會罵我嗎？這次不會，下次呢？總有一天會現身罵我吧？
「啊……原來如此。」
「可是，騙人終究是不對的行爲。」
阿民清楚地將善惡一分爲二。
「眞意外，你也太善良了吧，還替對方解釋。」
「沒想到妳會覺得意外，我原本就是大好人啊。」
阿民睨他一眼，帶有揶揄之色。「我看是濫好人吧？」
「對了，叔叔、嬸嬸。」阿近忽然插話，「平然坊先生說，他發現我們屋頂籠罩著一團詭異的光……」
「這倒是頗令人在意。」
伊兵衛旋即恢復正經。
「吩咐大家，要小心門戶和火燭。」
「我們一直都十分注意。」阿民毫不客氣地回道。「拜託，你眞信啊……你和阿近不要緊吧？阿近會信他不難理解，可是……」

見阿民瞄向自己，阿近急忙斂起下巴。

「啊，您的意思是？」

「行然坊先生是來過『黑白之間』的習字所小師傅介紹的吧？兩人交誼匪淺，而行然坊先生也很敬重小師傅，對不對？」

「好像是這樣。」

難道其中有什麼關聯嗎？

「由於這個緣故，行然坊先生再可疑，妳仍會相信他。」

您的意思是？阿近又問一遍。阿民呵呵輕笑。

「那麼不識趣的話，我才不會說呢。」

「嬸嬸，您這……」

「我沒見過那姓青野的小師傅，也不曉得他的爲人，只能自行猜測他是怎樣的人。」

「您從阿島姊那裡聽到了什麼吧。」

「他外號似乎叫青葫蘆，想必是個長得很好的青葫蘆。」

語氣雖帶著調侃，但阿民眼中散發喜悅的光輝，彷彿心情頗佳。

阿近逃進廚房。從爐灶煙囪射進耀眼的月光，阿近不自主地打開門仰望，發現一輪圓月高掛。她心想，搭配這故事的結尾，眼前的圓月再適合不過。

# 奇異百物語續

之後，三島屋依舊風平浪靜。在逐漸晝短夜長的日子裡，三島屋大致仍像往常一樣忙碌、歡樂。

不過，之所以說「大致」，有幾個原因。首先是調皮三人組，他們常在店裡露面。若就他們來找阿近的次數，加上不經意在附近看到他們的次數，幾乎可稱得上天天報到。有時以爲他們可能會去八百濃，卻出現在其他地方。時而蹲在消防水桶旁，時而緊貼在木門旁。三人未必總湊在一起，偶爾會分開行動，教人看了頗在意。

此外，行然坊造訪後，也在附近見過青野利一郎兩次。他兩次都沒發現阿近，似乎急著趕往某處，快步走過，所以應該和三島屋沒太大關係。雖然沒關係，阿近卻無來由地心頭一震。沒錯，無來由。或許是曾遭阿民調侃的緣故。

還有，八十助最近行跡頗爲可疑，常不見他人影。以前他外出時，一定會交代到哪裡辦什麼事、什麼時候返回，最近都悶不吭聲就離開。問新太，也說不知道，讓人著實納悶。

眼尖的阿島亦頗感訝異。

「掌櫃的該不會是有了這個吧？」

她豎起小指（註）。阿近笑著回一句「怎麼可能」，但事後細想，倒不是完全沒可能。

註：指男人有了女友或情婦。

不僅如此，伊兵衛也不大對勁。聽完行然坊的故事後已過十天，他始終沒要邀請下一位訪客到「黑白之間」的意思。若換成平時，早早便會談及，所以阿近主動套話：

「接下來要做什麼呢？燈庵老闆可有消息？」

不料，伊兵衛只隨口敷衍，甚至告訴她：「最近我想使用『黑白之間』，收集怪談的事暫停一陣子吧。」

打從奇異百物語起了頭，伊兵衛從未借用「黑白之間」與人下棋，爲何又重新開始？說要暫停，又是怎麼回事？

阿近一面打掃，暗暗覺得古怪，一面煮飯，內心一陣納悶。她問阿勝「妳不認爲有些詭異嗎」，豈料，平時總是正經八百的阿勝，輕輕笑著回句「大小姐，您想太多了」，沒特別搭理她。

最後，阿近解下束衣帶，洗手漱口，理好衣襟，擺出像要前往神社參拜的嚴肅表情，來到大路上，仰望三島屋。她心想，行然坊口中的「奇怪的光暈」，也許自己現下已看得見。

但事情沒她想得那麼順利。只有滾過乾硬地面的枯葉，緊黏在她的腳背上。

不過，當天晚上——

恰巧是新月。從黃昏時分起，天空便浮雲籠罩，連星星也看不見。關上防雨窗後，她和阿島、阿勝說句「暗夜比月夜還冷呢」，便上床就寢。

可能是這個緣故，她做了一個奇怪的夢。

阿近站在一座小山坡上，眼前是整面銀白雪景。環繞四周的森林，披上雪白外衣，熠熠生輝。

夜空沒有高懸的明月，一片漆黑。那麼，這道光芒是從哪來的？我現下身處何方？

——是館形。

明明只在故事中聽過，不知為何，阿近就是明白這點。往下俯瞰，可瞧見村裡每戶人家的屋頂、手推車、晒衣場。那雄偉的山門和寺院，一定是合心寺。剛這麼想，旋即傳來鐘響。

——哦，這是先前祥和的館形。

好美啊。彷彿靜靜沉睡在夜色中，沒任何恐懼，安詳地做著美夢。夢中的阿近，微笑凝視這片美景。

——在神佛的庇佑下，就是如此明亮。

遠方響起話聲，阿近不禁仰望夜空。驀地，空中浮現一張滿月般大又圓的臉。是行然坊的笑臉。

怎麼可能……想到這裡，阿近倏地從夢中驚醒。她猛然睜眼，吁口氣後，不覺噗哧一笑，好怪的夢。

此時——

某處發出些許聲響。叩，雖然很細微，但似乎是有人在走動，或搬運東西的聲響。

阿近躺著豎耳細聽。
叩，又發出一聲。
她剛想起身查看，上方突然有動靜。三更半夜地，屋頂是怎麼回事？是腳步聲，有人在屋簷上行走。
阿近旋即彈起。幾乎同一時間，從她寢室北方靠近茅房一帶，傳出一陣叫喊聲。
「喂！」
噠噠噠，屋簷上的腳步聲逐漸跑遠。阿近在黑暗的寢室中摸索，突然想到，與其點燈，不如先打開防雨窗。而就在她觸及防雨窗時，門外響起粗野的恫嚇聲。
「在那裡。站住，你被捕了！」
阿近不敢動彈。被捕？誰被捕？
「大小姐！」
紙門霍然開啓，阿勝衝進寢室。她

可能早就起醒了，浴衣外還套著無袖的棉襖，睜著明亮的雙眼，在黑暗中沒任何不適應，筆直奔向阿近。

「往這邊。」

她扶著阿近來到走廊。仔細一看，伊兵衛和阿民手執蠟燭，弓著身子，也待在走廊上。

「阿近，到這兒來。」

阿民張開雙臂，抱住阿近。

「阿勝，她們就交給妳。」

伊兵衛豪邁地吩咐一句，便趕至廚房。前方傳出八十助的叫喊聲。

「老爺，您不能去啊！」

「別攔我，這是我的店！」

伴隨用力踹開防雨窗的聲響，一陣風吹入，屋外的聲音一口氣全湧進來。

外頭人多嘈雜，爭執與咆哮不斷。阿近一時以爲自己仍在做夢，不是夢見祥和的館形，而是紛亂的館形。

「你這傢伙，乖乖束手就擒吧！」

傳來一個從沒聽過的男聲，接著「碰」地一聲，某人發出慘叫。

「還有一人！」

這不是行然坊的話聲嗎？

「小師傅，他往那裡逃了！」

小師傅？爲什麼青野利一郎會出現在館形？他倆是在館形相遇的嗎？

「別怕，別怕。」

猛然回神，阿近發現自己在叔叔和嬸嬸的寢室裡，阿民摟著她，阿勝則緊握她的手。這不是夢。

「我們靜靜待著就行，大夥會逮捕那些強盜。」

阿勝的雙眸如滿月般晶亮。

「小師傅看出新月之夜會有危險，事先率眾人埋伏等候。」

「眾人？」

外頭不斷傳來嚇人的叫喊聲。

「喂，快束手就擒！」

剛才聽到的男聲，扯開嗓子叫喚，隨即又傳來防雨窗翻倒的聲響。

「活該，看我把你們全部撈個精光，你們這些跑錯時節的臭金魚！」

哈哈哈哈，行然坊開懷大笑。

「金魚眼神還這麼凶惡。」

某人如此回應。接著，有個腳步聲從廊上輕盈奔來，對方說著「打擾了」，便推開寢室的紙門。

此人纏著束衣帶，高高捲起褲角，一雙赤腳沾著泥土……

「各位平安無事吧？」

是青野利一郎。

原來三島屋被人盯上了。

對方是一群強盜，頭目綽號「金魚安」。

早在數年前起，這群強盜便專門鎖定江戶內的商家打劫，而遭火盜改（註一）追捕，之後逃離江戶，行蹤成謎。

「我的上司對其恨之入骨。今年初春，川越旅館那裡又發生類似手法的強盜案件，正當我挑眉感到事有蹊蹺時，一則消息指出，上個月金魚安跑到牛込去會他的老相好。所以，我看準這傢伙差不多已懷念起江戶的自來水，即將捲土重來。」

說話的是鼻子旁有顆醒目大黑痣，年約四旬的矮小男子。儘管個頭不高，但光從舉止動作，便看得出他一身筋骨歷經千錘百鍊。他是人稱「紅半纏半吉」的捕快。

儘管緊握的十手（註二）繫著紅纓，可他並未穿紅半纏（註三）。這綽號的由來，據說是在他故鄉讚岐的市町，規定捕快得穿紅半纏。

---

註一：全名爲「火付盜賊改方」，是江戶時代針對重罪的縱火、盜賊、賭博等進行取締的單位。

註二：昔日捕快使用的武器。

註三：短外褂。

「就在這時，我從小師傅那裡聽聞三島屋出現一名奇怪的訪客。對方聲稱要提供百物語，卻半個故事也沒說，老是在打探店裡和屋內的情況。」

那是強盜派出的探子。

「下手行搶前，先派人到下手地點查探，這是金魚安的慣用伎倆。於是我心想，就是他沒錯。」

待天亮後，強盜一夥全被扭送衙門，騷動平息，彷彿什麼都沒發生過。看情形，三島屋今天會比平時晚開店，且眾人都會呵欠連連，一副沒睡飽的模樣，但姑且算是平安無事。

「對了，各位是何時展開監視的？」

在三島屋的待客間裡，伊兵衛、阿民、阿近三人，與半吉、行然坊、青野利一郎迎面而坐。行然坊從剛才就一直很在意他脖子上的佛珠，因爲昨晚打鬥時，不愼遭一名盜賊扯斷。之後雖收集好佛珠，重新串繩，不過似乎戴著不太習慣。

行然坊回答阿民的疑問。

「從我造訪這裡的那天晚上起。」

因爲看到那團光暈。

「只是，捕快大人並不相信我的眼力，是小師傅的進言奏效。」

不，青野利一郎接過話。「並不是我告訴半吉老大三島屋來過一個奇怪的客人。那是……」

阿近已猜出幾分，搶先道：「是小金、小捨、小良，對吧？」

「您眞是明察秋毫。」小師傅略略聳肩。「從那之後，他們似乎受您不少照顧，眞不好意思。」

調皮三人組是從誰口中聽來的？是小新嗎？阿近笑道：

「那些孩子也幫忙監視我們屋裡的情況，對吧？最近我常看到他們。明明在附近，卻不上門，一直躲在消防水桶旁。」

「原來他們還這麼做啊。」

半吉露出愉悅的表情，小師傅卻羞得想往地洞鑽。

「這樣根本稱不上監視，反倒引人注目。」

「總之，我們推算強盜會在新月的晚上動手，沒留意到那些孩子可能會遭遇危險。不過，他們一直堅持要幫忙，不肯聽勸。」

半吉笑著說，待會兒回到菊川町，肯定會被埋怨怎麼沒讓他們一起抓強盜。

「這位莫非是……」

阿近還沒問完，小師傅便點點頭。「沒錯。半吉老大與直太郎的父親與平先生是熟識，在繡球花宅邸的案件中幫了不少忙。」

半吉說他和與平先生是棋友，伊兵衛聞言大喜。

「哦，捕快大人也下棋嗎？」

「只是喜歡，稱不上精通。」

「既然這樣，有空一塊下盤棋吧。」

「老爺眞是的，這種事稍後再談吧。」

這個獵匪故事，阿民似乎尙未聽夠。

「到我們三島屋說故事的男子，也是金魚安的手下嗎？」

「不，那只是對方花錢雇用的棋子。那個人若是同夥，老練的燈庵先生應該會嗅出危險的氣味。」

「燈庵先生這樣可不行。」

阿民擺出立下大功般的得意表情，「下次一定要他好好補償我們。」

牛吉直覺金魚安正步步朝三島屋近逼，但光憑直覺，無法令他的頂頭上司採取行動。

「金魚安應當有四、五名手下，這麼一來，就共有六個人。即使我的手下全員出動，人手依然不足。」

於是，行然坊和青野利一郎加入助陣。

「不必別人拜託，我也早有此打算。」行然坊略微撐大鼻孔道。

「就算沒有你，有小師傅在便足夠。」

六名強盜中，有三人是小師傅收拾的呢，牛吉補充道。剛才一直在找地洞鑽的青野利一郎，像從地洞衝出般，向阿近解釋：

「我沒殺他們，只是加以壓制。逮到金魚安的是牛吉老大。」

不愧是武士。阿民一反平常地以正經口吻誇讚，順帶偷瞄阿近一眼。

阿近極力回憶先前青野利一郎問「大家都平安無事吧」時，瞬間浮現的感受。她鬆了口氣、無比歡欣，內心卻十分平靜，可說是百感交集，理不出個頭緒。

最後，她望著小師傅那像青葫蘆的面孔，暗想：

「他身上的衣服和裙褲，要是不處理一下，實在太鬆垮。」

「由於絕不能有任何閃失……」半吉接著道。「我們事先與府上的老爺、掌櫃先生、女侍阿勝小姐提過此事。所以，你們可能會覺得掌櫃先生最近行徑有點怪異吧。」

聽說八十助常造訪「深考塾」。雖然什麼忙也幫不上，但他就是無法坐著枯等。

「掌櫃先生說，我家老爺到時可能會想一起抓強盜，真教人擔心。」

伊兵衛若無其事地裝蒜，「我一直都很安分啊。」

一旁的行然坊掀他的底。「只是一時衝太猛，從緣廊跌落庭園。」

現場除伊兵衛外，眾人都笑了。

「叔叔，你是知道這件事，才沒找客人來吧？」

「嗯，在危機解除前，沒那心思。」伊兵衛搔抓後頸，「話說回來，屋裡有個人比我厲害呢。」

那就是阿島。

「她什麼都沒發現，直到阿勝叫她起床前，都還在睡夢中。」

阿島相當難爲情。附帶一提，新太被八十助塞進壁櫥。剛才他抓著小師傅的衣袖號啕大哭，自責店裡發生天大的事，卻沒幫上半點忙。

「的確是天大的事，但多虧大家鼎力相助，終於平安落幕。謝謝各位。」

阿民雙手扶地行一禮，抬起臉時，朝行然坊嫣然一笑。

「這也是多虧佛的庇佑吧。」

行然坊那張大臉回以一笑，卻緩緩搖頭。

「夫人，這不是佛的庇佑。」

是人世間奇妙的緣分，行然坊說。

「奇妙的緣分。」

阿民和阿近不禁異口同聲道。行然坊愉悅大笑，突然往青野利一郎單薄的肩膀使勁一拍。力道之大，差點把他打趴在地。

「這個青葫蘆啊！」

「你幹嘛？」

青野利一郎還在吃驚，行然坊又抓著他的衣領送到阿近面前。

「小師傅曾說，我欠阿近小姐一個恩情，假如這瘦弱的手臂派得上用場，一定竭盡全力。」

他好歹是盡得不影流奧義眞傳的高手啊！行然坊得意洋洋，彷彿在講自己的事，揪著小師傅的衣領使勁搖晃。驀地，傳來布匹破裂聲。

「啊，衣服破了。」阿民驚呼。

阿近也嚇一跳。這下她終於明白，那天青野利一郎上門告知直太郎近況，離去時爲何欲言又止。

（阿近小姐，倘若今後……）

您有什麼困難，或有什麼危急，請來找我，我會助您一臂之力。他想表達的是這個意思吧。

不過，這種話他大概很難說出口。

「因、因爲您擔任百物語的聆聽者，」

劇烈搖晃下，小師傅有點頭昏眼花。

「三教九流的人都可能接近您。」

伊兵衛與阿民重重點頭，互望一眼後，阿民開口：

「的確，會發生什麼事，沒人知道。不過，這麼一來我們就更放心了。各位，今後也請多多關照。」

「包在我身上。」行然坊講得意氣昂揚。

「不包括你在內，假和尚。」半吉故意挖苦他。

「我不是假和尚，是洗心革面的假和尚。」

眾人又齊聲大笑，阿近不意與青野利一郎四目交接。小師傅仍舊一臉靦腆，但眼中確實有股令阿近安心的力量。

那天午後，調皮三人組出現在三島屋。不知該說是疾馳而來，還是飛奔而來，總之，他們以驚人的速度趕到，你一言、我一語，猶如吵著要食物吃的雛鳥，嚷嚷著要聽昨晚發生的事。阿近把昨晚被塞進壁櫥的新太也喚來，新太不僅如實道出親眼所見，連從別人口中聽聞的事，也講得像當場目睹，還不忘提到伊兵衛跌落庭院，及阿島完全沒被吵醒的插曲。

「我們也好想一起抓壞人。」

「一點都不可怕嘛。」

「半吉老大都搞不清楚狀況。」

正當他們喧鬧不休時，阿勝送上一只裝滿包子的托盆。

「各位小密探，這是慰勞你們的獎賞。」

小新也吃吧。

「待會兒得去把壁櫥的紙門補好。昨晚你原想踢破紙門，對不對？」

還不是店裡發生天大的事的緣故。

「你們今天這麼早就上完課啦？」

三人組嘴裡塞滿包子，鼓著腮幫子，搖搖頭。

「我們翹課。」

「因爲小師傅他……」

「在打瞌睡。」

阿勝覺得有趣，禁不住發笑，問了一句「他怎麼打瞌睡的」，而三人組也學得維妙維肖，阿近難爲情地低下頭。

「聽說金魚安以前做正經生意時，是個賣金魚的小販。」

「還聽說他背後有龍睛（註）的刺青。」

三人組消息十分靈通。

「我們以後也來刺青吧。」

「欸，萬萬不可。」

阿勝出聲規勸，臉上仍掛著微笑。

「不過，若想刺上最厲害的東西，我知道刺什麼好。」

「刺什麼？」

「阿島姊。」

啊，是那個女妖怪！

三島屋躲過強盜劫難一事，迅速傳開。有前來慰問的客人、一般的客人，及上門看熱鬧的客人。越後屋也託人傳話，阿貴和清太郎聽聞三島屋平安，撫胸感到鬆了口氣，但仍想見阿近一面。阿近請對方代爲轉告，她不日便會前往拜訪。送對方離去

註：一種金魚的品種，兩眼往外凸出，日文名爲「出目金」。

時，她順便繞到三島屋正門前。

行然坊提過，籠罩在屋頂上的詭異光暈已消失。

「那名叫燈庵的人力仲介商應該是被騙了，派人潛進三島屋查探內情的，確實是三島屋的生意對手。換言之，就是這樣引來盜匪。」

店家生意興隆，便會招致怨恨。人擁有幸福，便會惹來嫉妒。

「阿勝小姐十分可靠，我們也會竭力相助，不過，請您還是要多加留神。」

因爲……行然坊表情冷凝，認眞地對阿近說道：

「阿近小姐，您心中亦存在著一層光暈。不容易消除，而您也不想輕易消除。」

阿近明明沒告訴他什麼心裡話，假和尚卻語出驚人。

心中的光暈生自黑暗，同時也會招引黑暗。

這樣一層光暈，今後想必仍會緊跟著我。

在光暈完全消除，而阿近也如此期望前——

她的百物語依然會持續下去。

（全文完）

解說

# 福耳朵

陳栢青

（本文涉及重要情節，未讀正文者請慎入）

《暗獸——續三島屋奇異百物語》於二〇一〇年結束連載。那一年，也是數位出版於日本風起雲湧的一年，日本三十一家知名出版社共同發起的「日本電子書藉出版社協會」宣告成立，有媒體以「電子書元年」稱之。不少作家的作品被數位化，本書中的〈暗獸〉便推出ipad版本，百來張圖片搭配卷軸式樣文字視窗，閱讀介面能與讀者互動，用手指觸碰或者搖晃ipad，圖畫裡景物換移，或隱乍現，聽故事也就變成看故事。沒有什麼不可能，當我們緊張視覺媒介衝擊小說書寫生態，擔憂電子書是否會取代實體小說，掛慮還有人讀小說否？還有人說故事嗎？小說家沒有停下她的筆，用她的方式，也用她的故事，讓古老怪談在新興電子介面上呈現。「黑白之間」的拉門這會兒由ipad上的光棒滑開。

配合這一次跨媒介的企畫，宮部美幸接受採訪，談到不少關於「三島屋奇異百物語」的概念（註），其中包括她對本系列的設定：「奇數卷的部分比較沉重，偶數卷

註：喜歡江户怪談的宮部美幸，訂下「奇異百物語」的寫作計畫，希望退休前能完成九十九個故事（傳說講到第一百個便會發生異象）。

的部分，則相對比較明亮、明朗。」這就是我們手上這本《暗獸》的基本調性，在續書中，較無關阿近個人故事線的後續發展，那是一個外界時間流動、個體故事時間暫停的間隙，少了對主角的牽念與掛心，也就多些餘裕和斡旋的空間，於是，「聆聽」成爲《續三島屋奇異百物語》的主要動作，讀者幾乎和主角阿近坐在同一個位置，我們都是聽故事的人，面對一則一則湧現的故事，不介入，不打斷、不隨意評論。小說反映出的，首先是聽故事的良好準則。

但「聽故事」的小說要比只「講故事」的小說更難寫。因爲專講故事的小說只需要將情節線總攬於敘事者身上，便能令讀者聚精會神，擔憂主要角色死生際遇。而在《暗獸》中，主人翁端坐不動，故事往往透過「第二敘述者」——也就是前來說故事的人重新召喚事件時空。在這裡頭，有多重情報等待重新組構，以其中書寫技術最爲複雜的〈暗獸〉而言，呈現的是連環套一般的框架結構，由小直與三島屋的新太郎打架引出線頭，又從小直引出教師青野利一郎，再由利一郎之口道出小直父親因火災而亡，這疑案牽引出「繡球花宅邸」，但要說此屋，卻又要從「深考塾」大師傅加登新左衛門說起。這其中每一條線都千絲萬縷，有各自的身世和前因後果要交代，但在宮部美幸筆下又一絲不亂，一線不斷。過去我們往往會看到評論者論述宮部美幸的文字是「不厭其煩」，總是說了又說。但在這裡，這樣的繁／煩筆卻有效率盤整多條伏線，令隱在的故事浮現，織就一幅人鬼交心的浮世繪。原來，善於聆聽的人，也才是善說故事的人，「三島屋奇異百物語」系列最能看出宮部美幸說故事的精純技藝。

## 偶然與必然——一種鬼怪學

雖然定名是「奇異百物語」，但大家應該也都看出來了，真正主導故事的，並不是其中的鬼怪精魅。〈竹林裡冒出一千根針〉這則物語中，大部分的篇幅甚至讓位給「人」，僅讓鬼魄於尾聲翩然一現，留下夏天夜晚「啊，剛剛看見的原來是……」的回馬槍，但也是近乎甜蜜的，讓人心安。或者，無論集數上是偶數卷還是奇數卷，沉重也好明亮也罷，小說家像古代百物語遊戲那樣熄燈吹燭，一吹一滅意圖召喚的，始終是「人情」、「人心」。

似乎談到宮部美幸，就避不開這一個人情學。那麼，「鬼」、「怪」在宮部美幸的故事中，到底是怎樣的存在呢？

我們可趁機利用「奇異百物語」系列爲宮部美幸小說中的鬼怪們做個總體檢，由《續三島屋奇異百物語》中四則物語看來，裡頭出現的鬼怪，主要目的不是爲了引起讀者恐怖，也沒有制裁或是決定人類命運的作用。鬼怪神佛這些超自然異力在小說中提供的，是一種「偶然」的變因。尤其是在社會秩序已確定的社會——特別是日本，在律法之外，還存在諸多禮儀、風俗上的隱性規範，「群」的意識大過個人，在這層層疊蓋的制度包夾下，物事有其規，也有其歸，在一切之初，結局似乎便已決定，少有改變的可能。

除非，有超越人類的力量出現，提供變數。

那就是「鬼」的誕生。「鬼」成爲故事中最好的理由，無法解答的，便推諉給鬼。〈竹林裡冒出一千根針〉裡「婆婆的亡靈」成爲奪愛的兩家人親情的提款機。「鬼」可以是引動故事的契機，提供人類超異常的力量，令他們能展示慾望，達成心願，例如〈吼佛〉中餓鬼獲得報復的大能。「鬼」也能是一面鏡子，人類往往透過它，照映出自己的臉。於是，故事中有餓鬼相，有千隻針穿刺木偶上的滿目瘡痍之貌。

在宮部美幸的小說中，這些超自然之物縱然能力高於常人，存在的位階卻沒這麼高，不具備主宰者的地位，反言之，超自然的存在既然能被引入人類世界，人類的思考邏輯也可以被引入超自然系統之間。於是，我們會看到〈逃走的水〉中，「旱先生」能阻攔澇災，卻無法阻止走山地震，這在某些「神是全能的」的信仰中看來頗不可思議。其實，那是人類的思維，講求實用與分工分類，所以世上有鬼，有怪，有神，但隨時能交換名字——「神主」能幫助人時是「白子大人」，不想奉拜時，則成爲「旱先生」。能替人疾病時，一塊木頭也可稱「佛」，而寺廟裡法相莊嚴的大佛反倒成了「假佛」。這是宮部美幸鬼怪學的邏輯，在那運作的核心，操縱一切的，不是鬼的力，而是人的心。「超自然」提供一種偶然，「人情」則是主控其中的必然。在這樣偶然與必然的交匯之下，便有一篇篇起於非常，而寫入人心的怪談故事。

## 故事之心

所以，到底什麼是「故事」呢？

或者，換個說法，我們多久沒聽過一則好聽的故事？

正如本文開頭提到的，視覺媒介正衝擊傳統書寫，電影、電視、電腦，乃至平板瀏覽器，各式各樣視覺新媒介提供我們訊息，我們正活在無數新聞包圍的世界裡。電視新聞或報紙每天給我們帶進很多新的事件，我們會衝著螢幕說，「這新聞好有故事性」，彷彿看新聞便能得知諸多故事。但那果眞是故事嗎？社會學家布迪厄把電視新聞形容爲搭「普通車」，意味著「人人可搭」。他以爲，新聞爲讓廣大的民眾易懂，放棄許多異質性、尖銳性的部分，而訴求同質性。班雅明寫過一篇小文章〈說故事的人〉，談到「新聞」讓「故事」消亡。他認爲新聞「總被解釋穿透」，和布迪厄的描述是類近的。新聞總是尋求一個簡單的解釋，爲讓讀者安心，新聞不會眞的驚嚇我們，諸多怪奇驚異的事件尾聲，新聞總會給我們一個合理的或訴諸現有經驗的答案。於是，新聞那麼多，其實只傳達很少的東西。結果就是，經驗的交流減少，故事也就慢慢消失。

故事應該不需解釋，也不能解釋。若透過這則觀點，我們便會發現宮部美幸《續三島屋奇異百物語》的故事核心，往往呈現一種悖論的形式，諸如〈竹林裡冒出一千根針〉中，兩對父母一雙女兒，「因爲疼愛，才會憎恨」，愛與傷害竟然是一體的。

〈暗獸〉中，「黑助」因爲房子感到寂寞而凝塊，一旦有人陪伴，「黑助」便必須以消亡爲代價。僅僅是相伴，卻是生命中不可承受之輕，存在何其艱難。〈吼佛〉中，原是爲村莊所做的必須安排，卻變成懲罰，是付出還是犯罪，是犧牲還是虐待，對與錯是一體兩面，誠如佛與鬼同體異身。

這些故事的中心主旨，聚焦一點，又呈現不同方向與情感的拉扯，無法輕易解套，只能維持一個矛盾的均勢，處在一個「永恆進行式」的狀態下，就像〈吼佛〉中，假和尚行然坊始終走在追尋佛祖存在的路上，答案是不可企及的，只能化爲追尋的動力。那也是故事持續下去的動力。

「故事」的魅力也源於此吧。原來人世間有很多事情是無法排解也無法解釋的，正是那個無解，才看出宮部美幸如何參透人心，明則錄鬼，實則寫心，這一個「人心」，也正是「故事之心」，無法被簡單幾句話歸納，甚至沒辦法簡單解決，只能順勢引導，〈逃走的水〉之結局，既然山邊不能待，就讓神主到海裡去吧。適才適能，阻攔不如疏導，故事喻示的，是說故事人的智慧，但這是不能直接說出的。只能聆聽，只能體會。以心傳心。有一個好耳袋，也就有了一個好福袋，以故事通達人情經驗。能聽故事的，總是有福之人。

噓，且靜聽，故事就要繼續講下去。

本文作者簡介

**陳栢青**

現就讀臺灣大學臺灣文學研究所。曾獲全球華文青年文學獎、時報文學獎、臺灣文學獎等。以閱讀爲終生職，期待臺灣推理的黃金世代降臨。

宮部美幸

作品集／40

Miyabe Miyuki

# 暗獸

國家圖書館出版品預行編目資料

暗獸——續三島屋奇異百物語／宮部美幸著；高詹燦譯．－初版．－臺北市：獨步文化：家庭傳媒城邦分公司發行，2012〔民101〕
面；　公分．－－（宮部美幸作品集：40）
譯自：あんじゅう——三島屋変調百物語事続
ISBN 978-986-6043-29-1（平裝）

861.57　　101013055



原著書名／あんじゅう——三島屋変調百物語事続．原出版者／中央公論新社．作者／宮部美幸．翻譯／高詹燦．責任編輯／陳盈竹．編輯總監／劉麗真．總經理／陳逸瑛．榮譽社長／詹宏志．發行人／凃玉雲．出版／獨步文化 城邦文化事業股份有限公司　台北市中山區104民生東路二段141號5樓　電話／(02) 2500-7696　傳真／(02) 2500-1966; 2500-1967．發行／英屬蓋曼群島商家庭傳媒股份有限公司城邦分公司 台北市中山區民生東路二段141號11樓．讀者服務專線／(02)2500-7718; 2500-7719．服務時間／週一至週五：09：30-12：00、13：30-17：00．24小時傳真服務／(02)2500-1990; 2500-1991．讀者服務信箱 e-mail／service@readingclub.com.tw．劃撥帳號／19863813 書虫股份有限公司．香港發行所／城邦（香港）出版集團有限公司 香港灣仔駱克道193號東超商業中心1樓／(852) 25086231 傳真／(852) 25789337 E-mail／hkcite@biznetvigator.com 馬新發行所／城邦（馬新）出版集團 Cite (M) Sdn. Bhd. 41, Jalan Radin Anum, Bandar Baru Sri Petaling,57000 Kuala Lumpur, Malaysia. 電話／(603) 90578822 傳真／(603) 90576622．中文手寫字／林芷儀．美術設計／戴翊庭．印刷／中原造像股份有限公司．排版／浩瀚電腦排版股份有限公司．2012年8月初版．2021年9月17日初版8刷．定價／420元

Printed in Taiwan　ISBN 978-986-6043-29-1

城邦讀書花園

www.cite.com.tw

獨步文化 APEX PRESS

| 廣告回函 |
| --- |
| 北區郵政管理登記證 |
| 台北廣字第000791號 |
| 郵資已付，免貼郵票 |

104台北市民生東路二段 141 號 2 樓

**英屬蓋曼群島商家庭傳媒股份有限公司**

**城邦分公司**

請沿虛線對摺，謝謝！

獨步文化 APEX PRESS

**書號**：1UA040　**書名**：暗獸——續三島屋奇異百物語　**編碼**：

請於此處用膠水黏貼

獨步文化 APEX PRESS

# 讀者回函卡

謝謝您購買我們出版的書籍！

請費心填寫此回函卡，我們將不定期寄上城邦集團最新的出版訊息。

姓名：＿＿＿＿＿＿＿＿＿＿＿＿　性別：□男　□女

生日：西元＿＿＿＿年＿＿＿＿月＿＿＿＿日

地址：＿＿＿＿＿＿＿＿＿＿＿＿＿＿＿＿＿＿

聯絡電話：＿＿＿＿＿＿＿＿＿＿　傳真：＿＿＿＿＿＿＿＿

E-mail：＿＿＿＿＿＿＿＿＿＿＿＿＿＿＿＿＿＿

學歷：□1.小學 □2.國中 □3.高中 □4.大專 □5.研究所以上

職業：□1.學生 □2.軍公教 □3.服務 □4.金融 □5.製造 □6.資訊

□7.傳播 □8.自由業 □9.農漁牧 □10.家管 □11.退休

□12.其他＿＿＿＿＿＿＿＿＿＿＿＿＿＿＿＿

您從何種方式得知本書消息？

□1.書店 □2.網路 □3.報紙 □4.雜誌 □5.廣播 □6.電視

□7.親友推薦 □8.其他＿＿＿＿＿＿＿＿＿＿

您通常以何種方式購書？

□1.書店 □2.網路 □3.傳真訂購 □4.郵局劃撥 □5.其他

您喜歡閱讀哪些類別的書籍？

□1.財經商業 □2.自然科學 □3.歷史 □4.法律 □5.文學

□6.休閒旅遊 □7.小說 □8.人物傳記 □9.生活、勵志 □10.其他

對我們的建議：＿＿＿＿＿＿＿＿＿＿＿＿＿＿＿＿

請於此處用膠水黏貼